KB243818

Franz Kafka

카프카 작품선

카프카 작품선

지은이 프란츠 카프카 옮긴이 강희진 그린이 최영란
펴낸이 박은서 펴낸곳 도서출판 주변인의길
편집 송이령, 김선숙, 석호주, 송훈의 마케팅 정재면, 최근봉, 추미경, 김종수
관리 하병태, 박종금, 조향미
주소 (412-820) 경기도 고양시 덕양구 토당동 836-8 칠성빌딩 301호
전화 (031) 978-8767~8 팩스 (031) 978-8769

■ http://www.jubyunin.co.kr ■ myjubyunin@bcline.com

초판 1쇄 인쇄일 2007년 1월 5일 | 초판 1쇄 발행일 2007년 1월 15일

ⓒ 주변인의길
ISBN 89-91605-20-6(03850)
ISBN 978-89-91605-20-6(03850)

* 책값은 뒤표지에 있습니다. 잘못된 책은 바꾸어 드립니다.

Franz Kafka

카프카 작품선

프란츠 카프카 지음
강희진 옮김 | **최영란** 그림

주변인의길

1장 * 관찰

2장 * 변신

3장 ✳ 어느 투쟁의 기록

Franz Kafka

카프카 작품선

1장

관찰

시골길의 아이들

격자무늬의 정원 울타리 옆을 지나가는 마차 소리가 들려오더니 나풀거리는 나뭇잎 사이로 그 모습도 힐긋힐긋 보였다. 뜨거운 여름 햇볕 아래에서 나무로 된 바퀴살이 요란하게 삐걱대고 있었다. 밭일을 마치고 돌아오는 일꾼들은 그 광경을 보며 "창피하지도 않은가보다"며 껄껄 웃었다.

나는 우리 집 정원수들 사이에 걸쳐놓은 작은 그네 위에 앉아서 쉬고 있었다.

울타리 앞은 조용해질 겨를이 없었다. 방금도 아이들이 달음질치며 지나갔다. 곡식을 가득 실은 마차도 볏단 위에 앉아 있는 남녀들을 태우고 지나가면서 화단 주변에 그늘을 드리웠다. 저녁 무렵에는 한 신사가 지팡이를 짚고 천천히 산책하고 있는 모습과 그 맞은편에서 팔짱을 끼고 걸어오던 소녀들이 인사를 하면서 옆쪽 잔디로 길을 비키는 모습이 보였다.

그때 새들이 솟구치듯 단숨에 하늘로 날아올랐고, 그 새들을 눈으로 좇던 나는 어느 순간, 새가 위로 올라가는 것이 아니라 내가 아래로 떨어지고 있다는 착각이 들어 그넷줄을 꽉 붙잡은 채 불안한 마음으로 그네를 조금씩 흔들기 시작했다. 차가운 공기가 느껴지고, 날아다니던 새들 대신 떨리는 별빛이 눈에 들어올 때쯤 나는 그네를 더 세게 밀었다.

나는 촛불을 켜둔 채로 저녁 식사를 했다. 몇 번인가 나무 식탁 위에 두 팔을 괴었더니 금세 피곤해졌고, 그런 상태에서 나는 빵을 베어 먹었다. 굵은 주름이 잡힌 커튼이 더운 바람에 불룩하게 부풀어 올랐다. 이따금 지나가던 사람이 내게 말을 건네려고 손으로 커튼을 붙잡았다. 그렇게 하면 바깥에서 나를 더 잘 볼 수 있었다. 그러면 대개 촛불은 곧 꺼졌고 촛불 연기 주변의 어둠 속을 모기들이 한동안 날아다녔다. 누군가가 창문 너머로 뭔가를 물어보면 나는 마치 먼 산이나 허공을 바라보듯 그 사람을 내려다보았는데, 그 사람도 특별히 내 대답을 들을 생각은 없는 듯했다.

그러다 누군가 창틀 위로 뛰어올라 다들 집 앞에 모였다고 말했다. 그러면 나는 한숨을 내쉬면서 자리에서 일어났다.

"웬 한숨이야? 무슨 일 있었어? 돌이키지 못할 큰 사고라도

돼? 다시 만회할 수 없을 것 같아? 정말 모두 끝장난 거야?"

잃은 것은 하나도 없었다. 우리는 집 앞으로 달려갔다.

"천만다행이군, 드디어 나타나셨어!"

"너는 매번 늦는구나."

"내가 뭘?"

"만날 늦게 오잖아! 같이 가기 싫으면 그냥 집에 있어."

"봐달라고 빌 마음은 없어!"

"뭐? 빌지도 않겠다고? 정말 말 다했어?"

그렇게 우리는 머리를 쳐들고 밤을 뚫고 걸었다. 우리에게는 밤낮이 따로 없었다. 곧 우리의 조끼 단추들이 이빨처럼 서로 맞부딪치며 비비적댔고, 곧 우리는 열대 밀림의 짐승들처럼 입에서 불을 뿜으며 일정한 간격으로 내달렸다. 고대 전쟁터의 기마병처럼 발을 쾅쾅 구르고 높이 쳐들며 우리는 짧은 골목길을 내려갔고, 가속도를 이용하여 넓은 시골길 위로 우르르 달려갔다. 몇몇은 길옆 도랑으로 들어갔다가 어두컴컴한 언덕 앞에서 자취를 감춰버리는가 싶더니, 어느새 전혀 모르는 낯선 사람들처럼 들길 위에 서서 아래쪽을 내려다보고 있었다.

"내려오지 못해!"

"너희가 올라와!"

"너희가 쉽게 우리를 아래로 내동댕이칠 수 있게 말이냐? 어림없어. 우리도 그 정도 머리는 돌아간다고."

"너희도 그 정도 겁은 있다고 말하려던 걸 잘못 말한 거 아니야? 왜! 와보라구!"

"진짜지? 너희가 해보겠다고? 그러니까 너희가 우리를 아래로 던지겠다고? 어디 어떻게 던지나 한번 볼까?"

우리는 공격했다. 그러다가 가슴께를 맞고 넘어져서 도랑 안 풀숲으로 굴렀다. 높은 곳에서 넘어졌기 때문에 어쩔 수 없이 아래로 구르기도 했지만, 그렇게 구르고 싶은 마음이 있었기 때문에 구른 것이기도 했다. 모든 것이 다 따뜻했지만 우리는 풀숲의 열기도 냉기도 느끼지 못했고 그저 피곤하기만 할 뿐이었다.

오른쪽으로 몸을 돌리고 손을 귀밑에 받치니 금세 잠이라도 들 것 같았다. 턱을 뻣뻣이 쳐들고 다시 한 번 벌떡 일어서보려 했지만, 우리 몸은 오히려 더 깊은 도랑으로 굴러 내려갔다. 그런 다음에는 가슴 앞에 두 팔을 포개고 다리를 비스듬히 움직여서 바람의 반대 방향에 몸을 싣고 일부러 더욱 깊은 곳으로 굴러갔다. 우리는 그러기를 멈추고 싶지 않았다.

우리는 어떻게 하면 이 마지막 도랑에서 온몸을, 특히 무릎을 최대한 뻗고 제대로 한번 잘 수 있을지 따위는 생각도 하지 못한 채, 울음을 터뜨릴 자세로 병든 것처럼 등을 대고 누워 있었다. 그러다가 한 아이가 팔꿈치를 허리 높이쯤에 두고 시커

먼 신발창을 보이면서 우리를 훌쩍 뛰어넘어 언덕에서 아래쪽 도로로 껑충 뛰었지만, 우리는 그동안 그저 두 눈만 깜박이고 있었다.

달은 이미 높이 떠올랐고, 우편마차 한 대가 그 달빛을 받으며 지나갔다. 미풍이 불어왔다. 도랑에서도 바람이 느껴졌고, 가까운 숲에서 바람 이는 소리가 들려오기 시작했다. 우리뿐이라는 것이 더이상 문제가 되지 않았다.

"다들 어디 있어?"

"이리들 와봐!"

"모두 한데 있었잖아!"

"왜 숨어 있어? 멍청한 짓 좀 그만해!"

"우편마차가 벌써 지나간 거 몰라?"

"말도 안 돼! 벌써 지나갔다고?"

"당연하지. 네가 자는 동안 지나갔어."

"내가 잤다고? 말도 안 되는 소리 하지 마!"

"입 다물어. 척 보면 알아."

"정말 안 잤다니까."

"이리들 와!"

우리는 더 가까이 붙어서 걸었다. 손을 잡고 걷는 아이들도 몇몇 있었다. 내리막길이라 좀처럼 고개를 들 수가 없었다. 한 아이가 인디언들이 싸움을 할 때 내지르는 것 같은 함성을 지르자 우리 다리에는 그 어떤 때보다 더 속도가 붙었고, 한 번씩 위로 뜀을 뛸 때면 바람이 엉덩이를 받쳐주었다. 그 무엇도 우리를 멈출 수 없었다. 우리는 누군가를 앞지를 때조차도 팔짱을 끼고 유유히 주변을 돌아볼 수 있을 만큼 여유롭게 달렸다.

그러다가 우리는 급물살 위로 걸쳐진 다리 위에서 멈춰 섰다. 앞서 갔던 아이들은 되돌아왔다. 아직 한밤중은 아닌 듯, 아래쪽의 물살이 돌과 나무뿌리에 부딪치는 모습이 다 보였다. 누군가가 다리 난간 위로 뛰어오르지 않는 것이 오히려 이상할 정도였다.

멀리 풀숲 뒤편에서 기차 한 대가 빠져나왔다. 열차 칸마다 불이 밝혀져 있었고 유리창은 모두 안전하게 내려져 있었다. 누군가가 유행가를 부르기 시작했다. 시작은 한 명이었지만 노래를 부르고 싶기는 모두가 마찬가지였다. 기차가 지나가자 우리는 훨씬 더 빨리 노래를 불렀다. 목소리만으로는 성이 차지 않아 팔도 흔들었다. 함께 목청을 높이는 동안은 모두들 기분이 좋아졌다. 다른 사람의 목소리에 자신의 목소리를 섞다 보니 마치 서로 낚싯줄로 엮이는 것 같았다.

그렇게 우리는 등 뒤로 숲을 업고, 먼 길을 여행하는 사람들의 귓가에 대고 노래를 불러주었다. 마을 어른들은 아직 깨어 있었고 어머니들은 잠자리를 준비했다.

벌써 시간이 다되었다. 나는 옆에 서 있는 소년에게 입맞춤

14

을 하고 그 옆의 세 아이들과는 악수만 나눈 뒤 오던 길을 되돌아 달리기 시작했다. 아무도 나를 부르지 않았다. 아이들의 시야에서 벗어난 뒤 첫 번째 건널목에서 나는 방향을 바꾸어 들길을 지나 다시 숲으로 달려갔다. 남쪽에 있는 도시로 향한 것이었는데, 우리 마을에서는 그 도시에 대해 이렇게 말했다.

"거기엔 이상한 사람들이 산대! 그 사람들은 잠도 자지 않는대, 상상이 돼?"

"그런데 잠은 왜 안 자는 거래?"

"그 사람들은 피로를 모른대."

"그건 또 왜 그렇대?"

"바보들이니까."

"바보들은 피로를 몰라?"

"바보들이 무슨 피로를 알겠어!"

사기꾼의 탈을 벗기다

나는 안면만 있는 한 남자를 우연히 다시 만나게 되었는데, 그에게 붙들려 두 시간 동안이나 골목길 여기저기를 돌아다녔다. 그러다가 밤 열 시쯤이 되어서야 드디어 어떤 모임에 나를 초대해준 사람의 저택 앞에 도착했다.

"자!"

나는 이렇게 말하면서 이제 헤어질 수밖에 없다는 의미로 손뼉을 쳤다. 이보다 강도는 약했지만, 이제 그만 헤어져야겠다는 의사를 이미 몇 차례나 표시했었다. 나는 이미 상당히 지쳐 있었다.

"바로 올라가실 겁니까?"

그가 물었다. 그의 입에선 이가 맞부딪치는 듯한 소리가 들렸다.

"네."

처음부터 나는 초대받은 사실을 남자에게 말했었다. 아까부터 가고 싶던 이 장소로 올라오라고 초대를 받은 것이지, 여기 아래 문 앞에서 내 앞에 서 있는 남자의 귀 너머나 쳐다보라고 초대를 받은 것은 아니었다. 게다가 이 장소에 오랫동안 머물기로 작정이라도 한 듯, 그와 함께 아무 말 없이 서 있기 위해서는 더더욱 아니었다. 주변을 둘러싸고 있는 집들도 이내 이런 침묵에 가세했고, 집 위로부터 별이 있는 곳까지 드리운 어둠도 역시나 침묵하고 있었다. 어디로 가는지 그다지 궁금하지도 않고 눈에 보이지도 않는 행인들의 발소리, 건너편 도로를 향해 끊임없이 불어대는 바람 소리, 축음기를 통해 어느 방 닫힌 창문에 부딪치는 노랫소리가 마치 먼 옛날부터 있어왔고 앞으로도 영원히 존재하기라도 할 것처럼 침묵을 가르며 울려 퍼졌다.

나의 동행은 자신의 이름을 말하고—미소를 지은 다음—내 이름까지 말했다. 그러더니 벽을 따라 오른팔을 치켜들고 두 눈을 감으면서 자신의 팔에 얼굴을 기댔다.

하지만 나는 그 웃음을 끝까지 보지는 못했다. 치욕스러운 마음에 갑자기 몸을 돌렸기 때문이다. 그러니까 나는 그 웃음을 보고서야 그가 다름 아닌 사기꾼임을 알아차린 것이었다.

이 도시에 머문 지 벌써 몇 달이 지난 만큼, 나는 내가 이런 사기꾼들을 아주 잘 안다고 믿고 있었다. 밤이면 도로 옆길에서 손을 앞으로 내밀고 마치 여관 주인처럼 우리 앞에 나타나는 것이며, 우리가 서 있는 광고용 기둥 주변을 서성거리는 것이며, 숨바꼭질을 할 때처럼 기둥 뒤에 숨어서 한쪽 눈으로 염탐하는 것이며, 우리가 교차로에서 불안해하고 있을 때면 우리가 서 있는 보도의 모서리에 와락 하고 나타나는 것까지 나는 모조리 다 알고 있었다. 나는 그들을 정말 잘 알았다. 그들은, 내가 이 도시의 작은 여관에서 처음으로 만난 도시 사람들이었고, 그들 덕분에 나는 집요함의 의미를 처음으로 알게 되었다.

그러다가 이제는 집요함이 없는 세상은 생각하기조차 어려울 정도가 되었고, 심지어 나 또한 집요해지기 시작함을 느낄 지경이었다. 그들은 상대가 벌써 멀리 달아나 더이상 잡을 수 없으리라 생각할 때마저도 그 사람 앞에 떡하니 나타나 버티고 서 있는 이들이었다! 그들은 주저앉거나 넘어지는 법도 없이 멀리 떨어진 곳에서도 확신에 찬 눈빛으로 상대방을 뚫어져라 바라보는 이들이었다! 그들의 수법은 늘 똑같았다. 그들은 최대한 몸을 떡 벌리고 우리 앞에 나타났다. 그러고는 우리가 가려는 길을 막아섰고, 그 대신 자신들의 품속에서 쉴 곳을 찾으라고 말했다. 그러다가 마침내 우리 안의 감정들이 한껏 부풀어 오르면 그들은 그런 우리의 몸짓을 포옹으로 여기고는 얼굴을 들이밀며 와락 달려들었다.

그와 한참 동안이나 같이 있으면서도 나는 이런 뻔한 수법을 전혀 눈치 채지 못했던 것이다. 나는 그 치욕을 떨쳐버리기 위해 손가락 끝을 뭉개지도록 문질러댔다.

하지만 남자는 조금 전과 마찬가지로 아직도 이곳에 기대서서 여전히 사기꾼 행세를 하고 있었고, 그런 자신의 운명에 만족하는지, 훤히 드러난 볼을 붉혔다.

"다 들통 났어요!"

이렇게 말한 다음 나는 그의 어깨를 가볍게 두드리고 서둘러 계단을 올라갔다. 위쪽 현관 앞에 있는 하인들의 한없이 믿음직스러운 얼굴을 대하자 나는 마치 뜻밖의 선물을 받은 것처럼 기뻤다. 하인들이 내 외투를 벗겨주고 신발의 먼지를 털어주는 동안 나는 차례차례 그들을 쳐다보았다. 그러고는 안도의 숨을 내쉬며 몸을 쭉 편 채 연회장 안으로 들어갔다.

갑작스러운 산책

　오늘 저녁에는 드디어 그냥 집에 있기로 결심한 듯, 평상복으로 갈아입고, 저녁 식사 후 등이 켜진 탁자 앞에 앉아서 대개 잠자리에 들기 전에 하는 일이나 게임을 하기로 마음먹었다면, 바깥날이 집 안에 있을 수밖에 없을 만큼 나쁘다면, 지금까지 탁자 앞에 꼼짝 않고 너무 오래 앉아 있어서 밖으로 나갈 경우 사람들이 놀랄 정도라면, 계단의 불도 이미 다 꺼져 있고 대문도 잠겨 있다면, 그럼에도 불구하고 갑자기 심기가 불편해져서 벌떡 일어나 평상복을 벗고 당장 외출 시에 걸맞는 옷으로 갈아입고 나타나서 밖으로 나가야겠노라 말하고 짤막하게 인사를 한 뒤 정말 밖으로 나간다면, 대문을 닫는 속도에 따라 많든 적든 짜증을 유발하게 될 것이라 생각된다면, 다시 골목길로 나왔더니 생각지도 못한 자유를 얻은 것에 대한 화답으로 팔다리가 유난히 잘 움직여준다면, 이번에 내린 이 결단으로 인해 자기 안에 온갖 종류의 결단력이 응집되는 것을 느낀다면, 너무나도 갑작스러운 변화를 너무나도 쉽게 일으키고 난 뒤에 자신에게는 그 결과를 감당하고도 남을 만큼 많은 힘이 있다는 사실이 다른 때보다 더 크게 가슴에 와닿는다면, 그리고 그런 채로 기나긴 골목길들을 거닌다면, 그렇다면 그는 이날 밤 가족들로부터 완전히 벗어나게 되고, 가족은 무의미한 것으로 전락해버리고, 그 자신은 아주 확고하게, 앞에서는 어둠이 윤곽을 드러내고 뒤에서는 그 어둠이 자신의 허벅지를 떠미는 가운데 자신의 진정한 모습을 갖추며 당당하게 일어설 것이다. 이 늦은 저녁 시간에 어떤 친구의 안부가 궁금해서 그 친구를 찾아간다면 이 모든 것은 더욱 강렬해질 터이다.

결심

진정으로 그렇게 되기를 바라는 에너지만 있다면 절박한 상황을 박차고 쉽게 일어날 수도 있을 것이다. 나는 소파에서 벌떡 일어나 탁자 주위를 맴돌고, 머리와 목을 움직여보고, 눈에 불을 켜고, 눈가의 근육들을 이리저리 돌리며 팽팽하게 당긴다. 모든 감정에 맞서라, 이제 곧 도착할 A에게 반갑게 인사하라, B가 내 방에 있는 동안 친절하게 대해주라, 그리고 고통과 수고가 따르더라도, 또 여러 차례에 걸쳐야만 그렇게 할 수 있다 하더라도 C의 말을 모두 내 안에 받아들여라.

그러나 그렇게 할 수 있다 하더라도 어쩔 수 없이 실수는 생기게 마련이고, 그 실수로 인해 가벼운 것이든 무거운 것이든 죄다 멈춰버려서, 결국 나는 원점으로 되돌아가야 할 것이다.

따라서 가장 좋은 충고는, 모든 것을 있는 그대로 받아들이고, 무거운 덩어리처럼 행동하며, 자신이 거품처럼 날리고 있다는 느낌이 들더라도 불필요한 행동으로 절대 그 흐름을 막지 말고, 짐승의 눈길로 다른 이들을 바라보며, 어떤 후회도 하지 말라는 것, 간단히 말해 유령의 형태로만 남은 삶조차 자기 손으로 직접 뭉개버리라는 것, 다시 말해 무덤에서 얻게 될 최후의 안식만 증폭시키고 그 외에 무엇도 생성되지 않게 하라는 것이다.

그러한 상태를 잘 보여주는 전형적인 동작은 새끼손가락으로 눈썹 위를 쓰윽 쓰다듬는 것이다.

산으로의 소풍

"모르겠다."

나는 소리 없이 외쳤다.

"정말 모르겠다. 아무도 오지 않으면 결국 아무도 오지 않는 것이다. 나는 누구에게도 나쁜 짓을 하지 않았고 누구도 내게 나쁜 짓을 하지 않았다. 그렇지만 누구도 나를 도우려 하지 않는다. 그 누구도. 그런데 이건 뭔가 다르다. 이번에는 '누구도 나를 도우려 하지 않는다'만 있다. 만약 나도 누구를 도우려 하지 않는다면 '그 누구도'가 예뻐 보이기까지 할 것이다. 심지어 나는 '그 누구도'들과 함께 소풍도 가고 싶어질 것이다. 마다할 이유가 없지 않은가? 물론 목적지는 산이다. 거기가 아니면 어디로 가겠는가? '그 누구도'들이 서로 밀치는 꼴 좀 봐! 엇갈려 뻗어 나오는 무수한 팔들과 종종걸음을 칠 때마다 앞뒤로 갈라지는 저 발들을 좀 보라! 물론 모두가 연미복 차림이다. 우리는 마냥 그렇게 걸어가고, 바람은 우리와 우리의 팔다리가 비워둔 틈 사이를 통과한다. 산에서는 목이 확 트인다! 우리가 노래를 부르지 않는 것이 이상할 정도다.”

독신자의 불행

계속해서 독신자로 살아가는 것, 어느 날 저녁 사람들과 어울리고 싶을 때 나이 든 사람의 체면을 애써 유지하면서 자기도 끼워달라고 청하는 것, 몸이 아파 몇 주 동안 침대 한구석에서만 텅 빈 방을 바라보는 것, 항상 대문 앞에서 헤어지는 것, 한 번도 아내와 나란히 계단을 올라가 보지 못하는 것, 자신의 방 안에는 낯선 집으로 통하는 곁문들밖에 없는 것, 한 손으로도 저녁 식사를 집으로 사 들고 올 수 있는 것, 남의 아이들을 보고 감탄할 수밖에 없고 그럴 때마다 늘 "나는 아이가 없습니다"라는 말을 되풀이할 수밖에 없는 것, 청소년 시절에 본 한두 명의 독신남의 겉모습과 행동을 따라하는 것은 무척 괴로워 보인다.

실제로 독신남의 삶은 이렇게 될 것이다. 단, 실제로는 지금이든 먼 미래든 몸뚱이 하나와 진짜 머리 하나, 그러니까 손으로 두드릴 수 있는 이마를 가진 존재로서 살아간다는 것이 더해질 뿐이다.

상인

몇몇 사람들이 나를 보고 동정심을 느낄 수도 있다. 하지만 나는 그런 것이 전혀 느껴지지 않는다. 내 작은 가게는 이마와 관자놀이가 지끈거릴 정도로 걱정만 안겨주며, 앞으로 보다 만족스러운 방향으로 변할 것이라는 전망도 보여주지 않는다. 그 이유는 가게가 작기 때문이다.

나는 몇 시간 뒤의 일까지 미리 결정해야 하고, 점원이 기억해야 할 것을 늘 상기시켜주고 그가 저지를 법한 실수에 대해 미리 주의를 주어야 하며, 어느 한 계절에 다음 계절의 유행까지 예측해야 하는데, 그것도 내 주변 사람들이 아니라 잘 알지 못하는 시골 사람들의 유행을 예측해야 한다.

내 돈은 낯선 사람들이 가지고 있다. 나는 그 사람들의 사정을 잘 알 수 없다. 그들이 어떤 불행을 맞게 될지도 예측할 수 없다. 하물며 내가 그것을 어떻게 막기까지 하겠는가! 어쩌면 그 사람들은 낭비가 심해져서 식당 정원에서 연회를 열고 있을 수도 있고, 다른 이들이 미국으로 도주하는 길에 잠깐 그 연회장에 머무를지도 모를 일이다.

평일 저녁에 가게 문을 닫고 나면 갑자기 끝도 없는 가게 일을 더이상 할 수 없는 시간을 맞게 되고, 그러면 아침에 일을 시작하기도 전에 미리부터 흥분되던 그 느낌이 밀물처럼 되돌아오지만, 그러한 느낌은 내 안에 머무르지 못하고 결국 나를 정처 없는 곳으로 휩쓸어버린다.

하지만 나는 이런 기분을 전혀 펼치지 못하고 그저 집으로 갈 수밖에 없다. 얼굴과 손은 지저분하고 몸은 땀에 절어 있고 옷에는 얼룩과 먼지가 묻어 있고 머리에는 가게에서 쓰는 모자를 쓰고 있고 신발은 상자에 박혀 있던 못에 찢겼기 때문이다. 그러면 나는 양손의 손가락을 튕겨 딱딱 소리를 내며 마치 파도 위를 걷듯이 거닐다가 맞은편에서 오는 아이들의 머리를 쓰다듬는다.

하지만 집까지의 거리는 얼마 되지 않는다. 나는 곧 집에 도착하고 승강기 문을 열어 안으로 들어간다.

문득 나는 이제 혼자가 되었다는 사실을 깨닫는다. 계단으로 올라가야 하는 다른 사람들은 조금 지쳐서 가쁜 숨을 몰아쉬며 누군가 문을 열어주러 나올 때까지 기다려야 하는데 짜증과 조바심이 날 만도 하다. 그러고는 현관 로비로 들어가서 모자를 걸고 유리문 몇 개가 있는 복도를 통과해 자신의 방으로 가면 그제야 비로소 혼자가 된다.

하지만 나는 승강기에 올라타자마자 혼자가 된다. 나는 무릎을 꿇고 좁다란 거울을 들여다본다. 승강기가 올라가기 시작할 때, 나는 "조용히 좀 해. 뒤로 물러나. 너희, 창을 가린 커튼 뒤의 나무 그늘 속으로, 그 둥근 천장이 달린 정자로 갈 셈이야?"라고 말한다.

나는 이를 꽉 물고 이야기하고 있고, 계단 난간들은 마치 쏟아져내리는 물처럼 우윳빛 유리창을 따라 밑으로 미끄러져 내려간다.

"멀리 날아가라. 나는 너희의 날개를 한 번도 본 적이 없다만, 너희 날개가 너희를 시골 마을의 골짜기나 파리로 데려가도록 하려무나. 그러고 싶다면 말이지.

그러나 만일 세 개의 거리에서 나오는 모든 행렬들이 서로 피하지 않고 뒤섞여서 행진한다면, 그리고 마지막 열들 사이에 빈 공간이 생긴다면, 그럴 때 창밖으로 그 광경을 즐겨라. 수건을 흔들어 신호를 보내고 감탄하고 감동하며, 지나가는 아름다운 그 여인을 찬양하라.

개울 위 나무다리를 건너고, 물놀이를 하는 아이들에게 고갯

짓을 해주고, 멀리 장갑함에 탄 수많은 선원들의 환호성에 감탄하라.

눈에 잘 띄지 않는 그 남자만을 쫓아라. 그리고 만일 너희가 그를 성문 통로 안으로 밀어넣었다면, 그를 강탈하라. 그러고는 모두들 손을 주머니에 넣고, 슬픈 모습으로 그가 왼편 골목길로 꺾어 들어가는 것을 보라.

뿔뿔이 흩어져서 말을 타고 달려오는 경찰들은 고삐를 조종하며 너희를 뒤로 몰아낼 것이다. 그대로 두어라. 텅 빈 골목길이 그들을 불행하게 만들 것이다. 나는 그것을 알고 있다. 두고보라. 그들은 금세 짝을 지어 말을 타고 떠나갈 것이다. 천천히모퉁이를 돌아서 날듯이 광장들을 지나갈 것이다."

이제 나는 승강기를 뒤로하고 내려야 한다. 현관문의 벨이 울리고 내가 인사를 건네는 사이에 소녀가 문을 연다.

집으로 돌아가는 길

공기를 보니 분명 천둥과 번개를 동반한 폭우가 쏟아질 것 같다. 그간의 내 업적을 되짚어보니 머리털이 곤두설 정도는 아니지만 그래도 위압적이라는 느낌이 든다.

나는 걷고 있고, 내가 걷는 속도는 이 길가, 이 골목길, 이 구역의 속도와 똑같다. 나는 이 구역 모든 집들의 문 두드리는 소리, 식탁 내리치는 소리, 그리고 술집에서 오가는 말에 대해서, 또 침대에서나 새로 짓는 건물의 골조 안에서나 어두운 골목길 어느 집 담벼락에 붙어서거나 유곽의 긴 의자 위에서 사랑을 나누는 연인들 모두에 대해 책임이 있다.

나는 내 미래보다 과거를 더 높이 평가하지만, 둘 다 훌륭해서 뭐가 더 낫다고 말하기 어렵다. 그저 내게만 이토록 큰 복을

35

내린 신의 섭리가 불공평하다고 탓할 수밖에.

　그러나 내 방에 들어서면서부터 나는 조금 심각해진다. 계단을 오르는 동안 뭔가 생각할 거리를 찾은 것은 아니다. 창문을 활짝 열어도, 정원에서 아직 음악 소리가 들려와도 별 도움이 되지 않는다.

스쳐 지나가는 사람들

밤에 길을 따라 산책을 하는데, 앞에는 오르막길이 있고 보름달이 떠서 멀리 맞은편에서 걸어오고 있는 한 남자가 일찌감치 눈에 띈다면, 그 남자가 빈약하고 누추한 모습이라고 해도, 혹은 누군가 그 남자의 뒤를 쫓으며 소리를 지른다고 해도 우리는 그를 붙잡지 않고 그대로 걸어가게 내버려둘 것이다.

때는 밤이고 보름달이 떠 있고 우리 앞에 오르막길이 있기는 하지만, 그러니 우리더러 어쩌란 말인가. 어쩌면 그 두 사람이 잡기 놀이를 하는 중이거나, 아니면 또 다른 제삼자를 쫓고 있는지도 모르고, 첫 번째 사람이 죄도 없이 쫓기고 있는지도 모르고, 두 번째 사람이 살인을 하려는지도, 그래서 우리가 살인의 공범이 될지도 모를 일 아닌가. 어쩌면 두 사람이 전혀 모르는 사이이고 각자 잠을 자러 가는 길일지도, 어쩌면 몽유병 환자들일지도, 첫 번째 사람이 무기를 가지고 있을지도 모를 일 아닌가.

그리고 이 모든 추측이 다 틀렸다 하더라도 그저 피곤해서, 와인을 그토록 많이 마셔서 그냥 그 사람들을 지나치게 내버려두면 안 되는 이유라도 있는가? 어쨌든 우리는 두 번째 사람도 나타나지 않는 것이 매우 기쁘다.

승객

    나는 전차 승강대 위에 서 있고 이 세상, 이 도시, 그리고 우리 가족 안에서 내가 차지하고 있는 자리를 생각하니 자신감이 모조리 사라진다. 나는 지나가는 말로라도 내가 어떤 식으로든 당연히 필요한 존재라고 말할 수 없을 것 같다. 나는 내가 지금 이곳 승강대에 서 있는 것에 대해서도, 이 고리를 붙잡고 있는 것에 대해서도, 이 전차에 몸을 싣고 있는 것에 대해서도, 사람들이 전차를 피해 가거나 조용히 걸어가거나 아니면 진열창 앞에 서 있는 것에 대해서도, 뭐라고 변호할 수 없다. 물론 누구도 내게 그런 것을 요구하지는 않는다. 어쨌든 그렇다는 말이다. 전차가 어느 정류장 가까이에 다다르고, 한 소녀가 내릴 준비를 하며 발판 가까이에 선다. 그 소녀의 모습은 매우 또

렷해서, 마치 내가 그녀를 만져보기라도 한 것 같다. 소녀는 검은 옷을 입고 있는데, 치마의 주름은 거의 움직이지 않으며 블라우스는 몸에 꽉 끼고, 블라우스 깃은 촘촘하게 짠 흰색의 레이스로 되어 있다. 소녀는 왼손을 벽에 납작하게 붙이고 있고, 오른손에 들고 있는 우산은 위에서 두 번째 발판 위에 세워놓았다. 소녀의 얼굴은 갈색이고, 옆이 약간 눌린 코는 끝이 둥글고 넓다. 머리는 숱이 많은 갈색이며, 오른쪽 관자놀이 부근에 잔 머리카락들이 흩날리고 있다. 그녀의 작은 귀는 납작하게 붙어 있지만, 나는 가까이에 서 있기 때문에 오른쪽 귓바퀴 뒷부분과 귀뿌리의 그늘까지 보인다.

그때 나는 '저 소녀는 어떻게 스스로에게 놀라지 않는 거지? 어떻게 저렇게 입을 꽉 다물고 그것에 대해 아무 말도 하지 않을 수 있지?' 하고 나 자신에게 물어보았다.

옷

    나는 이따금 주름과 장식이 많은 옷이 아름다운 몸에 멋지게 걸쳐진 모습을 볼 때면 그 옷이 그 상태로 오래가지 못할 것이라는, 구김이 갈 것이라는, 매끈하게 펴지지 않을 것이라는, 장식 부분이 더이상 벗겨낼 수 없을 정도로 때가 탈 것이라는, 또한 어느 누구도 매일 똑같은 값비싼 옷을 아침에 입고 저녁에 다시 벗으면서 비참하고 우스꽝스러운 자신의 모습을 드러내고 싶어 하지는 않을 것이라는 생각을 한다.

    나는 무척 아름답고, 여러모로 매력적인 근육과 뼈마디와 탄력 있는 피부와 풍성하고도 가느다란 머리카락을 지녔지만, 매일 이런 연회복을 입고 태연하게 나타나서 늘 똑같은 얼굴을 똑같은 손으로 만지며 거울에 자기 모습을 비춰보는 소녀들을 알고 있다.

때때로 연회장에서 밤늦게 돌아올 때면 그 소녀들은 거울 속에서 닳고, 늘어나고, 때가 타고, 모두에게 이미 다 선보여서 더이상 입기 어려운 옷의 모습을 발견한다.

거절 I

아름다운 소녀를 하나 만나서 그녀에게 "괜찮다면 나와 사귀자"라고 청해도 그녀는 말없이 그냥 지나가는데, 그것은 이런 의미다.

"너는 이름을 날리는 공작도 아니고, 수평으로 붙은 잔잔한 두 눈에 잔디밭 공기와 강물로 마사지한 피부를 지닌, 인디언의 피가 흐르는 체격 좋은 미국인도 아니고, 큰 바다나 내가 어딘지 알지도 못하는 곳으로 여행을 한 적도 없어. 그런데 왜 나처럼 아름다운 사람이 너 같은 아이를 만나야 하지?"

"너는, 네게는 덜컹대면서 너를 싣고 골목길을 달려갈 차 한 대도 없다는 사실은 잊은 모양이구나. 꽉 끼는 옷을 입고 네 뒤에서 정확히 반원을 그리며 너를 찬양하는 말을 중얼대는 추

종자들도 보이지 않는군. 네 가슴은 코르셋으로 모양이 잘 잡혀 있어. 하지만 네 허벅지와 엉덩이가 그 빈약함을 보상해야 할 정도지. 너는 지금 주름으로 장식된 호박 모양의 치마를 입고 있어. 지난 가을 우리 모두의 웃음보가 터지게 만든 그 치마지. 그리고 이렇게 위험한 물건을 몸에 걸치고 있으면서도 너는 때때로 웃음까지 짓는구나."

"그래, 우리 두 사람 말이 다 옳아. 그런 것들을 너무 잘 알게 되어 부인해버릴 수도 없게 되기 전에 어서 각자 집으로 가는 게 좋겠어. 그렇지 않니?"

이래도 계속 말을 타야 할까

가만히 생각해보면 경마에서 꼭 일등을 하고 싶어 해야 할 이유는 하나도 없다.

오케스트라 연주가 시작되면서 나라에서 제일가는 기수로 인정받는 것은 너무나도 기쁜 일이지만, 바로 그 때문에 다음 날 아침이면 아쉬움만 남는 것은 어쩔 수 없다.

교활하지만 매우 영향력 있는 마주馬主들 때문에 우리는 괴롭지만 빼곡히 들어선 사람들 사이를 뚫고 달려간다. 그곳을 뚫고 나면 우리는 몇 명의 기수만이 지평선 너머로 점점이 보이고 그 외에는 아무것도 없이 텅 비어버린 평지를 향해 달려가는 것이다.

서둘러 승리 배당금을 찾으러 간 친구들은 저 멀리 떨어진

창구에서 그저 어깨 너머로 우리를 향해 환호성을 보낼 뿐이다. 그러나 우리와 정말 절친한 친구들은 돈을 잃게 되면 우리를 원망하게 될까봐 아예 우리 말에는 베팅을 하지 않았다. 그런데 우리 말이 일등으로 들어오자 돈을 따지 못한 그 친구들은 우리가 지나가도 뒤로 돌아선 채 관중석만 쳐다볼 뿐이다.

뒤처진 경쟁자들은 안장에 단단히 몸을 고정시키고 말에서 내려오지도 않은 채, 자기들에게 다가온 불운의 원인을 되짚어보고 어쩌다가 그런 부당한 일이 벌어졌는지 곰곰이 생각해 본다. 그들은 마치 지금까지는 어린아이들의 장난이었고, 이제 진짜 경기가 새로 시작되는 것처럼 활기찬 모습을 보인다.

많은 여성들은 우승자의 모습을 우스꽝스럽다고 생각하는데, 패자들이 대개 입을 굳게 다문 채 히힝거리는 말의 목을 가볍게 두드리고 있는 반면, 승자는 거드름을 피우면서 쉴 새 없이 악수와 경례를 하고 몸을 숙여 인사를 하고 또 먼 곳을 향해 인사를 보내면서도 그 다음에는 무엇을 해야 할지 모르기 때문이다.

찌푸린 하늘에서 마침내 비까지 내리기 시작한다.

인디언이 되고 싶은 바람

내가 인디언이라면! 내달리는 말의 등에 날쌔게 올라, 비스듬하게 공기를 가르며, 진동하는 대지 위에서 이따금씩 짧은 전율을 느낄 수만 있다면! 그러고는 박차를 내던지겠지, 박차 따위는 처음부터 없었으니까. 고삐도 내동댕이치겠지, 고삐 따위도 처음부터 없었으니까. 그리고 반듯한 초원이 눈앞에 나타나는가 싶더니 이내 말 모가지도 말 대가리도 사라지겠지.

49

불행하다는 것

언젠가 11월 저녁 무렵, 더이상 견디기가 힘들어졌을 때였
다. 나는 내 방의 좁은 양탄자 위에서 마치 경주로를 달리듯이
냅다 뛰다가 불 켜진 길을 보고 깜짝 놀라서 다시 뒤돌아섰는
데, 방 안 깊숙이 거울 바닥에서 새로운 표적을 보게 되었다.
나는 고함을 질렀다. 단지 소리를 들어보기 위한 고함이었다.
그 무엇도 거기에 대답하지 않았고, 그 무엇도 그 소리치는 힘
을 앗아가지 않았다. 그렇게 아무런 견제도 없는 가운데 고함
은 한없이 위로 올라갔고, 소리 지르기를 멈춘 뒤에도 고함은
끊이지 않았다. 그때 벽 쪽에서 급작스럽게 문이 열렸다. 급하
게 여는 것이 당연했기 때문에 급하게 열린 것이었다. 또 아래
쪽 포장도로 위에서 마차를 끌고 가던 말들조차 전쟁터에서

사나워진 말처럼 목구멍을 훤히 드러내며 몸을 위로 쳐들고 있었다.

　작은 유령 같은 아이 하나가 아직 등불이 켜지지 않은 컴컴한 복도에서 나오더니 보이지도 않을 정도로 옅게 삐걱거리는 마룻바닥의 서까래 위에 발끝으로 섰다. 아이는 방 안의 흐릿한 빛에 눈이 부셔 급히 양손에 얼굴을 파묻으려 하다가 저도 모르게 창 쪽을 바라봤는데, 십자 창살 뒤로 마치 안개처럼 거리를 가득 채우던 가로등 불빛이 마침내 어둠 속으로 가라앉는 것을 보더니 침착을 되찾았다. 아이는 열린 문 앞에서 오른쪽 팔꿈치를 방 벽에 댄 채 서 있었고, 바깥 공기가 아이의 발목과 머리, 그리고 관자놀이를 스치고 지나갔다.

　나는 그쪽을 힐끔 쳐다보고, "안녕하세요"라고 인사를 한 뒤, 난로의 금속 방열판 위에 있던 상의를 집어 들었다. 그렇게 반쯤 벌거벗은 채로 서 있고 싶지는 않았기 때문이었다. 그러고도 얼마간 나는 입을 벌리고 있었는데, 긴장감을 입 밖으로 내보내기 위해서였다. 입 안에는 쓴 침이 돌았고 눈썹은 파르르 떨렸다. 간단히 말해서, 이런 상황이 올 것을 이미 알고 있기는 했지만 지금 이 순간 내가 제일 피하고 싶은 일이 이 아이와 마주치는 일이라는 말이다.

　아이는 여전히 벽 옆의 같은 자리에 서 있었다. 뺨이 상기된 채 오른손을 벽에 갖다대고 우둘투둘한 벽을 손가락 끝으로 한없이 문지르고 있었다. 내가 말했다.

"정말 내게 오려던 거 맞아요? 착각하신 건 아닙니까? 이렇게 건물이 넓다보면 집을 잘못 찾기 십상이죠. 나는 아무개라 불리는 사람이고 사 층에 삽니다. 그래도 당신이 찾는 사람이 내가 맞습니까?"

"자! 자! 침착하세요! 모두 다 틀림없어요."

아이가 어깨 너머로 말했다.

"그러시다면 방 안으로 더 들어오세요. 문을 닫아야겠어요."

"문은 지금 막 내가 닫았어요. 그대로 계세요. 우선 진정부터 하시고요."

"문 닫는 거야 어차피 힘든 일도 아닌 걸요. 그렇지만 이 층에는 많은 사람들이 살고 있고, 모두들 나와 잘 아는 사이예요. 대부분은 지금 일을 마치고 돌아오죠. 어느 방에서 이야기 소리가 들리면 무슨 일인지 알아보려고 문을 열어봐야 마땅하다고 생각하는 사람들이에요. 글쎄, 여기 사람들은 어쨌든 그렇다니까요. 그 사람들은 이제 하루 일과를 끝낸 사람들인데 얼마 되지도 않는 이 저녁 시간을 방해받고 싶겠습니까? 잘 아시잖아요. 그러니 문을 닫게 해주세요."

"그래요, 그게 어쨌다는 거예요? 뭐가 문제죠? 나야 이 집 사람들 모두가 몰려와도 상관없어요. 그리고 다시 한 번 말하지만 문은 내가 이미 닫았어요. 당신만 문을 닫을 수 있다고 생각하세요? 나는 문을 잠그기까지 했어요."

"그럼 됐어요. 더이상은 바라지 않아요. 잠글 필요까지는 없었습니다. 이왕 왔으니 편히 계세요. 당신은 나의 손님입니다. 나를 전적으로 믿으세요. 두려워하지 말고 어깨를 쫙 펴세요. 당신에게 여기 있으라고도 가라고도 강요하지 않아요. 그런데 이런 것까지 내가 일일이 말해줘야 합니까? 당신은 그렇게도 나를 몰라요?"

"아니요. 그 말씀은 안 해도 됐어요. 아니, 말해서는 안 되는 거였어요. 보세요, 저는 아이예요. 그런데 왜 제게 그렇게 신경을 써주세요?"

"별것도 아닌 걸요. 물론, 당신은 아이죠. 하지만 그렇게 어린 것도 아니잖아요. 벌써 다 자랐네요. 당신이 여자아이였다면 이렇게 아무렇지도 않게 나와 한방에 있지도 못할 겁니다."

"그 점에 대해서는 우리 서로 염려할 필요가 없는 것 같아요. 나는 단지, 당신을 잘 안다는 것이 내게는 별로 득이 되지 않는다는 사실을 알려주고 싶었을 뿐이에요. 그러니 당신은 거짓말을 해야 하는 수고는 덜 수 있겠죠. 이런데도 당신은 내게 그런 칭찬까지 하는군요. 관두세요. 부탁이니 제발 그만 하세요. 게다가 나는 당신이 언제 어디에 있든 항상 당신을 잘 아는 것도 아니에요. 이렇게 깜깜한 곳에 있을 때는 더더욱 그렇죠. 불을 켜는 것이 낫겠어요. 아니에요, 그러지 않는 편이 좋겠어요.

53

그래도 당신이 날 위협하는 것쯤은 눈치 챌 수 있을 거예요."

"뭐라고요? 내가 당신을 위협한다고요? 당치도 않아요. 마침 내 당신이 여기에 나타나서 얼마나 기쁜지 몰라요. 내가 '마침 내'라고 하는 건 이미 늦었기 때문이에요. 왜 이렇게 늦게 오셨는지 모르겠어요. 내가 너무 기뻐서 두서없이 말하다보니 당신이 그런 생각까지 하게 된 것 같군요. 내가 위협조로 얘기했다는 건 열 번이라도 시인하겠어요. 그래요. 내가 당신을 협박했어요. 당신 말이 다 옳으니 제발 우리, 싸우지만 말아요. 그런데 아무리 그래도 어떻게 그런 생각까지 할 수 있죠? 어쩌면 내게 이렇게 상처를 줄 수 있어요? 잠깐 동안밖에 있지 않을 거면서, 그 잠깐마저 폭력으로 망쳐놓고 싶어요? 생판 남이라도 당신보다는 날 따뜻하게 대해줄 거예요."

"맞아요, 내가 어리석었어요. 하지만 나는 남들이 당신에게 보여주는 따뜻함 정도는 천성적으로 타고났어요. 당신도 아시잖아요? 그런데 왜 그렇게 감상적으로 구는 거예요? 차라리 희극을 연기하고 싶은 거라고 말씀하세요. 그럼 당장 나가드릴게요."

"그래요? 기어이 그런 말까지 하는군요. 너무 대담한 거 아닙니까? 결국 당신은 내 방에 있을 거면서 말이에요. 지금도 미친 듯이 손가락으로 벽을 문지르고 있잖아요. 내 방, 내 벽을요! 무엇보다 당신이 말한 것은 건방진 데다가 웃기기까지 해요.

천성적으로 당신은 나와 이런 식으로밖에 말할 수 없다고 했죠? 정말 그럴까요? 천성적으로 그렇다고요? 대단한 천성이군요. 당신의 천성이 곧 내 천성인데, 내가 천성적으로 당신에게 친절하게 대하면 당신도 똑같이 대해야 하는 거 아닌가요?"

"그게 친절한 거예요?"

"나는 지금 조금 전 얘기를 하는 거예요."

"나중에 내 태도가 어떻게 변할지 아세요?"

"알긴 내가 뭘 알겠어요."

나는 침대 옆 작은 탁자로 가서 그 위에다 촛불을 켰다. 그 당시 내 방에는 가스도 전깃불도 없었다. 나는 한동안 탁자 옆에 더 앉아 있다가, 그것마저 지루해지자 겉옷을 걸치고 안락의자에서 모자를 가져온 뒤 입김을 불어 촛불을 껐다. 그러다가 밖으로 나가는 길에 의자 다리에 걸렸다.

계단에서 같은 층에 세 들어 사는 사람을 만났다.

"이봐요, 놀기 좋아하는 양반, 그새 또 외출하는 거예요?"

계단 두 개에 다리를 걸친 채로 쉬고 있던 그가 내게 물어보았다.

"그럼 어쩌겠어요? 지금 내 방에 유령이 있는데."

내가 말했다.

"그런 걸 마치 수프에서 머리카락 하나쯤 나온 것처럼 아무렇지도 않게 말씀하시네요."

"농담도 잘하시는군요. 그래도 유령인데 그럴 리가 있겠어요?"

"옳은 말씀입니다. 그렇지만 만약 유령 따위를 믿지 않는다면 이야기는 달라지죠."

"그럼 나는 유령을 믿는다는 말이에요? 그리고 안 믿어서 좋을 건 또 뭐가 있죠?"

"간단해요. 정말로 유령이 당신 앞에 나타나더라도 두려워할 이유가 없어지죠."

"그래요. 하지만 당신이 말하는 건 이차적인 공포예요. 원초적인 공포는 유령이 나타나는 원인에 대한 공포죠. 그리고 이 공포는 줄어들지도 않아요. 지금 나는 그 무시무시한 공포를 실컷 맛보고 있답니다."

나는 안절부절못하고 주머니를 몽땅 뒤지기 시작했다.

"하지만 유령 자체가 무섭지만 않다면 유령이 나타나는 원인을 별스럽지 않게 물어볼 수도 있겠군요!"

"당신은 분명 한 번도 유령과 이야기해본 적이 없군요. 유령한테서는 절대로 뭔가를 분명하게 알아낼 수 없어요. 유령들과는 말씨름만 할 뿐이죠. 유령들은 자신들의 존재에 대해 우리보다 더 확신이 없는 것 같아요. 쉬이 사라져버리는 존재들인 만큼 이상할 것도 없지만요."

"하지만 개중엔 유령을 기를 수 있다는 사람들도 있던데요."

"그럴 수 있죠, 정확히 알고 계시네요. 하지만 누가 그렇게 하겠어요?"

"못할 것도 없지요. 여자 유령 같으면요."

그는 이렇게 말하고 계단 위로 껑충껑충 뛰어 올라갔다.

"아이고, 그런 경우도 있겠군요."

내가 말했다.

"그래도 난 싫어요."

나는 곰곰이 생각했다. 이웃 남자는 벌써 계단의 둥근 천장 밑으로 몸을 굽혀야만 나를 볼 수 있을 만큼 높이 올라가 있었다.

"그렇다고 그 위에 있는 내 유령을 빼앗아가면 우리 사이는 끝이에요. 영원히 말이에요."

내가 소리를 질렀다.

"나도 농담으로 말해본 것뿐이에요."

이렇게 말하면서 그는 고개를 다시 당겼다.

"그럼 됐어요."

내가 말했다. 이제 편하게 산책을 갈 수도 있겠지만 너무도 외롭다는 느낌이 들어서 나는 그냥 다시 위로 올라가 잠자리에 들었다.

카프카 작품선

Franz Kafka

2장

변신

변신

I

어느 날 아침 뒤숭숭한 꿈에서 깨어난 그레고르 잠자는 자기가 징그러운 해충으로 변한 채 침대에 누워 있다는 것을 깨달았다. 갑옷처럼 딱딱한 등을 바닥에 대고 누운 채 고개를 약간 들어 올리자 불룩 솟아오른, 갈색의, 활 모양의 딱딱한 마디들로 갈라진 배가 보였고, 금방이라도 미끄러질 듯 걸쳐져 있는 이불은 불룩한 배의 높이를 감당하지 못하는 듯했다. 나머지 신체부위의 둘레에 비하면 비참할 정도로 가느다란 수많은 다리들은 눈앞에서 어른어른 희미한 빛을 발했다.

그레고르는 생각했다.

'내게 무슨 일이 일어난 거지?'

꿈은 아니었다. 심하게 작기는 했지만 그래도 사람이 잘 수 있는 방임에 틀림없는 그 방은 익숙한 네 개의 벽 사이에서 여전히 고요를 유지하고 있었다. 탁자 위에는—그레고르는 출장이 잦은 영업사원이었다—섬유 샘플북이 펼쳐져 있었고, 그 위로는 얼마 전 잡지 화보에서 오려내어 금박 테두리의 멋진 액자에 끼워놓은 사진이 걸려 있었다. 사진 속 부인은 모피 모자, 모피 목도리를 두르고 있었고, 꼿꼿하게 앉은 채, 아래팔 전체를 가리는 모피로 된 묵직한 원통형 토시를 보는 사람을 향해 치켜들고 있었다.

다음으로 그레고르는 창문 쪽으로 시선을 돌렸는데, 흐린 날씨—빗방울이 금속 창문턱을 두드리는 소리가 들려왔다—때문에 기분이 우울해졌다. '잠이나 좀더 자면서 이런 말도 안 되는 이야기들을 다 잊어버리면 어떨까?'라고 생각했지만 그것은 실현불가능한 일이었다. 그레고르는 늘 몸을 오른 방향으로 튼 채 모로 누워 자는 습관이 있었는데, 현재의 처지로는 그 자세를 취할 수 없기 때문이었다. 기를 쓰고 몸을 아무리 오른쪽으로 틀어도 자꾸만 누운 자세로 되돌아왔다. 백 번은 족히 시도했다 싶을 때부터 버둥대는 다리들이 보기 싫어 눈을 감았지만, 옆구리 쪽에 처음 느껴보는, 가볍고 둔중한 통증이 시작될 때까지 노력을 중단하지 않았다.

세상에나, 그레고르는 생각했다.

'대체 나는 어쩌다가 이렇게 피곤한 직업을 골랐을까! 허구

한 날 집을 떠나 있어야 하잖아. 업무로 인한 긴장만 해도 사내 근무를 할 때보다 훨씬 심한 데다가 길 떠난 자의 고통까지 더해지지. 기차 연결편을 놓치면 안 된다는 걱정에, 끼니를 거를 때가 많은 형편없는 식사에, 만나는 사람이야 많지만 상대가 자꾸 바뀌는 탓에 결코 진지하게 발전하지 못하는 인간관계까지……. 이 따위 걱정일랑 제발 귀신한테나 들러붙었으면 좋겠군!'

그때 윗배 쪽이 약간 가려웠다. 고개를 좀더 들어 올리려고 등을 바닥에 댄 채 침대 머리맡을 향해 슬금슬금 기어갔다. 결국 가려운 부위를 찾아내어 보니, 그 부위는 작고 하얀 점들로 가득 채워져 있었는데, 그게 무엇인지 알 수 없었다. 다리 한 개로 그 부위를 건드려보려 했지만, 금세 다리를 떼고 말았다. 건드리는 순간 차가운 전율이 온몸을 휘감았기 때문이다.

그레고르는 미끄러지며 원래 자세로 되돌아갔다. 그는 생각했다.

'이렇게 너무 이른 시각에 눈을 뜨면 원래 좀 멍청해지는 법이야. 뭐니 뭐니 해도 사람은 잠을 잘 자야 돼. 다른 영업사원들은 하렘의 여인들처럼 생활하잖아. 내가 접수된 주문 건들을 정리하려고 오전 중에 다시 여관에 들르면 이 양반들은 그제야 아침을 먹고 있지. 사장한테 말이라도 해봐야겠어, 지금 당장 때려치우겠다고 말이야. 누가 알아, 그게 나한테 훨씬 더 좋은 일일지. 난 부모님 때문에 어쩔 수 없이 꾹 참고 있는 거야, 부모님만 아니었다면 이미 오래전에 사표를 냈을 거야, 사장을 향해 뚜벅뚜벅 걸어간 뒤 내 진심이 무엇인지 낱낱이 털어놓았을 거야. 그랬다면 사장은 탁자에서 나동그라졌겠지! 탁자 위에 앉아 그 높은 곳에서 직원을 내려다보며 대화를 한다는 것부터가 웃기는 일이야. 게다가 사장이 청력이 약하기 때문에 직원은 사장 쪽으로 바싹 다가가기까지 해야 하지. 그래도 아직 희망을 완전히 버린 건 아니야. 부모님이 사장한테 진 빚을 다 갚기만 하면—그러자면 아직 오륙 년은 더 걸리겠지만—계획을 꼭 실천에 옮기고 말겠어. 그렇게만 되면 멋지게 사표를 던지고 말 거야. 어쨌든 지금으로서는 일어나는 수밖에 없겠군, 기차가 다섯 시에 출발하니까.'

그레고르는 트렁크 위에서 재깍대는 자명종을 쳐다보았다.

'이 일을 어째!'

6시 30분이었다. 시계바늘은 조용히 계속 돌아갔고, 어느새 6시 30분도 넘긴 시각이었다. 이제 곧 6시 45분이 될 터였다. 자명종이 울리지 않았나? 침대에 누운 채로 확인해보니 자명종을 정확히 4시에 맞춰놓은 것이 보였다. 그랬다면 분명 울렸을 것이다. 분명 그랬겠지, 하지만 가구까지 뒤흔들릴 만큼 큰 소리가 울리는데 그걸 못 듣고 편히 잘 수 있었을까? 따지자면 편히 잔 건 아니지만, 아마도 그 때문에 잠이 더 깊이 들었을

것이다. 어쨌든 이제 어떻게 해야 좋을까? 다음 기차는 7시에 출발한다. 그걸 타려면 정신없이 서둘러야 하는데, 아직 샘플북도 챙겨 넣지 않은 상태였고, 몸도 무겁고 기분도 상쾌하지 않았다. 또 설령 그 기차를 탄다 하더라도 사장의 불같은 호령을 피할 길이 없었다. 5시 기차를 기다리던 사환이 그레고르가 나타나지 않았다는 소식을 이미 오래전에 전했을 터였다. 사환은 사장의 똘마니였는데 줏대도 생각도 없는 녀석이었다. 그냥 몸이 아프다고 말해버릴까? 하지만 그렇게 하면 너무 무안할 것 같고 금세 들켜버릴 것 같았다. 그레고르는 지금까지 5년 동안 일해오면서 단 한 번도 병가를 낸 적이 없었다. 사장은 분명 의료보험조합 소속 의사에게 문의를 할 테고, 그레고르의 부모님에게 게으른 아들을 두었다며 비난을 퍼부을 것이며, 보험조합 의사가 한 말을 근거로 내세우며 그 어떤 핑계도 허용치 않을 것이다. 게다가 보험조합 의사는 아프다는 사람들이 모두 실제로는 매우 건강하면서 일하기 싫어하는 것뿐이라고 여기는 자다. 물론 지금 같은 상황이라면 그 의사의 생각이 전적으로 틀렸다고는 말할 수 없겠지? 사실 그레고르의 몸상태는, 긴 잠을 자고 난 뒤에 또다시 쏟아지는, 그야말로 불필요한 졸음만 제외하면 아주 양호했고 심지어 매우 왕성한 식욕까지 느껴졌다.

침대에서 빠져나올지 말지 결정하지 못한 채 잽싸게 이 모든 생각들을 정리하고 있는데—자명종이 이제 막 6시 45분을 알리고 있었다—침대 머리맡 쪽에서 누군가 조심스럽게 방문을 두드렸다.

"그레고르, 여섯 시 사십오 분이다. 어딜 가야 된다고 하지 않았니?"

어머니의 목소리였다. 아, 이 부드러운 목소리! 그 말에 대답하려고 입을 떼는 순간 그레고르는 자신의 목소리를 듣고 소스라치게 놀랐다. 그 목소리는 분명 자신의 예전 목소리였지만, 거기에는 저 아래쪽 어딘가에서 치솟는 듯한, 도저히 감출 수 없는, 고통스럽게 삑삑대는 소리가 묻어 있었다. 입 밖으로 튀어나온 말은 처음에만 분명히 들리다가 나중에는 삑삑대는 소리 때문에 무슨 말을 들었는지조차 헷갈리게 만들 만한 소리에 지나지 않았다. 그레고르는 어머니의 물음에 조목조목 대답하고 모든 것을 설명하고 싶었다. 하지만 상황이 상황이다 보니 "예, 알았어요, 고마워요, 어머니, 금방 일어날 거예요" 정도로 줄여서 대답할 수밖에 없었다. 그레고르의 말에 어머니가 안심하고 발을 끌며 먼 곳으로 사라지는 걸로 미뤄보건대, 목재로 된 방문에 가로막혀 밖에서는 그레고르의 목소리가 달라졌다는 것을 똑똑히 눈치 채지 못한 듯했다. 하지만 그 짧은 대화로 인해 그레고르가 아직도 집에 있다는 것을 나머지 가족들도 알게 되었고, 이내 아버지가 약하게나마 주먹으로 사잇문을 두드렸다. "애야, 그레고르, 어쩌려고 그러느냐?"라는 목소리가 들리더니 아버지는 얼마 지나지도 않아 금세 다시 더 강한 어조로 "그레고르! 그레고르!"라고 경고했다. 맞은편 사잇문에서는 여동생이 낮은 목소리로 "오빠? 어디가 안 좋아? 뭐 필요한 건 없어?"라며 걱정했다. 그레고르는 양쪽을 향해 "이제 채비가 다 되었어요"라고 대답했다. 대답할 때에는 발음에 특별히 주의를 기울이고 단어와 단어 사이에 길게 뜸을 들임으로써 목소리에서 수상한 점이 드러나지 않도록 주의했다. 아버지는 아침을 먹으러 자리로 돌아갔지만 동생은 여전히 "오빠, 제발 부탁이니 어서 방문 좀 열어봐"라고 속삭였다. 그러나 그레고르는 방문을 열 생각이 전혀 없었다. 오히려 출장을 자주 다닌 덕분에 집에서도 밤에는 모든 방문을 걸어 잠그는 습관을 들인 것이 참으로 다행이라 생각했다.

그레고르는 우선 누구의 방해도 받지 않고 침착하게 일어난 다음, 옷을 입고 아침도 먹고 난 뒤에 그 다음 행동을 고려해볼 작정이었다. 침대에 누운 채로는 아무리 생각해봤자 이성적 결론을 내릴 수 없었기 때문에 그렇게 결심한 것이었다. 그런데 돌이켜보니, 불편한 자세로 잔 탓에 몸 어딘가에 가벼운 통증이 느껴지는 듯했지만 자리를 박차고 일어서는 순간 통증은 순전히 착각에 불과했다는 것을 깨달은 적이 지금까지 여러 번 있었다. 오늘 든 생각은 과연 어떤 식으로 서서히 착각으로 판명될 것인지 궁금했다. 그레고르는 목소리가 변한 게 이제 곧 닥칠 강력한 오한과, 출장이 잦은 직장인들의 직업병을 암시하는 수단일 뿐이라는 사실에 일말의 의심도 품지 않았다.

이불을 내치는 것은 매우 간단했다. 훅 하고 약하게 바람을 불기만 했는데 이불은 저절로 떨어졌다. 하지만 그 다음부터가 문제였다. 특히 몸통의 너비가 넓어진 까닭에 일이 더 어려웠다. 지금까지는 팔과 손의 힘에 의지해 몸을 일으킬 수 있었다. 그런데 지금 그레고르가 가진 것이라고는 끊임없이 사방으로 움직이는 수많은 다리들밖에 없었고, 설상가상으로 그 다리들은 그레고르의 뜻대로 움직여주지도 않았다. 다리 하나를 구부리려 하면 첫 번째 다리가 저절로 곧게 펴지는 식이었고, 그 다리를 드디어 자신의 의도대로 쓸 수 있게 되면 나머지 다리들이, 마치 그레고르의 몸의 일부가 아닌 것처럼, 재빠른 속도로 고통스럽게 버둥댔다. 그레고르는 다짐했다.

"어쨌든 침대에 누워 빈둥댈 수는 없어."

처음에는 하체부터 침대에서 빠져나오려 했다. 하지만 하체를, 참고로 하체가 어떻게 생겼는지 아직 본 적도 없고 모습을 상상하기조차 어려운데, 움직이는 것이 꽤 힘들다는 사실을 깨달았다. 일에 전혀 진전이 없었다. 마침내 그레고르는, 폭발하기 직전의 상태에서, 앞뒤 재지 않고 있는 힘껏 밀어붙였다. 그러나 방향을 잘못 선택한 바람에 침대 발치에 쿵 하고 박았고 화끈거리는 통증이 느껴졌다. 이 통증은 그레고르에게 현재 상태에서 가장 민감한 부분이 하반신이라는 가르침을 주었다.

이번에는 상체부터 침대 밖으로 내밀기로 했다. 고개는 침대 모서리 쪽으로 조심스레 돌렸다. 어렵지 않았다. 그 넓고 육중한 몸도 고개를 돌리는 동작에 발맞춰 서서히 방향을 틀었다. 그러다가 마침내 침대 밖 텅 빈 곳으로 머리를 내미는 순간, 그대로 계속 가서 그 자세로 땅바닥에 떨어질 경우, 기적이 일어나지 않는 한 머리를 다치고 말 것이라는 생각에 겁이 났다. 절대 그러한 깨달음을 무시해서는 안 될 터였다. 그래서 그레고르는 차라리 그대로 침대에 누워 있는 편을 택했다.

하지만 몸을 옆으로 돌릴 때와 똑같은 정도의 공을 들인 뒤 한숨을 내쉬며 이전의 자세로 되돌아오자, 그리고 다리들이 아까보다 더 성난 듯 서로 다투는 모습이 눈에 들어오고 그 혼란을 정리할 방법이 없다는 것을 깨닫자, 이대로 침대에 누워 있을 수만은 없고 침대에서 벗어날 수 있는 가느다란 희망만 있다면 어떤 희생이라도 치르는 것이 결국 가장 이성적인 행동이라는 생각이 들었다. 그러나 그 상황에서도 그레고르는 침착, 또 침착하게 생각을 정리하는 것이 절망적인 상태에서 내린 결론들보다 훨씬 낫다는 점도 잊지 않고 간간이 상기했다. 그 순간, 그레고르는 시선을 창문 쪽에 최대한 예리하게 고정시켰지만, 좁은 도로의 반대편까지 덮어버린 아침 안개 때문에 거기에서 무슨 확신이나 용기를 얻기는 어려웠다.

'벌써 일곱 시야.'

자명종이 다시금 울릴 무렵 그레고르가 혼잣말을 했다.

"시간이 벌써 일곱 시인데 아직도 저렇게 안개가 자욱하군."

그런 다음 그레고르는 약하게 숨을 쉬며 잠시 그대로 누워 있었다. 그렇게 아무 말 없이 누워 있으면서 예전의 현실 세계, 자연스러웠던 세계가 되돌아오기라도 바라는 마음인 듯했다.

그러나 그레고르는 다시 생각했다.

'일곱 시 십오 분에는 반드시 침대 밖으로 완전히 빠져나가야겠어. 그때쯤이면 분명 가게에서 누가 찾아와 내 행방을 물어볼 거야. 가게는 일곱 시 전에 문을 여니까.'

이제 그레고르는 몸길이 전체를 고르게 이용하며 저울질 동작을 했다. 그렇게 침대에서 떨어질 경우, 순간적으로 고개를 들어 올리기만 하면 적어도 머리는 다치지 않을 것 같았다. 그리고 카펫 위로 떨어지면 딱딱한 등에도 전혀 무리가 가지 않을 것 같았다. 제일 걱정되는 부분은 소리였다. 분명 쿵 하는 소리가 날 테고, 문밖의 가족들이 충격에 빠지지는 않는다 하더라도 행여 염려하지 않을까 조심스러웠다. 그러나 그레고르로서는 그 위험도 감수할 수밖에 없었다.

몸이 절반 가까이 침대 밖으로 나갈 때쯤—가벼운 저울질 동

72

작만 계속하면서 옆으로 조금씩 이동하는 새로운 방식은 노력이라기보다는 놀이에 가까웠다─문득 누군가의 도움을 받으면 모든 게 얼마나 간단할까라는 생각이 들었다. 건장한 사람 두 명─그레고르는 아버지와 가정부 여자아이를 떠올렸다─만 있으면 충분할 터였다. 두 사람이 각기 양팔을 자신의 굽은 등 아래로 밀어 넣은 뒤 껍질을 제거할 때처럼 침대에서 자기 몸을 들어 올리고, 그 상태에서 두 사람이 자세를 낮춰주면 그레고르는 몸을 훌쩍 뒤집어 바닥에 내려앉으면 끝이었고, 제 발 다리가 그때쯤이면 제 기능을 발휘해주기를 기다리기만 하면 되었다. 가만, 그런데 방문이 모두 잠겨 있다는 사실은 그렇다 치더라도 정말 누군가에게 도움을 청할 마음이 있는 것일까? 그런 생각이 들자 그 다급한 상황에서도 피식 하고 터지는 웃음을 억누를 수 없었다.

이제 강하게 흔든 몸은 중심을 잡을 수 없는 상태로까지 발전했고, 그것은 곧 지금 당장 다음 행동을 결정해야 함을 의미했다. 이제 5분만 있으면 7시 15분이었다. 그때 초인종이 울렸다. '가게에서 누가 왔나보군'이라고 생각하는 순간 그레고르의 몸은 거의 굳어버렸지만, 반대로 다리는 더더욱 바삐 춤을 췄다. 한순간, 고요가 감돌았다. 터무니없는 희망에 사로잡혀 '문을 안 열어주는 건 아닐까' 하는 생각도 들었다. 하지만 늘 그래왔듯 가정부 아이가 또렷한 소리를 내며 현관으로 걸어가

문을 열었다. 방문자가 건네는 인사말만 듣고도 그레고르는 그가 누군지 금세 알아챘다. 지배인이 몸소 납신 것이었다. 어쩌다가 자기만 사소한 착오에도 최대한의 의심을 품는 그런 회사에 근무하는 불운을 겪게 된 것일까? 아침시간 몇 시간쯤을 회사일이 아닌 다른 일에 썼고, 그래서 양심의 가책 때문에 얼이 다 빠졌고, 심지어 침대 밖으로 빠져나오는 것조차 거의 불가능한 이런 경우, 놀고먹는 직원들 중 대신 일을 믿고 맡길만한 사람이 단 한 명도 없단 말인가? 직업훈련생 하나를 시켜 알아보라고 해도 충분하지 않을까—알아볼 필요가 있는지조차 잘 모르겠지만—, 지배인이 이렇게 꼭 직접 찾아와야 했을까, 아무것도 모르는 가족들 앞에서 이 수상쩍은 사건을 조사할 사람이 그 잘난 지배인밖에 없다는 사실을 만천하에 공개해야 했을까? 그레고르는 온 힘을 다 쥐어짜 결국 침대 밖으로 빠져나오기는 했지만, 이는 제대로 된 결심에 따른 것이라기보다는 이런저런 불만들을 떠올리는 과정에서 흥분했기 때문에 초래된 결과였다. 쿵 하고 부딪히는 소리가 나기는 했지만 소음이라고 할 수 없는 강도였다. 카펫이 소리를 어느 정도 흡수한 데다가 등도 생각보다 더 탄력적이었기에 요란하지 않은, 둔탁한 울림만 남은 것이었다. 다만 고개를 충분히 치켜들지 못한 탓에 바닥에 가볍게 부딪쳤을 뿐이었다. 화도 나고 아프기도 한 상태에서 그레고르는 머리를 카펫에 대고 비볐다.

"저 안에서 뭔가가 떨어지는 소리가 났어요."

왼쪽 옆방에서 지배인의 목소리가 들려왔다. 그레고르는 오늘 자신에게 이런 일이 일어난 것처럼 단 한 번이라도 좋으니 지배인에게도 이와 비슷한 일이 일어날 수는 없을까, 생각했다. 분명 개연성은 있는 얘기였다. 하지만 이런 그레고르의 질문에 거칠게 대답이라도 하듯 옆방의 지배인이 다부지게 몇 발짝을 옮기면서 에나멜 장화가 삐걱대는 소리를 남겼다. 오른쪽 옆방에서는 동생이 사태를 알려주기 위해 그레고르에게 속삭였다.

"오빠, 지배인이 왔어."

그레고르는 "나도 알아"라고 대답했다. 중얼거리는 목소리였지만 적어도 동생에게 들릴 만큼은 되었다. 그레고르로서는 목소리를 너무 높이지 않으려고 조심한 것뿐이었다.

"그레고르."

이번에는 왼쪽 옆방에서 아버지가 말했다.

"지배인께서 오셔서 네가 왜 아침 기차를 놓쳤는지 물어보시는데 어떻게 대답해야 좋을지 모르겠구나. 그러니 제발 문 좀 열어보거라. 방 안에서 무슨 사태가 벌어지고 있든 간에 지배인께서는 다 용서하고 너그러이 봐주실 거다."

그때 지배인이 친절하게도 인사를 건넸다.

"잘 잤어요, 잠자 씨?"

그러자 어머니가 지배인에게 "몸이 안 좋은가봐요"라고 말했고, 그러는 동안 아버지는 계속 방문 앞에서 말을 걸었다.

"몸이 안 좋은 게 분명해요, 지배인님. 그렇지 않고서야 우리 그레고르가 대체 왜 기차를 놓치겠어요! 그 아이 머릿속에는 일밖에 없어요. 저녁때 외출조차 하지 않아 보는 내가 답답할 지경이에요. 지난 여드레 동안 집에서 출퇴근했지만 저녁이면 늘 집에 있었어요. 식탁 앞에 앉아 조용히 신문을 읽거나 기차 시간표를 뚫어져라 쳐다봐요. 취미라고 해봤자 실톱으로 뭔가를 만드는 정도지요. 언젠가 이틀, 사흘 저녁 동안 작업하더니 자그마한 액자틀을 깎아 만들었어요. 얼마나 잘 만들었는지, 아마 보면 놀라실 거예요. 그게 저 방 안에 걸려 있어요. 이제 곧 그레고르가 문을 열면 지배인께서도 그걸 보실 수 있어요. 참, 지배인께서 오셔서 다행이에요. 우리가 아무리 얘길 해도 그레고르가 문을 열지 않았거든요. 저 아이가 고집이 좀 세요. 그리고 쟤가 몸이 안 좋은 게 분명해요. 본인은 이미 그렇지 않다고 말했지만 말이에요."

그레고르는 천천히, 침착하게 "곧 가요"라고 대답했지만 밖에서 오가는 대화를 한마디도 놓치지 않고 다 듣기 위해 꼼짝도 하지 않았다.

"어머님, 저도 다른 이유가 있을 거라 생각하지는 않습니다."

지배인이 말했다.

"심각하지 않기만 바랄 뿐이지요. 그런데 이런 말씀을 드려도 될지 모르겠지만, 우리 같은 직장인들은—이게 불행인지 다행인지 모르겠지만—일을 우선시하면서 가벼운 병쯤은 극복해야 합니다."

그러자 마음이 조급해진 아버지가 방문을 두드리며 물었다.

"얘야, 이제 지배인께서 들어가도 되겠니?"

그레고르는 "안 돼요"라고 말했다. 이제 왼쪽 옆방에는 거북한 정적이 감돌았고, 오른쪽 옆방에서는 동생이 울먹이기 시작했다.

그런데 동생은 왜 다른 사람들이 있는 곳으로 가지 않는 것이지? 분명 지금 막 일어나서 아직 옷도 제대로 입지 않은 상태겠지. 그런데 울기는 왜 우는 거야? 일어날 생각도 않고 지배인을 방 안에 들이지도 않아서? 오빠가 직장을 잃을까봐? 그러면 사장이 또다시 빚 독촉을 하며 부모님을 괴롭힐까봐? 하지만 아직 거기까지 걱정할 필요는 없었다. 아직 이렇게 번듯이 살아 있고 가족을 저버릴 마음은 한 치도 없었다. 지금 이 순간 카펫 위에 누워 있을 뿐이고, 지금 처한 상황을 아는 사람이라면 지배인을 방 안으로 들이라고는 절대 말할 수 없을 것이었다. 그리고 시간이 지나면 왜 그렇게 행동할 수밖에 없었는지 충분히 해명할 수 있는 결례, 이깟 사소한 결례 때문에 당장 해고당하지는 않을 것이다. 그런 의미에서, 지금 저렇게 한쪽에서는 울고불고 한쪽에서는 재촉을 하며 그레고르를 방해하는 것보다는 그냥 저 하는 대로 내버려 두는 편이 훨씬 더 나을 법했다. 하지만 나머지 사람들로서는 사정을 알 수 없으니 저렇게 행동할 수밖에 없을 테고, 그러니 그레고르로서는 이해할 수밖에 없었다.

"잠자 씨!"

지배인이 목소리를 드높이며 소리쳤다.

"대체 무슨 일입니까? 뭣 때문에 그렇게 방 안에 바리케이드를 쳐놓은 채 예나 아니요로만 대답하고, 부모님께 공연히 걱정을 끼쳐드리고, 게다가 이건 중요한 문제는 아니지만 자신의 직무를 지금껏 듣도 보도 못한 방식으로 게을리 하고 있소? 잠자 씨, 부모님과 사장님을 대신해서 말하건대 부탁이니 지금 즉시 알아들을 수 있게 해명 좀 해봐요. 정말이지 어이가 없군요. 내가 알기로 잠자 씨는 침착하고 이성적인 사람인데, 지금 당신 행동을 보니 갑자기 변덕스럽기 짝이 없는 인물이 된 듯하군요. 오늘 아침 사장님이 당신이 나타나지 않은 이유에 대해 추측을 합디다. 수금한 돈을 당신한테 맡긴 것에 대해 말씀하시던데 난 내 명예를 걸고 결코 그럴 리 없다고 확신했어요. 그런데 지금 당신이 말도 안 되게 고집을 피우는 걸 보니 조금이라도 변호해주고 싶은 생각이 싹 가시는군요. 직장에서의 당신

입장이 그다지 확고하지 않은 건 알고 있지요? 그리고 이런 얘기 원래 우리 두 사람만 있는 곳에서 하려 했지만, 지금 이렇게 불필요하게 내 시간까지 빼앗는 당신을 보니 부모님께 알리지 않아야 할 이유가 없을 것 같습니다. 최근 당신은 실적이 그다지 좋지 않았어요. 물론 지금 물건이 불타나게 팔리는 시즌은 아니죠, 그 정도는 우리도 알아요. 하지만 실적을 전혀 올리지 않아도 되는 시즌은 없어요, 잠자 씨. 그런 건 없다고요."

"그런데 지배인님!"

그레고르는 이성을 잃은 채 흥분해서 다른 것은 다 잊어버렸다.

"금방, 지금 바로 문을 열어드리겠다니까요. 좀 아프고 어지럼증이 일어 몸을 일으킬 수 없었던 것뿐이에요. 아직 침대에 누워 있기는 하지만 몸은 완전히 다시 좋아졌어요. 이제 곧 자리를 박차고 일어날 겁니다. 잠시 동안만 인내심을 발휘해주세요! 내가 생각했던 것만큼 컨디션이 좋지는 않지만 그래도 많이 좋아졌어요. 그런데 사람이 어떻게 이렇게 갑자기 아플 수 있는지 모르겠어요! 어제까지만 해도 전혀 문제가 없었어요. 부모님께서도 알고 계시죠, 아니, 정확히 말하자면 사실 어제 저녁부터 어째 조금 불안하긴 했어요. 자세히 보면 누구나 내가 아프다는 걸 알 수 있었을 거예요. 어제 회사에 미리 연락을 했어야 하는 건데! 하지만 우린 굳이 자리를 펴고 드러눕지 않아도 몸이 다시 좋아질 거라 으레 믿잖아요. 지배인님! 제발 부모님은 이 문제에서 빼주세요! 그리고 절 마구 비난하시는 데, 모두 다 틀린 말이에요. 내게 미리 그런 말을 한 적도 없잖아요. 제가 최근에 접수한 주문서들을 못 보신 모양이군요. 그건 그렇고 여덟 시 기차는 꼭 타겠습니다, 몇 시간 쉬었더니 다시 좋아졌어요. 지배인님께서 이렇게 제 시간을 빼앗지만 않으면 금방 회사로 갈 겁니다. 이 말도 좀 전해주시고 사장님께 제 사정을 좀 잘 말해주세요!"

자기가 무슨 말을 하는지조차 모르는 채 많은 말들을 내뱉는 동안 그레고르는 침대 위에서 미리 연습해둔 덕분인지 어렵잖게 궤짝 가까이로 다가갔고, 이제 궤짝을 짚고 몸을 일으킬 참이었다. 그레고르는 진짜로 문을 열고, 자기 모습을 보여주고, 지배인과 이야기를 나눌 셈이었다. 그렇게도 자기를 보고 싶어 하는 사람들이 정작 자기 모습을 보고 무슨 말을 할지 궁금해진 것이었다. 다들 깜짝 놀란다면 그레고르는 더이상 어떤 일에 대해서도 책임질 필요 없이 조용히 쉴 수 있게 될 것이었다. 혹은 모든 것을 담담하게 받아들인다 하더라도 그레고르로서는 흥분할 이유가 없었다. 조금 서두르기만 하면 정말로 8시에는 역에 도착할 수 있을 것이었다. 처음 몇 번은 궤짝이 미끄러워서 그레고르도 미끄러졌다. 하지만 한 번 힘껏 몸을 튕기자 마침내 똑바로 일어섰다. 하반신이 화끈거리듯 아팠지만 더이상 신경 쓰지 않았다. 그러다가 그레고르는 곁에 있는 소파 등받이를 향해 몸을 던졌고, 수많은 다리들로 등받이 가장자리를 꽉 붙잡았다. 그러자 바깥에 있는 사람들과 비슷한 높이까지 도달했고, 이에 그레고르는 입을 닫고 지배인의 말에 귀를 기울였다.

"어머님이나 아버님께서는 단 한 마디라도 알아들으셨습니까?"

지배인이 부모님께 물었다.

"잠자 씨가 우릴 놀리려는 건 아니겠지요?"

"그럴 리가요."

어머니가 거의 울먹이는 목소리로 답했다.

"몸이 많이 안 좋은 거겠죠, 우리가 공연히 아이를 더 괴롭히는 건 아닌지 모르겠어요. 그레테! 그레테!"

어머니는 큰 소리로 외쳤다.

"왜요?"

반대편에서 동생이 외쳤다.

"어서 병원에 좀 가야겠다. 그레고르가 몸이 안 좋아. 얼른 의사 선생님을 좀 모셔 오거라. 그런데 넌 지금 오빠 말소리가 들리니?"

"그건 짐승의 소리였어요."

지배인이 어머니의 고함소리에 비해 심하게 낮은 목소리로 말했다.

"안나! 안나!"

아버지는 곁방을 지나 주방까지 들리도록 큰 소리로 외치며 박수까지 쳤다.

"어서 열쇠공을 불러!"

젊은 여자 두 사람은 치맛자락을 바스락거리며 뛰어서 곁방을 통과하더니—그런데 동생은 어떻게 저렇게 빨리 옷을 입었을까?—현관을 열었다. 문이 닫히는 소리는 들리지도 않았다. 커다란 불운이 닥친 집이라면 으레 그렇듯 문을 열어놓은 것이 분명했다.

하지만 그레고르는 아까보다 훨씬 더 침착해졌다. 사람들이 자기 말을 못 알아듣기는 했지만 소리 자체는 분명 선명하게, 조금 전보다 훨씬 더 선명하게 전달된 것 같았다. 아마도 귀가 거기에 익숙해진 덕분일 것이었다. 그러나 어쨌든 다들 그레고르에게 문제가 있다고 생각했고, 이제 곧 어떻게 손을 써볼 참이었다. 그레고르에게 무슨 일이 일어났다는 모종의 믿음과 확신 하에 몇몇 조치들을 취한 것이었는데, 이는 그레고르에게도 좋은 일이었다. 그레고르는 다시 인간들의 무리에 속하게 되었다는 느낌이 들었고, 의사와 열쇠공, 두 사람의 방식이 어떻게 다를지는 잘 모르겠지만, 깜짝 놀랄 만큼 커다란 도움을 주기를 기대했다. 그레고르는 이제 곧 중대한 결정을 내려야 할 것에 대비해 최대한 목소리를 가다듬어야 했고, 이를 위해 헛기침을 조금 했다. 하지만 헛기침조차 아주 낮은 소리로 하려고 애썼다. 헛기침 소리부터 이미 인간의 소리와 다르게 들릴 수 있기 때문이었는데, 그레고르 스스로 거기에 대해 판단할 자신은 없었다. 그러는 사이, 옆방에서는 말소리가 완전히 끊겼다. 부모님과 지배인이 탁자 앞에 모여 앉아 소곤소곤 이야기를 나누고 있는 것일까, 아니면 모두가 방문에 기대어 서서 안쪽의 동정을 살피고 있는 것일까.

그레고르는 자기가 들러붙어 있는 소파를 통째로 방문 쪽으로 서서히 끌어간 다음, 소파에서 다리를 떼고 방문을 향해 몸을 던졌고, 그런 다음 문을 부여잡고 몸을 곧추세웠으며—다리 끝부분에 끈끈한 성분이 조금 붙어 있었다—그 자세로 잠깐 숨을 고르며 휴식을 취했다. 그러고는 이내 다시 입으로 열쇠구멍에 꽂힌 열쇠를 돌리기 시작했다. 안타깝게도 그레고르에게는 이빨이 없는 듯했으나—이제 무엇으로 열쇠를 잡아야 한단 말인가?—대신 턱이 매우 단단했다. 실제로 그레고르는 턱의 힘으로 열쇠를 돌릴 수 있었다. 갈색의 액체가 입 밖으로 흘러나온 뒤 열쇠를 거쳐 바닥으로 떨어지는 모양새로 미뤄보건대 그 동작 때문에 몸에 무리가 가는 것이 분명했지만 그레고르는 괘의치 않았다.

"들어보세요."

옆방의 지배인이 말했다.

"아드님이 열쇠를 돌리고 있어요."

그 말을 듣자 그레고르는 힘이 불끈 솟았다. 사실 모두가, 아버지와 어머니도 그레고르를 응원해야 했다. '힘내, 그레고르, 조금만 더, 조금만 더 힘껏 돌려봐'라고 소리쳐야 했다. 모두가 긴장된 표정으로 자신의 움직임을 예의 주시하고 있다고 생각하며 그레고르는 최대한 힘을 모아, 자기가 뭘 하고 있는지도 모르는 채 열쇠를 꽉 물었다. 열쇠가 조금씩 돌아갈 때마다 열쇠구멍도 조금씩 움직였다. 이제 그레고르는 오로지 입의 힘으로 선 자세를 지탱했다. 필요에 따라 때로는 열쇠에 온몸을 의지하고 때로는 온몸의 무게 중심을 아래로 떨어뜨렸다. 마침내 걸쇠가 풀렸고, 딸깍하는 그 경쾌한 소리에 그레고르는 그제야 정신이 번쩍 들었다. 그레고르는 안도의 한숨을 내쉬며 "그러니까 열쇠공은 부를 필요가 없었단 말이지"라고 혼잣말을 했고, 이제 양쪽 문을 열어젖히기 위해 문고리 위에 머리를 얹었다.

이런 식으로 해보니 한쪽 문은 손쉽게 활짝 열렸다. 하지만 열린 문에 몸이 가려 아직 밖에서는 그레고르를 볼 수 없는 상태였다. 이제 그레고르는 그 열린 문을 끼고 돌아 몸을 밖으로 빼야 했다. 그러나 밖으로 나가는 즉시 등을 바닥에 대며 벌러덩 나자빠지지 않으려면 매우 조심해야 했다. 그 동작은 몹시

까다로워서 다른 것에 신경 쓸 겨를이 없었다. 그때 "아앗!" 하는 지배인의 비명이 들렸다. 그 목소리는 마치 바람소리 같았다. 그레고르도 지배인을 보았다. 지배인은 문 바로 곁에서 벌어진 입을 손으로 가리며 서서히 뒷걸음질을 쳤다. 보이지 않는, 고르게 작용하는 어떤 힘이 지배인을 뒤로 내몰고 있는 듯했다. 어머니는—지배인이 곁에 있었음에도 불구하고 어머니의 머리는 간밤에 풀어놓았던 모습 그대로 헝클어져 부풀어 올라 있었다—먼저 양손을 펼친 채 아버지를 쳐다보더니 그레고르를 향해 두 발짝 다가가서 털썩 주저앉았고 그 바람에 치맛자락이 삼백육십 도로 활짝 펼쳐졌으며, 가슴께를 향해 떨어뜨린 얼굴은 어떤 표정인지 알 수 없었다. 아버지는 그레고르를 한 대 쳐서 다시 방 안으로 날려 보내기라도 할 듯이 주먹을 불끈 쥐었지만, 거실을 한 번 둘러보더니 양손으로 두 눈을 가리고 그 단단한 가슴이 부르르 떨릴 정도로 울음을 터뜨렸다.

그레고르는 거실로 나가는 대신 고정되어 있는 안쪽 문에 기대어 섰다. 그렇게 하니 밖에서는 그레고르의 몸 절반과 사람들을 내다보느라 옆으로 돌린 채 쑥 내민 머리밖에 보이지 않았다. 그 사이, 날은 훨씬 더 환해져 있었다. 반대편 거리를 보니 건물 전면을 온통 분할하는 일정한 모양의 창문들과 함께 맞은편의 끝없이 기다란 흑회색 건물—그것은 병원 건물이었다—의 한 단면이 눈에 들어왔다. 비는 아직도 내리고 있었지만, 지금은 굵은 빗방울이 되어 한 덩이 한 덩이 눈에 들어올 만한 크기로 그야말로 방울방울 땅 위로 떨어지고 있었다. 아침 식사를 하다 만 식탁 위에는 지나치게 많다 싶을 정도의 식기들이 놓여 있었다. 아버지가 아침식사를 하루 식사 중 제일 중요하게 여겼기 때문인데, 아버지는 여러 종류의 신문에 실린 기사들을 훑어보면서 몇 시간에 걸쳐 아침을 먹었다. 맞은편 벽에는 그레고르가 군대에 복무할 당시 찍은 사진 한 장이 걸려 있었다. 사진을 찍을 당시 중위였던 그레고르는 손에 단검을 든 채 편안히 웃고 있었고, 자신의 자세와 제복에 대해 존경심을 보여줄 것을 요구하는 듯했다. 곁방으로 통하는 문은 열려 있었고, 현관도 열려 있었으며, 현관 밖의 공간과 아래로 향하는 계단의 시작부분도 눈에 들어왔다.

"그러니까."

그레고르는 다들 입을 떼지 못하고 있다는 사실을 알아챈 사람이 자기뿐이라는 것을 분명히 인식하고 말을 시작했다.

"이제 곧 옷을 입고 샘플북을 챙겨 집을 나서겠어요. 다들 그걸 원하잖아요? 보세요, 지배인님, 제가 고집쟁이가 아니라 열심히 일하는 사람이라는 걸 이제 아시겠죠. 출장이 고되기는 하지만 출장이 없으면 전 살지도 못할 겁니다. 그런데 지배인님은 어디로 가세요? 회사로요? 그래요? 모든 걸 사실대로 전달해주실 거죠? 직장인이라면 누구나 잠시 일하기 힘든 상황에

처할 수 있잖아요. 하지만 때가 되면 다시 예전의 실적들을 떠올릴 것이고, 일을 못하게 된 이유들이 사라지고 나면 그 다음부터 더 열심히 집중해서 일하잖아요. 사실 제가 사장님께 얼마나 큰 신세를 지고 있습니까, 그건 지배인님도 잘 아실 거예요. 그런가 하면 저는 부모님과 누이에 대한 걱정도 짊어지고 있어요. 말하자면 저는 진퇴양난에 처한 셈인데, 그래도 어떻게든 난관을 극복할 수 있을 거예요. 가뜩이나 어려운 상황을 더 어렵게만 만들지 말아주세요. 회사에 가시거든 제발 제 편을 좀 들어주세요! 출장이 잦은 외근사원을 다들 싫어한다는 것쯤은 저도 압니다. 제가 엄청난 돈을 벌고 온갖 것을 다 누리며 산다고 생각하겠죠. 그 사람들로서는 그런 선입견을 깨고 싶을 이유도 없겠지요. 하지만 지배인님, 적어도 지배인님께서는 다른 직원들보다 상황을 좀더 올바르게 파악하고 계시잖아요. 우리끼리 얘기지만, 솔직히 말해 사장님보다 더 잘 알고 계시잖아요. 사장님이야 자기사업을 하는 분이시다 보니 직원들에게 불이익이 돌아가는 결정도 쉽게 내릴 수 있지만 말입니다. 하지만 지배인님께서는 일 년 내내 거의 밖에서만 일하는 영업사원들이 쑥덕공론이나 우연한 사고, 근거 없는 불만의 희생양이 되기 쉽고, 영업사원의 입장에서는 제대로 저항한 번 못 한다는 걸 잘 아시잖아요. 사실 뭘 듣는 게 있어야 반박이라도 하죠. 알게 된다 하더라도 그 시점은 늘 출장에서 돌아와 녹초가 된 상태일 때고, 게다가 집안에 불운이 닥치고 그 결과를 온몸으로 통감하는 때일 뿐이죠. 지배인님, 제발 떠나기 전에 제 말의 일부라도 옳다는 답변을 해주시고 가세요!"

하지만 지배인은 그레고르가 입을 열기 시작한 시점에 이미 몸을 돌렸고, 어깨를 으쓱하고 입술을 조금 달싹이며 그레고르를 뒤돌아볼 뿐이었다. 그레고르가 말을 하는 동안에도 지배인은 잠시도 가만히 서 있지 않았다. 그레고르에게 시선을 고정시킨 채 문을 향해 계속 걸어갔다. 하지만 그 방을 벗어나서는 안 된다는 금지조항이라도 있는 것처럼 아주 느린 속도로 걸어갔다. 지배인은 이미 곁방에 도달했다. 그런데 거실에서 벗어나기 위한 마지막 발걸음이 너무도 갑작스러워 모두는 지배인이 발바닥을 데기라도 한 줄 알았다. 하지만 곁방에 들어선 지배인은 계단을 향해 오른손을 길게 뻗었다. 그곳에 초자연적인 구원의 손길이라도 있는 듯했다.

그레고르는 지배인을 그 기분 그대로 돌려보냈다가는 실직까지 가는 극단적 상황이 발생할 수 있다고 생각했다. 어차피 부모님은 아무것도 몰랐다. 여러 해 동안 그레고르가 일하는 모습을 보면서 그 직장이 그레고르의 평생직장이 될 것이라 믿었고, 게다가 지금은 눈앞에 닥친 문제 때문에 앞일을 내다볼 겨를이 없었다. 하지만 그레고르에게는 앞일이 훤히 보였다. 지배인을 붙잡아서 진정시키고, 확신을 심어주고, 자기 사람으로 만들어야만 했다. 그레고르와 가족의 미래가 거기에 달려 있었다! 이럴 때 동생이라도 곁에 있으면 얼마나 좋을까! 동생은 똑똑한 아이니까. 동생은 그레고르가 조용히 드러누워 있을 때부터 벌써 울음을 터뜨렸다. 그런 동생만 곁에 있다면 분명 여자들한테만 친절한 저 지배인의 발을 묶을 수 있었을 것이다. 동생은 현관을 닫고 이미 곁방에서 지배인에게 우리가 처한 고통을 장황하게 설명했을 것이다. 문제는 동생이 지금 집에 없다는 것이었다. 그러니 그레고르 스스로 문제를 해결해야 했다. 그레고르는 현재 자신의 신체기능이 어디까지인지도 모른 채, 나아가 상대방이 자기 말을 어쩌면, 아니 분명 못 알아들을지도 모른다는 점을 고려하지도 않은 채 문짝에서 다리를 떼어낸 뒤 열린 문틈 사이로 빠져나갔다. 그레고르는 지배인이 있는 쪽으로 걸어가려 했다. 지배인은 우스꽝스럽게도 양손으로 현관 밖 난간을 꽉 붙들고 서 있었다. 그러나 그레고르는 금세 붙들 것을 찾아 허우적대다 외마디 비명을 내지르며 쓰러졌고 수많은 다리들이 바닥에 철퍼덕철퍼덕 부딪혔다.

그런데 바로 그 순간, 오늘 아침 처음으로 몸이 편안해지는 것을 느꼈다. 다리 아래에 단단한 땅바닥이 느껴졌다. 다리들이 자기 뜻대로 움직여주는 것을 확인하고 그레고르는 짐짓 기뻤다. 다리들은 심지어 그레고르가 가고자 하는 방향으로 몸을 이동시켜주기까지 했다. 벌써부터 그레고르는 이 모든 괴로움에 종지부를 찍을 시점이 코앞에 다가왔다고 믿었다. 그러나 그레고르가 어머니로부터 그리 멀리 떨어지지 않은 곳에서 절제된 동작으로 뒤뚱거리다가 어머니의 바로 맞은편에 엎드리는 순간, 지금까지 생각에 잠겨 있던 어머니가 느닷없이 펄쩍 뛰어올랐다. 양팔을 한껏 펼치고 손가락을 쫙 벌린 채 어머니는 소리쳤다.

"아악, 이를 어째, 아악!"

어머니는 그레고르를 좀더 자세히 들여다보기라도 할 듯 머리를 앞으로 숙였다. 하지만 그 의도와는 반대로 오히려 뒷걸음쳤다. 그 와중에 뒤편에 먹다 만 아침상이 차려져 있다는 사실을 깜박했고, 급할 때 으레 그렇듯 탁자가 몸에 닿자마자 그 위에 털썩 주저앉았다. 그 바람에 쓰러진 커피포트에서 커피가 카펫 위로 콸콸 쏟아지는 것도 모르는 듯했다.

"어머니, 어머니."

그레고르가 어머니를 향해 위를 쳐다보며 작은 목소리로 말했다. 지배인은 잠시 까맣게 잊어버렸다. 하지만 뚝뚝 떨어지는 커피를 보며 턱을 움직여 허공을 향해 딱딱거리는 것만큼은 잊지 않았다. 그러자 어머니는 다시금 비명을 지르며 탁자에서 일어났고, 어머니를 향해 달려오는 아버지의 품에 덥석 안겼다. 이제 그레고르에게는 부모님을 신경 쓸 겨를이 없었다. 지배인이 이미 계단을 내려가고 있었다. 턱을 난간에 걸친 채 그레고르는 마지막으로 뒤를 돌아봤다. 그런 다음 지배인을 따라잡기 위해 서둘렀다. 지배인도 무엇인가 눈치를 챘는지, 한꺼번에 계단을 몇 개씩 건너뛰며 자취를 감춰버렸다. 아래에 당도한 지배인은 "휴우!" 하며 큰 숨을 내쉬었고, 그 소리는 계단이 있는 통로 전체에 울려 퍼졌다. 그런데 지배인의 도망으로 인해 안타깝게도 아버지마저 얼떨떨해진 것 같았다. 지금까지 그나마 비교적 제정신을 차리고 있던 아버지가 지배인을 뒤쫓지 않았던 것이다. 그렇다면 적어도 그레고르가 추적하지 못하게 방해는 하지 말아야 하는 것 아닌가. 그러나 아버지는 지배인이 모자, 코트와 함께 소파 위에 내려놓은 지팡이를 오른손으로 집어 올리고 왼손으로 탁자 위에 놓여 있던 커다란 신문지를 들어 올리더니, 쿵쿵 그레고르 쪽으로 걸어와서는 지팡이와 신문지를 휘두르며 그레고르를 다시 자기 방으로 몰아넣었다. 아무리 빌어도 소용없었다. 아버지는 그레고르의 애원을 알아듣지도 못했다. 빌어보려고 고개만 살짝 돌려도 아버지의 발걸음은 더 과격해졌다. 저쪽에서는 쌀쌀한 날씨에도 불구하고 어머니가 창밖으로 고개를 쑥 내민 채 양손으로 얼굴을 감싸 쥐고 있었다. 길거리와 계단이 있는 통로 사이로 맞바람이 강하게 들이닥쳤다. 창문 앞 커튼이 휘날렸고 탁자 위 신문들이 바스락거렸다. 신문지 몇 장은 바닥 위로

휙휙 날아다녔다. 아버지는 포기하지 않고 그레고르를 계속 몰아넣었고 '스읏스읏' 바람을 들이마시며 성난 사람이 누군가를 협박할 때 쓰는 소리를 냈다. 그런데 그레고르는 아직 뒤로 기는 것을 연습한 적이 없던 터라 아주 느린 속도로 기어갈 수밖에 없었다. 방향만 틀 수 있다면 훨씬 더 빨리 자기 방 안으로 들어갈 수 있겠지만, 괜히 몸을 틀며 시간을 끌다가는 아버지의 성질만 돋울 것 같아 두려웠다. 아버지는 손에 쥔 지팡이로 그레고르의 등과 머리를 두드리며 위협했는데, 그것은 그레고르의 목숨을 앗을 수도 있는 치명적 구타행위였다. 하지만 이제 그레고르로서도 어쩔 수 없었다. 뒤로 갈 때에는 방향조절도 제대로 못한다는 것을 깨달았기 때문인데, 이에 대해 자기도 뜨끔했다. 할 수 없이 그레고르는 겁에 질린 채 곁눈질로 아버지를 힐끔힐끔 쳐다보면서 자기 딴에는 최대한 잽싸게, 그러나 실제로는 매우 느린 속도로 몸을 틀기 시작했다. 아버지가 아들의 이런 마음을 읽은 것일까. 아버지는 그레고르의 동작을 방해하기는커녕, 멀찌감치 떨어진 곳에서 오히려 지팡이 끝으로 여기저기 방향을 가리키며 몸을 트는 동작을 지휘했다. 제발 저 듣기 싫은 슛슛 소리만 내지 않으면 좋겠는데! 그 소리 때문에 정신이 혼미해질 지경이었다. 어쨌든 그레고르는 아버지의 슛슛 구령에 따라 몸을 틀었다. 중간에 방향을 착각하기도 했지만 금세 다시 올바른 방향으로 되돌아왔다. 그러나 마침내 머리가 방문 가까이 닿을 무렵, 그레고르는 자기 몸통이 너무 넓어서 이대로는 문을 통과할 수 없다는 것을 깨달았다. 물론 아버지가 지금 기분에서 닫힌 쪽 문을 열어 그레고르가 통과할 수 있게 해준다든가 하는 식의 해결책을 떠올릴 리는 만무했다. 아버지 머릿속에는 오로지 그레고르를 최대한 빨리 방 안으로 처넣어야 된다는 생각밖에 없었다. 그레고르가 몸을 일으켜 방 안으로 들어갈 수 있도록 해줄 수도 있었겠지만, 그렇게 귀찮게 몸을 움직이면서까지 그레고르를 도와줄 생각은 더더욱 없는 듯했다. 아버지는 그저, 아무런 장애물도 없는 것처럼, 특별히 더 크게 고함을 치면서 그레고르를 앞으로 몰아갈 뿐이었다. 그레고르는 지금 자기 뒤편에서 들려오는 소리가 하나뿐인 유일한 아버지의 목소리처럼 들리지 않는다는 생각을 아까부터 하고 있었다. 이제 그레고르는 더이상 꾸물댈 수 없었다. 그레고르는 앞뒤 가리지 않고 문을 향해 돌진했다. 그러자 몸 한쪽 편이 기우뚱 일어섰다. 그레고르는 열린 문틈 사이에 비스듬히 끼고 말았다. 한쪽 옆구리가 상처로 뒤덮였고, 하얀색 방문에는 보기 흉한 얼룩이 남았다. 그렇게 몸이 꽉 끼어 혼자서는 더이상 꼼짝할 수 없게 되었다. 한쪽 다리들은 부들부들 떨면서 공중에 떠 있었고, 반대쪽 다리들은 바닥에 짓눌려 고통받고 있었다. 그때 아버지가 뒤쪽에서, 적어도 지금은 구원의 발길이라 할 수 있는 발길질을 했고 그레고르는 피를 심하게 흘리면서 방 안 깊숙한 곳으로 날아갔다. 이어 아버지가 지팡이로 문을 닫는 소리가 들리더니 사방이 완전히 고요해졌다.

II

그레고르는 기절한 듯 깊이 잠들었다가 날이 저물 때가 되어서야 눈을 떴다. 충분히 휴식하고 충분히 잤다는 느낌으로 보아 찜찜한 기분이 들지 않았다 하더라도 얼마 지나지 않아 곧 눈을 떴을 것이었다. 그레고르는 누군가 후다닥 지나가는 듯한 느낌과 곁방으로 연결된 문이 닫히는 소리를 들은 듯한 느낌 때문에 잠에서 깬 것이었다. 가로등 불빛이 천장 곳곳과 가구들의 위쪽을 비추고 있었다. 하지만 그레고르가 누워 있는 아래쪽은 깜깜했다. 그레고르는 이제 막 기능을 익히기 시작한 더듬이로 서툴게 바닥을 두드리며 천천히 방문 쪽으로 기어갔다. 왠지 거기에서 무슨 일이 일어나고 있는 듯했기 때문이었다. 그런데 왼쪽 옆구리에 하나로 이어진 기다란 상처가 난 듯했고, 당기는 듯한 통증을 유발하는 그 상처 때문에 두 줄로 나눠진 다리들을 계속 절뚝거리며 몸을 이동해야 했다. 오전의 그 사건이 일어나는 동안 심하게 다친 다리 한 개는—그 와중에 다리를 한 개만 다쳤다는 건 거의 기적에 가까웠다—힘없이 몸에 들러붙은 채 그레고르가 움직이는 대로 따라다닐 뿐이었다.

   문 앞에 도착해서야 그레고르는 자기가 왜 그쪽으로 오고 싶었는지 알았다. 먹을 것에서 풍기는 냄새가 원인이었다. 거기에는 달콤한 우유가 든 대접이 놓여 있었고, 잘게 썬 흰 빵 조각들이 우유 속에서 헤엄치고 있었다. 아침보다 더 큰 시장기를 느끼던 그레고르는 너무 기쁜 나머지 웃음을 터뜨릴 뻔했다. 그레고르는 이내 눈이 거의 잠길 정도로 우유에 머리를 처박았다. 그러나 곧 다시 실망을 안고 머리를 밖으로 빼냈다. 뜻대로 움직여주지 않는 왼쪽 옆구리 때문에 먹는 게 힘들기도 했지만—헐떡거리며 온몸을 움직여야 겨우 먹을 수 있을 정도였다—평소 제일 즐겨 마시던, 아마도 그 때문에 동생이 그레고르를 생각해서 특별히 넣어준 우유가 맛이 없기 때문이기도 했다. 그레고르는 심지어 역겨워하며 접시에서 몸을 돌린 뒤, 방 중앙으로 다시 기어갔다.

문틈으로 엿보니 가스레인지에 불이 켜져 있었다. 그러나 매일 이 시간쯤이면 오후에 배달되는 신문을 어머니에게, 그리고 때로는 여동생에게도 목청 높여 읽어주곤 하던 아버지의 목소리는 전혀 들리지 않았다. 동생은 아버지가 읽어준 기사에 대해 말도 많이 하고 글을 쓰기도 했지만, 어쩌면 얼마 전부터 그런 훈련을 그만뒀는지도 모를 일이었다. 그런데 그뿐 아니라 집 전체가 조용했다. 그렇다고 집 안에 사람이 없는 것은 아니었다. '우리 식구의 삶은 어째 이리도 조용할까' 하는 생각이 들었고, 멍한 눈길로 어두운 곳을 응시하다 보니 부모님과 동생을 이렇게 좋은 집에서 살 수 있게 해준 자신이 무한히 자랑스럽게 느껴졌다. 만약 무슨 끔찍한 사건이 일어나 이 모든 평온과 안정, 만족감이 한꺼번에 무너지면 어떡하지? 그런 생각을 떨치기 위해 그레고르는 차라리 몸을 움직여 방 안 여기저기를 기어 다니는 편을 택했다.

긴 저녁시간 동안 한쪽 사잇문과 나머지 사잇문이 각기 한 번씩 살짝 열리더니 황급히 다시 닫혔다. 누군가 들어오고 싶었지만 그러기에는 걱정이 너무 많은 듯했다. 주저하는 손님을 어떻게든 방 안으로 들이거나 적어도 그게 누구인지는 알아야 되겠다는 단호한 결심으로 그레고르는 거실과 통하는 문에 바짝 다가가서 멈추었다. 그러나 문은 더이상 열리지 않았고 그레고르의 기다림은 헛수고로 돌아갔다. 오늘 새벽, 그레고르의 방문이 모두 잠겨 있을 때에는 다들 들어오고 싶어 안달이더니 정작 문 하나는 열려 있고 나머지 문들도 한 번씩 열린 것이 분명한 상황이 되니 아무도 들어오지 않았다. 게다가 열쇠까지 바깥쪽에 꽂혀 있는 상황이었다.

그로부터 한참 뒤, 밤이 되어서야 거실에 불이 꺼졌다. 부모님과 동생은 최대한 늦게까지 깨어 있었던 게 분명했다. 세 사람이 동시에 까치발을 한 채 걷는 소리가 똑똑히 들렸기 때문이다. 이제 아침이 될 때까지 분명 아무도 그레고르의 방에 들어오지 않을 터였다. 다시 말해 그레고르에게는 자신의 달라진 삶을 앞으로 어떻게 꾸려나가야 좋을지에 대해 누구의 방해도 받지 않고 생각을 정리할 시간이 충분했다. 그런데 천장이 높고 빈 공간이 많은 그 방 안에 억지로 밀려 들어온 채 납작하게 엎드려 있는 것이 왠지 무서웠다. 이유는 알 수 없었다. 사실 그 방은 그레고르가 이미 5년째 사용하고 있는 방이었다. 그레고르는 반쯤은 무의식 상태에서 몸을 틀었고, 일말의 수치심도 느끼지 못한 채 소파 밑으로 잽싸게 기어 들어갔다. 등이 조금 짓눌리고 고개를 들 수 없었지만 그럼에도 불구하고 소파 밑에 들어가는 순간 아늑한 기분이 들었고, 자기 몸통이 너무 넓어서 몸통 전체를 소파 밑으로 밀어 넣을 수 없다는 것이 안타까울 따름이었다.

그레고르는 밤새도록 거기에 머물렀다. 이따금 잠깐씩 졸기도 했지만 그때마다 배가 고파 소스라치듯 졸음에서 깼고, 걱정과 불확실한 희망에 얼마간 잠겨 있기도 했다. 그러나 아무리 고심해도 결론은 단 한 가지뿐이었다. 그레고르는 적어도 잠시 동안 숨죽여 행동해야 했고, 인내심과 배려심을 갖고 자신이 현재 상황에서 어쩔 수 없이 초래한 불편함을 가족이 받아들일 수 있게끔 적극 협조해야 했다.

당장 다음 날 아침, 아직 밤이라 불러도 좋을 만큼 이른 새벽이 되자 지난밤 자신이 내린 결론들의 효력을 시험해볼 기회가 다가왔다. 곁방에 있던 여동생이 옷을 거의 다 차려입은 채 문을 열더니 긴장된 표정으로 안을 들여다보았다. 동생은 즉시 그레고르를 찾지는 못했다. 그러나—이상하다, 분명 여기 어디에 있을 텐데, 날 수는 없을 것 같던데—결국 소파 밑으로 기어 들어간 오빠를 발견했고, 그 순간 통제력을 상실할 정도로 깜짝 놀라 저도 모르게 밖에서 문을 쾅 하고 닫아버렸다. 그러나 자신의 행동을 후회하는 듯, 동생은 곧장 다시 문을 열었고, 중환자나 낯선 사람의 방에 들어올 때처럼 까치발을 하고 조심스레 방 안으로 들어섰다. 그레고르는 머리를 소파 가장자리까지 내밀고 동생을 관찰했다. 과연 동생은 오빠가 우유를 그대로 놔뒀다는 것, 그것도 결코 시장기를 느끼지 못해서가 아니라 다른 이유로 놔뒀다는 사실을 알아채고 입맛에 좀 더 맞을 법한 음식을 갖다줄까? 동생이 스스로 그렇게 알아서

해주지 않는다면 알려주는 수밖에 없겠지만 그레고르는 그러느니 차라리 굶어 죽고 싶은 심정이었다. 그런 반면 소파 밑에서 기어 나가 동생의 발 옆으로 몸을 던진 뒤 먹을 만한 음식을 갖다달라고 통사정을 하고픈 욕구도 강하게 일었다. 다행히 동생은 비우지 않은 대접을 이내 발견하고는 의아해했다. 대접 주변에 우유가 조금 쏟아져 있을 뿐이었다. 동생은 즉시 접시를 집어 올렸다. 맨손으로 들어 올린 것은 아니었고, 헝겊조각으로 감싸 쥔 채 들어 올려 밖으로 들고 나갔다. 그레고르는 동생이 우유 대신 무엇을 가져다줄지 너무도 궁금했다. 여러 가지 음식들을 머릿속에 그려보았다. 그런데 평소 늘 친절한 동생이 가져온 것은 그레고르의 기대 이상이었다. 동생은 오빠의 식성을 시험해보기 위해 여러 종류의 음식을 가져왔다. 동생은 음식들을 모두 날짜가 지난 신문지 위에 펼쳐놓았다. 개중에는 반쯤 상한 야채도 있었고 딱딱하게 굳은 흰색 소스로 뒤덮인, 저녁식사 때 먹다 남은 뼈다귀도 있었고, 건포도와 아몬드 몇 알, 이틀 전에 그레고르가 버려야겠다고 말했던 치즈, 말라서 굳은 빵, 버터를 발라놓은 빵, 버터를 바르고 소금을 뿌린 빵 등도 있었다. 그 많은 음식 외에도 동생은 이제 그레고르 전용으로 사용될 게 분명한 대접 하나를 곁에 놓고 물을 따라주었다. 뿐만 아니라 오빠가 자기가 보는 앞에서는 음식을 건드리지 않을 것까지 알아채고 서둘러 밖으로 나가 열쇠를 돌림으로써 그레고르가 자기 마음대로 편안히 음식을 즐길 수 있도록 배려하기까지 했다. 음식을 향해 나아가는 그레고르의 다리가 부르르 떨렸다. 상처들도 그 사이에 다 나았는지, 이제 더이상 동작을 방해하지 않았다. 그렇게 생각하니, 한 달여 전에 칼에 손가락을 조금 베인 뒤로 어제까지 아파하던 일이 오히려 이상하게 느껴졌다. '감각이 둔해진 걸까?'라고 생각하며 그레고르는 다른 음식들보다 훨씬 더 빨리 눈에 들어오고 강력하게 끌리는 음식인 치즈를 탐욕스럽게 빨았다. 그레고르는 만족감에 눈물까지 흘리며 치즈와 야채, 그리고 소스를 차례로 만끽했다. 반면 신선한 음식들은 맛이 없었다. 냄새조차 맡기 힘들었기에 먹고 싶은 음식들만 신선한 음식들에서 조금 떨어진 곳으로 끌고 갔다. 여동생이 오빠에게 문에서 조금 떨어지라는 신호로 느리게 열쇠를 돌릴 때 그레고르는 이미 훨씬 전에 식사를 마친 상태였고, 그 자리에 그대로 벌렁 자빠진 채 쉬고 있던 중이었다. 잠에 빠지기 직전이었던 그레고르는 열쇠 소리에 깜짝 놀라 서둘러 소파 밑으로 다시 기어들었다. 동생이 방 안에 머무르는 시간은 얼마 되지 않았지만 그 짧은 시간 동안 소파 밑에 있는 것조차 극도의 극기심을 발휘해야 할 정도로 힘들었다. 과식을 한 탓에 몸이 조금 부풀어 오른 상태였고, 그 때문에 좁은 공간 안에서는 숨도 쉬기 어려웠다. 가벼운 질식감을 느낀 그레고르는 부어오른 눈으로 아무것도 모르는 동생의 행동을 지켜보았다. 동생은 그레고르가 먹다 남긴 음식뿐 아니라 건드리지도 않은 음식까지 더 이상 먹을 일이 없다는 듯 한꺼번에 빗자루로 쓸어 모으더니 재빨리 다시 양동이에 털어 넣었고, 뚜껑을 덮은 다음 양동이를 들고 밖으로 나갔다. 그레고르는 동생이 몸을 돌리는 즉시 소파 밑에서 기어 나와 온몸을 뻗으며 부풀렸다.

그날부터 그레고르는 매일 식사를 할 수 있게 되었다. 아침은 부모님과 가정부 아이가 아직 잠에서 깨기 전에, 점심은, 가족이 함께 점심식사를 마치고 난 뒤면 부모님이 늘 낮잠을 조금씩 즐기는 때였는데, 동생은 그 시간이면 이런저런 심부름을 시키며 가정부마저 집밖으로 내보냈다. 물론 부모님도 아들이 굶어 죽기를 바라지는 않았겠지만, 부모님으로서는 동생을 통해 오빠의 식사 이야기를 듣든 것 이상은 감당하기 어려웠을 것이다. 어쩌면 가뜩이나 마음 아파하시는 부모님의 걱정을 조금이라도 덜어주기 위해 동생이 일부러 그렇게 한 것일지도 몰랐다.

사건이 일어난 날 오전, 가족들이 어떤 변명으로 집에 찾아온 의사와 열쇠공을 돌려보냈는지 그레고르는 전혀 알 수 없었다. 자신들이 그레고르의 말을 알아들을 수 없었기 때문에 다른 가족들은 물론, 동생까지도 그레고르가 당연히 사람 말을 못 알아든는다고 믿어버린 것이었다. 따라서 동생도 그레고르의 방에 들어올 때면 때때로 한숨 소리를 내뱉거나 성부, 성자를 찾는 것이 고작이었고, 그레고르는 그 소리를 듣는 것만으로 만족해야 했다. 그러다가 시간이 지나 동생이 그 모든 상황에 조금 익숙해지고 나자─완전히 익숙해진다는 것은 당연히 불가능했다─동생이 오빠를 생각해주는 말, 혹은 그렇게 해석할 수 있는 말을 몇 마디 들을 수 있었다. 그레고르가 음식을 깡그리 먹어치웠을 때면 동생은 "오늘 음식은 꽤 맛이 있었나 보네"라고 말했고, 그렇지 않은 경우에는, 후자의 경우가 조금씩 늘어나고 있었는데, 동생은 슬픈 목소리로 "이번에도 전부 그대로 남겼네"라고 말했다.

누구도 그레고르에게 새로운 소식을 직접 전해주지는 않았지만 그레고르는 옆방들에서 나는 소리를 엿들을 수 있었다. 목소리가 들려올 때마다 그레고르는 그 목소리가 새어 나오는 문 쪽으로 달려가 온몸을 문에 밀착시켰다. 사건이 일어난 직후에는 모두가 그레고르에 대한 이야기뿐이었다. 소리를 낮추고 은밀하게 이야기할 때에도 마찬가지였다. 가족들은 이틀 내내 식사 때마다 앞으로 어떻게 해야 좋을지에 대해 의논했다. 가족 중 누구도 혼자 집에 남는 것을 꺼렸고 게다가 다들 장시간의 외출을 불안해했기 때문에 집에는 늘 적어도 두 사람 이상이 남아 있었고, 그 때문에 끼니와 끼니 사이에도 대화가 오갔는데, 주제는 늘 똑같았다. 가정부 여자아이는─그 아이가 무엇을 어디까지 알고 있는지는 알 수 없었지만—일이 터진 바로 그날 당장 어머니 앞에 무릎을 꿇고 제발 자기를 내보내 달라며 빌었고, 그로부터 15분 뒤 가족들에게 작별인사를 할 때에는 해고가 무슨 커다란 자비라도 되는 듯 눈물까지 흘리며 고마워했고, 물어본 사람도 없는데 스스로 알아서 이 사건에 대해 일절 발설하지 않겠노라 다짐 또 다짐했다.

이에 따라 이제 동생이 어머니와 함께 식사준비를 해야 했다. 가족들 모두 음식에 거의 손을 대지 않았기 때문에 식사준비라고 해봤자 큰일은 아니었다. 가족 중 한 사람이 다른 사람에게 뭘 좀 먹으라고 권하는 소리가 계속 들려왔고, 그에 대한 대답은 늘 "고마워요, 이미 충분히 먹었어요" 또는 이와 비슷한 말들뿐이었다. 술도 전혀 마시지 않는 듯했다. 동생이 아버지에게 맥주를 드시겠느냐고, 원하신다면 자기가 직접 사오겠다고 말하는 것을 여러 번 들었고, 그 말에 아버지가 아무런 대답도 하지 않으면 동생은 생각할 틈을 아예 주지 않기 위해 건물 관리인 여자를 시켜도 된다는 말을 얼른 덧붙였다. 그러나 아버지는 결국 "생각 없다"라며 딱 잘라 거절했고, 이에 동생은 더이상 아무 말도 하지 않았다.

일이 터진 첫날, 아버지는 자신이 가진 모든 자산과 기타 돈이 될 만한 것들을 어머니와 동생에게 모두 공개했다. 탁자 앞에 앉아 있던 아버지는 가끔씩 일어나서 5년 전 망해버린 사업에서 건진 것들을 모아놓은 작은 가정용 금고에서 전표나 메모 등을 꺼내왔다. 복잡한 과정을 거쳐 잠긴 금고를 여는 소리, 찾는 물건을 꺼낸 뒤에는 다시 잠그는 소리 등이 들렸다. 재산에 관한 아버지의 설명은 그레고르가 갇힌 몸이 된 이후 처음 들려오는 기쁜 소식이었다. 그레고르는 아버지가 그 사업을 정리한 뒤 완전히 빈털터리가 되었다고 믿었다. 적어도 아버지 쪽에서 그러한 믿음을 뒤집을 만한 이야기를 한 적이 없었고, 그레고르도 거기에 대해 물어본 적이 없었다. 당시 그레고르는 가족을 절대적 절망 상태로 몰아넣은 사업상의 실패를 되도록 빨리 잊을 수 있게 만들어주어야 한다는 일념밖에 없었다. 그래서 당시 일에 대한 열의를 더욱더 불태웠고, 거의 하룻밤 사이에 그는 보잘것없는 점원에서 돈을 벌 수 있는 차원이 완전히 다른 영업사원으로 변모했으며, 영업실적은 수수료 명목으로 즉시 현금이 되어주었고, 집에 돌아온 그레고르가 그 돈을 가족들이 앉아 있는 식탁 앞에 척 올려놓으면 가족들은 깜짝 놀라며 좋아했다. 정말이지 그 시절이 좋았다. 나중에, 적어도 그레고르가 가족들의 생활비를 감당할 수 있고 실제로 감당하면서 형편이 훨씬 더 나아진 시절에도, 그렇게 좋은 시절은 다시 오지 않았다. 가족들도 그랬고 그레고르도 그런 생활에 익숙해진 것이었다. 가족들은 고마워하며 돈을 받았고 그레고르는 기뻐하며 돈을 건네주었지만 그 사이에 특별한 정이 오가지는 않았다. 여동생에 대해서만 특별한 정이 남아 있을 뿐이었다. 그레고르는 자신과 달리 음악을 사랑하고 바이올린을 감동적으로 켤 줄 아는 여동생을 아무리 엄청난 비용이 들고 그 돈을 어떤 식으로 조달해야 하든 간에 내년에는 음악원에 보내고 말겠다는 은밀한 계획을 품었다. 그레고르가 외지로 떠나지 않고 시내에 머물 때면 동생과 종종 음악원에 대한 이야기를 나누곤 했는데, 그냥 실현 가능성 없는 꿈에 대한 이야기를 나누는 식이었다. 그저 희망사항을 이야기하는 것뿐인데 부모님은 그마저도 듣기 싫어했다. 그러나 그레고르는 동생의 말을 가슴에 새겼고, 성탄절 저녁, 엄숙하게 자신의 계획을 발표할 작정이었다.

방문을 붙들고 곧추서서 엿듣고 있는 동안 지금 이 상황에서 전혀 도움이 되지 않는 그런 생각들이 그레고르의 머리를 스쳐갔다. 때때로 그레고르는 더이상 귀 기울일 기력조차 없이 피곤해서 머리를 문에 기댔지만 금세 다시 목으로 머리의 무게를 버티는 쪽으로 돌아왔다. 문에 머리를 기대는 작은 소리마저 바깥으로 새어 나갔고, 그 즉시 모두가 입을 다물었기 때문이다. 잠시 뒤, 아버지는 "이 녀석이 또 무슨 짓을 하는 거야"라고 말했다. 방문을 향해 말하는 것이 분명했다. 그러다가 시간이 조금 지나면 중단되었던 대화가 서서히 재개되었다.

그레고르는 많은 사실을 알게 되었다. 아버지가 같은 말을

106

107

여러 번 반복해서 설명했기 때문인데, 한편으로는 아버지 자신도 오랫동안 그런 일에 관여하지 않았기 때문이고, 다른 한편으로는 어머니가 설명을 한 번 듣는 것만으로는 바로바로 이해하지 못했기 때문이다. 아버지는 사업 실패에도 불구하고 많지는 않지만 어느 정도 되는 돈을 따로 떼어두었고, 그동안 이자에 손도 대지 않았던 덕분에 이자수입도 어느 정도 모였다고 설명했다. 게다가 그레고르가 매달 갖다주는 돈도—그레고르는 자신이 쓸 용돈 몇 굴덴만 제외하고는 전부 다 집에 갖다주었다—다 써버리지 않았기 때문에 거기에서도 얼마간의 돈이 모였다. 문 뒤에서 그레고르는 열심히 고개를 끄덕였고, 뜻밖의 유비무환 정신과 절약 정신에 대해 기뻐했다. 사실 그 여윳돈으로 아버지가 사장에게 진 빚을 갚았더라면 직장을 때려치우는 날을 훨씬 더 앞당길 수 있었을 것이다. 하지만 현재 상황으로 보건대 두말할 것 없이 아버지의 처신이 옳았다.

그러나 그 돈에서 나오는 이자만으로 가족들이 살아가기에는 액수가 부족했다. 아마도 한 해, 잘해야 이태 정도 버틸 수 있는 정도이지 그 이상은 아니었다. 다시 말해 그 돈은 만일의 사태에 대비해 보관하면서 건드리지 말아야 할 돈이었고, 생활비는 별도로 벌어야 했다. 그런데 아버지는 정정하기는 했지만 어쨌든 지난 5년 동안 사회생활을 하지 않은 노인이었다. 게다가 열심히 살았지만 결과는 보잘것없는 인생의 첫 휴가였던 지난 5년 동안 몸이 많이 불면서 거동이 불편해졌기 때문에 격렬한 활동은 피해야 했다. 그렇다고 천식을 앓고 있고 집 안을 걸어 다니는 것조차 피곤해하는, 호흡기 질환 때문에 하루 걸러 하루는 창문을 열어놓고 소파에 앉아 지내야 하는 나이든 어머니가 돈을 벌어올 수도 없는 노릇 아닌가? 그러면 아직 열일곱밖에 되지 않은 어린아이이고 지금까지 쌓은 경험이라 해봤자 단정한 옷을 입고, 늦잠을 자고, 집안일을 돕고, 이따금씩 사소한 재밋거리나 즐기고, 바이올린을 켜는 것이 전부인 동생이 돈을 벌어야 할까? 누군가 돈을 벌어야 한다는 얘기가 나올 때면 그레고르는 문에서 다리를 떼고 문 옆에 놓여 있는 시원한 가죽 소파에 몸을 던졌다. 수치심과 슬픔으로 온몸이 뜨거워졌기 때문이다.

기나긴 밤을 그 위에서 보낸 적도 많았다. 그럴 때면 한숨도 자지 않고 몇 시간이고 가죽만 긁어댔다. 혹은 소파를 창문 가까이로 민 다음 창문 아래쪽 벽을 기어오르는 수고를 마다하지 않을 때도 있었다. 소파를 발판 삼아 창에 몸을 기대려는 것이었는데, 이는 예전에 창밖을 내다볼 때 느끼던 해방감에 대한 기억 때문이었다. 그레고르의 시력은 물건이 조금만 떨어져 있어도 불분명하게 보일 정도로 하루가 다르게 나빠지고 있었다. 예전에는 고개만 들면 눈에 들어온다며 투덜대던 맞은편의 병원조차 더이상 보이지 않았고, 자기 집이 조용하기는 하지만 어쨌든 도시적 면모를 완전히 갖추고 있는 샤를로 텐 가에 있다는 사실을 똑똑히 알고 있었기에 망정이지, 그렇지 않았다면 잿빛 하늘과 잿빛 땅이 경계도 없이 합쳐진 창밖을 보며 황무지를 보고 있다고 착각할 뻔했다. 눈썰미가 있는 여동생은 소파가 창가에 있는 것을 딱 두 번 본 뒤로는 방청소를 마칠 때마다 소파를 정확히 창문 앞에 다시 밀어놓았고, 심지어 안쪽 창문은 열어두기까지 했다.

여동생과 이야기를 할 수만 있다면, 그래서 여동생이 그렇게 마음을 써주는 일에 대해 얼마나 고마워하는지 전달할 수만 있다면 마음이 한결 가벼울 것 같았다. 그러나 그럴 수 없었기에 그레고르는 마음이 무거웠다. 동생은 오빠가 민망해할 만한 행동을 하지 않으려 최대한 노력했고, 시간이 지날수록 감추는 기술도 늘어갔다. 그러나 분위기를 꿰뚫어 보는 그레고르의 능력도 시간이 지날수록 향상되었다. 동생이 자기 방에 들어오는 것만도 그레고르에게는 끔찍한 일이었다. 동생은 오빠의 방이 외부에 노출되지 않도록 늘 세심한 주의를 기울였지만, 그런 동생도 방에 들어오자마자 방문을 닫을 겨를도 없이 곧장 창가로 달려가, 그렇게 하지 않으면 질식이라도 할 것처럼 재빠른 동작으로 창문을 활짝 열었다. 아무리 날씨가 추워도 한동안은 그 앞에 서서 심호흡을 했다. 동생은 그렇게 하루에 두 번씩 급하게 움직이며 거기에 따른 소음들을 남겼고,

그때마다 그레고르는 끔찍한 기분이 들었다. 동생이 방 안에 있는 내내 그레고르는 소파 밑에서 부들부들 떨었다. 그러나 그레고르는 동생이, 그렇게 할 수만 있다면, 창문을 닫아둔 채로 오빠와 한방에 머무르는 것조차 마다하지 않으며 오빠의 기분을 배려해줄 아이라는 것을 분명히 알고 있었다.

언젠가 한번은, 그레고르가 벌레로 변한 지 한 달은 족히 넘겼을 무렵이었고 따라서 그레고르의 모습을 보고 동생이 더이상 놀랄 일이 없을 때쯤이었는데, 평소보다 일찍 온 동생은 그레고르와 눈이 마주쳤다. 그레고르는 징그러울 정도로 몸을 곧추세운 채 꼼짝 않고 서서 창밖을 내다보고 있었다. 자기가 그렇게 가로막고 있어서 곧장 창문을 열 수 없다는 것을 알았기에 그레고르는 동생이 방 안으로 들어오지 않을 수도 있겠다고 생각했다. 그런데 동생은 안으로 들어오지 않았을 뿐 아니라 심지어 뒤로 물러서며 문을 닫아버렸다. 모르는 사람이 봤더라면 그레고르가 숨어서 동생을 기다리다 나타나면 물기라도 할 작정이었다고 생각할 상황이었다. 이후 그레고르는 즉시 소파 밑으로 숨었지만 동생은 정오가 지나서야 다시 그레고르의 방으로 왔고, 평소보다 훨씬 불안한 기색을 드러냈다. 그 모습을 보며 그레고르는 아직도 동생이 오빠를 내려다보는 것을 불편해하고 앞으로도 여전히 불편하리라는 사실, 그리고 자신의 신체 중 극히 일부라도 소파 밖으로 삐져나와 있을 경우, 그 즉시 도망치지 않기 위해 동생이 애를 많이 써야 한다는 사실을 깨달았다. 그레고르는 동생에게 그 수고마저 덜어주기 위해 어느 날부터—이 작업을 하는 데에 네 시간이 나 걸렸다—소파 위에 걸쳐져 있던 시트를 뒤집어썼다. 몸 전체를 가리도록 뒤집어썼기 때문에 이제 동생은 몸을 숙이더라도 오빠를 볼 수 없었다. 누가 보더라도 그레고르가 좋아서 그렇게 자기 몸을 다 가리고 있는 것이 아님은 분명했고, 오빠가 그럴 필요까지는 없다고 판단되면 동생이 시트를 걷어내 줄 것이라 생각했다. 하지만 동생은 시트를 오빠가 해놓은 그대로 내버려 두었다. 한번은 이 새로운 시스템에 대한 동생의 반응이 궁금해서 머리로 시트를 살짝 들어 올렸는데, 심지어 동생이 고마워하는 기색을 보인 것 같기도 했다.

처음 두 주일 동안 부모님은 아들의 방에 들어올 엄두조차 내지 않았다. 대신 지금 동생이 하고 있는 일에 대해 칭찬을 아끼지 않았다. 지금까지 동생을 아무짝에도 쓸모없는 여자아이로 취급하며 불평하던 모습과는 사뭇 달랐다. 이제 두 사람은, 그러니까 어머니와 아버지는 동생이 그레고르의 방을 청소하는 동안 방문 앞에서 기다리고 있었다. 동생은 밖으로 나가자마자 방 안이 어떤 꼴이었는지, 그레고르가 뭘 먹었는지, 이번에는 그레고르가 어떤 행동을 했는지, 혹시 상태가 좀 나아지지는 않았는지 등에 대해 낱낱이 보고해야 했다. 사실 어머니는 비교적 시간이 얼마 지나지 않은 시점부터 그레고르를 보고 싶어 했다. 하지만 아버지와 동생이, 처음에는 납득 가능한 이유들을 늘어놓으며 어머니를 만류했다. 그레고르도 그 이유들을 귀 기울여 들었는데 반박의 여지가 없어 인정할 수밖에 없었다. 그러다가 나중에는 어머니를 만류하기 위해 완력을 동원해야 했다. 그러면 어머니는 아버지와 동생을 향해 "제발 그레고르를 만나게 날 좀 내버려 둬, 저 불쌍한 아이가 바로 내 아들이란 말이야! 내가 저 애를 꼭 봐야 한다는 걸 모르겠어?"라고 소리쳤다. 그레고르는 차라리 어머니가, 물론 매일은 안 되겠지만 일주일에 한 번이라도 들어와서 자기를 보는 편이 더 나을 것 같다고 생각했다. 사실 동생보다야 어머니가 매사에 훨씬 더 노련했고, 용기가 가상하기는 하지만 어쨌든 동생은 아직 아이일 뿐이고, 어쩌면 그렇게 힘든 일을 기꺼이 떠맡겠다는 용기도 아이 특유의 경솔함에서 비롯된 것일 수 있기 때문이었다.

어머니를 만나고 싶다는 그레고르의 바람은 오래지 않아 실현되었다. 그때까지 그레고르는 부모님을 배려하는 차원에서 낮 동안에는 창가에 모습을 내비치지 않았다. 하지만 몇 평방미터도 되지 않는 바닥은 마음껏 기어 다니기에는 너무 좁았고, 가만히 누워 있는 일은 밤에 그렇게 하는 것만으로도 충분히 힘들었으며, 먹는 행위 또한 얼마 지나지 않아 일말의 즐거

움도 제공해주지 못했다. 결국 그레고르는 생각을 다른 곳으로 돌리기 위해 벽과 천장을 사방팔방 기어 다니는 습관을 들였다. 그레고르는 특히 천장에 매달려 있는 걸 좋아했다. 바닥에 누워 있을 때와는 전혀 다른 느낌이었다. 숨도 더 자유롭게 쉴 수 있었고, 가벼운 전율이 온몸을 훑고 지나갔다. 아무 생각 없이 매달려 있자면 거의 행복에 가까운 느낌에 도취된 상태

에서 다리의 힘을 풀어버린 채 바닥으로 쿵 하고 떨어질 때가 있었는데, 그럴 때면 그레고르 자신도 깜짝 놀랐다. 하지만 이제 그레고르는 자기 몸에 대해 이전보다 훨씬 더 잘 알고 있었고, 이에 따라 그렇게 높은 곳에서 떨어질 때에도 크게 다치지는 않았다. 한편 동생은 그레고르가 새로운 오락거리를 발견했다는 것을 금세 알아챘고—여기저기에 점액질 자국을 남겨놓았다—, 최대한 자유롭게 기어 다닐 수 있도록 거치적거리는 가구들을, 무엇보다 궤짝과 책상을 다른 곳으로 치워야겠다는 기특한 생각까지 했다. 문제는 혼자서 그 일을 해낼 수 없다는 것이었다. 아버지에게는 감히 도와달라고 말할 수 없었고, 가정부 아이는 분명 부탁해도 도와주지 않을 것 같았다. 열여섯 살 난 그 아이는 지난번 식모가 해고된 뒤부터 꿋꿋하게 잘 버티고 있기는 했지만, 대신 하루 종일 주방 문을 걸어 잠그고 있다가 특별한 일이 있을 때에만 열게 허락해달라고 부탁까지 한 마당이었다. 따라서 아버지가 집을 비운 틈을 타 어머니의 도움을 바라는 수밖에 없었다. 동생이 부르자 어머니는 감탄사를 연발할 정도로 흥분하고 기뻐하며 달려왔지만 정작 그레고르의 방 앞에서는 입을 다물어버렸다. 동생은 당연히 방 안에 이상이 없는지 여부를 먼저 살펴본 다음 어머니를 불렀다. 그레고르는 급히 소파 덮개를 평소보다 더 깊이 당겼고 주름도 더 많이 잡았다. 그러고 보니 진짜 누군가 우연히 소파 위에 천을 던져놓은 것처럼 보였다. 이번만큼은 덮개 사이로 바깥 동정을 살피지도 않기로 결심했다. 굳이 이번에 어머니를 봐야 하는 것은 아니었다. 어머니가 와주었다는 것만으로도 기뻤다.

"걱정 말고 들어오세요. 오빠 모습은 보이지도 않아요."

동생이 말했다. 동생이 어머니의 손을 잡아끌고 있는 듯했다. 힘도 없는 두 여인이 그래도 무게가 꽤 나가는 낡은 궤짝을 미는 소리가 들렸다. 동생은 좀더 힘든 일을 자기가 하겠다고 우겼다. 그러다가 다치면 큰일이라는 어머니의 말은 들으려 하지도 않았다. 작업은 꽤 오래 걸렸다. 15분은 족히 지난 상황에서 어머니가 그냥 궤짝을 제자리에 놓아두자고 했다. 너무 무거워서 아버지가 돌아오시기 전까지 다 옮기지 못할 테고, 방 한가운데에 궤짝을 방치할 경우, 그레고르는 오도 가도 못하게 된다는 것이 첫 번째 이유였다. 두 번째 이유는 그레고르가 가구를 치우는 것을 좋아할지 잘 모르겠다는 점이었다. 어머니는 오히려 그냥 놓아두는 것이 그레고르를 더 위하는 길이라고 생각했다. 텅 빈 벽을 보니 자기 마음이 이렇게 아픈데 그레고르라고 왜 그렇지 않겠느냐, 방 안에 놓인 가구들에 익숙해져 있을 텐데 방이 텅 비어버리면 오히려 내팽개쳐진 듯한 느낌이 들지 않겠냐는 것이 어머니의 설명이었다.

"그리고 한번 생각해보렴."

보통 때도 속삭이듯 말하는 어머니는 이번에도 소곤소곤 말했는데, 지금 정확히 어디에 있는지 알 수 없는 아들에게 사람 목소리의 울림조차 듣지 못하게 하려는 것처럼 보였다. 아들이 사람 말을 알아듣지 못한다고 철석같이 믿고 있었기에 적어도 자기들이 나누는 말을 그레고르가 알아들을까봐 소리를 낮춘 것은 아니었다.

"한번 생각해보렴, 가구를 치운다는 건 상황이 나아지리라는 희망을 아예 버리고 오빠야 어떻게 되든 말든 혼자 알아서 해보라는 말과 같지 않니? 그래서 난 방을 예전 그 상태 그대로 두는 게 좋을 것 같아. 그래야 다시 돌아왔을 때 모든 게 예전 그대로인 걸 보고 그간의 기억들도 쉽게 잊을 수 있을 테니까 말이야."

어머니의 말을 엿들으며 그레고르는 가뜩이나 가족의 삶이 단조롭던 터에 지난 두 달 동안 말이라는 수단을 통한 대화까지 나누지 못한 탓에 자기 머리가 어떻게 된 게 아닌가, 하는 생각이 들었다. 그렇지 않고서야 어떻게 자기 방의 가구들을 다 치워주기를 바랄 수 있었겠는가. 대대로 물려받은 가구들로 아늑하게 꾸며진 온기 넘치는 그 방을 텅 빈 동굴로 만드는 것이 진정 자기의 바람이었을까, 그러고 나면 거리낌 없이 구석구석 기어 다닐 수야 있었겠지만 그 대신 인간의 모습으로 살아온 과거를 빠른 속도로 까마득히 잊어버리고 말 텐데? 실제로 그레고르는 이미 그 모든 기억들을 잊어버리기 직전까지 갔는데 간만에 듣는 어머니의 목소리가 그런 그레고르의 정신을 번쩍 들게 만들어주었던 것이다. 아니다, 아무것도 치워서는 안 되었다. 모든 것이 그 자리에 있어야 했다. 가구들이 자신에게 안겨주는 좋은 기분은 포기할 수 있는 무엇이 아니었다. 가구들이 거치적거린다 하더라도 어차피 기어 다니는 것은 쓸데없는 행위에 불과하기 때문에 해가 되기보다는 오히려 커다란 득이 될 일이었다.

그러나 안타깝게도 동생은 의견이 달랐다. 동생은 부모님과 그레고르에 관한 얘기를 나눌 때면 특히 더 전문가인 척했는데, 그럴 만한 이유도 어느 정도는 있었다고 봐야 옳을 것이다. 그런 의미에서 어머니의 충고는 동생에게 오히려 자극이 되었고, 동생은 원래 계획대로 궤짝과 책상만 치울 것이 아니라 소파를 제외한 가구 전부를 치워야 한다는 쪽으로 의견을 수정했다. 물론 어른에 대한 공연한 반항심 때문만은 아니었다. 최근 들어 예상 외로 한결 강해진 자신감도 동생의 그런 주장을 부추겼다. 동생은 또 오빠가 마음껏 기어 다니려면 넓은 공간이 필요하고, 적어도 자기가 두 눈으로 똑똑히 지켜본 바로는 가구를 전혀 사용하지 않는 것이 분명하다고 믿었다. 어쩌면 자부심을 느낄 기회만 노리는 그맘때 소녀들의 도취적 심리도 한몫 거들었을 것이다. 그런 심리 때문에 지금 그레테는 자기가 지금보다 더 절실하게 필요한 사람이 되기 위해 오빠를 더 비참한 상황에 빠뜨리려는 것일지도 모른다. 텅 빈 벽을 기어다닐 수 있는 이는 그레고르밖에 없으니 그레테를 제외하면 아무도 그 방에 감히 들어올 엄두조차 내지 않을 테니까.

그레테는 어머니의 설득에도 자신의 결심을 굽히지 않았다. 어머니는 그레고르의 방에서 불안해하기만 하다가 아예 입을 다물었고, 지금은 동생을 도와 궤짝을 있는 힘껏 방 밖으로 밀어내고 있었다. 그레고르는 다른 방법이 없다면 궤짝 정도는 없어도 살 수 있었다. 하지만 책상은 방 안에 그대로 있어야 했다. 두 여인이 낑낑거리며 궤짝을 밀어내고 방 밖으로 나가자마자 소파 밑에 숨어 있던 그레고르는 머리를 밖으로 내밀었다. 어떻게 하면 자기가 조심스럽고도 세심하게 그 상황에 개입할 수 있을지 알아보기 위해서였다. 그런데 불행히도 바로그 순간 어머니가 다시 방으로 들어오더니 그 즉시 움찔하며 뒤로 물러섰다. 그레테는 옆방에서 혼자서 궤짝을 감싸 안고 이리저리 움직여보려고 애쓰고 있었는데, 물론 궤짝은 꿈쩍도 하지 않았다. 어머니는 그레고르를 여러 번 본 상황이 아니었다. 자기를 보고 어머니가 쓰러질 수도 있다는 생각에 당황한 그레고르는 서둘러 뒷걸음쳐 소파의 반대편 끝으로 기었다. 하지만 덮개의 앞부분이 조금 들썩이는 것까지 막지는 못했고, 그것만으로도 어머니의 주의를 끌기에는 충분했다. 어머니는 말문이 막힌 채 잠시 그대로 서 있다가 그레테가 있는 곳으로 되돌아갔다.

별로 대단한 일이 아니며 그저 가구 몇 개의 위치가 바뀌는 것뿐이라고 아무리 마음을 다독여도 여인들의 들락날락하는 소리, 서로가 서로를 부르는 낮은 목소리, 바닥에 가구가 끌리는 소리 등이 일으키는 혼란은 사방에서 자기를 덮칠 듯했고, 머리와 다리를 몸통에 바싹 붙인 채 몸을 바닥에 딱 붙여보기도 했지만 결국 얼마 지나지 않아 그레고르는 자기가 그 모든 소동을 더이상 참지 못하게 될 것이라는 사실을 깨달았다. 어머니와 동생은 그레고르의 방을 텅 비워버렸다. 자기가 좋아하는 것들을 모두 가져가 버렸다. 실톱과 다른 연장들이 들어있는 궤짝은 이미 밖으로 날라놓은 상태였다. 지금은 바닥에 거의 박히다시피 한 책상을 억지로 들어 올리려 하고 있었다. 그 책상은 그레고르가 고등상업학교에 다니던 시절, 기간중등학교 시절, 그리고 거기에서 더 거슬러 올라가 초등학교 시절부터 숙제를 할 때 써온 책상이었다. 이제는 두 여인의 좋은 뜻이 어떤 결과로 이어질지 더이상 두고 볼 여유가 없어졌다. 두 사람 다 지쳐서 아무 말 없이 몸만 움직였고 들리는 소리라고는 둔중한 발소리뿐이었기 때문에 그레고르는 두 여인의 존재조차 거의 잊어버린 상태였다.

마침내 그레고르는 밖으로 뛰쳐나갔다. 어머니와 동생은 옆방에서 책상에 기대 숨을 고르고 있는 중이었다. 그레고르는 방향을 네 번이나 바꿔가며 이리저리 달렸다. 무엇부터 구해야 좋을지 몰라서였다. 그때 텅 비어버린 한쪽 벽에 걸린 모피를 휘두른 여인의 사진이 눈에 들어왔다. 그레고르는 서둘러 벽을 따라 기어올라 유리에 몸을 갖다 붙였다. 유리는 그레고르의 몸을 꽉 붙들어주었고 뜨거운 배에 시원한 느낌을 안겨주었다. 자기가 이렇게 온몸으로 덮어버린 이 사진만큼은 누구도 방 밖으로 가져가지 않을 것이라는 확신이 들었다. 그레고르는 거실로 향하는 방문 쪽으로 고개를 돌려 어머니와 동생이 오는지 살펴보았다.

어머니와 동생은 그리 오래 쉬지 않고 금세 다시 돌아왔다. 그레테는 팔로 어머니를 감싸고 부축하고 있었다. 그레테는 "자, 이제 뭘 옮길까요?"라며 주위를 둘러보았다. 바로 그때 동생의 눈이 벽에 붙어 있는 그레고르의 눈과 마주쳤다. 동생은 자제력을 잃지 않았지만 그것은 아마도 순전히 어머니가 곁에 있기 때문일 터였다. 동생은 고개를 어머니 쪽으로 돌렸다. 어머니가 사방을 둘러보지 못하게 하려는 것이었다. 동생은 떨리는 목소리로 어머니에게 "어머니, 잠깐 거실로 가는 게 어떨까요?"라고 제안했는데, 경황 중에 닥치는 대로 내뱉은 말이었다. 그레고르는 동생의 속셈이 무엇인지 뻔히 꿰뚫었다. 어머니를 안전한 곳에 모셔다놓은 뒤 자기를 벽 아래로 몰아내려는 것이었다. 어디, 할 테면 한 번 해보라지! 그래도 그레고르는 사진에 착 들러붙어 절대 떨어지지 않을 테니까. 그러느니 차라리 그레테의 얼굴을 향해 뛰어들 테니까.

하지만 그레테의 말 때문에 더더욱 불안해진 어머니는 옆으로 길을 비키다가 꽃무늬 벽지를 가리고 있는 거대한 갈색 반점을 발견했다. 어머니는 자기가 본 것이 그레고르라는 사실을 깨닫기도 전에 소리부터 질렀고, "세상에, 세상에!"라며 거친 목소리로 비명을 지르더니 모든 것을 포기한다는 듯 양팔을 옆으로 펼치면서 소파 위로 쓰러져 꼼짝도 하지 않았다.

"오빠!"

동생은 주먹을 불끈 쥐고 그레고르를 째려보며 소리쳤다. 벌레로 변신한 뒤 동생이 처음으로 오빠한테 직접 말을 건 것이었다. 동생은 옆방으로 달려갔다. 아무 약이라도 가져와 기절한 어머니를 깨워보려는 것이었다. 그레고르도 도우려 했다. 사진은 나중에 지켜도 될 것 같았다. 그런데 몸이 유리에 너무 밀착되어 있어 억지로 떼어내야 했다. 몸이 떨어진 즉시 그레고르는 옆방으로 향했다. 예전에 그랬듯 이럴 때 동생한테 충고라도 해줄 심산이었다. 하지만 아무 행동도 취하지 않은 채 동생 뒤편에서 기다리는 일 말고는 할 수 있는 것이 없었다. 동생은 약병들을 뒤적이는 와중에 잠깐 몸을 돌렸다가 깜짝 놀랐다. 약병 하나가 바닥에 떨어져 산산조각 났다. 파편 한 조각

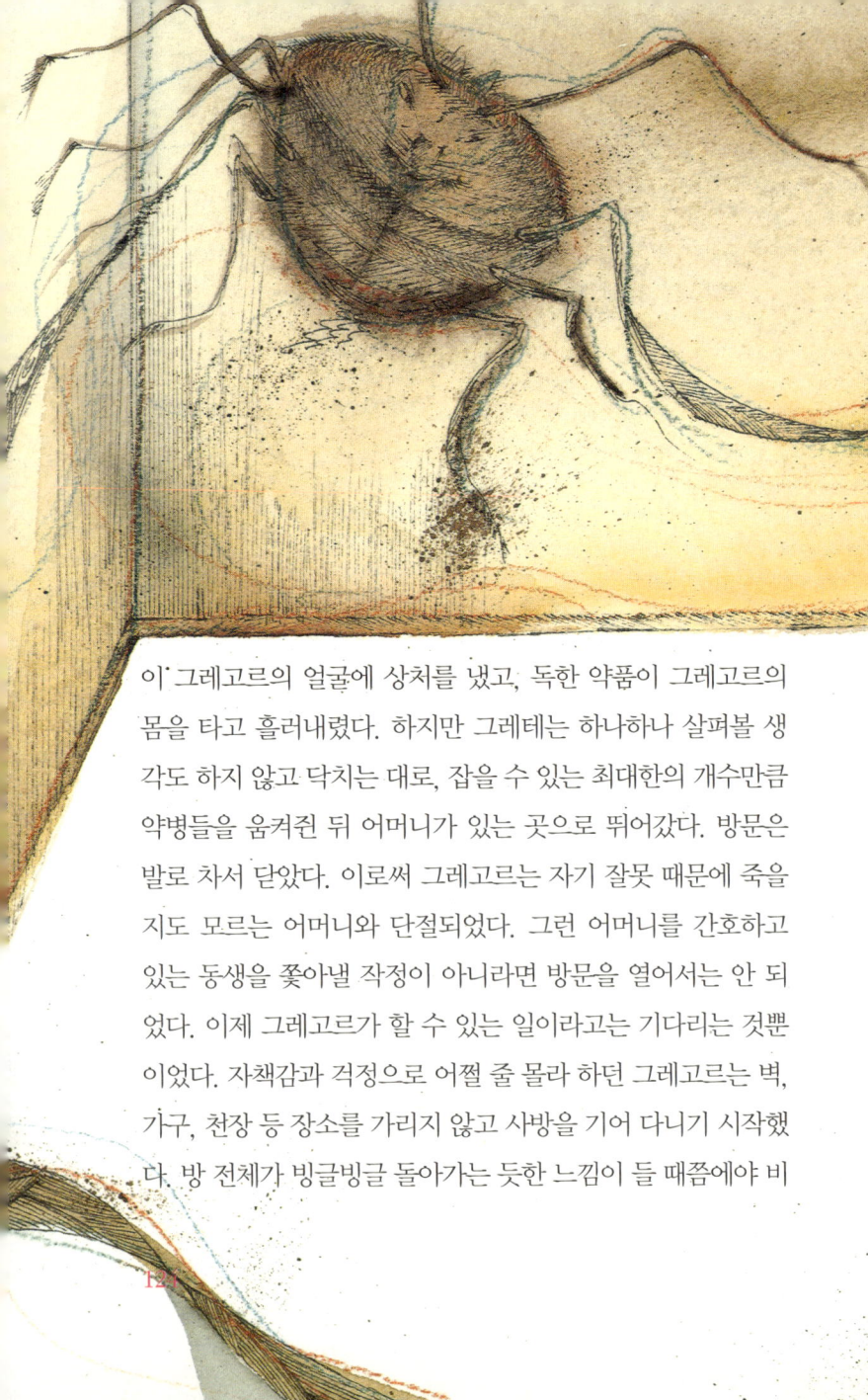

이 그레고르의 얼굴에 상처를 냈고, 독한 약품이 그레고르의 몸을 타고 흘러내렸다. 하지만 그레테는 하나하나 살펴볼 생각도 하지 않고 닥치는 대로, 잡을 수 있는 최대한의 개수만큼 약병들을 움켜쥔 뒤 어머니가 있는 곳으로 뛰어갔다. 방문은 발로 차서 닫았다. 이로써 그레고르는 자기 잘못 때문에 죽을지도 모르는 어머니와 단절되었다. 그런 어머니를 간호하고 있는 동생을 쫓아낼 작정이 아니라면 방문을 열어서는 안 되었다. 이제 그레고르가 할 수 있는 일이라고는 기다리는 것뿐이었다. 자책감과 걱정으로 어쩔 줄 몰라 하던 그레고르는 벽, 가구, 천장 등 장소를 가리지 않고 사방을 기어 다니기 시작했다. 방 전체가 빙글빙글 돌아가는 듯한 느낌이 들 때쯤에야 비

로소 절망에 휩싸인 채 커다란 탁자 위에 쓰러졌다.

  그렇게 한참이 지나갔다. 그레고르는 힘없이 거기에 쓰러져 있었고, 사방은 고요했다. 그것이 좋은 신호일 수도 있었다. 그때 초인종이 울렸다. 일하는 아이는 지금도 당연히 주방 안에서 문을 걸어 잠그고 있을 테니 그레테가 문을 열어줘야 했다. 아버지가 돌아오셨다.

  "무슨 일이 일어난 거냐"

  그게 아버지의 첫마디였다. 그레테의 얼굴만 보고도 아버지는 모든 사실을 알아챈 것이었다. 그레테는 둔탁한 목소리로 대답했다. 얼굴을 아버지의 가슴에 바싹 붙이고 말을 하고 있는 듯했다.

"어머니께서 기절하셨는데 그래도 지금은 상태가 아까보다 좋아졌어요. 오빠가 밖으로 튀어나왔거든요."

그러자 아버지가 말했다.

"내 그럴 줄 알았다. 내가 그럴 거라고 계속 말했는데 아녀자들이 내 말을 귀담아듣지 않았지."

아버지는 그레테의 간단하기 짝이 없는 설명을 잘못 해석했다. 그레고르가 폭력을 휘둘렀다고 믿어버린 것이었다. 이제 급선무는 아버지를 최대한 진정시키는 것이었다. 자초지종을 설명할 시간도, 방법도 없었다. 따라서 그레고르는 자기 방문을 향해 도망친 뒤 방문을 미는 자세를 취했다. 아버지가 곁방에 발을 들이는 즉시, 아들이 자기 방으로 돌아가려고 최대한 애를 쓰고 있으니 일부러 방 안으로 쫓아버릴 필요가 전혀 없고 문을 살짝 열어주기만 하면 금세 눈앞에서 사라질 것이라는 인상을 심어줘야 했다.

하지만 아버지는 그런 세심한 것까지 신경 쓸 여유가 없었다. 아버지는 들어오자마자 "저것 봐라!"라고 소리쳤는데, 화가 난 듯하면서도 기쁜 듯한 목소리였다. 그레고르는 방문을 향하고 있던 고개를 돌려 아버지를 쳐다보았다. 그런데 지금

저기에 서 있는 아버지는 그레고르가 생각하던 아버지의 모습과는 전혀 딴판이었다. 기어 다니는 삶이 시작된 후 예전과는 달리 집안이 어떻게 돌아가는지 살펴보지 못했으니 여러 가지 상황이 어느 정도 달라져 있을 것이라는 사실쯤은 감안해야 했다. 그러나 그럼에도 불구하고 아버지의 모습이 저토록 달라졌을 것이라고는 정말이지 상상하지 못했다. 저 사람이 정녕 예전에 그레고르가 퇴근해서 집에 돌아오면 힘없이 침대에 파묻혀 있던 그 사내, 저녁이 되어 집에 돌아온 아들을 파자마 차림으로 안락의자에 누운 채 맞이하던 그 사내, 일어서는 것은 엄두도 내지 못했고 양팔을 들어 올려 인사를 대신하던 그 사내, 자주는 아니었지만 일요일이면 가끔, 혹은 중대한 명절마다 산책을 나갈 때면 가뜩이나 걸음이 느린 그레고르와 어머니보다 더 천천히 걷던 그 사내, 낡은 외투를 꼭 여민 채 지팡이로 나아갈 방향을 조심조심 짚어본 후에야 발걸음을 앞으로 옮기던 그 사내, 그러다가 무슨 할 말이라도 생기면 그 자리에 멈춰 서서 같이 산책 나간 사람들을 자기 쪽으로 걸어오게 만들던 그 사내란 말인가? 지금 아버지는 곧은 자세로 서 있었다. 아버지는 은행 경비들이 입는, 금단추가 달린 빳빳한 푸른색 제복을 입고 있었는데, 기다란 상의의 빳빳한 깃 위로 강인한 이중 턱이 드러났다. 털이 부숭부숭한 눈썹 아래에는 맑고 날카롭게 번득이는 검은 눈이 튀어나와 있었고, 보통 때 부스스하던 백발은 예리할 정도로 정확하게 가르마를 탄 뒤 빗어 넘긴 상태였다. 아버지는 아마도 은행의 로고인 듯한 금색 모노그램이 박힌 모자를 휙 던졌고, 모자는 방 전체를 활모양으로 가르며 날아가 소파 위에 안착했다. 그런 다음 제복 상의 끝자락을 뒤로 젖히고 손을 주머니에 꽂은 채 단호한 표정으로 그레고르를 향해 걸어왔다. 아버지 자신도 자기가 무엇을 하려는지 모르는 듯했다. 어쨌든 아버지는 걸을 때마다 발을 이상하리만치 높이 쳐들었고, 그레고르는 거대한 장화바닥을 보고 소스라치게 놀랐다. 그렇다고 그 자리에 얼어붙은 것은 아니었다. 새로운 삶이 시작된 첫날 그레고르는 이미 아들에게 최대한 엄격한 모습을 보여줘야 한다는 아버지의 굳은 신념을 알아챘던 것이다. 따라서 그레고르는 도망을 쳤다. 아버지가 멈추면 그레고르도 따라 멈췄고, 아버지가 조금이라도 움직이면 그레고르는 서둘러 앞으로 나아갔다. 아버지와 그레고르는 방을 몇 바퀴씩이나 돌며 그렇게 쫓고 쫓기는 과정을 반복했지만 결정적 사건이 터지지는 않았다. 게다가 그 모든 일이 너무 느린 속도로 일어났기 때문에 그것이 과연 쫓고 쫓기는 과정이었는지조차 불분명했다. 그레고르는 잠시 바닥에 그대로 멈추었다. 벽이나 천장으로 도망치는 행동을 아버지가 특히 더 못된 짓으로 여길까봐 두려운 마음이 든 것이었다. 사실 그레고르는 더이상 도망 다닐 힘도 없었다. 아버지가 한 발짝을 옮기는 동안 자기는 엄청나게 부산을 떨어야 했기 때문이다. 예전부터 폐가 부실했던 탓인지, 이미 숨도 눈에 띄게 차오르기 시작했다. 결국 그레고르는 두 눈이 거의 감긴 상태에서 마지막 힘을 짜내며 갈지자로 비틀거렸다. 그런데 그렇게 정신이 멍해진 상태에서 이제는 어쨌든 달리는 수밖에 없다고 생각하던 찰나, 비록 세심하게 깎아서 여기저기 톱니 모양이나 장식들로 뾰족하게 튀어나온 가구들이 벽을 가로막고 있기는 했지만, 그래도 벽으로 도망칠 수도 있다는 것조차 거의 잊어버릴 뻔했던 찰나, 그레고르의 바로 옆으로 뭔가가 가볍게 회전하며 휙 날아오더니 땅에 떨어져 그레고르의 눈앞에서 데굴데굴 굴렀다. 사과가 날아온 것이었다. 게다가 곧이어 두 번째 사과가 날아왔다. 그레고르는 충격으로 잠시 동작을 멈추었다. 더이상 도망친들 아무 소용이 없었다. 아버지는 이미 그레고르를 폭격하기로 결심한 터였다. 식탁 위 접시에 놓인 과일들을 주머니에 채운 채 아버지는 사과를 차례차례 하나씩 던졌다. 지금까지는 정확히 조준하고 있지는 않은 듯했다. 작고 빨간 사과들이 감전이라도 된 듯 바닥에 나뒹굴며 서로 부딪혔다. 살짝 던진 사과 한 알이 그레고르의 등을 스쳤지만 큰 상처는 입히지 못하고 그대로 미끄러졌다. 그러나 그 다음에 날아온 사과는 그레고르의 등에 정통으로 꽂혔다. 위치를 옮기면 갑작스럽게 다가온 이 참을 수 없는 통증이 사라지기라도 하는 듯 그레고르는 계속 앞으로 기어가려 했다. 그러나 못이라도 박힌 듯 꼼짝도 할 수 없고 모든 감각마저 완전히 뒤엉켜버린 상태에서 그레고르는 그대로 몸을 쭉 뻗었다. 그레고르가 마지막으로 본 것은 자기 방문이 열리고, 비명을 지르는 여동생 앞으로 어머니가 서둘러 달려오는 모습이었다. 어머니는 셔츠를 입고 있었는데, 기절한 어머니가 숨 쉬기 편하도록 동생이 입혀놓은 것이었다. 다음으로 어머니는 아버지를 향해 달려갔고, 그 사이에 허릿단 풀린 치마들이 하나둘 바닥으로 미끄러졌다. 바닥에 엉클어진 치마에 발이 걸리면서도 어머니는 계속 달려가 아버지를 부둥켜안았는데 그 모습은 마치 두 사람이 완전히 하나를 이루는 듯했고—이때부터 그레고르는 아무것도 볼 수 없었다—어머니는 양손으로 아버지의 머리를 감싼 채 그레고르를 제발 살려 두라고 빌었다.

Ⅲ

극심한 상처가 한 달 이상 지속되자—누구도 감히 뽑아줄 엄두를 내지 못했기 때문에 사과는 그 당시의 기억을 간직하는 기념물처럼 보란 듯이 살 속에 그대로 박혀 있었다—비록 현재 비참하고도 흉측한 몰골이 되어버리기는 했지만 어쨌든 그레고르가 가족의 일원이라는 점을 심지어 아버지에게까지 다시 떠올린 듯했고, 그러니 적으로 대할 것이 아니라 내키지 않더라도 어쨌든 참고 또 참는 인내가 당연한 가족의 의무라고 생각하는 듯했다.

그 상처로 인해 그레고르는 앞으로 불구의 신세가 될지도 몰랐고 현재로서는 늙은 부상병마냥 방을 가로지는 것만으로도 오랜 시간이 필요했지만—높이 기어오르는 일은 꿈도 꾸지 못했다—상태가 악화된 것에 대한 보상은 그레고르 자신이 보기에도 충분했다. 이제 저녁이면, 그레고르가 촉각을 곤두세우고 관찰한 지 한두 시간 정도 지났을 무렵에 나머지 가족들이 거실로 통하는 문을 열어주었다. 그레고르는 어두운 방 안에 누워 가족들이 불 켜놓은 탁자 앞에 모여 이야기를 나누는 모습을 관찰할 수 있었다. 거실에서는 그레고르의 모습을 볼 수 없었다. 이런 식의 관찰과 청취는 예전에는 당연한 일이었지만 지금은 가족들의 동의 하에 허락된 것이었다.

물론 이제 가족들은 그레고르가 코딱지만 한 호텔방의 축축한 침구에 몸을 던질 때마다 그리워하던, 예의 그 활발한 대화를 나누는 것은 아니었다. 대체로 침묵만 오가는 편이었다. 아버지는 저녁식사가 끝나면 소파에 앉은 채 금세 잠에 빠졌고 어머니와 동생은 입을 떼면 안 된다는 식의 경고를 서로 주고받았다. 어머니는 불빛 가까이로 몸을 한껏 구부린 채 어느 옷

가게에 납품할 고급 속옷을 바느질했고, 상점의 점원으로 취직한 동생은 나중에 좀더 괜찮은 자리로 승진하기 위해 저녁마다 속기 연습과 불어 공부를 했다. 때때로 아버지가 눈을 뜨기도 했는데 그럴 때면 자기가 잠들었었다는 사실을 전혀 모르는 사람처럼 어머니를 향해 "오늘은 또 대체 언제까지 바느질을 할 거야"라고 말하고는 이내 다시 잠들었다. 그러면 어머니와 여동생은 힘없이 미소를 교환했다.

아버지는 무슨 고집인지, 집에서도 경비를 설 때 입는 제복을 벗지 않으려 했다. 아버지는 늘 잠옷은 옷걸이에 그대로 걸어둔 채 언제라도 일할 준비가 되어 있으니 상사가 불러주기만을 기다리는 사람처럼 제복을 완벽히 갖춰 입은 채로 잠이 들곤 했다. 그러다보니 어머니와 동생이 아무리 옷을 깨끗하게 관리하려 애써도 애초부터 새것이 아니던 제복은 금세 더러워졌다. 그레고르는 늘 광이 나게 닦아놓은 금단추만 반짝일 뿐, 온통 얼룩투성이인 그 제복을 늙은 아버지가 저녁 내내 걸친 채 매우 불편한 자세로, 그럼에도 불구하고 편안하게 자는 모습을 여러 번 보았다.

10시를 가리키는 시계소리가 들리면 어머니는 조용히 뭐라 말을 건네며 아버지를 깨웠고, 여기에서 자면 제대로 잘 수 없는데 6시부터 출근해야 할 사람이 잠을 제대로 못 자서야 되겠느냐며 침대로 가서 자라고 설득했다. 하지만 경비로 일하기 시작한 다음부터 몸에 밴 고집은 어딜 가지 않았다. 자꾸만 깨었다 잠들었다를 반복하면서도 아버지는 탁자 앞에서 좀더 자겠다고 우겼는데 잠자리를 소파에서 침대로 바꾸려면 아버지로서는 엄청난 노력이 필요했기 때문이다. 그러면 어머니와 동생은 이런저런 경고들로 계속 아버지를 설득했고, 아버지는 15분 동안 천천히 고개만 흔들 뿐, 눈을 감은 채 일어서지 않았다. 어머니는 아버지의 소매를 당기며 귓속말로 아버지를 달랬고, 동생은 어머니를 돕기 위해 하던 일마저 내팽개쳤다. 하지만 아버지는 거기에 넘어가지 않았다. 오히려 소파 속으로 더 깊이 몸을 파묻었다. 그러다가 어머니와 동생이 아버지의 겨드랑이 밑을 잡아끌 무렵에야 눈을 떠서는 두 사람을 번갈아가며 쳐다보다가 일어섰는데, 자기 몸 자체가 이미 커다란 짐인 듯했다. 방문 앞까지 부축을 받다가 방 안에 들어설 때면 아버지는 어머니와 동생을 뿌리치며 한사코 혼자서 걸어 들어가겠다며 고집을 부렸고, 그러거나 말거나 어머니와 동생은 각기 바느질감과 펜을 황급히 던지고 계속 아버지의 시중을 들기 위해 뒤따라 들어갔다.

이렇게 고되고 고단하게 살아가는 사람들이다 보니 가족 중 누구도 절대적인 필요 이상으로는 그레고르에게 신경 쓸 틈이 없었다. 집안 형편도 점점 더 기울었다. 가정부 여자아이도 내보냈다. 이제 백발을 나부끼는 거대한 몸집의 아주머니가 아침저녁으로 집에 와 힘든 일을 거들 뿐이었다. 나머지 일들은 어머니의 적지 않은 바느질거리 위에 덤으로 더해졌다. 심지어 패물까지 처분했다. 외출을 하거나 잔치가 있을 때마다 어머니와 동생이 매우 기뻐하며 착용하던 것들이었다. 그레고르는 이 사실을 어느 날 저녁, 얼마를 받고 팔았냐는 이야기가 오가는 것을 듣고 알게 되었다. 그러나 가장 큰 근심거리는 아무래도 그레고르를 어떻게 옮겨야 할지 몰라 지금 형편으로는 너무도 큰 집을 버리고 이사할 수가 없다는 것이었다. 그러나 그레고르는 가족들이 오로지 자기를 배려하느라 이사를 못 가는 것이 아니란 사실을 잘 알았다. 적당한 크기의 궤짝에 숨구멍 몇 개만 뚫으면 되니 그레고르를 옮기는 것은 어렵지도 않았다. 가족들이 이사를 못 하는 더 큰 이유는 친척이나 아는 사람들 중 자기들만큼 큰 불행을 당한 사람이 없다는 생각에서 비롯된 절망적 심정 때문이었다. 가족들은 이미 세상이 가난한 자들에게 요구하는 모든 것들을 다 참아내고 있었다. 아버지는 새파란 은행원들의 아침식사를 날랐고, 어머니는 알지도 못하는 사람들의 빨래를 하며 희생했으며, 동생은 손님들의 주문에 따라 판매대 건너편에게 발걸음을 부산하게 옮겼다. 더 이상의 희생을 감당할 여력은 없었다. 아버지를 침대로 옮긴 어머니와 동생은 거실로 돌아와 조금 전까지 하던 일은 제쳐둔 채 두 사람의 뺨이 거의 맞닿을 정도로 바싹 다가앉았고,

어머니가 그레고르의 방을 가리키며 "방문 좀 닫아라, 그레테 야"라고 말해 다시 어둠 속에 갇힌 상태에서 두 여인이 눈물을 흘리자, 혹은 눈물조차 흘리지 않고 탁자만 응시하자 등에 난 상처가 다시금 쑤시기 시작했다.

그레고르는 밤낮을 가리지 않고 거의 뜬눈으로 지냈다. 다음 번에 방문이 다시 열리면 예전처럼 자기가 가족의 근심을 해 결해야겠다는 생각도 이따금씩 들었다. 그리고 아주 오랜만에 사장과 지배인, 점원들과 직업훈련생들, 둔하기 짝이 없던 사 환 아이, 다른 가게에서 일하는 친구 두세 명, 시골마을의 호텔 에서 일하던 객실 담당 여자아이와의 짧지만 아름다운 추억, 심각하게 사랑에 빠지기는 했지만 너무 천천히 접근하는 바람 에 놓쳐버린 어느 모자가게의 계산원 등 여러 사람들이 머릿 속에 떠올랐다. 그 사람들은 이제 그레고르와 상관없는 사람 이 되어버렸거나 머릿속에서 지워졌다. 그레고르와 그레고르 네 가족을 돕기는커녕 다들 모른 체하기에 바빴던 이들이었기 에 그레고르는 그 사람들이 기억 밖으로 사라진 것이 오히려 기뻤다. 그런데 이상하게도 갑자기 가족들을 돌보고 싶은 마 음이 싹 가시고 자기를 나 몰라라 내버려 두는 가족들에 대한 분노만 남았다. 그레고르는 특별히 먹고 싶은 것도 없으면서 먹을거리를 보관하는 창고에 가야겠다고 결심했다. 배는 고프 지 않았지만 그래도 먹을 만한 것을 찾아보겠다는 심산이었다. 요즘 동생은 그레고르가 특별히 좋아하는 음식이 무엇인지 생각하지도 않은 채 아침이나 정오에 출근하기 전이면 닥치는 대로 아무 음식이나 그레고르의 방 안에 발로 밀어 넣었다. 그러다가 저녁이 되면 그레고르가 음식을 다 먹어치웠든—후자의 경우가 훨씬 더 많았는데—손도 대지 않고 그대로 남겼든 상관없이 빗자루를 한 번 흔들어 밖으로 내갔다. 저녁마다 하는 청소도 그보다 더 무성의할 수는 없었다. 벽을 따라 걸레가 지나간 자국들이 남았고, 여기저기에 먼지와 쓰레기 덩이가 굴러다녔다. 그레고르는 처음에는 동생이 방에 들어올 때면 기이한 각도로 몸을 굽힌 채 기다렸다. 자세를 통해 시위를 하려던 것이었다. 하지만 그레고르가 그 자세로 몇 주를 버틴다 해도 동생의 행동은 조금도 나아지지 않을 것 같았다. 그레고르의 눈에 보이는 불결함이 동생의 눈에 보이지 않을 리 없었지만 동생은 그냥 더러운 채로 내버려 두기로 작정한 것이었다. 그러면서도 동생은 요즘 들어 이상하리만치 예민해졌다. 물론 동생뿐 아니라 가족 전체가 예민해지기는 했다. 어쨌든 동생은 그레고르의 방을 청소할 수 있는 이는 자기뿐이라고 굳게 믿었다. 한번은 어머니가 그레고르의 방에 들어와 대청소를 했다. 대청소라고 해봐야 물 한 양동이를 쓰는 것으로 끝났고, 습기 때문에 몸이 안 좋아진 그레고르는 절망적인 심정으로 사지를 쫙 펼친 채 소파 위에 꼼짝 않고 누워 있어야 했다. 그럼에도 불구하고 어머니는 청소를 한 것에 대한 대가를 톡톡히 치러야 했다. 저녁이 되어 돌아온 동생은 그레고르의 방이 달라졌다는 사실을 알아채자마자 커다란 모욕감을 느끼며 곧장 거실로 달려갔고, 어머니가 손을 들어 겁을 주거나 말거나 발작적으로 울음을 터뜨렸다. 부모님은—물론 아버지는 소파에 앉아 잠들었다가 깜짝 놀라 눈을 떴다—처음에는 당황하고 어쩔 줄 몰라 하며 그저 구경만 하다가 나중에는 조치를 취하기 시작했다. 어머니의 오른편에 있던 아버지는 왜 그레고르의 방 청소를 동생에게 맡기지 않았느냐며 나무랐고, 왼쪽에 있던 동생은 다시는 오빠 방을 청소하지 말라며 엄포를 놓았다. 어머니는 화가 나서 제정신이 아닌 아버지를 침실로 끌어당겼고, 흐느끼는 동생은 어깨를 들썩이며 그 자그마한 주먹으로 탁자를 내리쳤다. 그레고르는 누구도 방문을 닫아줄 생각조차 하지 않고 그 모든 광경과 소음을 고스란히 목격하게 한 것이 너무도 화가 나 씩씩거렸다.

그런데 직장일로 지친 동생이 이제는 오빠를 돌보는 일을 지긋지긋하게 여긴다 하더라도 일하는 아주머니가 있으니 어머니가 그 일을 대신할 필요도, 그레고르가 내팽개쳐졌다는 느낌을 받을 필요도 없었다. 나이 든 과부인 그 아주머니는 살아오면서 어떤 험한 일과 마주치더라도 건장한 골격 덕분에 극복했을 것 같았고, 실제로 그레고르를 전혀 두려워하지 않았다. 언젠가 아주머니는 아무런 호기심도 없이 우연히 그레고르의 방문을 열었다. 누가 쫓아오는 것도 아닌데 놀라서 이리저리 달리기 시작한 그레고르를 보며 아주머니는 손을 무릎께에 모으고 그 자리에 멈춰 섰다. 그리고 그 다음부터는 아침저녁으로 방문을 조금 열고 그레고르의 동정을 흘깃 살피는 것도 잊지 않았다. 처음에 아주머니는 "이리 한 번 와봐라, 요놈의 벌레야", "요놈의 벌레 녀석, 어디 한 번 볼까" 등 자기 생각에 나름대로 상냥하다고 여겨지는 말을 걸어왔다. 하지만 그레고르는 그 말에 대답하는 대신 문이 열린 것을 모르는 양 꼼짝도 하지 않았다. 왜 가족들은 이 아주머니에게 제 기분 나는 대로 쓸데없이 그레고르를 괴롭히는 대신 그 방 청소나 열심히 하라고 말하지 않는 것일까! 그러다가 어느 날 아침—세찬 빗줄기가 다가오는 봄을 예고하듯 창문을 두드리고 있었다—아주머니가 다시 입을 험하게 놀리기 시작하자 골이 난 그레고르는 공격이라도 할 듯 그쪽으로 몸을 돌렸다. 물론 아주 느린 속도였고, 동작에 힘도 없었다. 아주머니는 무서워하기는커녕 방문 곁에 있던 소파를 높이 치켜들었다. 입을 쫙 벌리고 서 있는 모양을 보니 손에 들고 있는 소파로 그레고르의 등을 내리친 뒤에야 다시 입을 다물 작정인 듯했다. 이에 그레고르가 방향을 다시 틀자 아주머니는 "흥, 그것밖에 안 된단 말이지?"라며 유유히 소파를 다시 모서리에 내려놓았다.

이제 그레고르는 거의 아무것도 먹지 않았다. 내준 음식 곁을 스쳐 지나가다가 재미 삼아 한 입 물기도 했지만 몇 시간이고 입 안에 머금고만 있다가 다시 내뱉는 경우가 대부분이었다. 처음에는 자기 방의 상태에 대한 슬픔 때문에 식욕이 돋지 않는다고 믿었다. 하지만 사실 그 방이 자꾸만 달라지는 것에 대해서는 이미 포기한 터였다. 가족들은 얼마 전부터 달리 어디에 갖다둘 수 없는 물건들을 그레고르의 방에 쌓아두기 시작했다. 방 하나를 남자 셋에게 세를 준 탓에 그레고르의 방에 보관해야 할 물건들은 수없이 쌓여갔다. 그 점잖은 신사들은—열린 문틈으로 살짝 내다봤더니 셋 다 수염을 풍성하게 기르고 있었다—모든 것이 완벽하게 정리되어 있어야 만족하는 이들이었다. 자기들이 그 집에 세 들어 사는 이상 기거하는 방뿐 아니라 집 전체가, 그중에서도 특히 주방이 깔끔해야 직성이 풀리는 이들이었다. 쓰지 않는 물건도 그냥 보고 넘기지 못할 정도니, 더러운 물건은 오죽했을까. 게다가 이들이 이사 올 때 가져온 짐들도 엄청났다. 그러다보니 내다 팔 수는 없지만 그렇다고 내버릴 수도 없는 물건들이 쌓여갔고, 그것들은 전부 다 그레고르의 방으로 굴러 들어왔다. 거기에는 주방에서 타고 남은 재를 모으는 상자와 쓰레기통도 포함되어 있었다. 성질 급한 아주머니는 당장에 쓰지 않는 물건들을 모두 다 그레고르의 방 안으로 휙 던졌다. 그때그때 날아오는 물건과 아주머니의 손밖에 보이지 않는 것이 그레고르로서는 행운이었다. 시간과 기회만 주어진다면 그 물건들을 다시 내갈 계획이었는지, 혹은 그렇게 모아뒀다가 한꺼번에 내던질 참이었는지는 모르겠지만 어쨌든 그 잡동사니들은 그레고르가 그 사이로 비집고 지나가다가 건드리지 않는 한 처음 내동댕이쳐진 그 자리에 그대로 머물러 있었다. 처음에는 기어 다닐 공간이 없어서 어쩔 수 없이 잡동사니들을 건드리게 되었지만, 나중에는 거기에 재미를 느꼈다. 그렇게 기어 다니고 나면 죽을 만큼 피곤하고 기분도 우울해지고 몇 시간 동안 꼼짝도 할 수 없었지만 그런 건 문제되지 않았다.

세입자들이 간간이 거실에서 가족과 함께 저녁식사를 했기 때문에, 저녁 내내 거실로 통하는 그레고르의 방문을 닫아놓을 때가 있었다. 그러나 그레고르는 전혀 아섭지 않았다. 저녁이 되어 그 문을 열어놓았을 때에도 밖을 내다보지 않은 때가 이미 여러 번 있었다. 가족들은 몰랐겠지만 그레고르는 어두운 구석에 그냥 누워 있었다. 그런데 한번은 아주머니가 거실로 통하는 문을 약간 열어놓았다. 저녁이 되어 세입자들이 들어오고 불을 켤 때까지도 방문은 여전히 열려 있었다. 세입자들은 식탁 앞, 그러니까 예전에 아버지와 어머니, 그리고 그레고르가 앉던 자리에 앉아 냅킨을 펼치고 포크와 나이프를 손에 쥐었다. 그러자 어머니가 고기 접시를 들고 금방 나타났고,

이어 동생이 감자가 가득 쌓인 접시를 들고 뒤따라왔다. 음식에서 김이 모락모락 올라왔다. 세입자들은 먹기 전에 검사부터 할 양인지, 자신들 앞에 놓인 접시 위로 몸을 굽혔다. 셋 중 가운데 앉아 있고 나머지 두 사람에게 권위적 존재인 듯한 사내가 실제로 고기를 접시 위에 그대로 둔 채 한 점 썰었다. 속까지 충분히 익었는지, 혹은 다시 주방으로 돌려보내야 할지를 검사하려는 것이었다. 사내는 만족스러운 표정을 지었고, 긴장된 표정으로 그 모습을 지켜보던 어머니와 동생은 그제야 안도의 한숨을 내쉬며 미소를 내비쳤다.

정작 가족들은 주방에서 밥을 먹었다. 그러나 아버지는 주방으로 가기 전에 거실로 먼저 들어와 손에는 모자를 든 채 허리를 단 한 번 굽혀 식탁을 휘익 둘러보았다. 세입자들은 모두 일어나 수염으로 뒤덮인 입 밖으로 뭔가를 중얼거렸다. 그러다가 자기들만 남게 되자 소리 없이 음식만 먹었다. 그런데 이상한 점이 있었다. 보통 식사를 할 때 수없이 많은 종류의 소리가 나는데 그레고르의 귀에는 음식을 씹는 소리만 들려왔다. 뭔가를 먹으려면 이가 필요하고, 아무리 멋진 턱을 가져봐야 이가 없으면 아무것도 할 수 없다는 사실을 그레고르에게 가르쳐주기라도 하는 듯했다. 그레고르는 근심에 휩싸여 '나도 뭘 먹고 싶어, 하지만 저 음식들은 아니야. 그런데 저 세입자들은 음식을 왜 저렇게 맛있게 먹는 거지, 아, 죽을 것 같아!'라고 생

141

각했다.

　그런데 바로 그날 저녁—그레고르가 기억하는 한 동생은 아주 오랫동안 바이올린을 켜지 않았다—주방에서 바이올린 소리가 들려왔다. 세입자들은 이미 저녁식사를 마친 참이었다. 중간에 앉은 사내는 신문을 치켜들었고 양옆의 사내들은 각기 한쪽 면씩 읽었다. 그러고는 셋 다 몸을 뒤로 기댄 채 담배를 피웠다. 바이올린 소리가 들리기 시작하자 사내들은 일어나 까치발로 곁방 문 앞으로 다가가 바싹 붙어 섰다. "연주 소리가 거북한 거요? 그렇다면 이내 멈추라고 하겠소"라는 아버지의 말소리로 봐서 그 소리는 주방에서 흘러나온 것이 분명했다. 중간에 앉아 있던 사내가 "그럴 리가 있습니까. 그런데 혹시 아가씨께서 우리가 있는 이곳으로 나와 연주할 마음은 없을까요, 여기가 훨씬 더 아늑하고 편안하잖아요?"라고 했다. 아버지는 마치 자기가 바이올린을 연주한 것처럼 "그렇게까지 생각해주시다니 황송하군요"라고 대답했다. 사내들은 다시 거실로 돌아와 기다렸다. 얼마 지나지 않아 아버지는 보면대를, 어머니는 악보를, 동생은 바이올린을 들고 나타났다. 동생은 연주를 위한 모든 준비를 침착하게 끝냈다. 누구에게도 방을 세 준 적이 없어 세입자들에게 지나칠 정도로 친절을 베풀던 부모님은 원래 자기들 것이던 소파에 앉을 엄두조차 내지 못했다. 아버지는 문에 몸을 기댄 채 오른손을 채워놓은 제복 단

추 두 개 사이에 끼워 넣었다. 어머니는 사내들 중 한 명이 소파 하나를 내밀며 앉으라고 권하자 그 사내가 가리킨 위치 그대로 소파를 건드리지도 않은 채 소파 한 귀퉁이만 차지하고 앉았다.

동생이 연주를 시작했다. 아버지와 어머니는 각자 자기 위치에서 동생의 손동작을 유심히 지켜보았다. 바이올린 소리에 매료된 그레고르는 앞으로 조금 더 나아갔는데, 머리는 이미 거실로 내민 상태였다. 그레고르는 자기가 예전에는 그토록 남들을 배려했고 거기에 대해 자부심을 느꼈건만 최근 들어 남들을 전혀 배려하지 않는다는 사실을 깨달았다. 하지만 크게 놀라지는 않았다. 그런데 자신의 모습을 감춰야 할 이유는 사실 지금이 더 많았다. 조금만 움직여도 방 곳곳에 쌓인 먼지들이 풀썩이며 온몸을 뒤덮었기 때문이다. 실밥과 머리카락, 음식찌꺼기 등이 그레고르의 등과 옆구리에 덕지덕지 붙어 있기도 했다. 예전에는 낮 시간 내내 양탄자 위에 누워 꼼짝도 하지 않던 것에 비하면 지금 이렇게 남들이 뭐라고 하건 전혀 신경 쓰지 않는 자신이 신기할 따름이었다. 어쨌든 그레고르는 지금 자신의 몰골에 개의치 않고 얼룩 한 점 없는 거실 바닥으로 과감하게 조금 더 나아갔다.

보는 사람도 없었다. 가족들은 모두 바이올린 연주를 듣느라 정신이 없었다. 그러나 세 든 사내들은 처음에는 양손을 주머

니에 찔러 넣고 악보가 다 보일 정도로 보면대 뒤편에 너무 바
싹 다가서서 동생을 신경 쓰이게 만들더니, 이내 낮은 목소리
로 뭔가를 중얼거리고 고개를 떨어뜨리며 창가로 물러선 채
아버지의 삼엄한 눈길 아래 그곳에 계속 머물렀다. 사내들은
멋들어진, 혹은 즐길 만한 연주를 듣고 싶었으나 이내 실망했
고 이제는 누가 봐도 예의상 어쩔 수 없이 휴식시간을 빼앗기
고 있다는 인상을 분명하게 풍겼다. 특히 세 사람이 동시에 콧
구멍과 입으로 궐련 연기를 높이 내뿜는 모습을 보니 귀찮아
하는 기색이 역력했다. 하지만 동생의 연주가 그리 나쁜 것도
아니었다. 동생은 고개를 한쪽으로 기울인 채 악보 한 줄 한 줄
을 도장 찍듯, 그러면서도 슬픈 눈빛으로 따라가고 있었다. 그
레고르는 앞으로 조금 더 전진한 뒤 머리를 최대한 바닥에 밀
착시켰다. 동생과 시선을 맞추려는 것이었다. 그런데 음악이
자기를 그렇게 사로잡는 것을 보니 자신이 정말로 한 마리 짐
승이 된 듯한 기분이 들었다. 음악은 그레고르에게 정확히 뭘
먹고 싶은지도 모르면서 그만큼 갈망했던 바로 그 양식으로
이어지는 길을 보여주는 듯했다. 그레고르는 동생이 서 있는
곳까지 기어가 치맛자락을 당기며 바이올린을 들고 자기 방으
로 오라는 신호를 보내기로 굳게 결심했다. 거기 있는 그 누구
도 자기만큼 동생의 연주를 높이 사주지 않기 때문이었다. 그
레고르는 동생을 다시는 자기 방 밖으로 내보내지 않을 셈이

었다, 적어도 자기가 살아 있는 한은 내보내지 않을 작정이었다. 흉측한 외모가 처음으로 도움이 될 것 같았다. 그레고르는 자기 방과 연결된 모든 문을 동시에 감시하며 공격자를 위협해서 내쫓을 계획이었다. 하지만 동생은 강요에 의해서가 아니라 자발적으로 자기 옆에 머물러야 했다. 소파 위에 나란히 앉은 동생이 귀를 오빠가 있는 곳으로 낮게 갖다 대면 그레고르는 널 음악원에 입학시킬 참이었다고, 중간에 이런 불미스러운 일만 일어나지 않았다면 지난 크리스마스에—그런데 크리스마스가 지난 게 맞기는 하겠지?—가족들 앞에서 그 계획을 발표할 참이었고 누가 뭐라고 하든 간에 귀 기울이지 않고 계획을 밀어붙일 참이었다고 말하고 싶었다. 그 말을 들으면 동생은 아마 감동해서 울음을 터뜨릴 것이고, 그러면 그레고르는 동생의 겨드랑이 높이까지 몸을 일으킨 다음 동생의 목에, 가게에 취직한 후로는 리본을 묶지도 깃 달린 옷을 입지도 않아 맨살만 드러나는 그 목에 뽀뽀를 해줄 참이었다.

그때 중간에 있던 사내가 아버지를 향해 "잠자 씨!"라고 소리친 뒤 말을 잇지 못한 채, 천천히 앞으로 기고 있는 그레고르를 검지로 가리켰다. 바이올린 소리가 멈췄고, 중간의 그 사내는 고개를 가로저으며 친구들을 향해 미소를 지어 보이더니 다시 그레고르를 쳐다봤다. 아버지는 그레고르를 쫓아내기에 앞서 우선 사내들부터 진정시켜야 한다고 생각했는데, 사내들은 동요하기는커녕 바이올린 연주보다 그레고르가 나타난 것을 훨씬 더 흥미로워하는 듯했다. 아버지는 사내들을 향해 달려가 양팔을 벌리고 어서 방으로 돌아가라는 시늉을 했고, 이와 동시에 사내들이 그레고르를 볼 수 없게 몸으로 시야를 가로막았다. 그러자 사내들은 진짜로 화가 난 듯했다. 아버지의 행동에 화가 났는지, 아니면 그레고르 같은 자가 자기들이 기거하는 방 옆에 산다는 데 대해 화가 났는지는 알 수 없었다. 사내들은 아버지에게 해명을 요구했고, 양팔을 들어 올리고 불안한 듯 수염을 만지작거리더니 아주 천천히 자기들 방으로 돌아갔다. 그러는 사이 동생은 갑자기 연주가 중단되는 바람에 잠시 정신을 잃었다가 제정신으로 돌아왔다. 축 늘어진 손으로 바이올린과 활을 잡고 연주를 계속하기라도 할 듯 악보를 내려다보더니 아이가 갑자기 악기를 어머니 무릎 위에 내려놓았다. 어머니는 폐가 바삐 움직일 정도로 숨이 차서 소파에 앉아 있었다. 동생은 아버지의 재촉에 어쩔 수 없이 서둘러 자기들 방으로 돌아가고 있던 사내들 방으로 달려갔다. 동생은 익숙한 동작으로 침대 위의 이불과 매트리스를 정리했다. 사내들이 방 안으로 들어가기도 전에 동생은 침대 정리를 마치고 다시 방 밖으로 빠져나왔다. 아버지는 예의 그 고집이 되살아난 듯, 세입자들에게 응당 보여줘야 할 존경심조차 잊어버리고 있었다. 방 안으로 들어간 중간의 사내가 방문을 쿵 하고 발로 걷어찰 때까지 아버지는 재촉하고 또 재촉했고, 그 소리에 놀란 아버지가 다시 자리에서 일어섰다. 아버지는 손을 들어 올리고 눈길로는 어머니와 동생을 찾으면서 말했다.

"아무래도 이렇게 해야겠소. 이 집과 우리 가족에게 닥친 끔찍한 상황을 볼 때 지금 당장 방을 빼달라고 요구할 수밖에 없겠소. 물론 이 방에서 살지 않은 부분에 대해서 집세를 내라고 요구하지는 않겠소. 하지만—이 부분에 대해서는 믿어도 좋소만—확실한 이유가 있는 부분에 대해서는 응당한 대가를 청구할 것이오."

말을 마친 아버지는 뭔가를 기다리는 듯 입을 다물고 앞을 쳐다봤다. 그러자 중간의 사내를 제외한 두 친구가 말문을 열었다.

"우리 쪽에서도 계약을 취소하고 싶군요."

그 말이 끝나자 중간 사내는 문고리를 잡고 쾅 하는 소리를 내며 문을 닫았다.

아버지는 비틀거리며 걸어가더니 더듬더듬 소파를 찾아 그 위에 털썩 앉았다. 버릇처럼 저녁잠을 자려고 몸을 뻗는 것 같이 보였지만 평소에는 미동도 없던 고개가 심하게 끄덕이는 것으로 보건대 아버지는 전혀 잠들지 않은 상태였다. 그레고르는 사내들에게 자신의 존재를 들키던 순간에 취했던 자세 그대로 꼼짝 않고 있었다. 계획이 수포로 돌아간 사실에 따른

실망감에다가 어쩌면 너무 많이 굶은 탓에 기력이 쇠진한 상태까지 더해져 미동도 할 수 없었던 것이다. 이제 곧 모두가 합세해서 자기를 덮칠 것이라는 확신이 엄습하는 가운데 그레고르는 그대로 기다리기만 했다. 덜덜 떨리는 어머니의 손가락 사이로 삐져나온 바이올린이 무릎 아래로 미끄러지며 바닥에 부딪혔고 그 소리가 온 거실에 울려 퍼졌지만 그레고르는 전혀 놀라지 않았다.

"어머니, 아버지."

동생은 주먹으로 탁자를 내리치며 말의 시작을 알렸다.

"더이상은 안 되겠어요. 어머니와 아버지는 어떻게 생각하시는지 모르겠지만 적어도 제가 보기에는 이대로는 안 돼요. 저 버러지에게 오빠의 이름을 붙여줄 수는 없으니 이렇게 말씀드리죠. 어서 저걸 치워야 한다고 말이에요. 우린 인간으로서 해야 할 도리에 따라 최선을 다해 저걸 돌보고 참아왔어요. 사람들도 이런 우릴 전혀 탓하지 못할 거예요."

"쟤 말이 백 번 천 번 옳아."

아버지가 혼잣말로 말했다. 아직도 숨을 제대로 쉬지 못하고 있는 어머니는 혼란스러운 눈빛을 한 채 입으로 손을 가리고 낮은 기침을 했다.

동생이 얼른 어머니에게로 달려가 이마를 짚어주었다. 동생의 말에 고무된 아버지는 특별한 결심이라도 했는지 자세를

똑바로 고쳐 앉더니 사내들이 저녁식사를 마친 뒤에 치우지
않아 아직 식탁 위에 그대로 있던 접시들 사이로 경비 모자를
탁탁 내리치면서 꼼짝도 않고 있는 그레고르를 이따금씩 내려
다봤다.

"어서 저걸 치워야 해요."

동생은 기침을 하느라 아무것도 듣지 못하는 어머니는 안중
에 두지 않고 이제 아버지를 향해서만 말했다.

"그대로 두면 저게 어머니와 아버지까지 죽이려들 거예요.
그렇게 될 거라는 게 제 눈에는 뻔히 보여요. 우리 가족처럼 이
렇게 힘들게 살아가는 사람들이 집에서까지 이런 식으로 끊임
없이 고통받는 건 있을 수 없는 일이에요. 저도 더이상은 못 참
겠어요."

말을 마친 동생은 별안간 와락 울음을 터뜨렸고, 그 바람에
눈물이 어머니의 얼굴을 타고 흘러내리자 동생은 기계적으로
손을 움직이며 눈물을 훔쳤다.

그러자 그런 동생을 안쓰럽게 여기던 아버지가 놀라울 만큼
의 이해심을 보이며 말했다.

"얘야, 그런데 우리가 뭘 어떻게 해야 하겠니?"

동생은 자기도 알 수 없다는 표시로 어깨를 으쓱했다. 방금
전까지의 확신에 찬 태도는 우느라 다 사라진 모양이었다.

"만약 저 아이가 우리가 하는 말을 알아듣는다면."

아버지가 반신반의하며 말을 꺼냈다. 그러자 동생은 우느라 어깨를 들썩이면서도 그런 일은 있을 수 없다는 표시로 마구 손사래를 쳤다.

"만약 저 아이가 우리가 하는 말을 알아듣는다면."

앞서 했던 말을 되풀이한 아버지는 눈을 감은 채 그레고르가 가족들 말을 알아듣지 못할 거라는 동생의 말을 곱씹고 그 말을 믿는 쪽으로 생각을 정리했다.

"저 아이와 합의를 볼 수 있지 않겠니. 하지만 지금 상태라면……."

"저걸 치워야 한다니까요!"

동생이 소리쳤다.

"그 수밖에 없어요, 아버지. 저게 오빠라는 생각만 버리면 돼요. 저게 오빠라고 믿어왔던 거야말로 지금 우리가 겪는 모든 불행의 씨앗이었어요. 저게 어떻게 오빠일 수 있어요? 저게 만약 오빠라면 자기 같은 짐승과 인간이 함께 살 수 없다는 걸 이미 오래 전에 깨닫고 제 발로 기어 나갔을 거예요. 물론 그렇게 되면 오빠를 잃는 거겠지만, 대신 오빠는 우리 기억 속에 떳떳하게 남을 거예요. 하지만 지금 저 짐승은 우릴 괴롭히고 세 든 남자들을 쫓아내고 있잖아요. 그대로 두면 틀림없이 집 전체를 장악하고 우릴 노숙자 신세로 만들어버릴 거예요. 아시겠어요, 아버지?"

그러더니 동생이 갑자기 비명을 질렀다.

"으악, 다시 기기 시작했어요!"

동생은 심지어 어머니에게서 떨어지며 그야말로 튕기듯 소파에서 일어났다. 동생은 그레고르의 가까운 곳에 앉아 있느니 어머니를 희생시키겠다는 심정인 것처럼 보였는데, 그레고르는 동생이 어떻게 저렇게까지 할 수 있는지 이해할 수 없었다. 이내 동생은 서둘러 아버지 뒤로 몸을 숨겼고, 동생이 허둥대는 바람에 어리둥절해진 아버지는 자리에서 일어나 동생을 지켜주겠다는 듯 양팔을 반쯤 들어 길을 가로막았다.

하지만 그레고르에게 누구를 위협해서 겁주려는 마음은 전혀 없었다. 상대가 동생이라면 더더욱 그러했다. 그레고르는 단지 자기 방으로 되돌아가기 위해 방향을 틀려던 것뿐이었다. 물론 거동이 불편해서 몸을 틀 때 머리를 쳐들었다가 바닥을 내리치기를 몇 번 반복하기는 했고, 그 모습이 이상하게 보일 수도 있었을 것이다. 그레고르는 숨을 고르고 주변을 둘러보았다. 가족들이 자신의 선한 의도를 알아차린 것 같았다. 조금 전의 소동은 일시적 동요일 뿐이었다. 이제 모두가 아무 말 없이 슬픈 눈빛으로 그레고르를 쳐다보고 있었다. 어머니는 소파에 앉아 다리를 모은 채 쭉 뻗고 있었다. 눈은 피로 때문인지 거의 감겨 있었다. 아버지와 동생은 나란히 앉아 있었는데, 동생이 아버지의 목에 손을 두르고 있었다.

그레고르는 '이제 몸을 돌려도 괜찮겠지'라고 생각하고 하던 일을 계속했다. 숨이 가빠 헐떡대는 소리를 억누를 수는 없었고 중간 중간에 쉬어야 했다. 그레고르를 재촉하는 사람은 아무도 없었다. 모든 것이 그레고르에게 달려 있었다. 방향을 튼 그레고르는 곧장 방을 향해 기어가기 시작했다. 방과 지금 있는 곳과의 거리가 그토록 멀다는 것이 놀라웠고, 기력도 없으면서 어떻게 저 거리를 그렇게 짧은 시간 안에 기어올 수 있었는지도 놀라울 따름이었다. 그레고르는 오로지 기는 행위에만 집중하느라 가족들이 아무런 말도, 비명 한 번 내뱉지 않고 있고, 그래서 전혀 방해될 것이 없다는 사실조차 깨닫지 못했다. 방문턱을 넘어선 다음에야 그레고르는 고개를 돌렸다. 목이 뻣뻣해서 완전히 돌리지는 못했지만 자기 뒤편에서 아무런 변화가 일어나지 않았다는 것쯤은 확인할 수 있었다. 동생만이 일어나 있을 뿐이었다. 그레고르의 시선이 마지막으로 훑은 것은 완전히 잠든 어머니의 모습이었다.

그레고르가 방 안에 들어오자마자 밖에서는 서둘러 방문을 닫고 빗장을 걸더니 열쇠로 잠그기까지 했다. 뒤에서 갑자기 들려온 소리에 그레고르는 다리가 꺾일 정도로 놀랐다. 그렇게 서둘러 조치를 취한 사람은 동생이었다. 아까부터 이미 선 채로 대기하다가 때가 되자 가볍게 앞으로 튀어나왔기 때문에 그레고르는 다가오는 소리조차 듣지 못했다. 동생은 열쇠구멍에 맞춰 열쇠를 돌리면서 부모님을 향해 "드디어 들어갔어요!"
라고 큰 소리로 외쳤다.

"이제 어떡하지?"

그레고르는 어두운 방 안을 둘러보며 자문해보았다. 그런데
몸이 더이상 움직이지 않았다. 하지만 그레고르는 놀라지 않
았다. 지금까지 이 가느다란 다리들로 몸을 이동시켜왔다는
것이 오히려 더 부자연스럽게 느껴졌다. 게다가 기분도 비교
적 좋아졌다. 온몸이 쑤시기는 했지만 왠지 통증이 조금씩 약
해지다가 완전히 사라질 것 같은 기분이 들었다. 등에는 썩은
사과가 박혀 있고 온 방 안에 뭉실뭉실한 먼지 덩이가 넘쳐났
지만 그레고르는 그런 사실도 거의 인식하지 못했다. 그저 가
족을 떠올리며 감동과 사랑을 느낄 뿐이었다. 동생이 오빠가
사라져야 한다고 말했는데, 그 필요성은 그레고르가 동생보다
더 강하게 느끼고 있었다. 종탑 시계가 새벽 3시를 알릴 때까
지 그레고르는 그렇게 공허하고도 고요한 생각에 잠겨 있었
다. 창밖으로 날이 서서히 밝아오는 것이 보였다. 그때를 즈음
하여 그레고르는 의지와는 무관하게 고개를 떨어뜨렸고, 최후
의 숨결이 콧구멍 밖으로 약하게 새어 나왔다.

이른 아침 일하러 온 아주머니는—그 아주머니는 도착하는
순간부터 도저히 잠을 이룰 수 없을 정도로 문이란 문은 모두
있는 힘껏 두드렸다. 제발 그러지 좀 말라고 부탁도 해봤지만

막무가내였다━늘 하던 대로 그레고르의 동정을 잠깐 살폈지만 특별한 점을 발견하지 못했다. 아주머니는 그레고르가 일부러 저렇게 꼼짝 않고 누워 뻗친 체한다고 생각했다. 원래 그 아주머니는 그레고르라면 어떤 정신 나간 짓도 다 할 것이라 믿는 사람이었다. 아주머니는 방 밖에 선 채 마침 손에 쥐고 있던 기다란 빗자루로 그레고르를 간질였다. 그래도 아무런 반응이 없자 약이 오른 아주머니는 그레고르를 쿡쿡 찔러보았다. 그레고르가 아무런 저항도 하지 않고 자기가 미는 대로 밀리는 것을 보고서야 아주머니는 이상한 느낌이 들었다. 아주머니는 이내 사태를 파악했고, 눈을 휘둥그레 뜨며 훅 하고 한숨을 내쉬었다. 하지만 그대로 오래 멈춰 서 있지는 않았다. 곧장 침실 문을 열어젖힌 뒤 어둠을 가르며 큰 소리로 외쳤다.

"이것 좀 보세요, 골로 갔어요. 벌러덩 자빠져 있어요, 완전히 골로 갔어요!"

잠자 내외는 침대에 똑바로 앉은 채 처음에는 저 여자가 왜 이리 야단을 떠는지 어리둥절해했다. 그러다가 겨우 말뜻을 알아차리자 두 사람은 제각기 서둘러 침대 밖으로 빠져나왔다. 잠자 씨는 이불을 어깨에 두르고 있었고 잠자 부인은 잠옷만 걸친 채 그레고르의 방으로 갔다. 그 사이에 아주머니는 사내들이 세 든 이후 그레테가 잠을 자던 거실 문까지 열어두었다. 그레테는 아예 잠을 자지 않은 사람처럼 옷을 모두 입고 있었다. 얼굴이 창백한 것도 잠을 자지 않았다는 증거였다.

"죽었어요?"

혼자서도 알아볼 수 있고 알아보지 않아도 뻔한 사실임에도 불구하고 잠자 부인이 의아한 표정으로 아주머니를 쳐다보며 말했다.

"그런 것 같아요."

아주머니는 자기 말을 증명하기라도 할 듯 빗자루로 그레고르의 시체를 힘주어 옆으로 밀며 말했다. 잠자 부인은 빗자루를 붙들려는 듯한 행동을 취했지만, 그저 시늉에 그쳤다.

"그래, 이제 신께 감사를 드릴 수 있겠구나"라며 잠자 씨는 성호를 그었고, 나머지 세 여인도 잠자 씨의 행동을 따라했다. 그때 시체에서 눈길을 떼지 않던 그레테가 말했다.

"저것 좀 보세요, 오빠가 너무 말랐어요. 오래전부터 아무것도 먹지 않았거든요. 내준 음식이 그대로 다시 나왔었죠."

실제로 그레고르의 몸은 완전히 납작해져 있었고 바싹 말라 있었다. 바로로 몸을 지탱하고 있지 않는 지금에 와서야 모두가 그 사실을 알아챘다. 원래 그레고르에게 시선을 주지 않았기 때문에 이렇게 늦게 알아챈 것이기도 했다.

"애야, 잠깐 우리 방에 좀 들어오렴."

우수에 찬 미소를 지으며 잠자 부인이 말했다. 그레테는 시체가 있는 곳을 뒤돌아보지 않고 부모님을 따라 침실로 들어갔다. 일하는 아주머니는 문을 닫고 창문을 활짝 열었다. 이른 아침인데도 불구하고 신선한 공기 속에 미지근한 기운이 섞여 있었다. 3월 말이었으니 그럴 법도 했다.

방에서 나온 세 든 사내들은 어리둥절해하며 아침식사가 어디 있는지 찾았다. 아침식사 차리는 것을 깜박했던 것이다.

"아침식사는 어디에 있어요?"

중간의 사내가 투덜대며 아주머니에게 물었다. 아주머니는 손가락을 입에 가져가며 말없이 사내들을 향해 눈짓을 했다. 그레고르의 방에 가보라는 것이었다. 지시에 따라 그레고르의 방으로 들어온 사내들은 조금 낡았다 싶은 상의 주머니에 양손을 찔러 넣은 채 이제 날이 새어 완전히 환해진 그레고르의 방 안에서 시체를 둘러싸고 섰다.

그때 침실 문이 열렸고, 잠자 씨가 제복 상의를 입고 나타났다. 한쪽 팔은 잠자 부인이, 다른 쪽 팔은 딸이 붙들고 있었다. 모두 울어서 눈이 조금 부어 있었다. 그레테는 이따금씩 얼굴을 아버지의 팔에 갖다 댔다.

"어서 내 집에서 나가주시오!"

잠자 씨가 여자들은 뿌리치지 않은 채 현관을 가리키며 말했다.

"무슨 말씀인지요?"

중간에 있었던 사내가 약간 당황했지만 능청맞은 미소를 지으며 말했다. 나머지 두 사람은 뒷짐을 진 채로 양손을 쉴 새 없이 문질렀다. 자기편이 이길 것이 뻔한 한판 승부를 고대하고 있는 듯했다.

"내가 말한 그대로요."

대답을 마친 잠자 씨는 두 여인을 동행한 채 사내들을 향해 똑바로 걸어갔다. 질문을 던진 사내는 우선 묵묵히 서서 바닥만 내려다봤다. 머릿속에서 재빨리 생각을 정리하고 있는 듯했다. 그러더니 사내는 "그렇다면 우리가 나가는 수밖에 없겠군요"라고 말하고, 갑자기 겸손한 쪽으로 방향을 바꾼 자신의 태도를 본 잠자 씨가 결정을 재고해주기라도 바라는 듯 잠자 씨를 올려다보았다. 그러나 잠자 씨는 눈을 부릅뜬 채 고개만 몇 번 끄덕였다. 그러자 사내는 정말로 그 즉시 성큼성큼 곁방으로 걸어 들어갔다. 사내의 두 친구는 아까부터 손을 얌전히 둔 채 경청하다가 잠자 씨가 자기들보다 먼저 곁방으로 들어가 자기들의 지도자와의 회합을 방해라도 할까봐 두려워하는 것처럼 깡충깡충 뛰며 사내를 뒤따랐다. 곁방으로 들어간 사내들은 세 사람 모두 벽에 달린 옷걸이에서는 모자를, 지팡이 통에서는 지팡이를 꺼내 들고 몸을 굽힌 채 말없이 집 밖으로 걸어 나갔다. 그래도 안심이 되지 않은 잠자 씨는 두 여인을 대동한 채 현관 밖으로 나갔고, 세 사람은 난간에 기댄 자세로 세 사내가 느린 속도지만 쉬지 않고 기다란 계단을 걸어 내려가는 모습을 지켜보았다. 층이 달라질 때마다 계단이 굽어진 탓에 사내들은 자취를 감추었다가 얼마 후 다시 모습을 드러냈다. 사내들이 더 아래쪽으로 내려갈수록 그들에 대한 잠자 가족의 관심도 내려갔고, 머리에 짐을 인 정육점 점원 하나가 당당한 모습으로 자기들을 향해 올라오다가 나중에는 자기들보다 훨씬 더 높은 곳으로 계속 올라갈 무렵에야 잠자 씨와 여인들은 난간에서 몸을 떼었다. 모두가 무거운 짐 하나를 벗었다는 느낌을 안고 집으로 다시 들어왔다.

가족들은 오늘은 휴식과 산책을 하며 보내자고 결정했다. 오늘의 이 휴식은 당연한 것일 뿐 아니라 나아가 반드시 필요하다는 것이 공통된 의견이었다. 이런 결정에 따라 가족들은 탁자 앞에 앉아 잠자 씨는 담당 관리자에게, 잠자 부인은 일감을 준 사람에게, 그레테는 가게주인에게, 총 세 통의 결근계를 썼다. 써 내려가는 동안 일하는 아주머니가 아침에 자기가 해야 할 일은 다 끝냈으니 이제 가보겠다고 말하러 들어왔다. 글을 쓰고 있던 세 사람은 처음에는 올려다보지도 않고 고개만 끄덕이다가 아주머니가 가지 않고 그대로 서 있자 그제야 성가신 듯 입을 열었다.

"뭐요?"

잠자 씨가 물었다. 하지만 아주머니는 미소만 지으며 문턱에 서 있었다. 이 가족에게 굉장한 희소식을 전할 참이기는 하지만, 질문을 제대로 하지 않으면 아무것도 말하지 않겠다는 투였다. 아주머니가 쓰는 모자에는 작은 타조 깃털 하나가 거의 구십도 각도로 꼿꼿이 꽂혀 있었는데, 잠자 씨는 아주머니가 일하러 오는 내내 그 깃털에 대해 짜증을 냈었다. 그런데 지금 그 깃털이 사방으로 가볍게 흔들리고 있었다.

"그러니까 원하는 게 뭐예요?"

아주머니가 그나마 제일 잘 따르는 사람인 잠자 부인이 물었다.

"그게 말이죠."

아주머니는 좋아서 웃느라 말을 거의 잇지 못할 지경이었다.

"그러니까 저 옆에 있는 저걸 어떻게 치울지에 관한 건데요, 걱정하지 않으셔도 돼요. 이미 다 처리했어요."

잠자 부인과 그레테는 계속 결근계를 써 내려갈 것처럼 종이가 있는 쪽으로 몸을 숙였다. 하지만 아주머니가 그 모든 과정을 상세히 묘사할 작정인 것을 알아챈 잠자 씨는 손을 뻗어 단호한 거부의사를 표시했다. 하려던 말을 못 하게 되자 기분이 상한 것이 분명한 아주머니는 갑자기 자기가 얼마나 바쁜지가 생각난 듯 "다들 안녕히 계세요"라고 인사하고는 몸을 휙 돌리더니 요란하게 문을 쾅 닫고 집 밖으로 나가 버렸다.

"저녁때 다시 오면 해고해야겠어."

잠자 씨가 말했다. 하지만 아내도 딸도 잠자 씨의 말에 대답하지 않았다. 잠자 씨로서는 이제 막 조용해진 집안에 아주머니가 다시금 분란을 일으킬 것 같아 한 말이었다. 아내와 딸은 일어나 창가로 간 뒤 서로가 몸을 휘감은 채 그곳에 서 있었다.

소파에 앉아 있던 잠자 씨는 몸을 틀어 아내와 딸을 잠시 묵묵히 관찰했다. 그러다가 잠자 씨가 소리쳤다.

"이제 그만 이리로 와. 지난 일은 다 잊어버리고 나한테나 좀 더 신경 쓰는 게 어때."

여인들은 즉시 잠자 씨의 말에 따랐다. 황급히 잠자 씨에게 다가가 쓰다듬어주었고, 결근계 작성도 서둘러 끝냈다.

드디어 세 사람이 함께 집 밖으로 나갔다. 벌써 몇 달째 없던 일이었다. 가족들은 전차를 타고 도시를 벗어나 야외로 나갔다. 승객이라고는 자기들밖에 없는 전차 안으로 따뜻한 햇빛이 가득 비치고 있었다. 좌석에 편히 기댄 채 앞일에 대한 이야기를 나누었는데, 자세히 얘기를 나누다보니 걱정할 것이 전혀 없는 듯했다. 각자 어떤 일을 하고 있는지 자세히 물어본 적이 없었는데 지금 보니 직장 내에서의 세 사람의 입지가 모두 괜찮은 편이었고 앞으로는 더 나아질 전망이었다. 게다가 이사하기도 쉬워졌고, 이사만 하면 순식간에 자기들의 처지가 확연히 나아질 것 같기도 했다. 가족들은 지금 살고 있는, 살아 있을 당시 그레고르가 고른 그 집보다 좀더 작고 값싸면서도 위치나 실용적인 면에서는 더 나은 집으로 옮기자고 말했다. 그렇게 이야기를 나누던 중 잠자 내외는 딸이 점점 더 활기를 띠고 있다는 것을 깨달았고, 딸아이가 최근 들어 뺨이 창백해질 정도로 고생을 많이 하기는 했지만 그럼에도 불구하고 아름답고 성숙한 소녀로 자랐다는 점을 둘이 거의 동시에 느꼈다. 두 사람은 말수는 조금씩 줄이면서 거의 무의식적으로 시선을 통해 서로의 의견을 확인했다. 이제 딸아이에게 어울릴 만한 괜찮은 남자를 하나 찾아야 할 때가 왔다는 것이었다. 목적지에 도착하자 딸아이가 제일 먼저 일어서서 싱싱한 몸을 좍 뻗었는데, 그 모습은 마치 잠자 내외의 새로운 꿈과 좋은 의도가 현실로 나타날 것이라 확인해주는 듯했다.

Franz Kafka

카프카 작품선

3장

어느 투쟁의 기록

거절 II

우리가 살고 있는 소도시는 국경과 인접해 있지 않다. 전혀 그렇지 않다. 아직 이 도시에서 그곳까지 가본 사람이 아무도 없을 정도로 국경까지는 한참이나 멀다. 황폐한 고원지대를 지나가야 했고 광활하고 비옥한 땅들도 거쳐야 했다. 거기까지 가는 노정의 일부분만 떠올려도 금세 지칠 것이고, 일부분 이상은 아예 상상도 못 할 것이다. 그 노정 위에는 대도시들도 있다. 작은 우리 시보다 훨씬 더 큰 도시들이다. 우리 시 같은 소도시 열 개가 나란히 붙어 있고 그 북쪽에 또 다른 열 개의 도시가 접해 있어, 그 모든 것을 다 합친다 해도 커다랗고 인구가 조밀한 대도시 하나와 맞먹지 못한다. 대도시로 가는 동안은 길을 잃지 않는다 하더라도 대도시 안에서 분명 길을 잃게 될 것이고, 워낙 큰 도시들이라 피해 갈 수 있는 방법도 없다.

그러나 국경지역보다 더 먼 곳이 있다. 그 두 거리를 비교하는 것 자체가 가능한지는 모르겠지만(이 비교는 마치 300세 된 노인은 200세 된 노인보다 더 나이가 많다고 하는 것과 같다), 작은 우리 시에서 수도까지의 거리는 국경까지의 거리보다 훨씬 더 멀다. 우리는 국경지역에서 벌어지는 전쟁에 대해서는 여기저기서 소식을 들어 알고 있지만, 수도에서 벌어지는 일에 대해서는 아무것도 모른다. 단, 여기에서 말하는 우리는 일반 시민들을 뜻한다. 정부 관리들은 수도지역과 긴밀한 관계에 놓여 있기 때문이다. 수도에서 어떤 일이 벌어진 뒤 두세 달이 지나면 관리들은 그 소식을 접한다. 적어도 그 사람들은 그렇게 주장한다.

그런 점에서 볼 때 아주 기이한 일, 내가 늘 신기해하는 일이 있다. 소도시에 살고 있는 우리가 수도에서부터 나온 지시들을 어떻게 이토록 얌전하게 따를 수 있을까 하는 것이다. 수백 년 전부터 지금까지 우리 시에서는 시민들의 자주적인 발의로 어떤 정치적 변화가 일어난 적이 한 번도 없다. 수도에서는 고위 지배층을 밀어내고 또 다른 지배층이 권력을 잡았고, 심지어 왕조가 무너져 완전히 사라지거나 퇴위당한 다음 새로운 왕조가 시작된 적도 있다. 급기야 지난 세기에는 수도 자체가 파괴되고 그곳에서 멀리 떨어진 곳에 새로운 수도를 건립하

고, 나중에는 그 새로운 수도마저 파괴되어 옛 수도의 재건을 실행한 적도 있다. 그런데 이 모든 일들이 작은 우리 시에는 아무런 영향도 미치지 않았다. 우리 시의 관리들은 모두 자기 자리를 꿋꿋하게 지키고 있었다. 최고위 관리들은 수도에서 파견되었고, 중간급 관리들은 적어도 외부 인사들로 구성되었으며, 최하위급 관리들은 우리들 중에서 선출되었다. 이런 방식은 늘 유지되어왔고 우리는 그에 대해 불만이 없었다. 관리들 중 최고위직은 수석 세리稅吏다. 수석 세리는 대령급에 속했고 실제로 대령이라 불렸다. 이제는 나이 든 한 남자에 불과하지만, 내가 어린아이였을 때부터 알아온 대령이 하나 있다. 처음에는 출세가도를 달리던 그의 승진 행진이 언젠가부터 멈춘 것처럼 보이기는 하지만 우리 시에서는 그 정도 계급이면 충분했다. 우리에게는 아마 더 높은 계급의 관리를 감당할 능력은 없을 것이다. 그를 떠올릴 때마다 생각나는 모습이 있다. 광장에 자리 잡은 그의 저택 베란다에서 등을 뒤로 기대고 입에는 파이프를 물고 있던 모습이다. 그가 있던 곳 위쪽의 지붕에는 제국의 깃발이 휘날리고 있었고, 소규모 군사훈련을 실시해도 될 법한 넓은 베란다 양쪽에는 가끔 빨래가 널려 있었다. 아름다운 비단옷을 입은 그의 손자들은 그의 주변을 뛰어다니며 놀았다. 손자들은 광장 쪽으로는 가면 안 된다고 배웠다. 다른 아이들이 자신들과 어울릴 만큼 고귀한 신분이 아니라는 이유에서였다. 그래도 광장은 그 손자들에게 매우 매력적인 곳이었기에 아이들은 난간 사이로 머리라도 내밀고 아래쪽을 내려다보면서 다른 아이들이 다투자면 자신들도 위쪽에서 다투곤 했다.

그러니까 이 대령이 도시를 통치하는 것이다. 그렇지만 그는 아직 그 누구에게도 자신의 통치권을 입증해줄 증서를 보여준 적이 없을 것이다. 아니, 그런 증서가 아예 없을 가능성이 높다. 어쩌면 그가 정말 수석 세리일 수도 있다. 그렇지만 수석 세리이면 다인가? 수석 세리이기만 하면 모든 행정분야에서 지배권을 행사할 수 있는가? 그의 직책은 국가로 봐서는 매우 중대할 수 있겠지만 일반 시민들에게까지 그런 것은 아니다. 우리 시의 시민들은 "당신이 우리가 가진 모든 것을 앗아갔소. 그러니 이제 우리마저 데려가 주시오"라고 말하는 듯한 인상까지 풍긴다. 그러나 실제로 그는 권력을 억지로 강탈한 것도 아니고 폭군도 아니다. 수석 세리가 최고위 관리가 되는 것은 오래전부터 있어온 일이고, 우리가 관례를 따르듯이 대령도 관례를 따른 것뿐이다.

대령은 분명 신분의 차이를 지나치게 의식하지 않고 우리 가운데 섞여 살고 있기는 하지만, 그럼에도 불구하고 그는 일반 시민과는 전혀 다른 존재다. 시민 대표단이 청원하고자 대령을 찾아가기라도 하면 그는 마치 세상의 장벽처럼 떡하니 서 있다. 대령 뒤로는 아무것도 보이지 않는다. 겉으로 보기에는 대령 뒤에서도 몇몇 목소리가 어렴풋이 무언가를 속삭이는 듯하지만 그것은 어쩌면 환영에 지나지 않을 수도 있다. 그만큼 대령은 모든 것을 완벽하게 마무리하는, 모든 것의 끝에 서 있는 존재인 것이다. 적어도 우리들에게는 그렇다. 그런 접견 자리에서 대령을 한번 보게 된다면 이 느낌을 알게 될 것이다. 어린 시절에 나는 시민 대표가 대령에게 완전히 불에 타 잿더미가 된 도시 내 극빈지역을 위해 정부지원을 요청해달라고 청원하는 자리에 따라간 적이 있었다. 마을 공동체 내에서 존경받는 대장장이였던 아버지는 대표단의 일원이었는데, 그런 아버지가 나를 데려간 것이었다. 사실, 그리 특별할 것도 없는 일이었다. 그러한 구경거리가 있으면 원래 모두가 몰려드는 법이었고, 수많은 인파 속에서는 누가 대표단인지조차 알아내기 힘들 정도였으니까. 그런 접견들은 보통 베란다에서 이뤄지기 때문에 광장에 사다리를 설치해놓고 기어 올라가 난간 너머에서 벌어지는 일을 구경하는 사람들도 있었다. 당시 관습으로는 베란다의 4분의 1 정도 되는 공간을 대령 혼자 차지하고 나머지 공간에 사람들이 서는 게 보통이었다. 반원형으로 대령을 에워싼 군인 몇몇이 모든 것을 감시하고 있었으나 원칙적으로는 한 명의 군인만으로도 충분했을 것이다. 그만큼 우리 마을 사람들이 군인들을 두려워하기 때문이다. 그 군인들이 어디에서 온 사람들인지 정확히는 모르겠지만 먼 곳에서 온 것만은 분명하다. 모두들 비슷비슷하게 생겨서 제복을 입지 않아도 될 정도다. 작지만 강하지는 않고, 그럼에도 불구하고 날랜 사람들인데 가장 눈에 띄는 것은 입을 지나치게 가득 채우고 있는 것처럼 보이는 강한 치아와 뭔가 불안한 듯 깜박이는 작고 좁은 눈이다. 그 때문에 아이들은 군인들을 무시무시한 존재로 여기는 동시에 그 치아와 눈매를 보고 깜짝 놀라 필사적으로 도망가고 싶어 한다. 군인에 대한 이러한 무시무시한 기억은 어른이 되어서도 사라지지 않으며 적어도 어느 정도는 남아 있는 것 같다. 그런데 이와는 아주 다른 문제가 있다. 군인들은 우리가 전혀 이해할 수 없는 사투리를 쓰면서 우리 지역의 사투리는 잘 익히지 못한다. 이로 인해 군인들의 세계는 어느 정도 차단되고 가까이하기 어렵다는 특성을 지니게 된다. 그런데 이 특성은 말이 거의 없고 늘 심각하게 굳어 있는 그들의 성격과도 상관이 있다. 어쨌든 그들은 사실 나쁜 일은 하나도 저지르지 않지만, 심하게 말하자면 그럼에도 불구하고 도저히 참아줄 수 없는 존재들이다. 예를 들어 군인 하나가 상점에 와서 간단한 물건 하나를 산다고 가정해보자. 그는 상점 밖으로 나가지 않고 탁자에 기대어 선 채 그곳에서 오가는 대화들에 귀를 기울인다. 실제로 대화를 이해하지는 못하겠지만 겉으로 보기에는 마치 그가 이해하는 것처럼 보인다. 자신은 아무 말도 하지 않고 굳은 자세로 지금 막 말을 하고 있는 사람을 뚫어지게 바라보다가, 다음으로는 그 사람의 이야기를 듣고 있는 사람들을 바라보기만 한다. 손은 허리춤에 차고 있는 긴 칼의 손잡이에 고정되어 있다. 이러한 그의 혐오스러운 행동거지에 그곳에 있던 사람들은 이야기를 나누고 싶은 마음이 싹 가실 것이다. 상점 안에 있던 사람들은 다른 곳으로 가버릴 것이고, 상점이 텅텅 빈 다음에야 그 군인도 자리를 뜰 것이다. 즉, 군인들이 나타나면 평소에 활발하던 시민들도 갑자기 조용해진다. 당시에도 그랬다. 여느 연회 석상에서와 마찬가지로 대령은 몸을 곧게 펴고 선 채 앞으로 내민 양손으로 두 개의 길쭉한 대나무 막대기를 잡고 있었다. 이는 매우 오래된 전통으로서 그가 법을 지탱하고 있고 법이 그를 뒷받침하고 있다는 사실을 암시하는 것이다. 이제 곧 베란다 위에 올라가면 어떤 일이 벌어질 것인지 모르는 사람은 없지만, 그럼에도 불구하고 사람들은 늘 새삼스럽게 겁을 먹었다. 당시에도 시민들의 의견을 전달하기로 한 사람은 말을 꺼내지도 못했다. 대령과 마주했지만 그는 용기를 잃고 각종 핑곗거리들을 대며 다시 사람들 속으로 들어와버렸다. 그 사람만 그랬던 것이 아니다. 시민들의 의견을 전달하겠다고 나서는 적임자를 찾기란 원래부터 힘들었고(적합하지 않은 사람들 중에 자기가 하겠다고 자원하는 이들은 몇몇 있었다), 그 작업은 대혼란을 방불케 하는 것이었다. 각계각층에, 말재간이 있다는 사람들에게 심부름꾼을 보내기도 했다. 이런 일이 벌어지는 내내 대령은 미동도 하지 않고 그 자리에 서 있었고, 숨 쉴 때마다 눈에 띄게 가슴이 꺼지기만 할 뿐이었다. 호흡곤란 같은 것을 앓고 있었다는 말이 아니라, 마치 개구리처럼 너무나도 분명하게 숨을 쉬었다는 것이다. 개구리의 경우에는 그것이 일반적이지만, 대령이 그렇게 숨을 쉬는 것은 특이한 경우였다. 나는 어른들 사이를 기어다니며 누군가 두 명의 군인들 틈새로 무릎을 이용해 나를 밀어낼 때까지 대령을 관찰했다. 그러는 사이에 대령에게 의견을 전달할 사람이 정해졌고, 다른 두 명의 굳건한 지지를 받으며 그가 말문을 열었다. 그토록 심각하게 재난에 대해 묘사하면서 줄곧 미소를 잃지 않았다는 것이 굉장히 감동적이었다. 그러나 대령의 얼굴에서 가벼운 반응이라도 끌어내 보려는 노력의 일환이었던 매우 겸손한 미소는 결국 헛된 노력에 지나지 않았다. 그러다가 드디어 발표자가 청원 내용을 전달했다. 한 해 동안 세금을 면제해달라는 내용이었던 것 같다. 어쩌면 거기에다 황실 소유의 숲에서 건축용 목재를 싸게 구입할 수 있게 해달라는 부탁도 더해졌는지 모르겠다. 그러고는 대령을 비롯해 그 뒤에 서 있던 몇몇 군인들과 관리들을 제외한 나머지 사람들과 마찬가지로 몸을 숙인 채 서 있었다. 베란다 한쪽 가장자리에 있던 사다리에서 몇몇 얼굴들이 기어 내

174

려가는 모습이 어린 내게는 조금 우스꽝스럽게 보였다. 그들은 이런 식으로 아무런 말도 오가지 않는 결정적인 순간이 오자 숨어서 구경하던 모습을 들킬까봐 사다리를 내려간 것이었고, 때때로 호기심에 가득 차 베란다 바닥 높이보다 약간씩 더 올라오며 상황을 훔쳐보고 있었다. 침묵이 한동안 이어지더니 드디어 키 작은 관리 한 명이 대령 앞으로 걸어가서 발꿈치를 들어가며 여전히 꼼짝 않고 서 있는 대령과 애써 높이를 맞춘 다음 대령의 귀에 대고 무언가를 속삭였다. 그러자 대령이 손뼉을 쳤고, 이에 모든 이들이 몸을 일으켰다. 대령은 "청원을 거절한다. 물러가라"라고 했다. 모인 무리들은 큰 부담을 던 듯한 감정을 감추지 못했고, 모두들 앞 다투어 밖으로 나갔다. 우리와 다를 것 없는 한 인간으로 되돌아간 대령에 대해서는 누구도 특별한 주의를 기울이지 않았다. 나도 다만 대령이 완전히 지쳐 손에서 놓아버린 막대기가 바닥에 떨어지는 것, 관리들이 끌어다 놓은 등받이 의자에 깊숙이 앉아 급하게 담배 파이프를 입에 무는 그의 모습을 보았을 따름이다.

이런 일은 단 한 번의 일화로 그치는 것이 아니다. 다른 모든 일들도 이와 비슷하게 진행된다. 때때로 사소한 청원을 들어주는 경우도 있기는 하지만 그런 경우라 하더라도 대령이 권력을 지닌 개인의 자격으로 자신의 책임하에 청원을 들어주는 것처럼 보이고, 대령이 그렇게 청원을 받아들인 것—실제로 그런 말을 하는 것은 아니지만 분위기상으로 그렇다는 뜻이다—에 대해 공식적으로는 정부에 비밀로 해야 하는 것으로 여겨진다. 그런데 실제로 우리 시에서는 대령의 눈이, 적어도 우리가 판단할 수 있는 한도 내에서는, 곧 정부의 눈이다. 여기에는 분명 차이가 있겠지만 누구도 그 차이가 무엇인지 완전히 파헤칠 수는 없을 것이다.

그렇지만 주요사안과 관련된 청원은 늘 거절당할 것이라고 확신해도 좋다. 그런데 기이하게도 이제 사람들은 어느 정도까지는 그러한 거절 없이는 살 수 없게 되었다. 그럼에도 불구하고 그렇게 대령을 찾아가 어김없이 늘 거절만 당하는 것이 절대 형식적인 행위만도 아니라는 점 또한 기이하기 짝이 없다. 사람들은 늘 새롭고 진지한 마음으로 대령을 찾아갔다가 되돌아오곤 한다. 물론 고무된 기분이나 즐거운 마음으로 되돌아오는 것은 아니었지만 그렇다고 풀이 죽어서 돌아오는 것도 아니다. 실제로 사람들의 기분이 이런지에 대해서는 누구에게도 물어볼 필요가 없다. 다른 모든 사람들과 마찬가지로 나부터가 그렇게 느끼기 때문이다. 그리고 이런 일들 사이의 연관성에 대해 연구해보고 싶은 일말의 호기심조차 없다.

그러나 내가 관찰한 한도 내에서는 분명 불만이 있는 연령층이 있다. 열일곱에서 스무 살 정도의 젊은 사람들이 바로 그들이다. 다시 말해, 혁명적인 사상은 고사하고 하찮은 사상이 지니는 영향력에 대해서 엇비슷하게라도 상상조차 하지 못하는 젊은 친구들이라 할 수 있겠다. 바로 그들 사이에서 불만은 소리 없이 싹트는 것이다.

도시의 문장紋章

바벨탑 건축 초기에는 모든 것이 고통스러울 정도로 잘 갖추어져 있었다. 아니, 너무 넘칠 정도로 많이 갖추어져 있었는지도 모르겠다. 안내자, 통역관, 인부들이 머무를 숙소들, 그리고 연계도로 등 마치 앞으로 수백 년 동안은 해야 할 일이 쌓여 있는 것처럼 모든 것을 지나치게 준비했다. 그러다가 심지어는 아무리 천천히 공사를 진행해도 충분하지 못할 것이라는 생각까지 널리 퍼졌다. 공사기간을 오래 끌수록 좋을 것이라는 의견은 이미 극에 달했고, 사람들은 기초를 다지자는 말에도 겁을 내며 꽁무니를 뺐다. 그러면서 '하늘까지 닿는 탑을 쌓아보겠다는 생각이 탑 건축공사의 본질이다. 그 외의 생각들은 모두 부차적인 것이다'라는 논리를 펼쳤다. 한 번 굳어진 생각은 결코 사라지지 않는 법이다. 때문에 사람들은 적어도 인류가 존재하는 한, 탑을 완공시키겠다는 강한 열망은 계속 유지될 것이라고 생각했다. 그렇다고 앞으로도 인류가 탑을 완공시키려는 생각만 하고 살면 어떻게 될지에 대해 걱정할 필요는 전혀 없었다. 그들은 '인류의 지식은 점점 늘어날 것이고, 이미 상당한 수준으로 발달한 건축기술은 앞으로도 계속해서 발전하여 우리가 1년이 걸려야 끝낼 수 있는 공사를 100년 뒤에는 반년 만에, 그것도 더 훌륭하고 더 견고한 건물로 완공할 수 있지 않겠는가, 그러니 벌써부터 있지도 않은 힘까지 써가며 기운을 뺄 이유가 어디 있겠는가, 한 세대 안에 탑을 완공시킬 수 있다는 희망이라도 있다면 있지도 않은 힘까지 그러모을 필요가 있겠지만 그것은 어차피 기대할 수 없는 일이다'라고 생각했다. 그보다는 오히려 완벽한 지식을 가진 다음 세대가 이전 세대의 작업이 엉망이라고 판단하여 건축 중인 탑을 허물고 처음부터 다시 시작할지도 모른다는 우려가 더 컸다. 이런 생각은 그들을 맥 빠지게 만들었고, 사람들은 결국 탑 건축보다는 인부들이 살 도시를 만드는 데 더 공을 들였다. 같은 지역 출신들끼리 모여 저마다 자기들이 제일 아름다운 숙소를 차지하기를 바랐고, 이 일이 도화선이 되어 혈전으로까지 이어졌다. 이렇게 시작된 싸움은 끝날 줄을 몰랐다. 그러자 토목감독들은 이 끊임없는 다툼을 빌미로, 도무지 공사에 전념할 수가 없으니 완공시기를 늦추든지, 아니면 아예 평화협정을 맺고 난 다음에 공사에 재착수해야 한다고 건의하기까지 했다. 그런데 그들이 단지 싸우기만 하며 세월을 보낸 것은 아니었다. 싸움이 중단된 틈을 이용해 도시를 미화시키는 데에도 시간을 투자했는데, 이는 다시금 질투를 유발하고 싸움의 빌미를 제공했다. 이렇게 첫 세대가 지났지만 다음 세대도 별반 다르지 않았고, 단지 건축기법만이 발전되면서 싸움만 더 부추기는 꼴이 되었다. 게다가 두 번째, 세 번째 세대는 하늘에 닿는 탑 건축이 무의미하다는 것을 진즉 깨달았지만, 이미 서로 간의 결속이 너무 굳어져 결국 그 도시를 버리고 떠나지 못했다.

이 도시에서 생겨난 설화와 노래들은 모두 그날, 즉 이 도시가 거인의 커다란 주먹에 연달아 다섯 대를 맞고 박살 나게 될 예언의 그날에 대한 동경으로 가득하다. 그래서 이 도시의 문장에도 주먹이 그려져 있는 것이다.

비유에 대하여

　성현들은 죄다 비유로 말하는데, 비유는 일상생활에서 쓸 만한 말이 아니라며 불평하는 사람들도 많다. 하지만 우리가 일상에서 할 수 있는 말이라고는 비유밖에 없다. 만약 어떤 성현이 "저 너머로 가보라"라고 했다고 하자. 그렇다고 해서 이것이 말 그대로 건너편으로 가라는 의미는 아니다. 그렇게 건너편으로 가서 얻을 결과가 그럴 만한 가치가 충분히 있다면 못 갈 이유도 없겠지만 성현이 말하는 '저 너머'는 전설 속에서나 나올 법한 피안을 가리키는 말일 것이다. 그러나 우리는 그 피안에 대해서 아는 바가 없고, 그 성현도 그것이 구체적으로 어디를 말하는지 설명해줄 수 없다. 때문에 결국 우리는 무엇을 어떻게 해야 할지 모를 수밖에 없다. 이런 비유들이 가르쳐주는 것은 결국 '이해할 수 없는 것은 이해할 수 없다'는 사실일 뿐인데, 그 정도는 우리도 이미 알고 있다. 그래서 우리는 오히려 비유를 쓰지 않으려고 애쓰며 하루하루를 보내고 있다.

이에 어떤 사람이 "자네들은 왜 그렇게 거부적인 태도를 보이는 건가? 비유들을 그냥 따르면 자네들 자신이 비유가 될 것이며, 그렇게 되면 자연히 일상의 수고로움에서도 벗어나지 않겠는가?"라고 말했다.

다른 사람이 "그 말도 비유가 분명해, 내기를 해도 좋아"라고 말했다.

첫 번째 사람이 "자네가 이겼네"라고 말했다.

두 번째 사람이 "하지만 비유 속에서만 이긴 것이잖나"라고 말했다.

첫 번째 사람이 "아닐세, 현실에서만 이긴 것이지. 자넨 비유 속에서는 진 걸세"라고 말했다.

포세이돈

    포세이돈은 업무용 책상 앞에 앉아 계산을 하고 있었다. 모든 해양을 관리하는 것이 그의 업무이다보니 일은 끊임이 없었다. 포세이돈은 자신이 원하는 만큼의 조수를 고용할 수 있었는데, 실제로도 많은 조수를 고용했다. 그러나 자신의 업무를 심각하게 받아들였던 포세이돈은 모든 서류들을 자신이 다시 한 번 계산했기 때문에 사실 조수는 그에게 큰 도움이 되지 않았다. 포세이돈이 자기가 하는 일을 좋아했었다고는 말할 수 없다. 그는 다만 자신에게 부과된 일을 이행했을 뿐이다. 실제로 포세이돈은 지금 하는 일보다 좀더 재미있는 일이 없을까 해서, 그의 표현을 빌리자면, 자원도 해봤지만 사람들이 제안을 해올 때마다 그것이 지금 맡고 있는 직책보다 자신에게 더 잘 어울리지는 않는다는 결론에 도달했다. 포세이돈에게 어울리는 다른 일을 찾는 것도 쉬운 일은 아니었다. 예를 들어 바다에 관한 업무를 포세이돈에게 맡길 수는 없었다. 바다와 관련된 업무에서, 계산 업무가 줄어드는 것이 아니라 단지 중요도가 떨어지는 계산들이라는 점은 차치하고서라도, 위대한 포세이돈에게는 아무래도 중책이 어울렸기 때문이다. 또 해양과 관련 없는 직책을 제안받을 경우, 포세이돈은 상상만으로도 속이 메스꺼워질 지경이었고 그의 신성한 숨결은 혼란에 빠졌으며 강철로 된 것 같은 그의 흉곽은 들썩거렸다. 그런데 실은 누구도 포세이돈의 불평을 진지하게 받아들이지는 않았다. 권력자가 절망적인 상황에 빠져 괴로워하고 있으니 어느 정도 그에게 수긍하는 것처럼 보이려고 했을 뿐, 누구도 실제로 포세이돈을 현재 직책에서 해임할 생각은 없었다. 다들 포세이돈은 태곳적부터 바다의 신으로 정해진 이였고, 그 사실에는 변함이 없어야 한다고 생각했다.

한편 포세이돈은 자기가 평생 삼지창이나 손에 들고 하천을 휘젓고 다닌다고 생각하는 줄 아는 사람들의 말을 듣는 것이 무엇보다 참을 수 없었다. 그런데 이러한 불만은 본질적으로 자신의 직책에 만족하지 못하던 것에서 비롯되었다. 지금까지 포세이돈은 이곳 대양의 심연에 앉아 끊임없이 셈을 하고 있었고, 가끔 주피터에게 가는 것이 단조로운 일상을 끊는 유일한 계기였다. 그런데 포세이돈은 주피터에게 다녀올 때마다 거의 대부분 분노에 가득 차서 돌아왔다. 그러다보니 포세이돈은 바다를 제대로 본 적이 없었다. 급하게 올림포스 산에 오르면서 흘긋 보는 정도에 그쳤고, 제대로 바다를 횡단한 적은 한 번도 없었다. 포세이돈은, 자기는 세상의 종말을 기다리고 있고, 종말이 오면 분명 일이 없는 조용한 순간이 올 것이기에, 그렇게 되면 최후의 계산을 다시 한 번 검토해본 다음 잽싸게 일주 여행을 할 수 있을 것이라고 말하곤 했다.

사냥꾼 그라쿠스

두 소년이 부둣가 둑에 걸터앉아 주사위 놀이를 하고 있었다. 한 소년은 긴 검을 휘두르는 영웅의 기념비가 드리우는 그늘 아래에서 신문을 읽고 있었다. 다른 한 소년은 분수대 옆에서 나무 양동이에 물을 퍼 담고 있었다. 과일 상인 하나가 팔아야 할 물건들 옆에 누워서 호수 너머를 쳐다보고 있었다. 술집 문틈과 창문 틈 사이로 두 사내가 깊은 구석에서 와인을 마시고 있는 모습이 보였다. 주인은 앞쪽에 있는 탁자 앞에 앉아 꾸벅꾸벅 졸고 있었다. 돛대 없는 작은 배 한 척이 물 표면과 닿지 않은 채 떠다니는 것처럼 소리 없이 작은 항구 안쪽으로 들어오고 있었다. 파란 작업 가운을 입은 사내 하나가 뭍으로 올라오더니 밧줄을 고리에 엮었다. 은빛 단추가 달린 어두운 색

긴 상의를 입고 있는 또 다른 사내 둘은 그 뱃사람의 뒤편에서 들것을 옮기고 있었다. 커다란 꽃무늬가 찍혀 있고 술 장식이 달린 비단 덮개가 들것 위에 놓여 있었는데 그 아래에는 틀림 없이 사람 하나가 누워 있는 것 같았다.

부둣가에 있던 이들 중 방금 도착한 그들에게 신경을 쓰는 사람은 아무도 없었다. 두 사내가 그때까지도 밧줄을 묶고 있던 뱃사공을 기다리는 동안, 그들에게 다가가는 사람도, 그들에게 질문을 던지는 사람도, 그들을 유심히 쳐다보는 사람도 없었다.

뱃사공은 밧줄을 고정시킨 뒤에도, 아이를 가슴에 안고 머리를 푼 채로 지금 막 갑판 위에 나타난 여인과 잠시 무언가 이야기를 나누었다. 그런 다음 이쪽 편으로 오더니 누르스름한 2층 가옥을 가리켰다. 물가 왼편에 직선으로 솟아 있는 집이었다. 나머지 사내들은 들것을 들어 올려 가는 기둥들로 된 낮은 대문을 통과했다. 어린 소년 하나가 창문을 열고 사내들이 집 안으로 자취를 감추는 모습을 보더니 황급히 창문을 닫아버렸다. 이제 대문도 닫혔다. 검은색 떡갈나무로 세심하게 제작한 대문이었다. 그러자 지금까지 종탑 주변을 맴돌던 한 떼의 비둘기가 그 집 앞에 내려앉았다. 그 집 안에 자기들의 모이가 비축되어 있기라도 한 듯 비둘기들은 대문 앞으로 모여들었다. 그중 한 마리가 2층까지 날아올라 유리창을 쪼아댔다. 그곳에 모인 비둘기들은 밝은 몸 빛깔에 포동포동하고 생기 어렸다. 배에서 내린 그 여인이 커다란 동작으로 비둘기들에게 곡식 낟알을 던지자 비둘기들은 떼지어 곡식을 쪼아대다가 다시 여인을 향해 날아갔다.

실크해트(남자가 쓰는 정장용 서양 모자. 춤이 높고 둥글며 딱딱한 원통 모양에 윤기가 있는 깁으로 싸여 있다)를 쓴 신사 하나가 항구로 이어지는 여러 갈래의 좁고 경사가 심한 골목길 중 하나에서 걸어 내려왔다. 모자에는 상장喪章이 달려 있었다. 그는 주변을 유심히 살폈다. 그의 마음에 드는 것이 하나도 없었다. 신사는 지저분한 한쪽 귀퉁이를 보더니 얼굴을 찡그렸다. 기념비 앞 계단 위에는 과일껍질들이 놓여 있었다. 그 앞을 지날 때쯤 신사는 지팡이를 뻗어 과일껍질들을 아래로 밀쳐냈다. 신사는 그 집 문을 두드리는 동시에 실크해트를 벗어 검은 장갑을 낀 오른손으로 가져갔다. 문은 곧장 열렸고, 50명은 족히 되어 보이는 어린 사내아이들이 긴 복도에 죽 늘어서서 그 신사에게 몸을 숙여 인사했다.

뱃사공이 계단을 내려와 신사에게 인사를 한 다음, 그를 위층으로 안내했다. 2층에 다다른 뱃사공은 신사와 함께 단순하면서도 우아한 테라스로 둘러싸인 마당을 비켜서 지나갔다.

소년들은 그 둘에 대한 경외심에서 일정한 거리를 유지하며 그들을 뒤따랐다. 둘은 집 뒤편의 서늘하고 커다란 방 안으로 들어갔다. 그 방의 맞은편에는 집들이 전혀 보이지 않았고, 흑회색의 헐벗은 절벽만 보일 뿐이었다. 들것을 옮기던 사내들은 들것의 머리 쪽에 긴 양초 몇 개를 세우고 불을 붙이고 있었다. 그러나 양초를 켰다고 해서 밝아지지는 않았다. 그전까지는 바닥에 있던 그림자들이, 초를 켜고 나니 벽으로 올라가 희미하게 비칠 뿐이었다. 들것 위에 있던 덮개도 걷어냈다. 거기에는 아무렇게나 삐죽삐죽 자란 머리와 수염, 갈색으로 그을린 피부를 한, 마치 사냥꾼처럼 보이는 사내 하나가 누워 있었다. 그는 꼼짝도 하지 않았고, 눈을 감고 숨도 쉬지 않는 것처럼 보였다. 그럼에도 불구하고 그가 죽은 자일지도 모른다고 암시해주는 유일한 단서는 그를 둘러싼 주변 분위기뿐이었다.

실크해트를 쓴 신사가 들것 가까이로 다가가 누워 있는 사내의 이마 위에 한 손을 올려놓았다. 그러고는 무릎을 꿇고 앉아 기도를 했다. 뱃사공은 나머지 두 사내에게 방 밖으로 나가라고 눈짓했다. 사내들은 밖으로 나간 다음, 바깥에 모여 있던 사내아이들도 멀리 쫓아내고는 등 뒤로 문을 닫았다. 그러나 그 정도의 고요함도 충분치 않았는지, 신사는 뱃사공을 뚫어져라 바라보았다. 그 의미를 알아챈 뱃사공은 쪽문을 통해 옆방으로 갔다. 그러자 들것 위에 있던 사내가 금세 눈을 뜨더니 신사를 향해 고통스러운 미소를 지으면서 말했다.

"자넨 누군가?"

신사는 놀라는 기색도 없이 침착하게 꿇고 있던 무릎을 펴고 일어나 사내의 물음에 대답했다.

"리바 시의 시장일세."

들것 위의 사내는 고개를 끄덕이더니 힘없이 팔을 내밀어 소파를 가리켰다. 사내의 몸짓에 따라 시장이 소파에 앉자 그가 말했다.

"전 알고 있었습니다, 시장님. 그렇지만 처음에는 자꾸만 모든 것을 잊어버리게 되더군요. 전 모든 일이 한바퀴 돌고 난 다음에야 제대로 아는 것 같습니다. 그런데 그게 더 낫습니다. 그래서 전 일부러 알고 있는 것도 늘 물어본답니다. 시장님께서도 아마 제가 사냥꾼 그라쿠스라는 것을 알고 계실 겁니다."

시장이 말했다.

"물론일세, 자네가 올 거란 암시를 오늘 밤에 받았지. 우린 이미 잠든 지 오래였어. 그런데 자정쯤엔가 아내가 나를 부르지 않겠나. '살바토레—그게 내 이름일세—, '창가의 비둘기를 좀 봐요'라고 하더군. 진짜로 비둘기 한 마리가 앉아 있었는데 크기가 닭만 했다네. 그 비둘기가 내 귓가로 날아오더니 '내일이면 죽은 사냥꾼 그라쿠스가 와요. 이 도시의 이름으로 그를 맞이하세요'라고 하더군."

사냥꾼은 고개를 끄덕이고 입술 사이로 혀를 내밀었다.

"예, 제 앞으로 비둘기들이 날아가더군요. 그런데 시장님, 시장님께서는 제가 리바에 남아야 한다고 생각하십니까?"

시장이 대답했다.

"거기에 대해선 아직 뭐라고 말을 할 수가 없네. 그런데 자네는 죽은 건가?"

"예, 보시다시피요. 여러 해 전 일이었지요. 아마 굉장히 오래전이었을 겁니다. 슈바르츠발트(독일 남서부, 라인 지구대의 동쪽에 있는 산지. 아름다운 삼림지대이며 온천, 호수 따위가 많은 관광 휴양지로 다뉴브 강이 시작하는 곳이다)에서 영양 한 마리를 쫓다가 절벽에서 굴러 떨어졌지요. 그때부터 저는 죽은 겁니다."

사냥꾼이 대답했다.

"그런데 살아 있기도 하지 않은가?"

시장이 말했다.

"어떤 면에서는요. 어떤 면에서 저는 살아 있기도 합니다. 제 시체를 나르던 거룻배가 항로를 잘못 드는 바람에 말입니다. 키를 잘못 튼 거죠. 뱃사공이 잠시 한눈을 파는 사이에 그렇게 됐어요. 아름답던 제 고향이 그렇게 방향을 잘못 틀게 만든 건지도 모르지요. 모르겠어요, 무엇 때문이었는지. 제가 아는 거라고는 제가 이 세상에 남아 있다는 사실과 그 거룻배가 그때부터 계속해서 이승의 해양들을 떠돌고 있다는 것뿐이에요.

저는 이렇게 떠돌고 있습니다. 원래는 산에서만 살려던 사람이 죽고 난 다음 이렇게 온 세상을 떠돌고 있는 것입니다."

사냥꾼이 말했다.

"그러면 자네는 저세상에는 전혀 속해 있지 않은 건가?"

이마를 찌푸리며 시장이 물었다.

"저는 지금도 하늘로 뻗은 커다란 계단 위에 서 있습니다. 끝없이 이어진 그 옥외계단 위에서 저는 헤매고 있어요. 어떤 땐 위로, 어떤 땐 아래로, 어떤 땐 오른쪽으로, 어떤 땐 왼쪽으로, 어쨌든 늘 움직이고 있습니다. 사냥꾼이 나비가 된 셈이지요. 웃지 마십시오."

사냥꾼이 대답했다.

"안 웃네."

시장은 사냥꾼을 안심시켰다.

"아주 간단해요."

사냥꾼이 말했다.

"저는 쉬지 않고 움직입니다. 그러다가 크게 한 번 뛰어 오르면 하늘 문이 당장이라도 저를 향해 열릴 것 같습니다. 그러나 결국 눈을 떠보면 저는 아직도 이승의 어느 호수를 황량하게 떠돌고 있는 예의 그 거룻배에서 깨어나는 것입니다. 제 죽음과 관련해 발생한 근본적인 오류가 선실에서 깨어난 저를 비웃듯이 둘러쌉니다. 선장의 아내 율리아가 선실 문을 두드리고, 아침이면 제가 누워 있는 들것으로 방금 우리가 지나온 해안지방 사람들이 음료수를 가져다줍니다. 저는 나무 침상에 누워 있고, 몸에는—저를 쳐다보는 일이 즐거운 일은 아닐 것입니다—죽은 자들이 입는 더러운 수의를 걸치고 있으며, 흑회색의 머리칼과 수염은 도저히 어떻게 해볼 수 없을 정도로 뒤엉켜 있고, 다리는 꽃무늬에 긴 술 장식이 달린 큼지막한 여성용 비단 숄로 덮여 있습니다. 머리 쪽에서는 교회에서 쓰는 양초가 저를 비추고 있답니다. 건너편 벽에는 작은 그림이 하나 걸려 있습니다. 아프리카의 원주민으로 보이는데, 커다란

그림이 그려진 방패 뒤에 최대한 몸을 감춘 채 저를 향해 창을 세우고 있습니다. 배를 타다보면 멍청한 작품들을 종종 접하게 되기는 하지만, 이 그림이야말로 그런 작품들 중에서도 최고로 멍청한 작품일 겁니다. 나무로 된 저의 새장은 그 외에는 별다른 물건 없이 텅 비어 있습니다. 옆쪽 벽면에 있는 선실 창문으로 남국의 따뜻한 밤공기가 들어오고, 바닷물이 낡은 배에 와서 부딪치는 소리도 들립니다.

그때부터, 그러니까 제가, 살아 있는 사냥꾼 그라쿠스가 슈바르츠발트에서 영양을 쫓다가 굴러 떨어졌을 때부터, 저는

여기에 누워 지냈습니다. 모든 일이 정해진 순서에 따라 일어났지요. 먼저 영양 떼를 쫓았고, 굴러 떨어졌고, 좁은 골짜기 아래쪽에서 피를 흘렸고, 죽었고, 이 들것에 실려 저세상으로 가기만을 기다리고 있었습니다. 아직까지도 기억나는데, 처음으로 이 나무 침상에 누워 몸을 쭉 뻗었을 때에는 정말 즐거웠답니다. 이 어두컴컴한 네 개의 벽 안에서 당시 제가 불렀던 노래처럼 즐거운 노래를 산속에서는 단 한 번도 부른 적이 없습니다.

저는 사는 동안 즐겁게 살았고 죽을 때에도 기꺼이 죽었습니다. 죽은 자를 나르는 거룻배의 갑판에 오르기 전, 저는 제가 늘 우쭐거리며 끼고 다니던 탄약, 배낭, 사냥총 따위를 기꺼이 벗어서 땅바닥에 내팽개쳤고 웨딩드레스를 입는 처녀의 기분으로 수의를 껴입었습니다. 그러고는 여기에 누워서 기다리는데, 그만 그런 불행이 닥친 것입니다."

"고통스러운 운명이군."

시장이 방어라도 하듯 손을 치켜들고 말했다.

"그런데 그런 일이 일어난 것에 대해 자네는 전혀 잘못이 없단 말인가?"

"전혀요."

사냥꾼이 말했다.

"저는 사냥꾼이었습니다, 그게 혹 잘못입니까? 저는 슈바르츠발트에 배치되었습니다, 그곳에는 당시까지도 늑대가 살았었거든요. 저는 매복했고, 쏘았고, 맞혔고, 가죽을 벗겼습니다, 그게 잘못입니까? 저는 축복받은 일을 하고 있었던 겁니다. 저는 '슈바르츠발트의 위대한 사냥꾼'으로 불렸고요, 그게 잘못입니까?"

시장이 말했다.

"나는 그런 걸 판단하는 사람은 아니네만, 그래, 내가 보기에도 자네에게 잘못은 없는 것 같군. 그럼 잘못은 누가 저지른 건가?"

"뱃사공이지요."

사냥꾼이 말했다.

"그런데 여기에 제가 뭔가를 써도 아무도 읽지 않을 것이고, 저를 도우러 오는 이 또한 아무도 없을 겁니다. 저를 도와주라는 명령이 떨어진다 하더라도 온 집의 모든 문이 닫혀 있고, 창문도 닫혀 있고, 모두가 이불을 머리끝까지 뒤집어쓴 채 침대에 누워 있을 겁니다. 지구 전체가 밤을 맞이한 하나의 거대한 숙소라고 할 수 있겠지요. 거기에는 좋은 점도 있습니다. 누구도 저에 대해 알지 못할 테니까요. 혹 저를 아는 이가 있다 하더라도 제가 어디에 있는지 모를 것이고, 제가 어디에 있는지 안다고 하더라도 저를 그곳에 묶어두지는 못할 것이고, 그러니 결국 어떡해야 저를 도울 수 있을지도 모르겠지요. 저를 도

우려는 생각 자체가 일종의 질병이니 침대에 누워 요양을 해야 할 것입니다.

그런 사실들을 알고 있기에 저는 도와달라고 소리치지 않는 것입니다. 어쩌다가, 지금처럼 자신을 주체하지 못할 때, 소리를 질러 도움을 청하고 싶은 마음이 간절할 때조차 말입니다. 그렇지만 제가 주변을 둘러보고 제가 지금 어디에 있는지, 또 수백 년 전―분명 제 계산이 맞을 겁니다―부터 제가 어디에 살고 있는지를 확실히 깨닫는 것만으로도 그런 생각들은 사라져버리지요."

"굉장하군."

시장이 말했다.

"굉장해. 그런데 자네는 이제 리바에 머무를 작정이라고?"

"저는 무언가를 작정하지는 않습니다."

사냥꾼이 웃으며 말하고는 시장을 조롱한 사실을 무마시키기 위해 한 손을 시장의 무릎 위에 올려놓았다.

"저는 그저 여기에 있을 뿐입니다. 그 이상은 모르겠고, 더이상 제가 할 수 있는 일도 없습니다. 이 거룻배에는 키도 없습니다. 그저 바람에 실려 떠다닐 뿐이지요. 죽음의 가장 제일 밑바닥에서 불어오는 바람 말입니다."

정원 문을 두드리다

    때는 어느 더운 여름날이었다. 누이와 집으로 돌아오던 중 나는 어느 정원의 문 앞을 지나게 되었다. 장난을 칠 셈으로 그 랬는지, 아니면 아무 생각 없이 그저 한번 두드려본 것인지는 알 수 없지만 누이는 그 문을 두드렸다. 어쩌면 주먹을 문 가까 이 가져가는 시늉만 하고 실제로 두드리지는 않았을 수도 있 다. 그곳으로부터 백 걸음 정도 지나 왼쪽으로 꺾이는 시골길 에서 마을은 시작되고 있었다. 우리는 그러한 사실을 모르고 있었는데, 첫 번째 집을 지나치기가 무섭게 사람들이 밖으로 나와 우리에게 눈인사를 했다. 우정 어린 눈인사 같기도 했고, 경고의 눈빛 같기도 했으며, 뭔가에 제풀에 놀란 듯하기도 했 고, 놀라서 몸을 굽히고 있는 듯하기도 했다. 사람들은 우리가 지나쳐온 정원을 가리키며 우리로 하여금 누이의 문 두드리는 소리를 떠올리게 했다. 사람들은 정원의 소유자가 우리를 고소할 것이고, 곧 조사작업이 시작될 것이라고 했다. 나는 매우 침착했고, 누이도 진정시켰다. 어쩌면 누이가 전혀 두드리지 않았을 수도 있고, 만약 두드렸다 하더라도 그런 일을 증명해야 하는 일은 세상 어디에서도 벌어지지 않을 것이라고 안심시켰다. 또 나는 우리를 둘러싼 사람들을 이해시키려고도 애썼다. 그러나 사람들은 내 말을 들어주기는 했지만, 옳고 그름을 판단해주지는 않았다. 그들은 내 누이뿐 아니라 나 또한 누이의 형제로서 고소를 당할 거라고 말했다. 나는 미소 지으면서 고개를 끄덕였다. 우리는 마치 연기구름 속에서 불꽃이 피어오르기를 기다리듯 모두 고개를 돌리고 정원 쪽을 쳐다봤다. 그러자 정말, 얼마 지나지 않아 활짝 열린 정원의 문 안으로 기사들이 말을 타고 들어가는 모습이 보였다. 먼지가 일어 시야가 가려지는 바람에 높이 솟은 창의 꼭대기 부분만 번쩍거릴 뿐, 아무것도 보이지 않았다. 기사단은 정원 안쪽으로 사라지는가 싶더니 금세 말 머리를 돌렸는지, 우리를 향해 오고 있었다. 나는 누이를 밀쳐내고는 내가 모든 상황을 수습하겠다고 말했다. 누이는 나를 혼자 내버려 둘 수는 없다며 거부했다. 나는 누이더러 그렇다면 적어도 옷이라도 다른 것으로 갈아입으라고, 좀더 좋은 옷을 입고 저 남자들 앞에 나타나라고 타일렀다. 결국 누이는 내 말을 듣고 집까지 이어지는 먼 길을 걸어갔다. 기사들은 금세 내가 있는 곳까지 달려왔고, 말을 탄 채로 나를 내려다보며 내 누이에 대해 물어보았다. 나는 겁먹은 채로 지금은 누이가 이 자리에 없지만 이따가 다시 올 것이라고 대답했다. 기사들은 그 대답에 아무래도 좋다는 식의 반응을 보였다. 그들에게는 나를 발견했다는 사실이 무엇보다 중요한 것 같았다. 그들 중 두 명의 남자가 특히 눈에 띄었는데, 젊고 활달한 재판관과 아스만이라 불리는 말이 없는 그의 보좌관이었다. 그들은 내게 농가 안으로 들어가라고 명령했다. 천천히, 고개를 흔들면서, 바지의 멜빵을 만지작거리면서, 그 남자들의 날카로운 감시하에 나는 몸을 움직이기 시작했다. 그때까지만 해도 나는 한마디만 하면 도시민인 내가, 심지어는 명예롭게, 이 농부들로부터 벗어날 수 있으리라 믿었다. 그러나 농가의 문지방을 넘어서는 순간, 나보다 더 먼저 가서 기다리고 있던 재판관이 "이 사나이의 일은 참 안됐소이다"라고 말했다. 그 말이 지금 내가 처한 상황을 가리키는 것이 아니라, 앞으로 내게 일어날 일을 가리키는 것이라는 사실에는 일말의 의심할 여지가 없었다. 농가 안의 그 방은 농장에 딸린 방이라기보다는 감방에 더 가까웠다. 돌로 된 커다란 타일, 아무런 장식도 없이 어두컴컴하기만 한 벽, 어딘가에는 쇠고랑이 울타리처럼 처져 있었고, 가운데에는 반쯤은 나무 침상 같아

보이고 반쯤은 수술대 같아 보이기도 하는 것이 놓여 있었다.

　내가 이 감옥의 공기가 아닌 다른 공기를 맛볼 수 있을까? 지금 중요한 것은 바로 이 질문이다. 아니, 그보다는 내가 석방될 가능성이 조금이라도 있었다면 그 물음이 그 순간 제일 중요한 질문이 될 수 있었을 것이라 하는 편이 옳겠다.

잡종

내게는 매우 별스러운 짐승이 하나 있다. 반은 고양이, 반은 양인 짐승이다. 아버지의 소유물 중에서 물려받은 것이다. 그런데 그 짐승이 자라기 시작한 것은 내 보호하에 있으면서부터다. 그전까지는 고양이보다 양의 특징을 더 많이 가지고 있었다. 그러나 지금은 둘의 특징을 똑같이 나눠 갖고 있다. 머리와 발톱은 고양이이고, 몸집과 생긴 모습은 양이다. 그리고 두눈, 번득이는 거친 두 눈과 부드럽고 촘촘한 털가죽, 껑충 뛰기도 하고 살금살금 기기도 하는 동작은 둘 모두를 닮았다. 창가에 햇빛이 비칠 때면 그 짐승은 몸을 둥글게 말고 가르랑 소리를 내고, 풀밭 위에서는 미친 듯이 뛰어다녀서 거의 잡을 수가 없을 정도다. 그 짐승은 고양이를 만나면 도망가고 양들은 덮치려 한다. 달이 뜬 밤이면 지붕 처마 위로 걸어다니는 것을 제일 좋아한다. 야옹, 하고 울지도 못하고 커다란 쥐들은 혐오한다. 닭장 옆에는 몇 시간 동안이나 매복하고 있을 수 있지만 살생 기회를 써먹은 적은 아직까지 한 번도 없다.

나는 그 짐승에게 먹이로 달콤한 우유를 준다. 그것이 그 짐승에게 제일 잘 맞는다. 그 짐승은 우유를 여러 번에 나누어서 천천히 맹수의 이빨, 즉 자신의 이빨 뒤쪽으로 빨아들인다. 이쯤 되고 보니 그 짐승은 당연히 아이들에게 대단한 볼거리가 된다. 아이들이 짐승을 볼 수 있는 시간은 일요일 오전이다. 이 조그만 짐승을 내 무릎 위에 올려놓으면 가까이 있는 모든 마을의 아이들이 내 주위를 둘러싼다.

그런 다음에는 세상에서 가장 기이한, 그 누구도 대답할 수 없는 질문들이 쏟아진다. 왜 그런 동물이 딱 한 마리밖에 없느냐, 왜 하필이면 내가 그 동물의 주인이냐, 이 짐승 이전에도 이런 짐승이 있었지 않느냐, 이 동물이 죽고 나면 어떻게 되느냐, 이 짐승이 외로워하지는 않느냐, 왜 이 동물에게는 새끼가 없느냐, 이 동물의 이름은 무엇이냐 등등.

나는 대답을 하려고 애를 쓰지는 않는다. 아무런 설명도 해주지 않고 그저 내가 가진 것을 보여주는 것만으로 즐거워한다. 때때로 아이들이 고양이를 데리고 오기도 한다. 한번은 새끼양을 두 마리씩이나 가져온 적도 있다. 그러나 아이들의 기대와는 달리 짐승들이 서로를 알아보는 장면 따위는 연출되지 않았다. 짐승들은 그저 짐승의 눈빛으로 서로를 바라보며, 각자 자신들의 존재를 신의 뜻에 의한 것으로 생각하고 있는 듯했다.

내 무릎 위에 앉아 있을 때면 그 짐승에게는 두려움도, 뭔가를 뒤쫓고 싶은 욕구도 없다. 내게 착 달라붙어 있을 때 그 짐승은 제일 편안해한다. 그 짐승은 자기를 길러준 가족 곁을 떠나지 않는다. 흔히 볼 수 있는 조금 강한 충직함 때문이 아니라, 이 지상에서 인척관계는 수없이 많이 맺어왔지만 친족이라 할 수 있는 것은 하나도 없는, 그래서 자신을 보호해줄 사람보다 더 성스러운 것은 없는, 그런데 우리 가족이 자신의 보호자가 될 수 있겠다고 생각한 한 마리 짐승의 올바른 본능 때문에 그렇게 하는 것이다.

때때로 그 짐승이 가르랑거리며 내 주위를 돌거나 몸을 비틀며 내 다리 사이를 빠져나가지만 결국 내게서 벗어나지 못하는 모습을 보면 웃음이 나오는 것을 참을 수 없다. 그 짐승은 양이자 고양이인 것만으로는 만족을 못하고 이제 개이기까지 하려나보다. 언젠가 한번은, 누구에게나 이런 일이 일어날 수 있겠지만, 내가 내 가게들, 그리고 내 가게와 관련된 문제들에 관한 어떤 해결책도 찾지 못하고 결국 모든 것을 다 그만둬버릴 결심을 하고는 우울한 기분으로 우리 집 그네에 앉아 있었는데, 그때 그 짐승은 내 무릎 위에 웅크리고 있었다. 내가 우연히 아래쪽을 내려다보았을 때, 짐승의 커다란 턱수염에서는 눈물이 뚝뚝 떨어지고 있었다. 내 눈물이었을까, 짐승의 눈물이었을까? 양의 영혼을 지닌 이 고양이가 인간에게나 있는 야심까지 지니고 있었던 것일까? 아버지가 내게 물려준 것은 비록 얼마 되지 않지만, 이 유산만큼은 정말 누구에게나 보여줄 만한 것이다.

그 짐승은 양쪽의 불안감―비록 두 가지 불안감이 서로 매우 다르기는 하지만―, 즉 고양이의 불안감과 양의 불안감 모두를 지니고 있다. 그래서 자신의 가죽을 너무 답답해하는 것 같다. 때로 그 짐승은 소파 위, 내 옆으로 뛰어올라 앞발은 내 어깨에 기대고 주둥이는 내 귀에 갖다 댄다. 마치 내게 뭔가를 말하는 듯하다. 실제로 그 짐승은 잠시 후에 몸을 앞으로 더 기울이면서 내 얼굴을 쳐다본다. 자기 말이 내게 어떤 인상을 주었는지 관찰하려는 듯하다. 나도 그 짐승에게 호의를 베푸는 차원에서 뭔가를 이해한 척하며 고개를 끄덕인다. 그러고 나면 짐승은 다시 바닥으로 뛰어내려가 주변을 어슬렁거리며 돌아다닌다.

어쩌면 그 짐승에게는 도축업자의 칼이 구원책일 수도 있을 것이다. 그러나 그 짐승은 아버지의 유품인 만큼 나는 감히 그런 일을 허락할 수 없다. 그러니 그 짐승으로서는, 가끔 이성이 있는 인간의 눈으로, 이성적인 행동을 해주기를 요구하는 눈빛으로 나를 바라보기는 하지만, 그래도 결국 숨이 저절로 멎을 때까지 기다리는 수밖에 없다.

출발

    나는 마구간에서 내 말을 끌어오라고 명령했다. 하인은 내 말을 이해하지 못했다. 나는 직접 마구간으로 가서 내 말에 안장을 채우고 말 등에 올라탔다. 먼 곳에서 트럼펫 소리가 들려왔다. 하인에게 그 트럼펫 소리가 왜 울리는 것이냐고 물어봤지만 하인은 이유는커녕 소리도 듣지 못했다고 했다. 입구에서 하인은 나를 잠시 가로막으며 "주인님, 어디로 가십니까?"라고 물었다. 나는 "모른다. 다만 이곳을 떠나려는 것이다. 이곳을 떠나려는 것이란 말이다. 영원히 이곳을 떠나려는 것이다. 그래야만 나는 목적지에 도달할 수 있어."

    하인이 물었다.

    "그러니까 목적지가 어디인지는 알고 계시는군요."

내가 대답했다.

"그렇다, 그렇게 말하지 않았는가. 여기를 떠나는 것, 그것이 바로 내 목적이다."

포기하시오!

매우 이른 아침이었다. 거리는 산뜻했고 텅 비어 있었다. 나는 역으로 갔다. 탑시계를 내 시계와 비교해본 결과 내가 생각보다 훨씬 더 늦었다는 것을 알게 되었다.

나는 매우 서둘러야 했다. 시간을 착각했다는 사실을 발견하고 너무 놀란 탓인지, 길마저 잘 모른다는 불안감이 나를 엄습했다.

나는 이 도시의 지리를 잘 알지 못했다. 다행히 가까이에 경찰관 하나가 있었다. 그에게 달려간 나는 가쁜 숨으로 헐떡거리면서 길을 물어보았다. 그가 미소를 지으면서 반문했다.

"나더러 길을 가르쳐달라고요?"

내가 대답했다.

"예. 혼자서는 못 찾겠군요."

그는 "포기하시오, 포기하시오!"라고 말하더니 남몰래 혼자 껄껄 웃으려는 사람처럼 거만한 동작으로 몸을 핵 돌렸다.

밤에

밤 속에 빠져든다. 골똘히 생각에 잠기려고 때때로 고개를 숙이는 것처럼 그렇게 밤 속에 완전히 빠져든다. 사방에서는 사람들이 잠을 자고 있다. 그 사람들이 집 안에서 자고 있다는 것, 튼튼한 침대에서, 튼튼한 지붕 아래에서, 몸은 매트리스 위에서 죽 뻗거나 굽힌 채로 천 조각을 감고 이불을 덮고 있다는 것은 자그마한 연극이요, 순진한 자기기만이다. 실상 그들은 그 옛날 언젠가 그랬던 것처럼, 그리고 훗날 언젠가 황량한 들판에서 그럴 것처럼, 한군데에 모여 있는 것뿐이다. 야외 수용소, 간과하기에는 너무 많은 사람들, 한 무리, 한 민족, 차가운 하늘 아래, 차가운 대지 위에, 예전에 한때 있던 곳에 버려진 채로, 이마는 팔에 대고 얼굴은 바닥을 향해, 조용히 숨을 쉬고 있는 것이다. 그리고 너는 보초를 선다, 너는 보초 중 하나다, 너는 네 옆에 있는 마른 가지 더미에서 불타는 목재를 꺼내 흔들다가 다음 보초 당번을 발견한다.

"너는 왜 보초를 서고 있지?"

그가 "한 사람은 보초를 서야지"라고 대답한다. 그렇다, 한 사람은 거기에 있어야 하는 것이다.

조타수

"조타수는 나 아니었소?"

내가 소리쳤다. 어두운 피부의 커다란 사내는 "자네가?"라고 묻더니 몽상을 떨쳐버리기라도 하는 듯 손으로 눈을 한 번 쓱 훑었다. 나는 어두운 밤, 키를 잡고 서 있었고, 머리 위로는 등불이 약하게 타고 있었다. 그런데 이 사내가 와서 나를 밀어내려는 것이었다. 내가 물러나지 않자 그는 발을 내 가슴께로 가져오더니 천천히 나를 짓밟았다. 나는 그러는 동안에도 키의 핸들을 잡고 있었는데, 넘어지면서 그만 핸들을 획 돌려버렸다. 그러자 그 사내가 키를 잡아 원위치로 돌려놓고는 나를 밀쳐버렸다. 하지만 나는 얼른 생각을 가다듬고 선원실로 이어진 갑판의 출입구로 달려가 소리쳤다.

"이봐! 동료들! 어서 와보게! 낯선 사내가 날 키에서 밀어내고 있다네!"

동료들은 느릿느릿 계단을 밟아 갑판 위로 올라왔다. 건장한 그들이었지만 흔들리는, 피곤에 지친 위력적인 모습들이었다.

"내가 조타수 맞지?"

내 물음에 그들은 고개를 끄덕였다. 그러나 그들의 시선은 낯선 사내에게로만 향했다. 그들은 반원 모양으로 그 사내의 주위를 둘러싸고 있다가, 그가 명령하듯 "날 방해하지 마"라고 말하자 한곳으로 우르르 모이더니 나를 향해 고개를 끄덕이고는 다시 계단을 내려갔다. 무슨 사람들이 저 모양인가! 저들도 생각을 하는 것일까, 아니면 그저 의미 없이 발을 질질 끌며 땅 위를 걸어다니기만 하는 것일까?

다리

나는 딱딱하고 차가웠다. 나는 심연 위로 걸쳐져 있는 한 개의 다리였다. 이쪽에는 발끝이, 저쪽에는 양손이 구멍 뚫린 채고정되어 있었고, 나는 부서지기 쉬운 점토를 꽉 물고 버티고 있었다. 내 치맛자락은 양옆으로 나부끼고 있었다. 저 깊은 곳에서는 얼음처럼 차가운, 송어가 사는 시냇물 흐르는 소리가들려왔다. 통행이 어려운 이 높은 지대까지 길을 잃고 들어서는 관광객은 한 명도 없었다. 그 다리는 지도에조차 표시되어 있지 않았다. 그렇게 누운 채로 나는 기다리고 있었다. 그렇게기다릴 수밖에 없었다. 무너지지 않는 이상, 일단 다리로 건설된 주제에 다리이기를 중단할 수 있는 다리는 하나도 없으니까. 어느 날 저녁이었다. 첫째 날 저녁이었는지 천 번째 날 저녁이었는지는 알 수 없다. 내 기억은 늘 혼란 속으로 빠져들었고 늘 빙글빙글 돌았다.

어느 여름날 저녁, 냇물은 더 어둡게 쏴아 소리를 내고 있었는데 그때 남자의 발소리가 들려왔다! 나를 향해, 나를 향해.

'다리야, 몸을 뻗어. 버텨야 해. 이 난간도 없는 나무 덩어리야, 너를 믿는 그를 지켜줘. 그의 발걸음에서는 눈에 띄지 않게 조금씩 불안감이 사라질 거야. 그러나 만약 그가 중심을 잃고 기우뚱거린다면 네가 누구인지 보여주렴. 그의 몸을 산신처럼 휘감아 안전한 저편으로 휙 던져주렴.'

그가 왔다. 지팡이 끄트머리 징으로 나를 두드려보았다. 그러더니 지팡이 끝으로 내 치맛자락을 들어 올려 내 몸 위에 가지런히 정리했다. 덥수룩한 내 머리카락 안에서 그는 징을 짚으면서 걸어갔다. 그러고는, 아마 정신없이 주변을 두리번거리면서, 징을 한곳에 오랫동안 머무르게 하고 있었다. 그러나 내가 막 산을 넘고 계곡을 건너는 그를 꿈꾸고 있을 때, 뭔가가 양발로 내 몸 중간 위로 껑충 뛰었다. 나는 격렬한 통증을 느끼며, 대체 무슨 일이 일어난 것인지 전혀 모른 채 소스라치

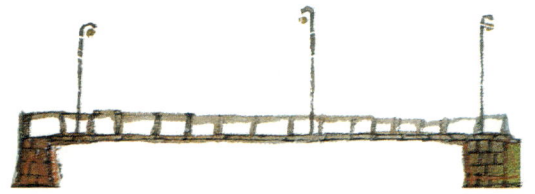

게 놀랐다. 누가 그랬지? 아이인가? 꿈이었나? 노상강도였나? 자살을 하려는 사람인가? 악마였나? 파괴자였나? 그를 보려고 나는 몸을 틀었다. 다리가 몸을 튼 것이다! 아직 몸을 틀지도 않았는데 이미 나는 추락했다. 추락하자마자 나는 갈기갈기 찢어졌고 뾰족한 자갈들, 지금까지는 급물살 속에서 늘 평화롭게 나를 쳐다보던 자갈들이 내 몸을 찔렀다.

독수리

　독수리 한 마리가 내 양발을 쪼고 있었다. 이미 장화와 양말을 찢은 독수리는 이제 맨발을 쪼고 있었다. 독수리는 나를 한 번 공격하고는 조급하게 내 주변을 맴돌다가 다시 덤벼들었다. 지나가던 한 사내가 잠깐 동안 이 광경을 구경하더니 왜 독수리가 쪼아대도록 그냥 내버려두느냐고 물었다. 나는 말했다.

　"방어를 할 수 없으니 그렇지요. 독수리가 와서 나를 쪼아대기 시작하더군요. 물론 나는 독수리를 쫓으려 했지요. 심지어 목을 졸라 죽이려고도 해봤지만, 이런 짐승들은 원래 힘이 세지 않습니까. 독수리가 내 얼굴로 날아들려고 한 적도 있어요. 그래서 차라리 내 발을 내주었습니다. 이제 발이 거의 찢어졌군요."

사내가 말했다.

"독수리가 당신을 이렇게 괴롭히도록 그냥 놓아두다니…….
총 한 방이면 이 독수리는 끝장이란 말이오."

내가 물었다.

"그래요? 그런데 당신이 그렇게 해줄 셈이오?"

사내가 말했다.

"기꺼이 그렇게 하지요. 집에 가서 총만 가져오면 된다오. 삼
십 분만 기다려줄 수 있겠소?"

"잘 모르겠습니다."

여기까지 말한 나는 고통으로 인해 잠시 동안 꼼짝도 못 하
고 서 있다가 다시 말을 이었다.

"예, 제발 그렇게 해주십시오."

사내가 말했다.

"좋소. 내 서둘러 갔다 오지요."

대화가 오가는 동안 독수리는 가만히 귀를 기울였고 그 사내
와 나를 번갈아가며 쳐다보았다. 다음 순간, 나는 독수리가 우
리 사이에 오간 말을 모두 이해했다는 것을 알게 되었다. 독수
리는 날아오르더니 몸을 뒤로 한껏 젖혔다. 충분한 힘을 모으
기 위해서였다. 그러더니 마치 창던지기 선수처럼 부리를 내
입속에 깊숙이 찔러넣었다. 뒤로 나자빠지면서 나는 독수리가

220

내 깊은 곳을 채우고 온 강둑을 흘러넘치는 내 피 속에 빠져 절대 살아나지 못하고 익사할 것이라는 사실을 느끼며 해방감을 맛보았다.

팽이

아이들이 놀고 있는 곳 주변만 늘 서성대는 한 철학자가 있었다. 그러다가 그는 팽이를 가진 소년을 발견하면 단박에 숨어서 기회를 노리기로 작정했다. 팽이가 돌기 시작하자마자 철학자는 팽이를 잡으려고 그 뒤를 쫓았다. 아이들이 와아 소리를 지르면서 그로부터 팽이를 지키려고 안달이었지만 그는 신경도 쓰지 않았다. 아직 돌고 있는 팽이를 잡고 그는 행복해했다. 그러나 그것도 잠시뿐이었다. 그는 다시 팽이를 바닥에 던져버리고는 가던 길을 걸어갔다. 그는 어떤 사소한 것, 예를 들어 돌고 있는 팽이에 대한 진리를 깨닫는 것만으로도 보편적인 진리를 인식할 수 있다고 생각했던 것이다. 그 때문에 그는 커다란 문제들과는 씨름하지 않았다. 그것은 너무 비경제적인 듯했다. 그는 사소한 것 중에서도 제일 사소한 것만이라도 진정으로 인식한다면 그 모두를 인지하는 것과 같다고 생각했다. 따라서 그는 돌고 있는 팽이만 연구했다. 그리고 팽이를 돌리기 위한 준비가 다 될 때마다 이제는 성공하겠다는 희망을 품었다. 그러다가 팽이가 돌기 시작해 헐떡거리며 그 뒤를 쫓아가다보면 그 희망은 확신으로 변해갔다. 그러나 그렇게 해서 그 멍청한 나무 조각을 손에 넣고 나면 그의 기분은 곧 엉망이 되어버렸고, 자기를 내쫓으려는 아이들의 함성도 그때까지는 들리지도 않다가 갑자기 귀에 들려오는 것이었다. 그는 마치 서투르게 휘두른 팽이채에 맞은 팽이처럼 이리저리 흔들리며 걸어갔다.

작은 우화

쥐가 말했다.

"휴, 세상은 나날이 좁아지고 있어. 처음에는 겁이 날 만큼 넓었지. 나는 멀리까지 달려갔고, 드디어 내 오른쪽과 왼쪽으로 저 멀리 장벽이 보여서 행복했었지. 그런데 그 기다란 장벽들이 서로를 향해 어찌나 빨리 달려오던지, 금세 내가 마지막 방에 갇혀버렸지 뭔가. 그리고 그 방 한쪽 구석에 덫이 놓여 있었는데 내가 거기에 걸려든 거지."

그러자 고양이는 "달리는 방향을 바꾸기만 했으면 될 것을……"이라고 말하고 쥐를 잡아먹었다.

양동이를 탄 기사

    석탄은 다 썼고, 양동이가 비어 있으니, 부삽은 의미가 없어졌고, 난로는 냉기만 내뿜고 있고, 방 안은 얼음이 얼 정도로 싸늘하고, 창밖의 나무들은 서리로 굳어 있고, 하늘은 구원을 갈구하는 사람들을 향해 은빛 방패처럼 떠 있다. 석탄이 필요하다. 이렇게 얼어 죽을 수는 없다. 내 뒤에는 냉혹한 난로가 있고, 앞에도 마찬가지로 냉혹한 하늘이 있다. 따라서 나는 말을 타고 그 사이를 날카롭게 달려가, 그 중간에서 석탄 가게 주인에게 도움을 청해야 한다. 그러나 늘 반복되는 나의 똑같은 부탁에 이미 석탄 가게 주인은 무감각해졌다. 따라서 오늘은, 내게는 작은 석탄 한 조각도 없으니 그가 나에게 창공의 태양과도 같다는 사실을 매우 정확히 전달해야 한다. 나는 굶주림으로 숨조차 힘겹게 쉬며 문지방에서 생을 마감하려는 거지처럼, 주인어른의 식사를 담당하는 여자 요리사가 마지막 커피를 뽑고 난 찌꺼기라도 입에 넣어주어야겠다고 결심하게 만들 그런 거지처럼 석탄 가게 주인 앞에 나타나야 한다. 그 요리사처럼 석탄 가게 주인도, 화는 내더라도 '살인하지 말라'는 십계명의 빛줄기를 받아 양동이에 부삽 한가득 석탄을 담아 던져주어야 할 텐데.

오르막길을 오를 때부터 심상찮은 모습을 보이며 등장해야할 것이다. 그러기 위해 나는 양동이를 타고 달려간다. 양동이를 탄 기사가 되어, 손은 위쪽의 손잡이, 즉 아주 단순한 모양의 고삐를 잡고 나는 몸을 돌려 힘겹게 계단을 내려간다. 그런데 아래쪽에 도달하니 양동이가 위로 떠오른다. 대단하군, 대단해. 바닥에 누워 있다가 주인이 휘두르는 지팡이에 몸을 흔들며 일어나는 낙타들의 모습도 이보다는 아름답지 못할 것이다. 양동이는 얼어서 딱딱해진 골목길을 고른 박자로 달려간다. 때때로 내 몸이 2층 높이까지 들어 올려지기도 한다. 그러나 절대로 집 대문이 있는 곳까지 내려가지는 않는다. 이제 나는 석탄 가게 주인이 있는 지하실의 반원형 천장 옆을 떠간다. 그 모습이 장관이다. 석탄 가게 주인은 지하실 안 깊은 곳에서 작은 탁자 앞에 쪼그리고 앉아 뭔가를 쓰고 있다. 찌는 듯한 열기를 몰아내기 위해 문은 열어놓고 있다.

"이봐요, 석탄 가게 주인!"

입김 덩어리에 휩싸인 내가 추위로 공허하게 타버린 목소리로 소리 지른다.

"부탁이니 석탄 가게 주인, 내게 석탄을 조금만 주시오. 내 양동이는 이미 텅텅 비어 사람이 타고 다닐 수 있을 지경이오. 제발 선의를 베푸시오. 돈은 되는 대로 빨리 갚겠소."

석탄 가게 주인이 손을 귀에 가져간다.

"내가 제대로 들은 건가요?"

그는 난롯가의 긴 의자에 앉아 뜨개질을 하고 있는 아내에게 어깨 너머로 물어본다.

"내가 제대로 들은 거요? 손님이 온 것 같은데?"

"난 아무것도 안 들려요."

등 쪽을 따뜻하게 받쳐놓고 뜨개바늘 위에서 조용히 숨을 내쉬고 들이쉬던 아내가 말한다.

내가 소리친다.

"그럴 리가요. 저예요, 오랜 단골이 왔다니까요. 늘 이 가게하고만 거래를 해왔는데 지금은 돈이 떨어졌어요."

석탄 가게 주인이 말한다.

"여보, 왔어, 누가 왔다고. 내가 그렇게까지 잘못 들을 리는 없어. 오랜, 아주 오랜 단골손님인 것 같아. 이렇게 내 마음을 움직일 줄 아는 걸 보면."

"뭐라고요, 여보?"

아내는 하던 일을 멈추고 잠시 쉬면서 일감을 가슴께로 가져
간다.

"아무도 없어요. 골목길은 텅 비어 있다니까요. 우리 손님들
은 모두 필요한 만큼 물건을 충분히 사갔잖아요. 가게 문을 내
리고 며칠 쉬어도 될 거예요."

"내가 여기 양동이 위에 앉아 있다니까요."

이렇게 소리치는 동안, 슬프지는 않았지만 추위 때문에 눈물
이 흐르면서 눈앞이 흐려진다.

"제발 위쪽을 한번 봐줘요. 내가 바로 보일 거예요. 한 삽만
주세요. 그렇게만 해준다면 난 아마 너무나도 행복할 거예요.
다른 손님들은 이미 다 물건을 사갔다면서요. 휴, 양동이 안에
서 뭔가 덜거덕거리는 소리를 들을 수만 있다면 얼마나 좋을
까!"

"나가요."

석탄 가게 주인은 짧은 다리를 움직여 지하실 계단을 오르려
고 하지만 이미 그의 아내가 곁에 다가와서 팔을 꽉 붙들고는
말한다.

"당신은 여기 있어요. 그 고집을 꺾지 못하겠다면 내가 올라
갈게요. 오늘 밤에 당신이 얼마나 심하게 기침을 할지 생각 좀
하세요. 일 때문에, 그것도 있지도 않은 일 때문에 아내와 자식

따위는 다 잊어버리고 자기 폐까지 희생시키겠다는 거예요? 내가 가겠어요."

"그럼 당신이 손님에게 아직 우리 창고에 남아 있는 물건의 종류를 소리쳐서 알려줘요. 그럼 내가 그 다음에 가격만 말하겠소."

아내는 "좋아요"라고 말하며 골목길로 올라간다. 당연히 그녀는 나를 단번에 발견한다.

"석탄 가게 아주머니 아니세요?"

내가 소리친다.

"아이고, 안녕하세요, 석탄 한 삽만 주세요. 바로 여기 이 양동이에다가요. 배달은 제가 직접 할게요. 제일 질이 나쁜 걸로 한 삽만 주세요. 물론 그 값은 다 드릴게요. 다만 지금 당장, 지금 당장은 아니고요."

'지금 당장'이라는 이 두 마디는 대체 무슨 종소리이기에, 가까이 있는 교회 종탑에서 지금 막 들려오는 저녁 종소리와 섞이면서 이토록 내 말뜻을 흐리게 만들어버리는 것일까!

석탄 가게 주인이 물어본다.

"손님이 뭘 달래?"

"아무것도 달라 그러지 않았어요."

아내가 대답한다.

"아무것도 아니에요. 아무것도 보이지 않고 아무 소리도 들리지 않네요. 그냥 이제 여섯 시를 알리는 종이 울린 것뿐이에요. 이제 문을 닫아야겠어요. 끔찍하게도 춥네요. 내일은 더 바빠지겠어요."

그녀에게는 아무것도 보이지 않고 아무것도 들리지 않는다고 한다. 그런데도 그녀는 앞치마 끈을 풀더니 앞치마로 나를 날려버리려는 시늉을 한다. 안타깝게도 그 시도는 성공한다. 내 양동이는 타고 다닐 수 있는 훌륭한 짐승들이 지닌 장점을 모두 지니고 있다. 다만 저항력이 없을 뿐이다. 양동이는 너무나도 가볍다. 여자들이 두르는 앞치마만으로도 양동이 바닥을 땅 위에서 떼어놓을 수 있을 정도다.

그녀가 가게 쪽을 향해 몸을 돌리면서 반쯤은 경멸적으로, 반쯤은 만족감에 차서 공중에 대고 손을 휘휘 젓는 동안 나는 그녀에게 쏘아붙인다.

"나쁜 여자 같으니, 나쁜 여자 같으니! 질이 제일 안 좋은 것으로 한 삽만 달라고 빌었는데 그것조차 주지 않는군!"

그런 다음 나는 빙산지대로 들어가 누구도 나를 영원히 찾을 수 없는 곳에서 길을 잃고 헤맨다.

부부

전체적으로 경기가 너무나도 좋지 않다. 때때로 사무실에 있다가 짬이 나면 나까지도 샘플 가방을 손에 들고 가가호호 고객방문에 나서야 하는 실정이다. 나는 오래전부터 다른 누구보다 N을 한번 찾아갈 생각이었다. N과 나는 예전에 지속적으로 업무 관계를 맺어왔는데 그 관계는 지난해 내가 모르는 어떤 이유로 인해 거의 끊어지다시피 되어버렸다. 그런데 그 정도의 문제는 어떤 특별한 이유 없이도 발생할 수 있다. 요즘처럼 거래관계가 불안정한 상황에서는 아무것도 아닌 일이나 기분 따위가 관건이 될 수도 있고, 반대로 아무것도 아닌 일이나 말 한마디가 모든 것을 다시 원래대로 되돌려놓을 수도 있지 않은가. 그렇지만 N의 집에 들이닥치는 것은 조금 귀찮은 일이다. N은 나이 든 남자로서, 최근 건강상태가 매우 나빠졌고, 아직까지는 자기 손으로 업무관계들을 꾸려가고 있지만 실제로 직접 가게에 나타나는 일은 드물다. N과 이야기를 하려면 그의 집으로 찾아가야 하는데, 그런 식의 업무는 누구든지 꺼리게 마련이다.

그러나 어제 저녁 여섯 시가 지난 다음, 나는 드디어 길을 나섰다. 물론 사람들이 보통 남의 집에 찾아가는 시간은 이미 지났지만, 나는 사교 목적이 아니라 업무적으로 찾아가는 것이니 괜찮으리라 생각했다. 찾아갔더니 운 좋게도 N이 집에 있었다. 누군가 현관 로비에서 내게 말해준 바에 따르면, 그는 아내와 함께 산책을 갔다가 바로 조금 전에 돌아왔는데 지금은, 몸이 좋지 않아 침대에 누워 있는 아들의 방에 있다고 했다. 그러면서 나도 그리로 가보라고 했다. 처음에는 조금 머뭇거렸지만, 이 괴로운 만남을 되도록 빨리 해치우고 싶은 마음이 더 컸다. 나는 입고 온 옷 그대로, 그러니까 코트에 모자, 그리고 손에는 샘플 가방을 들고 어둠침침한 조명이 켜져 있는 방으로 들어갔다. 그곳에는 몇몇 사람들이 모여 있었다.

본능적으로 내 시선은 제일 먼저 나와는 너무나도 잘 알고 지내는 영업 대행인이자 동시에 내 경쟁자이기도 한 그 사내를 향했다. 저자가 나보다 먼저 여기에 기어 올라왔군. 그는 자신이 무슨 의사라도 되는 양 편한 자세로 환자의 침대에 바싹 붙어 있었다. 그는 지나치게 품이 넓은 멋진 외투를 그대로 걸치고 있었는데, 단추만 푼 채로 거만하게 앉아 있었다. 그의 뻔뻔스러움은 어느 누구도 감히 따라가지 못할 정도였다. 고열 때문에 붉게 물든 뺨을 하고 누워 때때로 그를 쳐다보던 환자도 비슷한 생각을 하고 있는 것 같았다. 그런데 그는, 그러니까 N의 아들은 아주 어린아이는 아니었다. 내 나이 정도 되는 남자인데, 병 때문에 조금 덥수룩해진 짧은 수염이 얼굴을 뒤덮고 있었다. 그의 아버지 N은 키가 크고 어깨가 떡 벌어진 사내였는데, 만성통증 때문에 놀랍도록 수척해졌고 등은 굽었으며 자신감도 사라진 것 같았다. N은 아직도 방금 들어온 모습 그대로, 모피코트를 입은 채 그곳에 서서 아들을 향해 뭐라 뭐라 중얼거리고 있었다. 작고 연약해 보이지만, 적어도 N을 대할 때만큼은 활기찬 그의 아내는—우리 같은 부류의 다른 사람들은 거의 그녀를 만날 일이 없었다—N의 모피코트를 벗기고 있었는데 둘의 키 차이 때문에 조금 힘들어 보이더니만 그래도 결국 성공했다. 그런데 아마도 코트를 벗기는 일을 힘들게 만들었던 보다 본질적인 이유는 성질 급한 N이 쉴 새 없이 손짓을 하며 안락의자를 가져오라고 했기 때문이었을 것이다. 실제로 모피코트를 벗기고 난 다음 그의 아내는 N이 앉을 수 있도록 재빨리 안락의자를 밀어주었다. 그리고 자신의 몸 전체를 거의 다 덮는 코트를 들고 밖으로 나갔다.

이제 드디어 내가 나설 때가 온 것 같았다. 아니, 사실 그런 시간은 오지 않았고, 앞으로도 영영 오지 않을 듯하다고 해야 옳을 것이다. 뭔가 시도를 할 계획이라면 지금이 기회였다. 이 곳의 상황이 업무와 관계된 말을 하기에는 점점 더 나빠지기 만 할 것 같은 느낌이 들었기 때문이다. 그 대행인은 이곳에 영 영 눌러앉아 있을 듯했지만 그것은 내 방식이 아니었다. 게다 가 나는 그 대행인을 배려해줄 생각이 조금도 없었다. 그래서 나는 N이 이제 막 아들과 이야기를 좀 나누고 싶어 한다는 인 상을 받았음에도 불구하고 이내 나의 용건을 전달하기 시작했 다. 그런데 내게는 조금 격앙된 상태에서 이야기를 할 때면 늘 나타나는 습관이 있었는데,—금세 발동이 걸리면서 나타나는 습관이었는데, 환자가 누워 있는 이 방에서는 평소보다 더 빨 리 나타났다—자리에서 일어나 이야기를 하는 동안 일어섰다 앉기를 반복하는 것이었다. 내 사무실에서는 아주 유용하지만 다른 곳에서는 조금 신경 쓰이는 습관이었다. 그러나 나는 나 자신을 주체할 수 없었다. 특히 늘 피우던 담배까지 없어서 더 그랬다. 하지만 누구나 나쁜 습관들을 가지고 있지 않은가. 게 다가 그 대행인의 습관에 비하면 내 습관들은 심지어 칭찬할 만하기까지 하다. 무릎 위에 모자를 올려놓고 천천히 밀고 당 기다가 갑자기, 전혀 예상치도 못하는 때에 다시 모자를 머리 에 쓰는 꼴을 보고 무슨 말을 해줄 수 있겠는가. 뭔가 착오가 발생한 것처럼 금방 다시 모자를 벗기는 하지만, 어쨌든 잠깐 동안이라도 머리에 쓰고 있지 않았는가. 게다가 그 과정을 자꾸만 반복하는 것이다. 그런 행동이야말로 실로 용납할 수 없는 습관일 것이다. 어쨌든 나는 그런 그의 행동에 개의치 않았다. 일어섰다 앉기를 반복하며 내 용건에 온전히 집중하고 그 대행인은 무시했다. 그러나 그 모자가 예술품이라도 되는 듯 혼이 쏙 빠지는 사람들도 있는 듯했다. 하지만 나는 내 이야기에 너무 집중한 나머지, 그런 식의 방해행위뿐만 아니라 누가 어떤 행동을 해도 내 눈에는 들어오지 않았다. 그곳에 사람들이 있다는 것 정도는 알았지만, 내 말이 끝나기 전에는, 혹은 내 말에 누군가가 반박을 하기 전까지는 바로 눈앞에 있는 사람들조차도 그다지 의식하지 않았다. 그러니까 예를 들어 N이 내 말에 주의를 기울일 능력이 거의 없다는 것 정도는 알아챘다. 그는, 양손은 양옆의 팔걸이에 올려놓고 어디가 불편한 듯 이리저리 몸을 틀었고, 나를 똑바로 올려다보는 것이 아니라 뭔가를 의미 없이 찾는 듯 허공을 바라볼 뿐이었다. 그리고 그의 표정은 내 말소리 따위는 귀에 들어오지 않으며, 나아가 내가 그 자리에 있다는 느낌조차 받지 못하는 것처럼 무관심해 보였다. 내게 거의 희망을 주지 않는 이런 태도들이 모두 내 눈에 들어왔지만 그럼에도 불구하고 나는 내 언변과 다양한 혜택이 뒤따를—나 자신도 놀랄 정도로 나는 많은 것을 양보했

다. 누구도 그만큼의 양보를 요구하지 않았지만—내 제안을
믿고 아직 내게 희망이 남아 있는 것처럼 계속해서 말을 이어
갔다. 그것은 결국 N과의 모든 관계를 원상태로 되돌려놓으려
는 시도였다. 슬쩍 엿본 바에 의하면 그 대행인은 드디어 모자

를 한자리에 얌전히 놓고 팔짱을 꼈는데, 그것도 내게 어느 정
도의 만족감을 주었다. 나는 은근히 그 대행인을 염두에 두고
말을 했는데, 내가 말한 내용이 그의 계획에 결정적인 일침을
가한 것처럼 보였다. 그런 생각이 들자 나는 더욱 편안한 기분
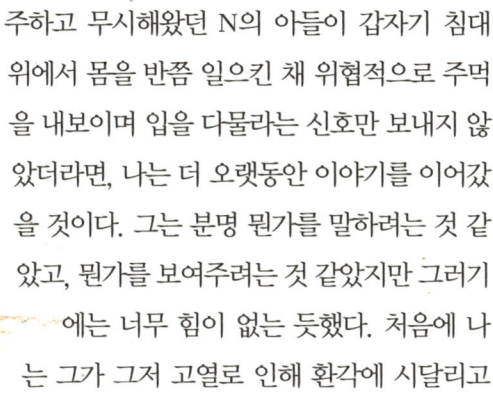
이 들었고, 지금까지 내가 별로 중요하지 않은 인물로 간
주하고 무시해왔던 N의 아들이 갑자기 침대
위에서 몸을 반쯤 일으킨 채 위협적으로 주먹
을 내보이며 입을 다물라는 신호만 보내지 않
았더라면, 나는 더 오랫동안 이야기를 이어갔
을 것이다. 그는 분명 뭔가를 말하려는 것 같
았고, 뭔가를 보여주려는 것 같았지만 그러기
에는 너무 힘이 없는 듯했다. 처음에 나
는 그가 그저 고열로 인해 환각에 시달리고
있는 것이라 생각했다. 그러나 바로 다음 순간, 아무 생각 없이
아버지 N을 바라보는 순간, 사태를 더 잘 파악할 수 있었다.

  N은 뜬눈, 유리알 같은 눈, 부어오른 눈, 금방이라도 제 기능
을 상실해버릴 것 같은 눈으로 그곳에 앉아 있었다. 누군가가
목을 잡거나 가격한 것처럼 그는 앞으로 몸을 숙인 채 떨고 있
었고, 아랫입술은, 그러니까 잇몸이 많이 드러난 아래턱은 제
대로 조절하지 못한 채 아래로 축 늘어뜨리고 있었으며, 얼굴
전체가 엉망이었다. 힘겹기는 했지만 그래도 그때까지는 숨을

쉬고 있었는데, 뭔가에서 해방되기라도 한 듯 등받이로 몸을 축 젖히더니 눈을 감았다. 뭔가를 굉장히 애쓰는 듯한 인상이 얼굴에 잠깐 비치더니 그것으로 끝이었다. 나는 서둘러 튀어 오르듯 N에게로 달려가 생기 없이 늘어진, 차가운, 소름이 끼치도록 만드는 그의 손을 잡았다. 더이상 맥박이 뛰고 있지 않았다. 그러니까 이제 끝장인 것이었다. 나이가 있으니 그럴 만도 했다. 그는 우리에게 너무 큰 부담을 주지 않기 위해 그렇게 갔을 것이다. 어쨌든 이제 할 일이 갑자기 너무 많아졌다! 그런데 무엇을 가장 먼저 처리해야 하지? 나는 도움을 구하듯 주위를 둘러보았다. 그러나 N의 아들은 이불을 머리끝까지 뒤집어 쓰고 있었다. 흐느끼는 소리가 끊임없이 들려왔다. 개구리처럼 차가운 그 대행인은 N이 있는 곳에서 두 걸음 떨어진 곳에 있던 소파에 꼼짝 않고 앉아 있었는데 그저 시간이 지나가기를 기다리는 것 외에는 아무 일도 하지 않기로 결심한 듯한 인상을 강하게 풍겼다. 때문에 지금 이 순간 뭔가를 할 사람, 가장 힘든 일을 할 사람, 어느 정도 감당할 수 있는 방식으로, 그러니까 이 세상에는 존재하지 않는 방식으로 N의 아내에게 이 소식을 전달할 사람은 나밖에 없었던 것이다. 이내 옆방에서 부지런히 발을 끌며 걸어오는 소리가 들려왔다.

그녀는—아직까지 그녀는 외출복을 입은 상태였다. 옷을 갈아입을 시간이 없었던 것이다—난로 위에서 따뜻하게 데운 잠옷을 가져왔다. 남편에게 입힐 생각이었던 것이다.

"잠이 들었군요."

미소를 짓고 고개를 가로젓던 그녀는 우리가 너무 조용히 앉아 있다는 눈치였다. 그러더니 죄 없는 사람들에게서나 볼 수 있는 무한한 확신을 가지고 내가 방금 어렵게 어렵게 잡았던 바로 그 손을 잡더니 부부 간에 일상적인 작은 유희를 하는 것처럼 그 손에 키스를 했다.—이 광경을 보며 우리 셋이 어떤 기분이 들었겠는가!—그때 N이 움직였다. 크게 하품을 하더니 아내가 잠옷을 입히도록 가만히 앉아 있었고, 화가 난 것 같기도 하고 냉소적인 것 같기도 한 얼굴로 너무 멀리까지 산책을 다녀왔다는 아내의 군소리를 묵묵히 듣고만 있었다. 그리고 우리를 향해서 입을 열어 자신이 잠든 이유에 대해 달리 어떻게 설명해보려 했는데, 놀랍게도 그 이유는 지루해서였단다. 그러고는 다른 방으로 가는 동안 몸이 차가워지는 것을 막기 위해 잠깐 아들 옆에 몸을 뉘었다. N의 아내는 쿠션 두 개를 급히 가져와 아들의 발 옆에 놓고 그 위에 N의 머리를 얹었다. 앞서 본 것이 있는 만큼, 그 광경을 봐도 그리 특별하다는 느낌은 들지 않았다. N은 이제 석간신문을 달라 그러더니 손님들에게는 아무런 신경도 쓰지 않고 자기 앞으로 가져갔다. 그러나 읽지는 않고 여기저기를 펼쳐보다가 놀랄 만치 날카롭고 사무적인 눈빛으로 우리를 쳐다보면서 우리가 한 제안에 대해 매우 불쾌한 내용들 몇 가지를 말했다. 그러면서도 아무것도 잡고 있지 않은 한 손으로는 계속해서 뭔가를 던지는 시늉을 했다. 그와 동시에 N은 계속해서 혀를 찼는데, 그것은 우리의 업무처리 방식이 입 안에 불쾌한 느낌이 들 정도로 자기 마음에 들지 않는다는 뜻의 암시였다. 그 대행인은 결국 자기를 억누르지 못하고 그 자리에 어울리지 않는 말 몇 마디를 내뱉어 버렸다. 워낙에 뻔뻔스러운 사람이라, 그는 지금까지 그곳에서 일어난 일들로 미뤄 볼 때 뭔가 적절한 보상이 주어져야 한다고까지 말했다. 물론 일이 그가 원하는 방식대로 진행될 리는 없었다. 그런 틈을 타 나는 그만 가보겠다고 말했다. 그 대행인에게 감사의 인사라도 하고 싶은 심정이었다. 그가 없었더라면 나는 이제 그만 가야겠다는 결단을 내리지 못했을 것이었으니까.

현관 로비에서 N의 아내와 다시 마주쳤다. 그녀의 애처로운 모습을 보다보니 나도 모르게 그만 내 어머니가 생각난다는 마음속 깊은 얘기까지 하고 말았다. 그녀가 아무 말도 하지 않자 나는 또 이렇게 덧붙였다.

"아, 이 말씀도 드려야겠네요. 어머니는 기적을 행할 수 있는 분이셨어요. 우리가 이미 다 망가뜨려놓은 것들을 다시 원래대로 되돌려놓으셨거든요. 어머닌 제가 어릴 때 돌아가셨어요."

나는 일부러 아주 느린 속도로, 그리고 또박또박 말했다. 나이 든 부인이라 귀가 잘 들리지 않을 것 같아서였다. 그런데 그녀는 귀가 잘 들리지 않는 정도가 아니라 아예 귀머거리인 것 같았다. 내 말이 끝나자마자 잠깐도 지체하지 않고 바로 "제 남편의 상태는 어때요?"라고 물어보았기 때문이다. 작별의 말을 몇 마디 나누는 동안 나는 그녀가 나를 대행인으로 착각하고 있다는 사실도 알게 되었다. 그 점만 뺀 다른 모든 면에서는 그녀가 믿을 수 있는 사람이기를 나는 간절히 바랐다.

나는 계단을 내려갔다. 내려갈 때가 조금 전에 올라올 때보다 더 힘들었다. 계단을 오르는 일도 쉽지는 않았지만. 휴, 사업상 저지를 수 있는 실수는 왜 이리 많은 것이며, 왜 우리는 그 일이 있고 난 다음에도 그 짐을 계속 짊어지고 가야 하는지.

이웃 사람

나의 사업은 완전히 내 어깨에 달려 있다. 대기실에 있는 타자기와 영업장부를 다루는 여직원 두 명, 책상이 딸린 내 방, 금고, 상담용 탁자, 고급 안락의자와 전화기, 이것이 내가 가진 업무용 장비 전부다. 전체를 파악하기도 이렇게 쉽고, 운영하기도 이렇게 간단한 것이다. 그러나 나는 매우 젊고 일거리는 내 앞으로 굴러오고 있다. 그러니 나는 불평하지 않는다, 불평할 이유가 없다.

새해 첫날부터 한 젊은이가, 내가 어리석게도 그토록 오랫동안 세를 얻기를 주저했던, 비어 있던 작은 옆 사무실에 아무것도 거리낄 것 없이 이사를 들어 살고 있다. 대기실이 딸린 방이 하나 있다는 점은 같지만 그 사무실에는 주방도 딸려 있다는 점에서 내 사무실과 다르다. 대기실과 방이 따로따로 있었다면 내게 아주 유용했을 것이다. 여직원 둘이 나와 같은 방을 쓰기가 부담스럽다고 이미 여러 차례 내게 말한 적이 있으니. 그렇지만 주방이 내게 무슨 소용이 있겠는가? 이런 소심한 생각 때문에 결국 나는 그 사무실을 포기했던 것이다. 이제 그곳에는 그 젊은 남자가 앉아 있다. 이름은 하라스다. 대체 그가 그곳에서 무슨 일을 하는지는 알 수 없다. 출입문에는 '하라스, 사무실'이라고만 적혀 있다. 이리저리 문의를 해봤더니 내가 하고 있는 사업과 비슷한 사업이라고 했다. 그는 젊고, 이제 막 일어서고 있는 사람이며, 혹 그가 하고 있는 일에 미래가 있을지 모르니 노골적으로 신용대출을 해주지 말라고 말릴 수는 없지만, 모든 정황으로 보아 현재로서는 전혀 자산이 없는 것 같으니 신용대출을 해주라고 적극 충고할 수도 없다고 말했다. 즉 아무것도 모르는 사람한테 누구나 알려줄 수 있는 평범한 정보에 지나지 않았다.

때때로 나는 계단에서 하라스와 마주친다. 그는 늘 뭔가 대단히 바쁜 일이 있는 듯했다, 늘 내 옆을 스치듯이 휙 지나가는 것을 보면. 그를 제대로 본 적은 아직 단 한 번도 없다, 사무실 열쇠는 항상 미리 손에 쥐고 준비를 하고 있었으니까. 눈 깜짝할 사이에 그는 사무실 문을 열었다. 그는 쥐꼬리처럼 그 안으로 스르륵 미끄러져 들어갔고 내 앞에는 다시금 '하라스, 사무

244

실'이라는 문패만 놓여 있었다. 나는 그 문패를 필요 이상으로 너무 자주 봐왔다.

내 사무실의 벽은 처참할 정도로 얇은데, 열심히 일하는 사람이 누구인지를 드러내주기도 하지만 그렇지 않은 사람을 덮어버리는 특성도 있다. 내 전화기는 이웃 남자와 나 사이의 벽에 설치되어 있다. 그런데 나는 그것이 특별히 더 아이러니하게 느껴진다. 전화기가 반대편 벽에 걸려 있다 하더라도 옆집 사람들은 모든 것을 들을 수 있을 테니까. 나는 통화 중에 고객의 이름을 말하는 습관을 없앴다. 그러나 그렇다고 해서 몇몇 표현들, 통화를 하다보면 어쩔 수 없이 튀어나오게 되는 몇몇 특징적인 표현들을 듣고 그 이름들을 알아맞히기 위해 굉장히 머리를 많이 굴려야 하는 것은 물론 아니다. 때때로 나는 수화기를 귀에 대고 불안감에 사로잡힌 채로 전화기 주변에서 까치발로 종종걸음을 쳐보기도 하지만, 그 역시 비밀 누설을 막아주지는 못할 것이다.

그러다보면 당연히 사업상의 결정들을 내리면서 실수가 잦아지고, 목소리는 떨리게 된다. 내가 통화를 하는 동안 하라스는 무엇을 할까? 좀 과장해서 말하자면—무언가를 분명하게 알려면 때때로 과장을 해야만 한다—이렇게도 말할 수 있을 것이다. 하라스에게는 전화기가 필요 없다, 내 전화기를 사용하고 있으니까. 그는 소파를 벽에다 갖다 붙이고 듣기만 하면 된다. 반면 나는 전화벨이 울리는 즉시 달려가서 수화기를 들고 고객의 요구사항을 들어주고, 중대한 결단들을 내리고, 힘겨운 설득과정을 거쳐야 한다. 그리고 무엇보다 그 모든 일을 함과 동시에 내 의지와는 상관없이 사무실 벽을 통해 하라스에게 중계까지 해야 한다.

어쩌면 그는 통화가 끝나기를 기다리지도 않을 것이다. 중요한 내용이 무엇인지를 충분히 알려주는 단서를 붙잡자마자 그는 늘 그렇듯이 습관처럼 도시를 휙휙 뛰어다니며, 내가 수화기를 다시 제자리에 걸어놓기도 전에 나와의 경쟁을 준비하고 있을 것이다.

시험

    나는 하인이다. 그런데 할 일이 전혀 없다. 겁이 많아서 앞으로 나서지 않기 때문이다. 그렇다, 나는 다른 사람들과 같은 대열에 서려고도 하지 않는다. 그렇지만 겁이 많다는 것은 일이 없는 것에 대한 한 가지 이유밖에 되지 않는다. 어쩌면 일이 없는 것과 아예 상관이 없을지도 모르겠다. 가장 중요한 이유는 나를 불러 일을 시키는 사람이 없다는 것이다. 부름을 받는 이들이라 해서 나보다 더 많이 나서는 것도 아니었다. 그 사람들은 아마도 불러서 일을 시켜주기를 바란다는 말조차 하지 않았을 것이다. 반면, 나는 그런 바람을 강력히 표명했다.

    나는 하인 방의 나무 침상 위에 누워 천장의 들보나 올려다보다가 잠이 들고, 깨어났다가 또다시 잠이 든다. 가끔은 시큼

한 맥주를 파는 건너편 식당에 가기도 하고 가끔은 탐탁지 않아 하며 맥주 한 잔을 그대로 쏟아버리고는 다시 한 잔을 주문해 마시기도 한다. 닫힌 작은 창문 뒤에서 누구에게도 들키지 않고 우리 집 창문들을 올려다볼 수 있다는 이유로 나는 그곳에 앉아 있는 것을 좋아한다. 많은 것을 볼 수는 없다. 거리 쪽으로 난 복도의 창문들은 보인다. 그러나 그 창문들 너머로 주인이 살고 있는 집들과 이어져 있는 복도가 있는데, 그곳 창문들은 보이지 않는 듯하다. 그러나 내가 잘못 알고 있는 것일 수도 있다. 물어보지도 않았는데 누군가 그렇게 주장한 적이 있고, 건물 정면의 대략적인 인상을 보면 그의 주장이 옳을 것이라는 생각이 들 뿐이다. 창문이 열리는 때는 드물다. 창문이 열릴 때엔 보통 하인들이 여는 것인데, 그들은 대체로 창문 아래쪽 벽에 몸을 기대고 잠깐 동안 아래를 내려다보곤 한다. 그러니까 그곳은 누군가에게 발각되어 깜짝 놀랄 만한 사태는 발생하지 않을 안전한 복도들일 것이다. 그런데 나는 그 하인들을 알지 못한다. 위쪽에서 계속 바쁘게 일하는 하인들은 내가 먹고 자는 하인 방이 아닌 다른 곳에서 잠을 잔다.

한번은 식당에 왔는데 내가 늘 앉아서 집을 관찰하는 그 자리에 벌써 다른 손님이 앉아 있었다. 그쪽을 감히 자세히 쳐다볼 수는 없었기에 나는 식당 현관에서 곧장 몸을 돌려 밖으로 나올 참이었다. 그런데 그 손님이 내게 자기 쪽으로 오라고 소리쳤다. 알고 보니 그도 하인이었고, 지금까지 그와 말을 해본 적은 없지만 이미 어디에선가 몇 번 본 적이 있는 얼굴이었다.

"왜 도망을 가나? 여기 앉아서 같이 마시세! 계산은 내가 하겠네."

나는 결국 그 자리에 앉았다. 그는 내게 몇 가지를 물어봤지만 나는 대답할 수 없었다. 나는 질문을 이해조차 하지 못했고 그래서 이렇게 말했다.

"이제 날 붙든 걸 후회하겠군. 난 그만 가보겠네."

막 일어나려는 참이었는데 그가 탁자 위로 손을 뻗어 나를 다시 자리에 앉혔다. 그가 말했다.

"앉게. 그건 일종의 시험이었을 뿐이야. 질문에 답하지 않는 사람은 통과하는 그런 시험 말일세."

변호인

내게 변호인이 있는지는 상당히 의문이었다. 그 점에 대해 정확히 알 수 있는 방법은 아무것도 없었다. 모든 얼굴들이 거부하는 표정을 짓고 있었고, 내 쪽으로 다가오는 사람들과 복도에서 나와 자꾸만 마주치는 사람들 대부분은 뚱뚱하고 나이든 여자들 같았다. 그들은 몸 전체를 덮는, 짙은 푸른색 바탕에 흰 줄무늬가 그려진 커다란 앞치마를 두르고 있었고, 배를 쓰다듬으며 무거운 몸을 이리저리 뒤흔들며 걸어다녔다. 내가 지금 법원 안에 있는 것인지조차 도무지 알 수 없었다. 어떻게 보면 법원 같기도 했지만, 법원 같아 보이지 않는 구석이 더 많았다. 그러나 그 어떤 구체적인 것들보다 내가 법원에 있다는 사실을 잘 상기시켜주는 것은 멀리서 끊임없이 들려오는 웅성거림이었다. 그런데 그 소리가 어느 방향에서 들려오는 것인지는 알 수 없었다. 어느 방이든 웅성거리는 소리로 가득했기 때문에 그 소리가 사방에서 들려온다고 생각할 수 있을 정도였다. 혹은—이 추측이 더 정확한 것 같다—어쩌다가 내가 바로 웅성거림의 진앙에 서 있게 되었다고 생각될 정도였다. 하지만 그것은 분명 착각이었다. 왜냐하면 웅성거리는 소리는 분명 아주 먼 곳에서 들려왔기 때문이다. 복도는 폭이 좁았고 아치형 천장으로 되어 있었으며 완만한 곡선을 그리고 있었다. 양옆으로 장식이 거의 없는 높은 문들이 늘어서 있었기에 극도로 고요한 상태를 얻어내기 위해 만들어놓은 복도 같았다. 그 복도는 박물관, 혹은 도서관에서나 볼 수 있는 그런 복도였다. 그런데 그곳이 법원이 아니었다면 나는 왜 거기에서 변호인을 찾고 있었던 것일까? 어디에 있든 변호인은 꼭 필요했기 때문일 것이다. 그렇다, 어딜 가든 변호인은 필요하다. 그런데 이들은 법정에서보다는 오히려 다른 곳에서 더 절실하게 필요하다. 법정이라는 곳은 어차피 법에 따라 판결을 내리는 장소이기 때문에 그렇다. 적어도 우리는 그렇게 믿고 있다. 그런데 만약 법정에서 일이 부당하게, 혹은 경솔하게 진행된다면 대체 어떻게 살 수 있겠는가. 법원이라는 장소에서는 법의 권위가 제대로 펼쳐진다고 믿어야 한다. 왜냐하면 그것이야말로 법원의 유일한 몫이기 때문이다. 고소나 변호, 판결 같은 것들은 모두 다 법 안에 이미 포함되어 있으니 거기에는 인간이 끼어들 여지가 없다. 만약 그렇게 한다면 그것은 법에 대한 모독일 터이다. 하지만 판결을 얻기까지 증거자료를 수집하는 일은 이와는 또 다른 문제다. 증거자료들은 여기에서나 저기에서나, 친척에게서나 외부인들에게서나, 친구에게서나 원한 관계에 있는 사람에게서나, 집 안이나 공공장소에서나, 도시에서나 시골에서나, 간단히 말해 어느 곳, 누구를 가리지 않고 수집해야 하는데, 이 일을 해줄 수 있는 사람이 바로 변호인이다. 다닥다닥 붙어 선 최고의 변호인단은 마치 인간장벽처럼 보일 것이다. 변호인들은 원래 천성이 굼뜨지 않은가. 그러나 검사들은 다르다. 약삭빠른 여우 같기도 하고 잽싼 족제비 같기도 하고 눈에 띄지 않는 생쥐 같기도 한 검사들은 조그마한 틈새라도 보이면 그 틈으로 휙휙 지나다닌다. 변호인들 가랑이 사이로도 휙 지나가 버린다. 그러니 주의하라! 나도 바로 그 때문에, 그러니까 나도 주의하는 차원에서 변호인들을 모으려고 이곳에 와 있는 것이다. 하지만 나는 아직 변호인을 단 한 사람도 발견하지 못했다. 계속 왔다 갔다 하는 나이 든 여자들만 보일 뿐이다. 이곳은 변호인을 찾고 있는 것만 아니라면 잠이 들어버릴 정도로 지루하다. 여기는 내가 있어야 할 곳이 아니다. 안타깝게도 내가 있어야 할 장소가 이곳이 아니라는 인상을 지울 수가 없다. 내가 있어야 할 곳은 여러 지방에서 온

각계각층의 사람들, 다양한 직업을 가진 사람들, 다양한 연령대의 사람들이 많이 모이는 바로 그런 장소다. 그런 곳에서 능력 있는 사람, 친절한 사람, 나를 한 번 쳐다봐 줄 여유가 있는 사람을 신중하게 골라야 하는 것이다. 그러기 위해 제일 좋은 장소는 아마 큰 장이라도 선 곳이 아닐까. 그러나 그러기는커녕, 나는 나이 든 여자들만 눈에 띄는 이 복도 위를 어슬렁거리고 있을 뿐이다. 그런데 그런 여자들조차도 많지는 않다. 같은 사람들이 계속해서 오가는 것이다. 이렇게 고작 몇 되지도 않는 사람들조차도—그토록 느리게 걸어다녔으면서도—뭘 물어보려고 아무리 붙잡아도 멈춰서지 않았다. 그냥 내 옆을 미끄러지듯 지나가고, 마치 비구름처럼 둥실둥실 떠다니면서 뭔지 모를 일을 하느라 다들 여념이 없었다. 그렇다면 도대체 나는 왜 맹목적으로 이 건물 안에서 우왕좌왕하고 있는가, 왜 문 앞 간판은 읽지도 않고 곧장 복도로 들어서서는, 이 건물 앞에 서 있던 기억도, 계단을 올라온 기억도 전혀 떠오르지 않는다는 옹고집을 부리며 못 박힌 듯 눌러앉아 있는 것일까? 그러나 그렇다고 돌아갈 수도 없다. 시간낭비인 데다가 길을 잃었다는 것까지 시인하는 셈인데, 너무나도 고통스럽지 않겠는가. 뭐라고? 가뜩이나 인생은 짧고 정신없이 돌아가는데, 게다가 뭔가를 재촉하는 듯한 웅성거림까지 따라다니며 날 괴롭히는데, 거기에 또다시 계단을 내려가기까지 하라고? 그럴 수는 없다.

네게 주어진 시간은 짧다. 1초를 허비하는 것이 일생을 잃어버리는 것과 맞먹을 정도로 짧다. 왜냐하면 네 삶은 잃어버린 시간만큼의 길이일 뿐, 그보다 더 길지는 않기 때문이다. 그러니 만약 어떤 길을 가기 시작했다면 무슨 일이 있어도 그 길을 계속 가라. 그러면 너는 승리할 수밖에 없을 것이다. 그 어떤 위험도 없을 것이다. 아니, 어쩌면 결국에는 추락할 수도 있을 것이다. 그러나 고작 한 걸음을 내딛고 나서 몸을 돌려 계단을 걸어 내려온다면 너는 시작과 동시에 추락한 것이다. 어쩌면 추락했을지도 모른다는 말이 아니다. 분명히 추락하고야 만다는 말이다. 그러므로 여기, 이 복도에서 아무것도 찾을 수가 없다면 문을 열어라. 그 문 뒤에서 아무것도 발견하지 못한다 하더라도 또 다른 층들이 있다. 위층에서도 아무것도 발견하지 못한다 해도 걱정할 필요는 없다. 또 다른 계단을 올라가면 되니까. 네가 계속해서 층계를 오르는 한, 층계도 끝나지 않을 것이다. 계단을 밟고 올라가는 네 발밑에서 계단은 계속 위로 뻗어 갈 테니까.

귀향

    집에 돌아왔다. 나는 문간에 들어서서 주위를 둘러보고 있다. 이곳은 아버지 집의 오래된 안뜰이다. 뜰 중앙에는 웅덩이가 있다. 낡아서 쓸모없게 된 기계가 뒤죽박죽 엉켜서 다락방으로 통하는 계단 길목을 가로막고 있다. 고양이가 난간 위에 얌전히 웅크린 채 앉아 있다. 놀이를 한답시고 막대에 두른 적이 있는 수건 한 장은 찢어진 채 바람결에 나부끼고 있다. 나는 집에 온 것이다. 그런데 누가 나를 맞아줄까? 누가 부엌문 뒤에서 나를 기다려줄까? 굴뚝 위로 연기가 피어오르고 누군가 저녁식사 때 마실 커피를 끓이고 있다. 집에 왔다는 느낌이 드느냐, 편안한 기분이 드느냐? 나는 모르겠다, 조금도 확신이 서지 않는다. 분명 여기가 아버지 집이기는 한데, 하나하나 모든 것들이 냉담하게 서 있을 따름이다. 그동안 내가 잊어버렸거나 아예 처음부터 모르던 일들을 하느라 다들 바쁜 듯했다. 내가 그것들에게 무슨 도움이 될까, 그들에게 나는 과연 무엇인가. 늙은 농부의 아들이긴 하겠지만 그래서 어쨌단 말인가? 나는 부엌문을 감히 두드리지도 못하고 그저 멀리서 귀를 기울여본다. 나는 선 채로 멀리서 귀 기울이기만 한다. 몰래 엿듣다 누군가에게 들키지 않을 정도로 멀찍이 떨어진 곳에서. 하지만 멀리서 가만히 들어보려 했기 때문에 아무것도 제대로 들을 수 없다. 괘종시계 울리는 소리만이 희미하게 들릴 뿐이지만 이 역시 어쩌면 어린 시절의 기억 때문에 들리고 있다고 믿는 것인지도 모른다. 그 외에 부엌에서 일어나고 있는 일은 그곳에 앉아 있는 사람들끼리의 비밀, 내게는 감추려는 비밀이다. 문 앞에서 머뭇거리는 시간이 길어질수록 모든 것은 더욱 낯설어진다. 만약 지금 누군가 문을 열고 나에게 무언가를 묻는다면 어떻게 될까. 그렇게 된다면 나 역시 비밀을 감추려는 사람이 되어버리지 않을까.

공동체

우리는 다섯 친구들이다. 우리는 한집에서 연달아 나온 적이 있었다. 처음에 한 친구가 나와서 문 옆에 섰고, 그 다음 두 번째 친구가 나왔다. 아니, 나왔다기보다는 마치 수은주 눈금이 미끄러지듯 그렇게 문밖으로 가볍게 미끄러져 나와 첫 번째 친구 가까이에 섰다. 그러고는 세 번째, 네 번째, 다섯 번째 친구가 차례로 나왔다. 드디어 모두가 일렬로 서게 되었다. 우리는 사람들의 이목을 끌었고, 그들은 우리를 가리키면서 이렇게 말했다.

"저 다섯이 방금 이 집에서 나왔어."

그때부터 우리는 줄곧 함께 지냈다. 만약 여섯 번째 녀석이 끈질기게 끼어들지만 않았다면 우리 삶은 평화로웠을 것이다.

이 불청객이 우리에게 무슨 해코지를 한 것은 아니었지만 그래도 귀찮지 않은가. 이제 더이상은 못 참겠다. 환영받지도 못하면서 기어이 끼어드는 이유가 무엇일까. 우리는 그를 알지도 못하고 우리 편으로 받아줄 생각도 없다. 물론 우리 다섯도 예전에는 서로 몰랐다. 어떻게 보면 아직도 서로 잘 안다고 볼 수는 없을 것이다. 하지만 우리 다섯에게는 가능하고 견딜 만한 일들이 여섯 번째 녀석에게는 불가능하고 견딜 수 없는 일일 수도 있지 않은가. 무엇보다 우리는 다섯이고 싶지, 여섯이 되고 싶지는 않다. 그리고 이렇게 늘 붙어 다니는 것이 무슨 의미가 있겠는가. 물론 다섯일 때에도 무슨 특별한 의미가 있는 것은 아니다. 그렇지만 이미 우리는 몰려다니기 시작했고 앞으로도 그럴 것이다. 그러나 새로운 모임을 형성하고 싶지는 않다. 경험상 그러고 싶지 않은 것이다. 어떻게 그 여섯 번째 녀석에게 일일이 다 새로 가르쳐줄 수 있겠는가. 게다가 설명을 늘어놓다 보면 우리 안에 넣어주겠다고 말하는 꼴이 되지 않겠는가. 그러느니 차라리 아무 설명도 하지 않고 그 녀석을 받아주지 않는 편을 택하겠다. 제아무리 입을 삐죽거려도 우리는 그 녀석을 팔꿈치로 밀어버릴 것이다. 하지만 우리가 아무리 강하게 밀어내도 그 녀석은 또다시 비집고 들어올 것이다.

중년의 독신자 블룸펠트

어느 날 저녁, 중년의 독신자 블룸펠트는 자신의 방을 향해 올라간다. 이는 매우 힘든 일이다. 그의 방은 7층에 있기 때문이다. 올라가는 동안 그는 최근 버릇처럼 들곤 하는 생각들에 잠긴다. 즉, 그는 지금의 이다지도 외로운 삶이 몹시 짐스럽다는 점과 7층까지 이어진 계단을 누구 하나 봐주는 이도 없이 올라가서 텅 빈 자신의 방 앞까지 가야 하고, 거기에서 또다시 누구 하나 봐주는 이도 없이 잠옷을 입은 다음 파이프를 입에 물고 몇 년째 정기구독을 하고 있는 프랑스 잡지를 뒤적이며 직접 담근 체리브랜디를 몇 모금 마시다가, 반 시간쯤 지난 뒤에 결국에는 아무리 말해도 말귀를 알아듣지 못하는 가정부가 늘 자기 기분대로 펼쳐놓은 침구들을 다시 정리한 다음, 잠자리에 들 것이라는 사실을 떠올린다. 최근에 이런 생각을 하는 버릇이 생겼다. 만약 누군가 동행이 있었다면, 혹 누군가 구경하는 사람이 있었다면 블룸펠트는 그 사람을 크게 환영했을 것이다. 블룸펠트는 이미 작은 개 한 마리를 구하는 것이 좋지 않을까, 고민도 해보았다. 개와 함께 있으면 재미있기도 하겠지만, 무엇보다 개는 감사할 줄 알고 충직하지 않은가. 블룸펠트의 동료 하나가 그런 개를 키우고 있다. 그 개는 주인 외에는 아무도 따르지 않고, 잠깐 동안이라도 주인의 모습이 보이지 않다가 다시 나타나면 크게 짖어 주인을 환영한다. 분명 자기의 주인, 이 특별한 은인을 다시 만났다는 기쁨을 그런 식으로 표현하는 것이리라. 물론 그 개에게도 단점은 있다. 아무리 깨끗하게 돌보며 키운다 하더라도 개는 결국 온 방을 어지럽힌다. 이는 도저히 막을 수 없는 일이다. 개를 방에 들이기 전에 매번 뜨거운 물로 목욕을 시킬 수도 없거니와, 그렇게 할 수 있다 하더라도 개의 건강에 좋지 않을 것이다. 블룸펠트는 방이 어지럽혀져 있는 것을 참지 못한다. 잘 정돈된 방은 블룸펠트에게 포기할 수 없는 그 무엇에 속한다. 그 때문에 한 주에도 몇 번씩, 유감스럽게도 지나치게 깔끔하지는 않은 가정부와 다투곤 한다. 그런데 가정부는 가는귀가 먹었기 때문에, 보통 블룸펠트는 가정부의 팔을 잡고 청결에 문제가 있다고 생각되는 곳으로 직접 데리고 간다. 이런 수고를 감수한 결과, 블룸펠

트는 그녀로 하여금 자신이 원하는 것에 가깝게 방을 정리하
도록 만드는 데 성공했다. 지금까지 이토록 온갖 주의를 기울
여서 방이 지저분해지는 것을 겨우 막았는데, 개를 데리고 온
다면 방이 더러워지는 것을 부추기는 꼴밖에 더 되겠는가. 더
불어 개의 영원한 동반자인 벼룩도 들끓을 것이다. 그리고 벼
룩이 한번 들끓기 시작했다는 것은 블룸펠트가 안락한 자기
방을 개한테 줘버리고 다른 방을 구하는 순간도 머지않았다는
뜻이다. 그런데 지저분하다는 것은 단지 개들이 지닌 단점들
중 하나에 지나지 않았다. 개들은 병에 걸리기도 하는데, 개의
질병에 대해 제대로 알고 있는 사람은 사실 아무도 없다. 병에
걸린 개는 한쪽 구석에 웅크리고 앉아 있거나 절뚝거리며 사
방을 돌아다니기도 하고, 낑낑거리기도 하고, 컥컥거리며 잔
기침도 하고, 어떤 통증 때문에 목이 막히기도 한다. 그러면 주
인은 이불로 개를 둘둘 말아주기도 하고, 휘파람을 불어주기
도 하고, 개 앞에다 우유 접시를 밀어주기도 한다. 간단히 말
해, 개의 고통이 일시적인 고통이기를 바라면서 개를 돌봐주
는 것이다. 실제로 일시적인 고통인 경우도 있다. 그러나 그와
는 반대로 심각하고 끔찍한 전염병일 수도 있다. 또 건강하다
하더라도 언젠가는 개도 늙을 것이다. 그러면 주인은 이 충직
한 짐승을 포기하는 것을 제때에 결정하지 못하고 주저한다.
그러다가 언젠가는 눈물을 흘리는 개의 눈을 보며 자신도 얼

마나 늙었는지를 깨닫게 된다. 그렇게 되면 주인은 반쯤 눈이 멀고 폐 기능도 약해지고 몸에 축적된 지방 덩어리 때문에 거의 움직이지도 못하는 짐승을 키우는 고통을 겪어야 하고, 바로 그것으로써 한때 그 개가 자신에게 선물해주었던 기쁨에 대한 값비싼 대가를 치러야 하는 것이다. 블룸펠트는 지금이야 개를 키우고 싶은 마음이 간절하지만 훗날 언젠가, 자신보다 더 큰 한숨을 내쉬며 곁에서 계단 하나하나를 힘겹게 오르는 늙은 개 때문에 괴로워하느니 차라리 앞으로도 30년 동안 홀로 계단을 오르는 편을 택한다.

그러니 결국 블룸펠트는 앞으로도 쭉 혼자 살 것이다. 노처녀들과 달리 블룸펠트에게는, 끊임없는 보호와 관심이 필요하고 늘 돌봐주어야 하는 살아 있는 하등한 생물을 자기 곁에 두고 싶어 하는 욕구가 없다. 고양이나 카나리아, 그것도 아니면 금붕어 정도의 생물을 키우고 싶은 욕구도 없고, 그마저도 여의치 않다면 창문 앞에 화분이라도 갖다두고 싶은 욕구 또한 없다. 블룸펠트에게는 동반자가 필요할 뿐이다. 즉, 크게 돌봐줘야 할 필요도 없고 가끔씩 발로 걷어차도 그리 해가 되지 않으며 급할 때엔 골목길에서도 잘 수 있는, 그러나 블룸펠트가 원할 때면 곧장 짖고 앞발을 올리고 손을 핥아줄 수 있는 동물 한 마리가 필요할 뿐이다. 블룸펠트는 그런 것을 원하지만 동물을 키우려면 응당 치명적으로 따라오는 불편을 블룸펠트 자신도 알기에 그는 차라리 아무것도 키우지 않기로 결심한다. 그러나 기본적인 천성 때문에 때때로 블룸펠트는 오늘 저녁 같은 날이면 다시금 그런 생각에 빠져들곤 하는 것이다.

그런데 블룸펠트가 위층으로 올라와 자신의 방문 앞에서 가방 속에 있는 열쇠를 꺼내려는 찰나, 방 안에서 무슨 소리가 들려온다. 뭔가 수상한, 덜커덩거리는 소리인데 매우 활기차기도 하고 매우 규칙적이기도 하다. 방금까지 개에 대한 생각을 하고 있던 터라 블룸펠트는 방 안에서 들려오는 소리에 개 한 마리가 앞발을 내밀고 한 발씩 번갈아가며 바닥을 구르는 모습을 떠올린다. 그렇지만 개의 앞발에서 덜커덩거리는 소리가 나는 것은 아니지 않은가. 그러니 개의 앞발은 아니다. 블룸펠트는 급히 문을 열고 스위치를 돌려 전등을 켠다. 그러자 미처 생각지도 못한 광경이 펼쳐진다. 마치 마술과도 같다. 흰 바탕에 파란 줄무늬가 그려져 있는 작은 셀룰로이드 공 두 개가 마룻바닥 위에 나란히 늘어서서 튀어 올랐다 내려오기를 반복하고 있다. 공 하나가 바닥을 칠 때면 다른 하나는 공중에 떠 있는 식의 놀이가 끊임없이 이어진다. 언젠가 김나지움에 다닐 때 블룸펠트는 유명한 전기 실험을 한 적이 있는데, 그때 작은 공들이 이와 비슷하게 튀어 오르는 것을 본 적이 있었다. 그러나 그때와 비교해볼 때 이 공은 상대적으로 매우 큰 공이고 아무런 장치도 없는 방에서 튀어 오르고 있으며 지금은 전기 실험을 하고 있는 것도 아니다. 블룸펠트는 몸을 숙여 공을 더 자세히 관찰한다. 의심의 여지도 없이 그저 평범한 공이다. 공 안쪽에는 더 작은 공들이 들어 있는 것 같고, 그 때문에 덜커덩거리는 소리가 나는 것 같다. 블룸펠트는 허공에 대고 손을 휘저어본다. 공이 무슨 실 따위에 매달려 있는 것은 아닌지 확인하기 위해서다. 아니다. 공들은 아무런 보조장치 없이 스스로 움직이고 있다. 블룸펠트는 어린아이가 아닌 자신이 안타까울 따름이다. 어린아이였다면 이런 공들을 보고 마냥 즐거워하고 감탄했을 것 아닌가. 그러나 블룸펠트에게는 이 모든 상황이 오히려 불쾌하기만 하다. 사람들의 관심을 끌지 않는 독신자로서 누구의 이목도 받지 않고 비밀스레 살아가는 것이 사실 그다지 나쁘지만은 않았다. 그런데 이제 누군가가, 그 누구든 간에, 그 비밀을 캐내버렸고, 블룸펠트의 방에 이 우스꽝스런 공 두 개를 집어넣은 것이다.

블룸펠트는 공 하나를 잡으려고 애써보지만 공은 블룸펠트를 비켜가면서 약을 올리고 블룸펠트는 결국 온 방을 휘젓고 다니며 공을 잡으려 안간힘을 쓴다. 그러다가 블룸펠트는 이렇게 공 뒤를 쫓아다니는 건 바보 같은 짓이라고 생각하고 걸음을 멈춘 뒤, 눈으로 가만히 공의 움직임을 쫓는다. 공들도 블룸펠트가 더이상 자신들을 쫓지 않는다는 것을 알아챘는지 그 자리에 멈춘다. 그러나 블룸펠트는 저 공을 잡고야 말겠다고 결심하며 다시금 잽싸게 몸을 움직여 공을 쫓는다. 그러자 공들도 금세 달아난다. 블룸펠트는 두 다리를 벌리고 공을 한쪽 구석으로 몰아간다. 결국 그 구석에 있던 여행용 가방 앞에서 블룸펠트는 공 하나를 잡고야 만다. 작고 차가운 공이 블룸펠트의 손안에서 빙글빙글 돈다. 그의 손에서 벗어나려고 필사적으로 발악하는 것 같다. 다른 공도 마치 자기 동료가 처한 위험한 상황을 알아채기라도 한 듯 조금 전보다 높이, 더 높이, 블룸펠트의 손에 닿을 때까지 높이 튀어 오른다. 공이 블룸펠트의 손을 두드린다. 점점 더 짧은 간격으로 두드린다. 공략지점을 바꾸기도 한다. 그러다가 동료를 움켜잡고 있는 블룸펠트의 손에는 아무런 타격도 줄 수 없다는 것을 깨달았는지 더 높이 튀어 오른다. 아마도 블룸펠트의 얼굴까지 튀어 오르려는 것 같다. 블룸펠트는 그 공도 잡은 다음 두 개의 공 모두를 어딘가에 가둬놓을 수도 있을 것이다. 그러나 지금 이 순간만큼은 작은 공두 개를 그렇게 처리하는 것이 올바른 처사가 아니라는 생각이든다. 사실 그런 공 두 개를 소유하는 것은 기분 좋은 일 아닐까? 어차피 공들도 금세 지쳐 장롱 아래로 굴러가 쉽게 될 텐데. 그러나 이러한 생각이 들었음에도 불구하고 블룸펠트는 노여움 같은 감정을 느끼며 공을 바닥에 내동댕이쳐 버린다. 투명에 가까운 약한 셀룰로이드 껍질이 찢어지지 않는 것이 신기하다. 게다가 두 개의 공은 방금 전의 움직임, 즉 번갈아가며 낮게 튀어 오르기를 곧장 다시 시작하기까지 한다.

블룸펠트는 천천히 옷을 벗고, 벗은 옷가지를 옷장 안에 정리해 넣는다. 블룸펠트는 습관적으로 가정부가 모든 것을 제자리에 갖다놓았는지 세심하게 점검한다. 그러다가 한두 번 어깨 너머로 슬쩍 공들을 훔쳐본다. 블룸펠트에게 추적을 당하지 않게 되자 이번에는 반대로 공들이 블룸펠트의 뒤를 쫓고 있는 듯하다. 블룸펠트를 뒤따라온 공들은 이제 그의 바로 뒤에서 튀어 오르고 있다. 블룸펠트는 잠옷을 입고 반대편에 있는 벽 쪽으로 가서 그곳 스탠드에 걸려 있는 파이프 하나를 가져올 생각이다. 몸을 돌리려는 순간, 블룸펠트의 한쪽 발이 자신도 모르게 뒤로 빠진다. 그러나 공들은 블룸펠트의 발을 피하는 법을 알고 있는지, 거기에 짓밟히지 않는다. 블룸펠트가 파이프를 가지러 가자 공들도 그의 뒤를 따른다. 블룸펠트는 실내용 슬리퍼를 신고 발을 질질 끌며 불규칙하게 걷는다. 그럼에도 불구하고 블룸펠트가 발걸음을 옮길 때마다 거의 쉴틈도 없이 바닥을 치고 튕겨 오르는 공 소리가 들린다. 공들이 블룸펠트와 보조를 맞추고 있는 것이다. 블룸펠트는 공들이 어떻게 자신과 보조를 맞추고 있는지 보기 위해 갑작스럽게 몸을 튼다. 그러나 블룸펠트가 몸을 제대로 돌리기도 전에 공들은 반원을 그리며 다시 블룸펠트의 뒤로 간다. 연방 몸을 틀어도 똑같은 일만 반복될 뿐이다. 블룸펠트를 수행하는 부하

266

들처럼 공들은 블룸펠트의 앞으로는 나서지 않는다. 지금까지는 블룸펠트에게 자신들을 소개하기 위해 감히 그 앞에서 튀어올랐을지 모르겠지만, 이제는 본격적으로 근무태세에 돌입한 듯하다.

지금까지 블룸펠트는 자신의 힘으로 어찌해볼 수 없는 예외적 상황이 발생할 때마다 아무것도 알아채지 못한 듯이 행동하는 응급처방을 선택해왔다. 실제로 도움이 되는 경우가 많았고, 나머지 경우에도 대부분 상황이 조금은 나아졌다. 따라서 블룸펠트는 지금도 그렇게 행동한다. 블룸펠트는 파이프스탠드 앞에 서서 입술을 내민 채 파이프 한 대를 고르고, 거기에다가 미리 준비해둔 담뱃가루를 특별히 더 세심하게 채워넣으며 자기 뒤편의 공들이 마음껏 튀어 오를 수 있도록 아무런 신경도 쓰지 않는다. 그러나 블룸펠트는 다시 탁자로 가기를 주저한다. 공이 튀어 오르는 소리와 자신의 발소리가 고른 박자로 울리는 것이 괴롭기 때문이다. 어쨌든 블룸펠트는 쓸데없이 오랫동안 파이프를 채우며 자신이 서 있는 곳에서부터 탁자까지의 거리를 가늠한다. 결국 그는 약해지는 마음을 극복하고는, 공 튀는 소리가 들리지 않을 정도로 쿵쿵거리며 탁자까지 걸어간다. 그러나 블룸펠트가 다시 자리에 앉자 소파 뒤쪽에서 다시금 공 튀는 소리가 조금 전과 마찬가지로 들려온다.

탁자 위쪽 손이 닿을 만한 벽에는 선반이 걸려 있고, 그 위에는 체리브랜디 병이 그보다 더 작은 병들에 둘러싸여 있다. 브랜디 병 옆에는 프랑스 잡지 더미가 쌓여 있다. 블룸펠트는 바로 오늘 배달된 최신호를 끌어내린다. 브랜디에 대해서는 아예 잊어버렸다. 지금까지는 늘 습관처럼 모든 일을 해왔으니 오늘만큼은 뭐든 그저 내키는 대로 해야겠다고 블룸펠트는 생각한다. 사실 진심으로 뭔가를 읽고 싶지도 않다. 평소에 잡지를 한 장 한 장 세심하게 넘기던 것과는 달리, 오늘 블룸펠트는 아무렇게나 내키는 대로 잡지를 펼친다. 거기에는 커다란 사진이 한 장 실려 있다. 블룸펠트는 그 사진을 억지로 자세히 들여다본다. 러시아의 황제와 프랑스의 대통령이 만나고 있는 사진이다. 회합은 배 위에서 이뤄지고 있다. 배 주변으로 저만치 다른 배들도 많이 떠 있다. 배들의 굴뚝에서 나온 연기가 맑은 하늘에 퍼지고 있다. 그 둘, 황제와 대통령은 이제 막 서로를 향해 성큼성큼 걸어온 듯하고, 지금은 서로 손을 맞잡고 있다. 황제와 대통령의 뒤편에는 각기 두 남자가 서 있다. 황제와 대통령의 표정은 매우 밝은 반면, 수행원들의 시선은 각기 자신들의 통치자에게로 집중되어 있다. 그보다 훨씬 아래쪽에는—이 만남은 분명 제일 높은 갑판 위에서 이뤄지고 있는 듯하다—긴 대열로 늘어서서 경례를 하는 수병들의 모습이 보이는데, 사진에서 일부는 잘려나가고 일부만 보인다. 블룸펠트는 점점 더 그 사진에 빠져든다. 조금 떨어진 거리에서 사진을 관찰하기도 하고 눈을 깜박이며 쳐다보기도 한다. 이러한 굉장한 장면들을 볼 때마다 블룸펠트는 늘 여러 가지 의미를 찾곤 했다. 역사의 주역들이 이렇게 편견 없는 모습으로 가슴을 활짝 열고 가볍게 서로의 손을 맞잡는 장면을 보며 블룸펠트는 사진이 사실에 매우 가깝다고 생각한다. 또 수행원들의—이들의 이름이 아래쪽에 실려 있는 것을 보면 이들도 당연히 고위층에 속할 것이다—자세에서 이 역사적 순간이 얼마나 엄숙한 순간인지가 드러나는 것도 바람직하다고 생각한다.

블룸펠트는 필요한 물건들을 모두 끌어내리는 대신 조용히 자리에 앉아 아직 불을 붙이지 않은 파이프의 머리 부분을 응시한다. 그는 지금 매복 중인 것이다. 그러다가 갑자기, 전혀 예기치 못한 순간에 파이프를 응시하던 그의 눈길이 방향을 튼다. 블룸펠트는 소파를 휙 돌린다. 그러나 공들도 블룸펠트와 마찬가지로 신경을 곤두세우고 있었는지, 혹은 아무 생각 없이 자신들을 지배하는 법칙에 따라 움직이는 것인지, 블룸펠트가 소파를 돌리는 동시에 공들도 위치를 바꾸며 블룸펠트의 등 뒤로 숨어버린다. 이제 블룸펠트는 불도 붙이지 않은 파이프를 손에 든 채로 탁자를 향해 등을 보이고 앉아 있다. 공들은 지금 탁자 밑에서 튀고 있는데, 거기에는 양탄자가 깔려 있기 때문에 공이 튀는 소리는 약해졌다. 매우 다행스러운 일이다. 둔탁한 소리가 약하게 들려올 뿐이라서 그 소리를 들으려면 세심한 주의를 기울여야 한다. 블룸펠트는 워낙에 세심한 주의를 기울이는 사람이라 그 소리를 정확히 듣는다. 그러나 그것도 지금 이 순간뿐이다. 조금만 지나면 아마 블룸펠트도 그 소리를 전혀 듣지 못하게 될지도 모른다. 양탄자 위에 있을 때에는 자신들의 존재를 저렇게 약하게밖에 부각시키지 못하는 공들을 보며 블룸펠트는 그것이 공들이 지닌 커다란 약점이라 생각한다. 공 아래쪽에 양탄자 하나만 밀어넣어도—두 개면 더욱 좋을 것이고—공들은 거의 아무런 힘도 못 쓰는 것이다. 하지만 이것도 임시방편일 뿐이다. 어차피 공들의 존재 자체가 어느 정도의 힘을 상징하는 것이니까.

지금 같은 상황에서 블룸펠트에게 개 한 마리가 있다면 꽤 쓸모가 있을 것이다. 팔팔하고 거친 짐승이라면 공들을 금방 제압할 수 있지 않을까. 블룸펠트는 그 개가 앞발을 뻗어 공을 낚아채는 장면, 공들을 다른 곳으로 몰아내는 장면, 온 방을 휘저으며 공을 쫓아다니는 장면, 그리고 결국 이빨 사이에 공을 무는 장면들을 떠올려본다. 어쩌면 블룸펠트는 머지않아 정말로 개를 한 마리 사게 될지도 모르겠다.

그러나 그때까지는 공들이 두려워해야 할 대상은 블룸펠트밖에 없고, 현재로서는 블룸펠트도 공을 부숴버리고 싶지는 않다. 결단력이 부족한 탓인지도 모르겠다. 퇴근 후, 지친 몸을 이끌고 집으로 돌아왔는데, 그래서 이제는 좀 쉬고 싶은데, 이런 당황스러운 일이 기다리고 있을 줄이야. 블룸펠트는 이제야 자신이 얼마나 피곤한지 깨닫는다. 블룸펠트는 그 공들을 분명 부숴버릴 것이다. 그것도 아주 빠른 시간 내에. 그러나 블룸펠트는 지금은 때가 아니라고, 내일쯤 그렇게 해야 되겠다고 생각한다. 아무런 선입견 없이 이 모든 상황을 관찰해보면, 사실 그 공들이 매우 얌전하게 움직이고 있다는 사실을 알 수 있을 것이다. 예를 들어 공들이 시시각각 앞으로 튀어나와 모습을 드러내고 다시 제자리로 돌아갈 수도 있지 않은가. 혹은 더 높이 튀어 올라 탁상을 내리침으로써 양탄자로 인해 약해진 소리를 상쇄시킬 수도 있지 않겠는가. 그러나 공들은 그렇게 하지 않는다. 공들은 블룸펠트를 필요 이상으로 자극하고 싶어 하지는 않는다. 공들은 분명 필요한 만큼만 움직이고 있는 것이다.

그러나 이 최소한의 움직임조차도 블룸펠트가 탁자 앞에 머물러 있는 시간을 고통스럽게 만들기에는 충분하다. 탁자 앞에 앉은 지 몇 분도 지나지 않아 블룸펠트는 자러 갈 생각부터 한다. 그렇게 하고 싶은 이유 중 하나는 여기에서는 담배를 피울 수가 없기 때문이다. 성냥은 침대 옆 작은 탁자 위에 놓여 있다. 그러니 우선 성냥을 가져와야 하는데, 일단 거기까지 가면 그대로 침대에 누울 가능성이 크다. 그런데 블룸펠트가 자러 가려는 데에는 또 다른 이유가 있다. 즉, 중독에 걸린 양 공들이 자신을 맹목적으로 뒤쫓고 있는 만큼 침대 위로도 튀어 오를 것이고, 침대에 눕고 나면 원하든 원치 않든 간에 침대 위에서 공들을 짓누르게 되리라고 생각하는 것이다. 어쩌면 짓눌리지 않고 남은 부분들이 계속해서 튈지도 모른다는 생각도 들지만, 블룸펠트는 그런 생각을 얼른 떨쳐버린다. 기이한 일에도 한계는 있어야 하지 않겠는가. 온전한 상태의 공들은—물론 잠시도 쉬지 않는 것은 아니지만—대체로 계속해서 튀는 반면, 일부만 남은 상태의 공들은 전혀 튀지 않는다. 따라서 블룸펠트는 이 공들도 일부만 남게 되면 튀지 않을 것이라 생각한다.

이런 생각을 하다보니 블룸펠트는 장난을 치고 싶은 기분까지 든다. 블룸펠트는 "일어나자!"라고 외친 다음, 등 뒤로 공들을 대동하고 침대까지 쿵쿵 걸어간다. 아무래도 블룸펠트의 바람이 현실로 나타날 것 같다. 블룸펠트가 일부러 침대에 바싹 다가서자 공 하나가 곧장 침대 위로 튀어 오른다. 그런데 예기치 못했던 일도 일어난다. 나머지 공 하나가 침대 밑으로 들어간 것이다. 블룸펠트는 공이 침대 밑에서도 튈 수 있으리라고는 전혀 짐작하지 못했다. 공 하나가 침대 밑으로 들어가 버려서 매우 화가 나지만, 어쩌면 그렇게 화를 내는 것이 매우 불합리하다는 느낌도 든다. 침대 아래쪽의 공이 침대 위의 공보다 자신이 맡은 바를 더 잘 수행할 수도 있지 않겠는가. 이제

블룸펠트에게 중요한 문제는 공들이 침대 위와 아래 중 어느 장소를 선택하느냐 하는 것이다. 어차피 저렇게 서로 떨어진 채로는 저 공들도 자신들의 임무를 수행해낼 수 없겠지.

실제로 다음 순간 아래쪽에 있던 공도 침대 위로 튀어 오른다. 기쁨에 찬 블룸펠트는 '이제 걸려들었군'이라고 생각하며 잠옷을 벗어던지고 침대로 뛰어든다. 그러나 방금 침대 위로 올라왔던 공이 다시 침대 아래로 튀어 내려간다. 블룸펠트는 너무나도 낙담한 나머지 맥이 탁 풀린다. 아마도 공은 위쪽을 그저 한번 둘러볼 셈이었는데, 위쪽이 그다지 마음에 안 들었던 모양이다. 이제 다른 공도 그 공의 뒤를 따라 아래로 내려가서는 당연히 그곳에 머무른다. 그곳이 더 좋으니까. 블룸펠트는 이제 저 북쟁이들이 밤새도록 설치겠다고 생각하고 입술을 지그시 깨물며 고개를 끄덕인다.

공들이 밤새도록 자신을 어떻게 괴롭힐지는 모르지만 블룸펠트는 그저 슬퍼진다. 그는 원래 매우 잘 자는 편이라, 작은 소리 따위는 극복할 것이다. 상황을 보다 확실하게 해두기 위해 블룸펠트는 지금까지의 경험을 근거로 공 아래쪽에 양탄자 두 개를 밀어넣는다. 마치 작은 강아지의 아래쪽에 푹신한 것을 깔아주는 듯한 느낌이 든다. 공들도 지치고 졸음이 오는지, 조금 전보다 더 낮게 튀고, 튀는 속도도 느려졌다. 블룸펠트는 가끔 침대 앞에 무릎을 꿇고 야간용 램프로 아래쪽을 비춰본다. 그러자 공들이 영원히 양탄자 위에 머무를 것 같다는 느낌이 든다. 그만큼 공들은 약하게 튀고 있고 그만큼 천천히, 그리고 조금씩 구르고 있다. 그러나 다음 순간 공들은 마치 자신들의 의무를 새삼스레 깨달은 듯 번쩍 깨어난다. 그렇지만 내일 아침 일찍 블룸펠트가 침대 아래쪽을 살펴볼 때, 아무 소리도 내지 않는 공 두 개가 얌전히 누워 있을 가능성도 적지 않다.

공들이 아침까지도 계속 튈 수는 없을 것 같다. 블룸펠트가 침대에 눕기만 했는데도 이미 아무 소리도 들리지 않는다. 블룸펠트는 애써 뭔가를 들어보려고 침대 밖으로 몸을 숙여 귀를 기울이지만 아무 소리도 들리지 않는다. 양탄자의 위력이 그렇게까지 강하지는 않을 것이다. 공들이 더이상 튀지 않고 있다고밖에 볼 수 없다. 양탄자가 푹신해서 충분히 도약할 수가 없으니 잠시 행동을 멈춘 것이거나, 아니면 이제 더이상 튀어 오를 수 없게 되었을 확률이 더 높다. 일어나서 상황이 어떻게 돌아가고 있는지 살펴볼 수도 있다. 그러나 드디어 조용해졌다는 데 대한 만족감에 블룸펠트는 그냥 그대로 누워 있다. 이제 조용해진 공들과 눈을 마주치고 싶지는 않기 때문이다. 블룸펠트는 담배를 피우는 것조차 기꺼이 포기하고 비스듬하게 누워 금세 잠이 든다.

그러나 블룸펠트는 편안한 잠을 이루지 못한다. 늘 그랬던 것처럼 오늘도 블룸펠트는 꿈을 꾸진 않지만, 그럼에도 불구하고 매우 불안정하게 잠을 잔다. 누군가 문을 두드리는 듯한 환각 때문에 블룸펠트는 수도 없이 여러 번 화들짝 놀라며 깨어난다. 문을 두드릴 사람이 아무도 없다는 것은 블룸펠트 자신도 분명 알고 있다. 누가 이 밤에 노크를 하겠으며, 그것도 자기 같은 외로운 독신자의 방문을 두드리겠는가. 그러나 그런 사실을 너무나 잘 알면서도 블룸펠트는 자꾸만 벌떡 일어나 잠시 긴장한 채로 문 쪽을 물끄러미 바라본다. 입은 벌어져 있고 눈은 휘둥그레졌으며 머리카락은 젖은 이마에 아무렇게나 뒤엉켜 있다. 몇 번이나 깨는지 세어보려 했지만 그 수가 너무 많아지자 세는 것 따위는 아무런 의미가 없다고 생각하며 다시 잠 속으로 빠져든다. 블룸펠트는 그 노크 소리가 어디에서 오는지 알 것 같다. 그 소리는 문 쪽에서 나는 것이 아니라 전혀 다른 어딘가에서 들려오는 것이다. 그러나 잠에 취한 상태라 자신이 왜 그렇게 추측하는지조차 떠올리지 못한다. 다만 아주 작고 신경에 거슬리는 소리가 모여서 어느 순간 커다란 노크 소리로 변한다는 것만 기억한다. 그는 작은 소리들이 아무리 신경을 자극하더라도 꾹 참아보려 한다. 그렇게 하면 큰 노크 소리를 막을 수 있을 것이라 믿는다. 그러나 무슨 이유에선지 늘 타이밍을 놓친다. 도무지 손쓸 수조차 없다. 이미 때를 놓쳐버렸다. 블룸펠트는 말조차 하지 않는다. 하품을 하기 위해 소리 없이 입을 열 뿐이다. 아무것도 할 수 없음에 대해 분노하며 블룸펠트는 얼굴을 베개에 파묻어 버린다. 밤은 그렇게 지나간다.

다음 날 아침, 가정부의 문 두드리는 소리에 블룸펠트는 잠이 깬다. 안도의 한숨을 쉬며 블룸펠트는 지금껏 잘 안 들린다고 늘 불평해오던 그녀의 조용한 노크 소리가 이렇게 반가울 수가 없다고 생각한다. 블룸펠트가 막 "들어와요"라고 말하려는 찰나, 또 다른, 훨씬 더 활기찬, 약하기는 하지만 전투적인 노크 소리가 들려온다. 침대 아래에 있는 공 두 개가 내는 소리다. 공들도 일어난 것일까, 그와는 달리 공들은 밤새 새로운 에너지를 충전한 것일까? 블룸펠트는 가정부에게 "잠깐만요"라고 말하고 튕기듯이 침대 밖으로 나온다. 블룸펠트는 공들이 자신의 등 뒤에 오도록, 등을 계속해서 공 쪽으로 향한 채 바닥에 발을 딛는다. 그러고는 고개만 뒤로 돌려 공들을 쳐다보는데, 거의 저주라도 퍼붓고 싶은 심정이 된다. 밤새 무거운 이불을 밀어내 버리는 아이들처럼 공들도 아주 작은 동작으로, 밤새도록 조금씩 움찔대며 아무것도 깔지 않은 마룻바닥이 다시 드러날 때까지, 그렇게 해서 자기들이 다시 소음을 만들어낼 수 있을 때까지 양탄자를 침대 밖으로 밀어낸 것이겠지. 블룸펠트가 성난 얼굴로 "다시 양탄자 위로!"라고 소리친다. 그리고 양탄자 덕분에 다시 주위가 조용해진 다음에야 블룸펠트는 가정부를 안으로 들인다. 비대한 몸집과 무딘 신경을 지녔고

277

언제나 몸을 꼿꼿이 세우고 걷는 이 여인네가 아침을 차리고 몇 가지 필요한 물건들을 건네주는 동안 블룸펠트는 잠옷을 입은 채로 자신의 침대 옆에 꼼짝 않고 서 있다. 공들을 아래쪽에 묶어두기 위해서이다. 가정부가 뭔가를 알아채지나 않을까 하는 마음에 눈으로는 계속 가정부를 감시한다. 가는귀먹은 그녀가 뭔가를 알아챌 가능성은 거의 희박하다. 따라서 가정부가 여기저기에서 멈춰 서고, 어느 가구 앞에서 발걸음을 멈추고 눈썹을 치켜올린 채 귀 기울이는 것을 본 듯한 느낌이 들어도, 블룸펠트는 그 모든 것이 잠을 잘 못 자는 바람에 신경이 예민해진 탓이라고 생각한다. 가정부가 일을 좀더 빨리 하면 좋으련만, 그녀는 오히려 평소보다 더 천천히 일하고 있다. 그녀는 블룸펠트의 옷가지와 장화를 매우 힘겹게 들어 올리더니 복도를 따라 걸어간다. 그녀는 꽤 오랫동안 바깥에서 일한다. 가정부가 옷가지들을 두드리는 단조로운 소리가 드문드문 들려온다. 가정부가 밖에서 일을 하는 내내 블룸펠트는 꼼짝 않고 침대 위에 있어야 한다. 등 뒤편에 있는 공들이 앞으로 나오지 못하게 하려면 꼼짝도 해선 안 된다. 커피는 따뜻할 때 마시는 것을 좋아하지만 어쩔 수 없이 식게 내버려 두어야 하고, 흐린 날씨 속에서 서서히 해가 저무는 풍경을 가리고 있는, 창문 앞에 내려진 커튼을 뚫어지게 바라보는 일 외에는 아무것도 할 수 없다. 드디어 가정부가 일을 끝낸다. 좋은 아침을 보내라고 인사를 하고 가려는 참이다. 그러나 밖으로 완전히 나가기 전에 그녀는 문 앞에서 다시 한 번 멈춰 선다. 그녀는 입술을 달싹하더니 오랫동안 블룸펠트를 주시한다. 블룸펠트가 그녀에게 하고 싶은 말이 있으면 하라고 말하려는 순간, 그녀는 완전히 밖으로 나가버린다. 사실 블룸펠트는 문을 활짝 열어젖히고 가정부에게 당신이 얼마나 멍청하고 늙어빠진 둔한 여자인지 아느냐고 소리 지르고 싶은 심정이었다. 그러나 그녀가 대체 무슨 잘못을 저질렀는지에 대해 다시 한 번 생각해보니 사실 그 무엇도 잘못한 것이 없다. 의심의 여지 없이 그녀는 아무것도 눈치 채지 못했고, 뭔가 알아챈 듯한 기미를 보일 의도도 없었다. 블룸펠트 자신의 머리가 이상해진 것이다! 그것도 단 하룻밤 동안 잠을 설친 것 때문에! 블룸펠트는 어제 저녁 자신이 늘 하던 일들을 건너뛴 것, 그러니까 담배도 피우지 않고 브랜디도 마시지 않았던 것이 어젯밤 잠을 설치게 한 원인 중 하나라고 생각한다. 고민 끝에 블룸펠트는 자신은 단 한 번이라도 담배를 피우지 않고 브랜디를 마시지 않으면 잠을 잘 못 이룬다는 결론에 도달한다.

블룸펠트는 앞으로는 자신의 건강에 조금더 신경을 쓰기로 결심한다. 그러고는 침대 옆 작은 탁자 위에 걸려 있는 가정용 약상자에서 탈지면을 꺼내 조그만 귀마개 두 개를 만들어 귀에 꽂는다. 이제 자리에서 일어나 시험 삼아 걸어본다. 공들이

따라오기는 하지만 소리는 거의 들리지 않는다. 솜을 조금더 밀어넣자 소리는 아예 들리지 않는다. 블룸펠트는 몇 걸음 더 걸어가 본다. 특별히 불쾌한 일은 일어나지 않는다. 각자 자기 할 일을 하는 것뿐이다. 블룸펠트와 공들은 서로 연결되어 있기는 하지만 서로 방해하지 않는다. 딱 한 번, 블룸펠트가 급히 몸을 돌렸는데 공이 반대 방향으로 급히 틀지 못해서 블룸펠트의 무릎에 부딪친 적은 있다. 그게 사건이라면 유일한 사건인 셈이다. 그 외에는 별일이 일어나지 않는다. 블룸펠트는 느긋하게 커피를 마신다. 블룸펠트는 지난밤 잠을 잔 것이 아니라 먼 길을 걸어온 듯하여 배가 고프다. 블룸펠트는 차가운 물로, 이루 말할 수 없이 상쾌한 물로 샤워를 하고 옷을 입는다. 블룸펠트는 그때까지 커튼을 걷지 않았다. 조심하는 차원에서 차라리 반쯤 어두운 상태로 내버려 둔 것이다. 다른 이들이 공들을 보아야 할 이유는 없으니까. 그런데 이제 밖으로 나가야 할 때가 되었고, 블룸펠트는 공들이 행여나—그럴 리는 없겠지만—골목길까지 자기를 따라올 경우를 대비해서 뭔가 조치를 취해야 한다. 블룸펠트에게 좋은 아이디어가 떠오른다. 그는 커다란 옷장을 열고, 등이 옷장을 향하도록 돌아선다. 그러나 공들은 블룸펠트의 의도를 알아채기라도 한 듯 옷장 안으로 들어가기를 꺼린다. 공들은 자신들과 블룸펠트 사이의 공간을 최대한 이용해 튀어 오르기를 반복한다. 그러다가 어쩔

수 없으면 잠깐 동안 옷장 안으로 들어가기도 하지만 그 안이 어두워지기 전에 금세 다시 튀어나온다. 어떤 수를 써도 옷장 턱 너머의 깊숙한 곳까지는 들어가지 않는다. 공들은 차라리 자신들의 의무를 소홀히 하는 편을 택하고는 블룸펠트의 뒤쪽이라기보다는 거의 옆쪽에 머무르는 것이다. 그러니 그런 얄팍한 수법만으로는 문제해결에 도움이 되지 못할 것이다. 따라서 블룸펠트는 등을 뒤로 한 채 직접 옷장 안에 들어간다. 이제 공들도 블룸펠트를 따라오는 수밖에 없을 것이다. 그러면 공에 관한 문제도 해결될 것이다. 왜냐하면 옷장 바닥에는 장화, 작은 상자들, 작은 가방 등 자잘한 물건들이 놓여 있기 때문이다. 그 물건들은 비록—적어도 지금만큼은 블룸펠트의 마음에 들지 않는데—잘 정돈되어 있기는 하지만, 그래도 공들에게는 커다란 장애물이 될 것이다. 옷장 문을 거의 닫다시피한 블룸펠트는 수십 년 만에 해보는 커다란 동작으로 튀어나와서 옷장 문을 닫고 자물쇠를 잠근다. 이제 공들은 갇혔다. 블룸펠트는 '이제 됐어'라고 생각하며 얼굴에 흐르는 땀을 훔친다. 옷장 안에서 공들이 내는 소리라니! 공들은 절망에 차 있는 것 같다. 그러나 블룸펠트는 만족스러워한다. 그는 방 밖으로 나간다. 황량한 복도마저 블룸펠트에게는 편안한 느낌을 준다. 귀를 막고 있던 솜뭉치를 빼내자 집이 이제 막 깨어나는 듯한 여러 가지 소리들을 내며 블룸펠트를 움찔하게 만든다. 지나가는 사람은 몇 명 되지 않는다. 아직 이른 아침이다.

가정부가 사는 지하실로 통하는 아래층 복도의 낮은 문 앞에는 열 살 난 그녀의 아들이 서 있다. 어미를 쏙 빼닮은 아이다. 그 늙은 여인의 추한 모습들 중 이 아이의 얼굴에 고스란히 나타나지 않는 것은 하나도 없다. 다리는 굽었고, 손은 바지 주머니에 찔러넣은 채로 아이는 씩씩거리며 서 있다. 그 나이에 벌써 갑상선종腫에 걸려 겨우 숨을 쉴 수 있기 때문이다. 보통 블룸펠트는 걷다가 이 아이와 마주치면 되도록 그런 광경을 보지 않으려고 발걸음을 재촉한다. 그러나 오늘은 그 아이 옆에 멈춰 서기라도 하고 싶은 심정이다. 이 아이가 비록 그 여인네의 몸에서 나왔고, 그러한 자신의 근본을 드러내는 특징들을 모두 갖고 있기는 하지만, 그래도 어쨌든 아직까지는 어린아이 아닌가. 그러니 비록 머리는 기형적으로 생겼지만 그래도 그 안에는 분명 아이들의 순수한 생각이 들어 있을 것이다. 아이에게 차분하게 말을 걸고 뭔가를 물어보면 아이는 분명 밝은 목소리로, 순진무구하고도 공손하게 대답할 것이다. 그리고 몇 가지 힘든 점만 잘 참아낸다면 아이의 뺨을 쓰다듬어줄 수도 있을 것이다. 그러나 생각은 이렇게 하지만 결국 블룸펠트는 아이를 지나쳐 버린다. 골목길로 나서자 방 안에서 생각했던 것보다 날씨가 더 화창하다. 아침 안개는 흩어지고 있고 세찬 바람이 구름을 다 쓸어버렸는지, 파란 하늘이 드러난다.

오늘 블룸펠트는 공 때문에 평소보다 일찍 방에서 나왔다. 깜박하고 읽지 않은 신문을 탁자 위에 그냥 두고 왔다. 어쨌든 그로 인해 블룸펠트는 시간을 많이 벌었으니 지금부터는 천천히 걸어가도 된다. 그런데 이상하게도 공들을 두고 나온 순간부터 공에 대한 걱정이 거의 들지 않는다. 공들이 자기 뒤에 있을 때에는 마치 공이 자신에게 속한 무언가로, 누군가 자기라는 사람을 평가할 때 어떻게든 같이 포함시켜 생각해야 할 존재로 여겨졌다. 그러나 이제 공들은 집에 있는 옷장 안에 넣어둔 장난감에 지나지 않았다. 이런 생각들을 하던 중, 공들을 원래 목적에 맞게 사용하면 공 때문에 귀찮을 일도 없어지겠다는 생각이 든다. 복도에는 아직 그 사내아이가 서 있다. 그 아이에게 공들을 선물하는 것이다. 그것도 슬며시 건네주는 것이 아니라 모든 사실을 다 밝히며 줘버리는 것이다. 모든 사실을 다 밝힌다는 것은 곧 공들을 없애버리라는 명령과도 같다. 만약 공들이 무사하다 하더라도, 아이의 손에 있을 때에 공들이 지니는 의미는 옷장 안에 있을 때보다 줄어들 것이다. 아이가 공을 가지고 노는 모습을 그 집에 사는 사람들 모두가 보게 될 것이고, 다른 아이들도 함께 공을 가지고 놀게 될 것이다. 그 공들이 블룸펠트의 삶의 동반자가 아니라 그냥 평범한 공이라는 점은 누구도 부인할 수 없는 확고부동한 사실로 받아들여질 것이다. 블룸펠트는 발길을 돌려 집 안으로 들어간다. 방금 지하실로 이어진 계단을 내려간 아이가 현관문을 열려고 하고 있다. 그 아이와 관련된 것들은 죄다 우스꽝스러운데 이름도 예외가 아니다. 이제 블룸펠트는 어쩔 수 없이 그 우스꽝스러운 이름을 소리 내어 불러야 한다.

"알프레드, 알프레드."

블룸펠트가 아이를 부른다. 아이는 한참을 망설인다.

"올라와 보렴. 네게 줄 것이 있단다."

블룸펠트가 말한다. 건물 관리인의 두 딸도 맞은편 대문에서 밖으로 나왔다. 계집아이들은 호기심에 가득 차 블룸펠트의 오른쪽과 왼쪽에 선다. 사내아이보다 블룸펠트의 의도를 더 빨리 알아챈 계집아이들은 그 아이가 왜 당장 올라오지 않는지 이해하지 못한다. 계집아이들은 사내아이에게 눈짓을 하면서도 블룸펠트를 시야에서 놓치지 않는다. 그러나 계집아이들로서는 어떤 선물이 알프레드를 기다리고 있는지 알 수 없다. 호기심에 가득 찬 아이들은 양발을 번갈아가며 조급하게 깡충깡충 뛴다. 블룸펠트에게는 계집아이들의 행동도 사내아이의 행동도 우습게 느껴진다. 드디어 사내아이가 결심을 한 듯 굳은 자세로 힘겹게 계단을 오른다. 걷는 모습조차도 지금 막 지하실 문을 열고 나온 자기 어미를 꼭 닮았다. 블룸펠트는 가정부도 자기가 하는 말을 들을 수 있게, 그리하여 필요하다면 아이가 자신이 시킨 일을 수행하는지의 여부를 감시할 수 있게,

일부러 더 크게 소리를 지른다. 블룸펠트가 말한다.

"저기 위에, 내 방에 예쁜 공이 두 개 있단다. 그거 너 가질래?"

아이는 입을 찡그릴 뿐이다. 아이는 자신이 어떻게 처신해야 하는지 모르는 것이다. 아이는 몸을 돌려 허락을 구하는 표정으로 아래쪽의 제 어미를 내려다본다. 계집아이들은 금세 블룸펠트 주위를 뛰어다니면서 공을 자기들에게 달라고 조르기 시작한다.

"너희도 그 공을 갖고 놀아도 될 거다."

블룸펠트는 계집아이들에게 이렇게 말하고는 사내아이의 대답을 기다린다. 물론 공을 계집아이들에게 줄 수도 있겠지만, 계집아이들은 너무 촐싹거리는 것 같아 사내아이에게 더 믿음이 간다. 그 사이에 말은 한 마디도 오가지 않았지만 사내아이는 제 어미의 뜻을 이해했고, 블룸펠트가 다시 한 번 물어보자 고개를 끄덕이며 공을 갖고 싶다는 의사를 표현한다.

"그런데 주의해야 할 점이 있다."

공을 선물해봤자 고맙다는 말 한마디도 못 듣겠지만 어쨌든 블룸펠트는 아이에게 모든 것을 자세히 일러준다.

"내 방 열쇠는 네 어머니가 갖고 계시니 어머니한테 받으렴. 그리고 이건 내 옷장 열쇠다. 그 안에 공이 들어 있어. 공을 꺼낸 다음에는 옷장과 방문을 다시 잘 잠그는 것도 잊지 말고. 공은 네 마음대로 가지고 놀아도 좋아. 제자리에 갖다놓을 필요도 없어. 무슨 뜻인지 알겠니?"

그러나 안타깝게도 사내아이는 제대로 이해하지 못한다. 블룸펠트는 이 한없이 말귀가 어두운 존재에게 모든 것을 특히 더 분명하게 전달하고 싶었고, 바로 그런 이유 때문에 모든 것을 지나치게 여러 번 반복했으며, 그 때문에 사내아이는 블룸펠트를 은인이 아니라 사기꾼 바라보듯 쳐다보고 있다. 반면, 단번에 블룸펠트의 말을 이해한 계집아이들은 블룸펠트에게 달려들어 손을 내밀고 열쇠를 달라고 조른다.

"기다려봐."

말을 하면서 블룸펠트는 벌써 이 모든 상황에 짜증이 나기 시작한다. 시간은 계속 흐르고 있고 더이상 지체할 여유가 없다. 제발 가정부라도, '제가 당신의 말을 다 들었으니 아이가 알아들을 수 있게 차근차근 다시 설명해주겠다'고 말해주면 좋으련만. 그러나 그녀는 아직도 그저 아래쪽 문 옆에 서서 부끄러움 많은 귀 먹은 사람인 체하며 미소만 짓고 있다. 갑자기 자기 아들에게 홀딱 반한 블룸펠트가 위쪽에서 아이에게 구구단 연습이라도 시키고 있는 것이라 생각하는지도 모르겠다. 그러나 그렇다고 블룸펠트가 계단을 성큼성큼 뛰어내려가 가정부의 귀에 대고 제발 부탁이니 당신 아들이 내 공을 좀 가져가게 해달라고 소리를 지를 수도 없는 노릇이다. 블룸펠트로서는 이 가족에게 하루 종일 자신의 옷장 열쇠를 맡기는 일만으로도 대단한 인심을 쓰는 것이다. 그리고 블룸펠트가 자기 몸을 아끼고자, 아이를 위층으로 데려가 공을 건네주지 않고 지금 이 자리에서 열쇠를 주려는 것이 아니다. 위에 올라가 아이에게 공을 줘봤자 공들은 분명 몸종들처럼 블룸펠트 뒤를 따를 테니 결국 아이에게서 줬던 공을 빼앗는 꼴이 될 게 뻔하므로 그렇게 하지 못하는 것이다. 다시 한 번 설명하려고 말문을 열었다가 사내아이의 공허한 눈빛을 보고 블룸펠트는 마음을 바꿔 사내아이에게 물어본다.

"아직도 내 말이 이해가 안 되니?"

이런 공허한 눈빛은 사람을 맥 빠지게 만든다. 이 아이는 누군가가 원래 말하려던 것보다 훨씬 더 많은 말을 하게 만들 수 있다. 이 공허함을 깨달음으로 채우기 위해서라면 누구라도 그렇게 하지 않겠는가.

그때 계집아이들이 말한다.

"우리가 얘한테 공을 갖다줄게요."

계집아이들은 약삭빠르다. 어떻게든 사내아이를 들먹이고, 어떻게든 자신들을 그 아이와 연관지어야 공을 손에 넣을 수 있다는 사실을 알아차린 것이다. 건물 관리인의 방에서 괘종시계 소리가 울리며 블룸펠트에게 서두르라고 다그친다.

"그럼 너희가 열쇠를 받으렴."

그러나 열쇠는, 블룸펠트가 건네주었다기보다는 계집아이

들이 낚아채어 갔다는 편이 옳을 것이다. 열쇠를 사내아이에게 건네주었다면 지금과는 비교도 할 수 없을 만큼 더 큰 안도감을 느꼈겠지만, 어쨌든 블룸펠트는 계집아이들에게 말한다.

"그럼 방 열쇠는 저 아주머니께 받으렴. 그리고 공을 가지고 내려온 다음에는 열쇠를 돌려드리는 것도 잊지 말고."

"걱정 마세요."

대답을 마친 계집아이들은 계단을 뛰어 내려간다. 계집아이들은 전부 다 알고 있다. 모르는 것이 없다. 사내아이의 더딘 이해력이 블룸펠트에게 전염되기라도 했는지, 자신의 설명을 듣고 계집아이들이 어떻게 그리도 모든 것을 재빨리 알아들었는지 이제는 블룸펠트가 이해하지 못한다.

계단을 내려간 계집아이들은 벌써 가정부의 치마를 잡아당기고 있다. 블룸펠트는 계집아이들이 자신들이 맡은 일을 어떻게 실행에 옮기는지 너무나도 보고 싶지만 그럴 수가 없다. 지각할까봐 못 보는 것이기도 하지만, 공들이 밖으로 나올 때 그 자리에 있고 싶지 않기 때문이기도 하다. 블룸펠트는 계집아이들이 자기 방문을 열 때쯤이면 자기는 이미 몇 골목 떨어진 곳에 가 있어야 한다고 생각한다. 공들이 또 어떤 일을 저지를지 모르기 때문이다. 그래서 블룸펠트는 결국 오늘 아침에만 벌써 두 번째로 거리를 나선다. 밖으로 나오기 직전까지 블룸펠트는 가정부가 계집아이들의 공세에 맞서는 모습, 그리고 사내아이가 굽은 다리를 움직이며 제 어미를 편드는 모습을 보았다. 블룸펠트는 가정부 같은 사람들이 왜 이 세상에서 번성하고 번식하는지 이해할 수가 없다.

자신의 직장인 내의류 제조공장으로 가다보니 다른 생각들은 모두 밀려나고 일에 대한 생각만 점점 더 밀려온다. 블룸펠트는 속도를 내서 더 빨리 걷는다. 사내아이 때문에 시간을 지체했음에도 불구하고 블룸펠트는 사무실에 제일 먼저 도착한다. 사무실은 유리로 차단된 공간이다. 그 안에는 블룸펠트의 책상과 블룸펠트에게 배치된 수습생들이 사용하는 입식책상 두 개가 있는데, 마치 학교에 다니는 아이들을 위한 것처럼 매우 작고 좁다. 사무실 안이 너무 좁아서 수습생들까지 앉을 수는 없기 때문이다. 수습생들까지 앉게 하려면 블룸펠트의 의자가 들어갈 자리는 없어진다. 결국 수습생들은 하루 종일 입식책상에 착 들러붙어 있어야만 한다. 물론 수습생들도 매우 불편하겠지만 블룸펠트가 그들을 감시하기도 쉽지 않다. 수습생들은 하루에도 몇 번씩 서둘러 책상 앞으로 가기는 하지만, 일을 하기 위해서라기보다는 둘이서 잡담을 나누거나 심지어는 꾸벅꾸벅 졸기 위해서 그러는 것이다. 블룸펠트와 수습생들 사이에는 마찰이 많다. 수습생들은 블룸펠트에게 주어진 방대한 양의 일을 처리하는 데 거의 도움이 되지 않는다. 특정한 고급 제품들을 생산해달라는 공장 측의 주문에 따라 가내수공업으로 일하는 여자들이 있는데, 그들과의 물품거래 및 보수지급 전반을 관리하는 것이 블룸펠트의 일이다. 그 일의 규모를 파악하려면 먼저 전체적인 상황을 자세히 살펴보아야 한다. 그러나 몇 년 전 블룸펠트의 직속상관이 세상을 떠난 뒤로는 전체적인 상황을 파악할 수 있는 사람이 아무도 없다. 따라서 블룸펠트는 그 누구도 자신의 일에 대해 이러쿵저러쿵 떠들어대는 것을 용납할 수 없다. 공장주인 오토마 씨도 블룸펠트의 업무를 과소평가하고 있는 듯하다. 물론 오토마 씨는 블룸펠트가 지난 20년 동안 공장에서 일하면서 쌓은 공로는 인정하지만 마땅히 그래야 하기에 인정해주는 것은 아니다. 블룸펠트를 성실하고 믿을 수 있는 사람으로 생각하기 때문에 인정하는 것이다. 그러나 어쨌든 오토마 씨는 블룸펠트의 업무를 과소평가하고 있다. 그러니까 오토마 씨는 블룸펠트가 맡은 업무를 지금 블룸펠트가 하고 있는 것보다는 간단하게 처리할 수 있으며, 그럼으로써 여러 가지 면에서 이익이 발생하리라고 생각하는 것이다. 사람들은 그가 블룸펠트의 업무방식을 봐봤자 화만 더 날 것 같아서 블룸펠트의 부서에는 거의 나타나지 않는다고들 말하는데, 실제로 그럴 가능성도 적지 않다. 블룸펠트로서는 그런 오해를 받는 것이 당연히 슬픈 일이지만 상황을 어떻게 바꿔볼 방법이 없다. 오토마

더러 한 달 내내 블룸펠트의 부서에 머무르면서 여기에서 처리해야 할 일들이 얼마나 가지각색인지 연구해보라고, 오토마 자신이 더 낫다고 주장하던 업무방식들을 적용해보라고, 그러다 보면 어쩔 수 없이 부서가 엉망진창이 되어버릴 터이니 그 꼴을 보고 블룸펠트의 방식이 옳다는 것을 깨달으라고 할 수는 없지 않은가. 그러니 블룸펠트는 의지를 굽히지 않은 채 예전에 하던 방식대로 일을 해나갈 뿐이다. 오랜만에 오토마가 나타나면 조금 당황하기는 하지만, 이내 부하직원이 지녀야 할 의무감을 느끼고 오토마에게 이런저런 시설들에 대해 설명해보려고 애쓴다. 그러면 오토마는 눈을 내리깐 채 아무 말 없이 고개만 끄덕이고 계속해서 걸어간다. 그래도 이런 오해를 받는 것이 언젠가 자신이 그 직책에서 물러나야 되고 그 결과, 누구도 해결할 수 없는 혼란한 상황이 발생하는 장면을 떠올리는 것보다는 덜 고통스럽다. 블룸펠트가 아는 한, 이 공장에서 자신의 빈자리를 채울 수 있는 사람, 몇 달 동안 지속적으로 가장 끔찍한 업무중단 사태가 일어나지 않게 잘 방지하면서 지금 자신이 맡은 직책을 수행할 수 있는 사람은 아무도 없다. 사장이 누군가를 과소평가할 때면 그 틈에 자신이 그 사람보다 더 낫다는 것을 증명하려는 직원들이 있게 마련이다. 그러면서 모두들 블룸펠트의 일을 하찮게 여기는 것이다. 업무교육을 받기 위해 한동안은 꼭 블룸펠트의 부서에서 일해봐야 된다고 생각하는 사람은 아무도 없다. 새로 뽑힌 직원들도 블룸펠트의 부서에서 일하기를 꺼린다. 그래서 블룸펠트의 부서에는 후임자가 없는 실정이다. 사환 한 명만 빼고는 혼자서 부서 내 모든 일을 처리해오던 블룸펠트가 수습생 하나를 배치해달라고 요구했을 때에는 몇 주 동안 힘겨운 투쟁이 이어졌다. 블룸펠트는 거의 매일 오토마의 사무실로 가서 자신의 부서에 수습생이 꼭 필요한 이유를 차근차근 상세히 설명했다.

'내 몸 하나 편하자고 수습생이 필요하다는 것이 아니다. 일신의 안위 따위는 염려조차도 하지 않는다. 지금도 엄청난 양의 일을 하고 있기는 하지만 나는 앞으로도 계속 그렇게 많은 일을 할 것이다. 그렇지만 그동안 사업규모가 얼마나 커졌는지 한번 생각해보라. 다른 부서들은 모두 거기에 맞게 규모를 확장했는데, 오직 나, 블룸펠트의 부서만이 늘 제외되었다. 그런데 내가 맡은 부서야말로 얼마나 일이 늘어났는지 아는가! 내가 입사했을 당시에는—오토마 씨는 물론 그 당시에 대해서는 더이상 기억도 나지 않겠지만—여자 재봉사 열 명 정도만 관리하면 되던 것이 지금은 50에서 60명 정도로 늘어났다. 그만큼 많은 인원을 관리하는 데에는 인력이 더 필요하다. 나는 앞으로도 일에만 전념하겠다고는 장담할 수 있지만 완벽하게 일을 해낼 수 있는지에 대해서는 지금 이 시각부터 더이상 장담할 수 없다.'

오토마는 블룸펠트의 청을 단박에 거절하지는 못했다. 오랫동안 같이 일해온 직원을 그렇게 대할 수는 없지 않겠는가. 그렇지만 블룸펠트의 말을 거의 귀담아듣지 않았고, 간절한 부탁을 하고 있는 블룸펠트 너머로 뒤에 있던 다른 사람들과 이야기를 나누었으며, 반쪽뿐인 약속을 했고, 며칠 뒤에는 그 모든 것을 다시 까맣게 잊어버렸다. 이런 방식은 그야말로 모욕적인 것이었다. 그렇다고 블룸펠트가 모욕감을 느꼈다는 뜻은 아니다. 블룸펠트는 공상가가 아니다. 명예를 얻고 인정을 받는다는 것은 물론 좋은 일이겠지만 블룸펠트는 그런 것 없이도 살 수 있다. 명예를 얻지 못하고 인정을 받지 못하더라도 블룸펠트는 할 수 있는 한 꿋꿋하게 자신이 맡은 일을 해나갈 것이다. 그런데 그의 말이 옳다는 것만은 분명하고, 옳은 것은 결국, 때때로 시간이 많이 걸리는 수도 있겠지만, 인정을 받아야 하지 않겠는가. 그렇게 해서 블룸펠트는 기어코 남자 수습생 두 명을 지원받고야 말았다. 그런데 그 수습생들이 어떤 사람들이냐 하면, 수습생을 배정해달라는 블룸펠트의 청을 거부하기보다는 받아들임으로써 블룸펠트의 부서를 무시한다는 것을 더 공공연하게 보여줄 수 있다고 주장해도 좋을 만한 이들이었다. 블룸펠트의 청을 그토록 오랫동안 거절하면서 오토마는 그 기간 내내 그런 수습생 두 명을 찾고 있었고, 그런 수습생들을 찾으려니 당연히 시간이 오래 걸릴 수밖에 없었던 것이라 말해도 좋을 법했다. 게다가 이제는 블룸펠트도 불평을 할 수 없었다. 대답은 뻔했기 때문이다. 한 명이 필요하다고 했는데 두 명씩이나 배치해주지 않았느냐고 하겠지. 오토마는 모든 것을 그토록 교묘하게 진행했던 것이다. 물론 블룸펠트는 그럼에도 불구하고 불평했다. 그러나 단지 자신이 처한 상황이 그만큼 절망적이었기 때문이었지, 진짜로 상황이 달라질 것이라 기대했기 때문은 아니었다. 또 블룸펠트는 강력하게 이의를 제기한 것도 아니었고 적당한 상황이 주어지면 슬쩍 언급만 했을 뿐이다. 그럼에도 불구하고 남이 잘되는 꼴은 못 보는 동료들 사이에는, 그렇게 탁월한 조수들을 지원받아 놓고도 블룸펠트가 아직까지 불평을 하고 있다는데 그것이 사실이냐고 누군가 오토마에게 물어보았다는 소문이 퍼졌다. 오토마는 그 말이 사실이라고, 블룸펠트는 아직까지도 불평을 하고 있다고, 그렇지만 그 불평은 타당한 것이라고 대답했다고 했다. 또 오토마가 자기는 이제야 블룸펠트가 안고 있는 문제점을 파악했고, 이제부터는 재봉사 한 명당 수습생 한 명씩, 그러니까 총 60명 정도를 블룸펠트에게 붙여줄 계획이라 말하기도 했다는 것이었다. 그래도 부족하다면 더 많은 사람을 보내주고, 수년 전부터 있어온 블룸펠트의 부서 내 정신병원이 완전한 모습을 갖출 때까지 수습생 보내는 일을 중단하지 않겠노라고도 말했다는 소문이 파다했다. 이 말들이 비록 오토마의 말투를 잘 흉내 내기는 했지만, 오토마는—여기에 대해서 블룸펠트는 일말의 의심도 갖지 않았다—자기 입으로 그 소문대로는커녕 그것과 비슷하게라도 블룸펠트에 대해 그렇게 말할 사람이 절대 아니었다. 그 모든 것이 2층 사무실에서 게으름이나 피우는 작자들이 꾸며낸 이야기였다. 블룸펠트는 그런 소문들을 무시했다. 그러나 수습생의 존재에 대해서도 그렇게 침착하게 무시할 수만 있었더라면 얼마나 좋았을까. 수습생들은 자신의 부서에서 일했고 어디로 보내버릴 수도 없었다. 파리하고 약해빠진 애송이들 같으니. 제출된 서류에 따르면 그들은 이미 학교에 다니지 않아도 되는 나이였지만, 실제로 그들을 보면 그 사실을 믿을 수 없었다. 그랬다, 심지어는 그들을 선생님에게 맡기기도 겁이 날 지경이었다. 그들은 분명 아직 엄마 손이나 붙잡고 다녀야 할 정도로밖에 보이지 않았다. 아직까지 제대로 움직이지도 못하는 아이들이었다. 특히 초기에는 오랫동안 서 있는 것만으로도 엄청나게 힘들어했다. 그리고 블룸펠트가 잠시라도 시선을 다른 곳으로 돌리면 그들은 약한 체력을 견디지 못하고 금세 몸이 꺾였고, 등을 굽힌 채로 한쪽 구석에 비스듬하게 서 있었다. 블룸펠트는 그런 식으로 편한 것만 찾다가는 평생 불구자로 살게 되고 말 것이라며 여러 번 으름장도 놓아봤지만 소용이 없었다. 심지어는 그들을 꼼짝하게 만드는 것만으로도 위험천만일 지경이었다. 한번은 둘 중 한 명이 뭔가를 몇 발짝 옮겨놓으려다가 너무 서두르는 바람에 그만 입식책상에 무릎을 부딪쳐 다친 적이 있었다. 방에는 재봉사들이 가득 있었고 입식책상에는 물건들이 가득 쌓여 있었다. 그러나 블룸펠트는 그 모든 것을 일단 뒤로 미루고, 징징대는 수습생을 사무실로 데려가서 붕대를 감아주어야만 했다. 그러나 그들의 그런 열성도 단지 표면적일 뿐이었다. 어린아이들이 때때로 눈에 띄는 행동을 하고 싶어 하는 것과 다를 바가 없었다. 수습생들은 많은 시간을, 거의 대부분의 시간을 그렇게 열심이기보다는 상사의 눈을 속이고 기만하려는 데에 투자했다. 언젠가 아주 일이 많았던 때에 블룸펠트가 땀을 흘리며 수습생들 옆을 허둥지둥 지나간 적이 있다. 그러다가 그는 그 아이들이 제품 더미 사이에 숨어 우표를 맞바꾸고 있는 모습을 목격했다. 주먹으로 머리를 쥐어박아야 마땅했을 것이다. 그런 행동에는 그렇게 벌을 줄 수밖에 없을 것이다. 그러나 그들은 아이들에 지나지 않았고 블룸펠트는 아이들을 그렇게 심하게 때릴 수 없었다. 그러다보니 수습생들과 블룸펠트와의 마찰은 그렇게 계속되었다. 원래 블룸펠트는 그 수습생들이 자신이 물건을 분배해주는 일을 거들어줄 것이라 생각했다. 물건을 나눠주는 일은 매우 고단하면서도 상당한 주의를 요하는 일이었다. 처음에 블룸펠트는 책상 뒤편 중앙쯤에 서서 전체 상황을 살펴보며 장부에 기입을 하고, 수습생들은 자신의 명령에 따라 이리저리 움직이며 물건들을 분배하게 될 것이라 생각했다. 비록 자신이 예리하기는 하지만 그럼에도 불구하고 그 많은 사람들을 관리하기에는 부족할 수 있으니 수습생들이 자신의 감독업무를 보조해주고, 그들도 점차 경험을 쌓아서 블룸펠트가 일일이 지시하지 않아도 사소한 일쯤은 척척 해내며, 각각의 재봉사에게 얼마만큼의 물건을 나눠주어야 하는지를 스스로 깨닫고, 믿음직스럽게 일하게 되리라고 상상했었다. 그러나 이들의 꼴을 보고 나면 그런 생각이 얼마나 헛된 바람이었는지를 깨달을 뿐이다. 얼마 지나지 않아 블룸펠트는 수습생들이 재봉사들과 잡담을 나누게 내버려 두어서는 안 된다는 사실을 깨달았다. 처음에 그들은 몇몇 재봉사들에게는 아예 다가가지도 않았다. 그 재봉사들이 그저 싫거나 무서웠기 때문이었다. 반면, 자기들이 좋아하는 재봉사늘은 문 앞까지 달려나가 맞이했다. 또 그 사람들이 뭔가가 필요하다고 말하면 금세 구해다가 두 손에 쥐어주었다. 그들은 재봉사들에게 당연히 줘도 되는 물건일 때에도 무슨 비밀인 양 슬며시 손에 쥐어주었고, 자기들이 좋아하는 재봉사들을 위해서라면 기꺼이 빈 선반을 들고 다니며 자투리 천과 쓸모없는 천 조각들, 그리고 사용할 수 있는 작은 천들까지도 모아주었다. 자기들 마음에 드는 재봉사들에게

다가갈 때에는 블룸펠트의 등 뒤 먼 곳에서부터 환한 표정으로 윙크를 했고, 그 대가로 사탕을 받아서 입에 물곤 했다. 머지않아 블룸펠트는 그런 말도 안 되는 일에 종지부를 찍었고, 재봉사들이 오면 수습생들을 칸막이로 차단시켜놓은 방으로 보내버렸다. 수습생들은 한동안 그것을 매우 부당한 처사라고 항의하면서 고의로 펜대를 부러뜨리는가 하면, 겁이 나서 고개는 들지도 못한 채 유리벽을 거세게 두들기기도 했다. 블룸펠트가 자신들을 얼마나 부당하게 다루는지 재봉사들에게 알리기 위해서였다.

자기들 스스로 그런 부당함을 초래해놓고도 그들은 블룸펠트가 왜 자기들을 그렇게 심하게 대하는지 이유를 알지 못한다. 그래서 그들은 거의 매일 지각을 한다. 그들의 상사 블룸펠트는 아주 젊었을 때부터 적어도 근무가 시작되기 30분 전까지는 사무실에 도착해야 마땅하다고 생각해온 사람이다. 상사에게 잘 보이려는 마음에서 그런 것도, 지나친 의무감에서 그런 것도 아니었다. 막연히 그러는 것이 예의에 어긋나지 않는다고 생각했기에 일찍 출근한 것이었다. 그런 블룸펠트이기에 그는 거의 매일, 수습생들이 오기까지 한 시간 이상을 기다려야 한다. 그는 늘 사무실 책상 앞에서 아침 식사용 빵을 씹고 재봉사 관리용 작은 장부들을 뒤적이며 계산을 맞춰보곤 한다. 블룸펠트는 금세 일에 몰두해서 다른 것들은 다 잊어버린다. 그러다가 깜짝 놀란다. 그 후에도 잠깐 동안 펜을 쥐고 있던 손이 떨릴 정도로 놀란다. 수습생 중 한 명이 안으로 뛰어들기 때문이다. 마치 기절할 듯이 뛰어들어 한 손으로는 뭔가를 꽉 잡은 채다른 손으로는 헉헉거리는 가슴을 누른다. 그러나 이 모든 것이 지각한 것에 대한 사과의 제스처에 지나지 않는다. 그 모양새가 기가 막히지도 않아서 블룸펠트는 일부러 아무것도 못 들은 척한다. 그렇게라도 하지 않으면 그 아이의 행동에 매질이라도 해야 할 것 같아서이다. 그래서 블룸펠트는 잠깐 동안만그 수습생을 바라보다가 손을 뻗어서 칸막이 방을 가리키고는다시 하던 일에 전념한다. 이쯤 되면 그 수습생이 상사의 너그러운 마음을 알아차리고 자기가 일해야 할 곳으로 서둘러 가기를 기대하게 될 것이다. 그런데 그렇지 않다. 그는 절대 서두르지 않는다. 그보다는 춤추듯이 가볍게, 까치발을 하고 한쪽 발을 다른 발 앞으로 내밀며 사뿐사뿐 걷는다. 상사를 웃겨보려는 것일까? 그것도 아니다. 두려움과 자기도취가 섞이면서 그런 행동이 나오는 것뿐이다. 어찌해볼 도리가 없다. 평소와 달리 늦게 출근했음에도 불구하고 블룸펠트는 오늘도 이렇게 오랫동안 두 손 놓고—오늘은 장부를 검토해보고 싶은 마음이 들지 않는다—수습생들을 기다린다. 그 기다림의 끝에, 몰상식한사환이 블룸펠트의 코앞에서 아주 높이 비질을 해대는 바람에생긴 먼지구름 사이로 이제 두 수습생이 여유란 여유는 다 부리며 골목길을 걸어오는 모습이 보인다.—이런 장면까지 목격했는데 매일 아침 그들이 하는 연극이 두려움과 자기도취의 소산이 아니면 무엇이겠는가—그 둘은 서로 착 달라붙어서 무슨 중대한 이야기라도 나누는 듯 보이지만, 업무에 대해서는 기껏해야 이야기해서는 안 된다고 금지한 것들에 대해서나 나불대고 있을 것이다. 유리문에 다가올수록 그들의 발걸음은 더 느려진다. 그러다가 둘 중 하나가 드디어 손잡이를 잡지만, 손잡이는 누르지도 않은 채 계속해서 이야기를 나누고 서로의 이야기에 귀를 기울이며 웃음을 터뜨린다. 블룸펠트가 양손을 쳐들고 사환에게 소리친다.

"우리 직원들이 왔으니 어서 문 좀 열어주게."

그러나 정작 수습생들이 안으로 들어오자 블룸펠트는 그들과 말다툼을 벌이고 싶은 생각이 싹 가신다. 블룸펠트는 그들의 인사도 받지 않고 자기 책상으로 가버린다. 그러고는 셈을 하기 시작하지만, 때때로 고개를 들어 수습생들이 무엇을 하는지 살펴본다. 매우 피곤해 보이는 한 명은 눈을 비비고 있다. 그는 외투를 못에 걸면서 그 잠깐의 기회마저 이용해 잠시 벽에 기대선다. 골목길을 걸어올 때까지만 하더라도 활달하기 그지없더니 막상 눈앞에 일이 보이니 피곤해지는 모양이다. 그와는 달리 다른 한 명은 의욕이 넘친다. 하지만 그는 몇몇 특정한 일에 대해서만 의욕에 차 있다. 예를 들어 그는 원래부터 비질을 하는 것이 소원이었다. 그러나 그 일은 수습생이 해야 할 일이 아니다. 청소는 사환들의 몫이다. 블룸펠트로서야 그 수습생이 비질을 한들 싫을 이유는 없다. 누가 쓸어도 그 사환보다는 잘 쓸 것이다. 그러나 만약 비질을 하고 싶다면 적어도 사환이 비질을 시작하기 전에는 와야 하고, 사무를 봐야 할 시간을 비질로 허비해서는 안 되지 않겠는가. 그렇지만 그 애송이는 어차피 이성적인 생각을 하지 못하는 소년에 지나지 않는다. 그렇다면 사환이라도, 그 반쯤 눈먼 백발노인이라도, 사장이 분명 블룸펠트의 부서가 아닌 다른 곳에서 일하도록 내버려 두지는 않을 그 노인, 신과 사장의 자비로 겨우 목숨을 이어가고 있는 그 노인이라도 조금은 양보해서 잠깐 동안 그 아이에게 빗자루를 내줄 수도 있지 않을까? 그래봤자 비질을 하고 싶던 마음은 금세 온데간데없이 사라지고 그 멍청이는 빗자루를 든 사환의 꽁무니나 따라다니며 여기저기를 쓸라고 지시나 할 텐데. 그런데 그 사환은 비질에 특별한 사명감을 느끼고 있는 듯하다. 어린 수습생이 가까이 다가가기만 해도 사환은 양손을 벌벌 떨며 빗자루를 더 꽉 잡으려고 하는 것이다. 그럴 때면 그 사환은 비질을 포기하고 아예 한자리에 가만히 서 있는데, 이는 자신의 온 신경을 빗자루 수호에 집중시키기 위해서다. 그런데 그 수습생은 한 번만 비질을 하게 해달라고 소리 내어 부탁하지는 않는다. 셈을 하고 있는 블룸펠트가 무서워서다. 그리고 평소의 목소리로는 얘기를 해봤자 소용없을 것이다. 사환은 크게 소리를 질러야 겨우 알아듣기 때문이다. 따라서 수습생은 우선 사환의 소매를 살짝 잡아본다. 사환은 당연히 무슨 일이 벌어지고 있는지 알고 있다. 그는 어두운 시선으로 수습생을 쳐다보며 고개를 가로젓고 빗자루를 더 가까이, 자기 가슴께까지 끌어당긴다. 그러면 수습생은 두 손을 펼쳐 빌어본다. 그렇지만 그렇게 빌어서 뭔가 얻을 수 있다고 생각하는 것은 아니다. 비는 것이 재미있어서 빌 뿐이다. 다른 수습생 하나는 이 모든 과정을 낮은 소리로 웃으면서 바라보고—도대체 어떻게 그런 생각을 할 수 있는지 알 수는 없지만—블룸펠트가 자기 목소리를 못 들을 것이라고 생각한다. 그렇게 빌어도 사환은 꿈쩍도 안 한다. 그는 몸만 살짝 튼 다음, 이제 안심하고 빗자루를 다시 사용할 수 있겠다고 생각한다. 그러나 그 수습생은 간절히 부탁하듯이 양손을 비비고 발끝으로는 껑충껑충 뛰면서 사환의 뒤를 쫓아가 이번에는 뒤편에서 다시금 부탁해본다. 이렇게 사환은 몸을 틀고 수습생은 그 뒤를 껑충껑충 뛰며 쫓아가는 일이 여러 번 반복된다. 그러다가 드디어 사환은 사방이 막힌 것을 알아채고, 조금만 덜 아둔했더라면 처음부터 깨달았을 사실, 즉 자기가 그 수습생보다 먼저 지칠 것이라는 사실도 깨닫는다. 사환은 자신을 도와줄 사람을 찾아보고, 손가락으로 수습생을 위협하기도 하고,

당장 그만두지 않으면 일러바치겠다는 의미로 블룸펠트를 가리키기도 한다. 그러면 그 수습생은 빗자루를 빼앗으려면 지금부터 더 바삐 움직여야겠다고 생각하고는 뻔뻔스럽게도 빗자루를 향해 손을 뻗는다. 그러면 다른 수습생 하나가 저도 모르게 비명을 지르는데 그것이 바로 앞으로 내려질 결정에 대한 복선이다. 사환이 이번에는 뒤로 한 걸음 물러나면서 빗자루를 자기 쪽으로 당겨 수호하는 데에 성공하지만, 수습생도 더이상은 물러나지 않으려는 듯, 입을 벌린 채 눈을 번득거리며 앞으로 튀어나온다. 사환은 도망을 쳐보려 하지만 그의 늙은 두 다리는 달음질 대신 덜덜 떨기만 한다. 수습생은 빗자루를 잡아채려 한다. 확실히 잡지는 못하지만 그래도 빗자루에 손은 닿는다. 빗자루는 결국 넘어지고, 그로써 사환은 패배한 것이 된다. 그런데 그 수습생도 결국 패배한 것으로 보인다. 일단 빗자루가 넘어지면, 수습생 둘과 사환까지, 세 명 모두가 얼어붙는다. 이제는 블룸펠트도 모든 것을 알 것 같아서다. 실제로 블룸펠트는 마치 그제야 상황을 알아차린 것처럼 조그만 창을 통해 사태를 둘러본다. 엄격하면서도 시험하는 듯한 눈빛으로 블룸펠트는 하나하나의 눈을 들여다본다. 바닥에 나동그라진 빗자루를 보는 것도 잊지 않는다. 침묵은 오랫동안 이어지고, 잘못을 한 수습생은 비질을 하고 싶은 마음을 그래도 억누르지 못하

303

고 몸을 굽히는데, 그 동작이 매우 조심스럽다. 빗자루가 아니라 살아 있는 짐승이라도 잡으려는 듯 조심스럽다. 그런 다음 빗자루를 집어 들고 바닥을 몇 번 쓸다가 블룸펠트가 자리에서 일어나 차단된 방에서 걸어나오면 깜짝 놀라 금세 빗자루를 던져버린다.

"둘 다 어서 제자리로 돌아가고, 거기에서 꼼짝도 하지 마."

블룸펠트가 소리치며 손을 뻗어 수습생들에게 각자의 책상을 가리킨다. 수습생들은 금방 지시를 따르기는 하지만, 고개를 숙이고 부끄러워하기보다는 꼿꼿한 자세로 몸을 돌려 블룸펠트 옆을 걸어가면서, 그렇게 하면 블룸펠트가 매질을 하려다 말 것이라고 생각하는지 블룸펠트의 눈을 똑바로 쳐다본다. 지금까지 겪은 바로도 블룸펠트는 원칙적으로 누구도 때리지 않는다는 것을 충분히 알 수 있었을 텐데. 그러나 겁만 많을 뿐 동정심이라고는 눈곱만큼도 없는 그들은 늘 자신들의 진정한 권리와 권리인 듯한 것들을 지키려 애쓴다.

소굴

나는 소굴을 하나 팠다. 제대로 잘 만들어진 것 같다. 밖에서 보면 그저 커다란 구멍 하나밖에 보이지 않는데, 사실 그 구멍을 통해서 갈 수 있는 곳은 아무 데도 없다. 몇 발짝만 가다보면 천연 그대로의 단단한 돌덩이와 마주치게 된다. 그렇다고 내가 의도적으로 이러한 꾀를 만들었다고 자랑하려는 것은 아니다. 그렇다기보다 이 구멍은 차라리 몇 번이나 실패로 돌아간 건축 시도의 잔재라고 부르는 편이 옳을 것이다. 그러나 어쨌든 이 구멍을 메워버리지 않고 그대로 놓아두면 내게 득이 될 것 같다. 물론 어떤 속임수들은 너무나도 교묘해서 결국은 자기 자신이 그 꾀에 빠져 죽음에 이르기도 한다. 나는 그 사실을 누구보다 더 잘 알고 있다. 그리고 이렇게 구멍을 남겨놓음

으로써 이곳이 연구해볼 만한 가치가 있는 장
소임을 환기시켜주는 것만 하더라도 매우
대담한 행동임에 틀림없다. 그러나 내가
비겁하기 때문에 이런 소굴을 팠다고 생
각하는 이가 있다면 그는 나를 잘 모르는 것
이다. 이 구멍에서부터 족히 천 발짝쯤 떨어진 곳에는 소굴의
진짜 입구가 있고, 그 입구는 들었다 내렸다 할 수 있는 이끼
덮개로 막혀 있다. 나는 그 입구에 보통 세상에서 해두는 것과
비슷한 정도의 보안장치를 해두었다. 물론, 누군가가 이끼를
밟을 수도 있고 소굴 안으로 들어올 수도 있을 것이다. 그러면
소굴은 훤히 드러날 것이고, 원한다면—그렇지만 분명히 일러
두건대 여기에는 그다지 자주 볼 수 없는 특정한 능력이 요구
된다—소굴 안으로 들어와 그 모두를 영영 되돌릴 수 없을 정
도로 파괴해버릴 수도 있을 것이다. 이런 사실은 나도 잘 알고
있다. 그리고 삶의 절정에 이른 이 순간에도 내 삶은 절대 고요
하지 않고, 어두컴컴한 이끼 속에서 나는 죽어가고 있으며, 꿈
을 꾸면 탐욕스러운 주둥이 하나가 내 소굴 여기저기를 끊임
없이 돌아다닌다.

입구 쪽의 그 구멍을 막아버렸어야 한다고 말하는 이들도 있
을 것이다. 다시 말해 그들이, 윗부분은 단단하고 얇은 흙으로,
훨씬 아래쪽은 성긴 흙으로 구멍을 막았어야 한다고, 그렇게

해서 새로운 대피로를 계속 만들어야 하는 수고를 크게 덜었어야 한다고 주장할 수도 있다는 말이다. 그러나 그것은 불가능하다. 다른 무엇보다 조심하는 차원에서 나는 즉각 밖으로 뛰쳐나갈 수 있는 방도를 마련해놓아야 하고,—안타까운 일이기는 하지만—수많은 삶의 위험에 대비해야 하기 때문이다. 이 모든 경우를 미리 예측하는 것은 여간 힘든 일이 아니다. 때로는 자신의 예리한 두뇌에 대한 기쁨만이 계속해서 예측을 하도록 만드는 유일한 동기가 될 때도 있다. 나는 즉각 밖으로 뛰쳐나갈 수 있는 방도를 마련해놓아야 한다. 아무리 주의를 기울인다 하더라도 전혀 예기치 못한 쪽으로부터 공격받을 수도 있지 않겠는가? 내가 내 집 가장 깊숙한 곳에서 평화롭게 살고 있는 동안 적은 소리 없이 서서히 굴을 파면서 어디에서부턴가 나를 향해 다가올 수도 있다. 그 적이 나보다 예리한 육감을 지녔을 것이란 말이 아니다. 내가 그에 대해 아는 바가 별로 없듯이 그 역시 나에 대해 잘 알지 못할 수도 있다. 그러나 눈이 멀기라도 한 것처럼 온 땅을 파헤치는 열성 강도들은 늘 존재하게 마련이고, 소굴이 이렇게 엄청나게 크다보니 어쩌면 그들조차도 어디에선가 내 소굴로 통하는 길들 중 하나를 찾아내리라는 희망을 가질 수도 있을 것이다. 물론 집 안에 있는 것은 나이고, 또 나는 모든 길과 방향을 정확하게 알고 있으니 내 쪽이 더 유리하다. 그러니 강도들은 내 희생양이 되기 십상

일 것이다, 그것도 아주 달콤한 맛이 나는 희생양. 그러나 나도 나이가 들 것이고, 나보다 강한 것들은 무수히 많으며, 나를 노리는 강도들 중에 나보다 강한 적들도 무수히 많을 것이다. 어쩌면 내가 하나의 적을 피해 다른 적의 손아귀로 달아나는 경우도 있을 것이다. 후유, 무슨 일인들 일어나지 않으랴! 어찌되었든 내게는 어딘가에 분명 쉽게 도달할 수 있는, 확실히 트인 출구가 있어서 더이상 밖으로 나갈 출구를 파지 않아도 된다는 확신, 조금 튀어나온 곳에서든 어디에서든 필사적으로 땅을 파다가도—하늘이여 나를 지켜주소서!—추적자들의 이빨이 허벅지에 닿는 것을 느끼지 않아도 된다는 확신이 필요하다.

그런데 나를 위협하는 적들은 비단 외부의 적들만은 아니다. 땅속에도 적들이 있다. 아직 그들을 본 적은 없지만 그들에 관한 많은 설화를 들은 적이 있고 나는 그 이야기들이 사실이라고 굳게 믿고 있다. 그들은 땅속에 사는 존재들로서, 그 많은 설화조차도 그들에 대해서는 제대로 묘사하지 못한다. 그들의 희생양이 된 이들조차도 그들을 제대로 본 적이 거의 없다. 그들이 올 때면 땅 바로 아래쪽에서 그들이 발톱을 긁어대는 소리가 들리는데, 그쯤 되면 그 땅은 이미 그들 것이 되고, 그 희생양은 그들에게 진 것이나 다름없다. 심지어 그 희생양은 자기 집에 있는 것이 아니라 오히려 그들의 집에 있다고 해야 옳을 것이다. 앞서 말한 출구조차도 그들로부터 나를 구해주지는 못한다. 그 출구는 나를 구해준다기보다는 오히려 파멸시킬 것이다. 그럼에도 불구하고 출구는 하나의 희망이고, 나는 그 출구 없이는 살 수가 없다.

그런데 이 널따란 길 외에도 나를 바깥세상과 이어주는 길들이 또 있다. 좁지만 위험성은 거의 없는 길들로, 그 길들을 통해 들이마시기 좋은 공기가 나에게까지 전달된다. 그 길은 들쥐들이 만든 길이다. 나는 내 소굴에서 들쥐들과 제대로 어울려 살아야겠다는 필요성을 느꼈다. 들쥐들은 각종 사실들을 예감할 수 있는 단서들을 제공해주는데, 이는 곧 나를 보호해주는 것이기도 하다. 또 들쥐들은 각종 작은 생물들을 내게로 데려오기도 하는데, 나는 그 생물들을 먹어치운다. 즉, 나는 들쥐들 덕분에 내 소굴을 떠나지 않고도 어느 정도의, 소박한 살림을 이어가기에는 충분한 정도의 사냥감을 포획할 수 있는 것이다. 따라서 들쥐들과 공생하는 것은 내게는 당연히 매우 가치 있는 일이다.

그러나 뭐니 뭐니 해도 내 소굴의 가장 큰 장점은 고요하다는 것이다. 물론, 이 고요함은 매우 기만적이기는 하다. 이 고요가 별안간 중단되고 모든 것이 끝나버릴 수도 있기 때문이다. 그러나 아직은 고요하다. 몇 시간 동안 통로를 기어다녀도 정체 모를 작은 짐승의 바스락거리는 소리만 때때로 들려올 뿐, 그 외에는 아무 소리도 들리지 않는다. 나는 그 짐승이 내 이빨 사이에서 최후를 맞도록 해준다. 혹은 흙이 무너져 내리는 소리도 들리는데, 이는 곧 어딘가 손을 좀 봐야 될 곳이 있다는 것을 의미한다. 그 외에는 고요하다. 숲의 공기가 안으로 불어 들어오는데, 따뜻하면서도 서늘하다. 이따금 나는 통로 안에서 한없는 안락함을 느끼며 몸을 쭉 뻗기도 하고 틀어보기도 한다. 늙어가는 처지에 이런 집이 하나쯤 있다는 것, 가을이 시작될 때쯤이면 몸을 피할 지붕이 있다는 것은 매우 좋은 일이다. 나는 100미터에 한 번씩, 통로를 둥글고 작은 공간으로 넓혀놓았다. 그곳에서 나는 편안하게 뒹굴 수 있고 몸을 따뜻하게 하며 쉴 수도 있다. 그곳에서 나는 평화의 잠을, 욕구를 해소하고 난 뒤의 잠을, 거처를 소유하겠다는 목표를 달성하고 난 뒤의 달콤한 잠을 잘 수 있다. 그러다가 오래된 습관이 나를 깨우는 것인지, 아니면 이 소굴이 안고 있는 커다란 위험이 나를 깨우는 것인지는 모르지만 나는 잠에서 깨어난다. 이따금 규칙적으로 화들짝 놀라며 깊은 잠에서 깨어난다. 그러고 나면 나는 귀를 기울인다, 밤이나 낮이나 변함없이 이곳을 지배하고 있는 고요를 향해 귀 기울인다. 그러고는 안도의 미소를 짓고 팔다리를 다시 늘어뜨리며 이번에는 더 깊은 잠 속으로 빠져든다. 집이 없는 가련한 방랑자들은 시골길이나 숲, 혹은 잘해야 나뭇잎 더미 속에 기어들거나 자기와 처지가 비숱한 동지들의 무리 속에 파묻혀 지내겠지, 하늘과 땅의 온갖 저주에 무방비 상태로 노출된 채로! 그러나 나는 모든 면에서 보안장치를 해둔—내 소굴에는 이런 보안장치가 50개 이상이나 된다—이 공간에 누워 있고, 잠에 빠져드는 순간부터 의식 없이 잠에 취하는 시점까지 내게 주어진 시간은 몇 시간씩이나 되며, 기분에 따라 나는 그 시간이 얼마나 될지 적당히 선택한다.

나는 극도로 위험한 상황, 그렇다고 직접적으로 추적을 당하는 상황까지는 아니더라도 포위당하는 상황까지도 충분히 고려해 대광장은 정 중앙에서 조금 비켜난 곳에 구축했다. 다른 모든 일이 이성을 지치게 만들었던 반면, 나만의 성城 안에 있는 이 대광장만큼은 온몸 마디마디를 동원하는 매우 힘든 육체노동의 결과다. 육체적으로 너무 지친 나머지 절망감에까지 빠진 나는 몇 번이고 모든 계획을 다 포기하려 했다. 그저 등을 대고 누워 소굴을 저주했고, 공사는 하다 만 채로 그렇게 내버려 두고서 몸을 질질 끌며 밖으로 나와버리기도 했다. 더이상 소굴로 돌아갈 마음이 들지 않았기에 그럴 수 있었던 것이다. 그러나 몇 시간, 혹은 며칠 후면 결국 후회하며 다시 소굴로 돌아갔고, 그때까지 지어놓은 부분이 망가지지 않았다는 사실에 노래라도 부르고 싶은 심정이었으며, 진심으로 기쁘게 다시금 일에 착수했다. 광장공사에는 쓸데없이—헛되게 뭔가를 쌓은

꼴만 되었을 뿐, 어떤 실용성도 없었기 때문에 '쓸데없이'라고 말하는 것이다—힘이 더 많이 들어갔다. 원래 광장을 설치하려고 계획했던 그 지점의 흙은 너무 성긴 데다 모래 성분까지 많았던 것이다. 아름다운 둥근 천장이 달린 커다란 둥근 광장을 만들기 위해서는 먼저 그곳의 흙부터 단단하게 다져야 했다. 그런데 내게는 그런 일을 할 수 있는 연장이라고는 이마밖에 없었다. 따라서 나는 수천 번의 낮과 수천 번의 밤을 이마로 흙을 찍으며 보냈다. 이마를 흙에 대고 박다가 피가 흐르면 나는 행복해했다. 그것이야말로 벽이 단단해지기 시작한다는 증거니까. 이런 식으로 광장을 건설한 만큼 나는 그곳에 들어앉

을 자격이 충분했다. 누구라도 이 점은 인정할 것이다.

　나는 모든 비축 식량들을 광장에 쌓아둔다. 즉, 지금 당장 필요한 수준 이상으로 소굴 내부와 집 밖에서 사냥한 모든 것들을 여기에 쌓아 올린다. 광장은 여섯 달 동안 먹을 만큼의 식량으로도 다 채우지 못할 정도로 넓다. 따라서 나는 비축 식량들을 펼쳐놓고 그 사이를 돌아다닐 수도 있고, 그것들을 가지고 놀 수도 있으며, 그 양을 보면서, 그리고 거기에서 풍기는 다양한 냄새를 맡으며 기뻐할 수도 있고, 그곳에 있는 물건들을 늘 정확히 파악

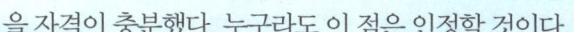

할 수도 있다. 또 물건들을 언제든지 새로 정리할 수도 있고, 계절에 따라 그때그때 필요한 분량을 미리 계산하고 사냥 계획을 세울 수도 있다. 가끔씩 내 영양상태가 매우 좋을 때가 있는데, 그럴 때면 나는 음식 따위에 그다지 연연하지 않고, 이곳을 지나다니는 작은 생물들의 털끝 하나도 건드리지 않는다. 그러나 다른 각도에서 생각해보면 나의 이러한 행동은 사려 깊은 행동이 아닐 것이다. 내 머릿속은 오로지 방어태세를 갖춰야 한다는 생각만으로 가득 차 있다. 그런데 그러다보면 방어용으로 건물을 십분 활용하는 것과 관련해 내 생각이 변하거나 다른 쪽으로 발전하는 경우도 있다. 물론 그 범위는 그리 크지 않지만. 어떤 때에는 방어의 기반을 대광장에만 집중시키는 것이 위험해 보이기도 한다. 소굴은 충분히 넓고 내게 주어진 가능성도 다양하기 때문에, 그럴 때면 나는 사태의 심각성에 따라 비축 식량을 여러 군데에 분산시켜두어야겠다는, 몇몇 작은 광장들에도 비축 식량을 갖다놓아야겠다는 생각이 든다. 그러면 나는 대략 광장 세 개마다 하나씩을 예비 식량창고로 정하거나 네 개마다 하나씩을 주 저장소로, 그리고 하나 건너 하나씩을 부 저장소로 지정한다. 또는 적을 속이기 위해 몇몇 통로에는 식량 더미를 전혀 쌓아두지 않거나, 주 출구와 어떤 위치에 놓여 있느냐에 따라 특별한 규칙 없이 여기저기 몇몇 광장들만 창고로 삼기도 한다. 그런데 이런 계획들에는 모두 힘겨운 짐 나르기 작업이 뒤따른다. 뭔가 새로운 계산이 떠오르면 그때그때 짐들을 이리저리 날라야 하니까. 물론 서두를 필요 없이 찬찬히 나를 수도 있고, 괜찮은 것들은 입으로 나르다가 마음 내키는 곳에서 잠시 쉴 수도 있고, 물고 있는 음식의 맛이 괜찮다면 먹어버릴 수도 있다. 그러나 간혹 습관적으로 깜짝 놀라 잠에서 깨어날 때, 지금의 배치가 완전히 잘못된 것 같고 커다란 위험을 불러올 수도 있을 듯하여 즉시 서둘러서, 잠이 오고 피곤하더라도 참아가며 모든 것을 재배치해야 할 성싶은 느낌이 들기도 하는데, 이런 때가 되면 상황이 좀 급박해지기도 한다. 그러면 나는 서두른다. 그러면 나는 날아다닌다. 그러면 내게는 찬찬히 계산을 해볼 여유가 없다. 계획을 치밀하게 새로 세워서 실행에 옮겨야 옳겠지만, 나는 결국 닥치는 대로 아무것이나 입에 물고, 끌고, 나르고, 한숨을 쉬고, 신음하고, 절뚝거린다. 너무나도 위험해 보이는 지금의 이 상황을 어떻게든 바꾸기만 하면 안심할 수 있을 것 같은 느낌이 들기 때문이다. 그러다가 완전히 잠이 깨면서 맑은 정신을 되찾고 나면 나는 내가 왜 그렇게 서둘렀는지 이해하지 못한다. 그러고는 내가 스스로 망쳐버린, 내 집 안에 가득하던 평화의 공기를 들이쉬고 다시 잠자리로 돌아간 뒤, 또다시 피로를 느끼며 잠들었다가 다시 일어나보면 이제는 꿈처럼 느껴지는 간밤의 작업이 너무나도 분명한, 실제로 일어났던 일이라는 증거물로 이 사이에 쥐 한 마리를 물고 있는 것이다. 그러다보면 또 비축 식량 전부를 한곳에 쌓아두는 것이 제일 좋다는 결론에 이르게 된다. 작은 광장들에 식량을 쌓아놓은들 그게 내게 무슨 도움이 되겠는가, 그 광장들에 앞으로 식량을 비축해봤자 얼마나 더 비축할 수 있겠는가, 그리고 무엇을 갖다놓든 그 광장들은 길을 차단해버리고 어쩌면 내가 방어할 때나 도망갈 때 방해만 되지 않겠는가. 또—멍청하게 들릴 수도 있겠지만 사실이 그러하다—비축 식량들이 한곳에 있지 않고 그 때문에 자기가 무엇을 소유하고 있는지를 한눈에 파악할 수 없게 되면 자의식까지 흔들린다. 이렇게 여러 군데에 분산시켜놓았기 때문에 결국 더 많이 잃게 되는 것은 아닐까? 또, 모든 것이 제자리에 잘 놓여 있는지 알아보기 위해 동서남북으로 난 통로들을 끊임없이 뒤뚱뒤뚱 헤집고 다닐 수도 없지 않겠는가. 비축 식량을 분산시켜놓겠다는 생각 자체는 기본적으로 옳은 것이겠지만, 이는 대광장 같은 곳이 여러 개 있을 때에만 해당된다. 그런 대광장이 여러 개가 있어야 한다니! 어련히 그렇겠지! 하지만 누가 그런 광장들을 만들 수 있을까? 내 소굴의 전체 도면에는 이제 그런 광장을 끼워넣을 자리는 남아 있지 않다. 물론 내 소굴에 허점이 있다는 사실은 인정한다. 원래 무엇이든 단 하나만 만들다보면 늘 허점이 있게 마련이다. 공사가 진행되는 내내 내 의식의 한구석에서는 희미하기는 했지만, 그런 대광장을 여러 개 설치해야 한다는 필요성이, 의지만 있었다면 느낄 수도 있었을 만큼 뚜렷하게 느껴졌다는 점도 시인한다. 그러면서도 나는 그 느낌에 굴복하지 않았다. 그만큼 큰 작업을 하기에는 내가 너무 약한 존재로 느껴졌기 때문이다. 그랬다, 그 필요성을 실천으로 옮기기에는 내가 너무 약하게 느껴졌다. 그 필요성만큼이나 희미하게 느껴지던 감정들이 있었다. 보통 이들 같으면 그렇게 못하겠지만 내 경우에는 예외적으로, 천만다행으로, 아마도 흙 다지기용 망치인 내 이마의 안전이 신이 보시기에도 중요하게 생각되었는지, 다른 이들이 못 하는 일을 나는 해낼 수 있다는 그런 느낌들이었다. 나는 이 느낌으로 나의 약함을 달랬다. 어쨌든 이렇게 해서 지금 내게는 대광장이 하나밖에 없다. 그러나 그 하나만으로는 충분치 못할 것이라는 막연한 느낌들은 사라졌다. 어쨌든 간에 나는 그 하나로 만족해야 한다. 그런데 작은 광장들이 모여도 큰 광장 하나만 못하다는 느낌이 들고, 이 생각이 충분히 무르익을 때쯤이면 나는 또다시 작은 광장에 있던 것들을 전부 대광장으로 끌어 나르기 시작한다. 그러다가 한동안은, 모든 광장과 통로가 확 트여 있고 대광장에는 고기더미가 쌓여 있으며, 가장 바깥쪽에 있는 통로까지 각종 냄새가—각각의 냄새가 나를 도취시키며, 나는 멀리서도 그 냄새들을 구분할 수 있다—뒤섞여 날아가는 것을 보면 어느 정도 위안이 된다. 그러고 나면 특히 더 평화로운 시절이 도래하고, 그동안 나는 내 잠자리를 서서히, 외곽으로부터 안쪽으로 점차적으로 옮기며 점점 더 깊이 식량 냄새에 빠져들다가, 어느 순간이 되면 더이상 참지 못하고 어느 날 밤 대광장으로 달려들어 비축된 식량 중에서 가장 좋아하는 최상의 음식들로 전신이 완전히 마비될 때까지 내 안을 가득 채운다. 행복하기는 하지만, 동시에 위험하기도 한 시간들이다. 그 시간들을 제대로 활용할 수 있는 자라면 전혀 위험에 빠지지 않고도 나를 가볍게 파괴시킬 수 있을 것이다. 두 번째, 혹은 세 번째 대광장의 부재로 인한 피해가 여기에서도 드러난다. 하나밖에 없는 그 커다란 식량 더미가 나를 참지 못하게 만드는 원흉이기 때문이다. 나는 나를 보호하기 위해 여러모로 노력한다. 여러 개의 작은 광장에 식량을 나누어 비축하는 것도 그런 대책의 일환이다. 다만 안타깝게도 다른 비슷한 대책들과 마찬가지로 그 대책도 결핍이 동반되는 대책이라 결국 더 큰 욕구를 유발하고, 나아가 이성을 주체하지 못하고 제멋대로 방어계획이나 수정하게 만들어버릴 따름이다.

그런 시간들이 지나고 나면 나는 정신을 가다듬기 위해 소굴을 보수하고, 수리작업을 끝낸 뒤에는 잠시나마 종종 소굴 밖으로 나간다. 오랫동안 소굴 밖에 있으라는 벌은 스스로가 보기에도 너무 심한 것 같다. 하지만 잠깐 동안이라도 바깥바람을 쓸 필요성이 있다는 점은 나도 인정한다. 출구 쪽으로 다가가는 행위는 늘 일종의 엄숙한 의식儀式이다. 집 안에 있는 동안 나는 출구를 피해 다닌다. 심지어는 출구와 이어진 통로도 피하고 출구의 끝부분에도 발을 들이지 않는다. 그런데 출구를 피해 돌아다니는 일은 쉽지 않다. 출구 쪽에 지그재그로 여러 개의 작은 통로를 구축해놓았기 때문이다.

내가 공사를 시작한 곳은 출구 쪽이었는데, 당시만 하더라도 도면에 나와 있는 대로 소굴을 완공할 수 있으리라는 희망은 가질 엄두도 내지 못했다. 그래서 나는 반쯤은 장난치듯이 출구 쪽 한쪽 귀퉁이에서 공사를 시작했고, 그 결과 그곳에는 공사를 시작할 때 느꼈던 기쁨의 감정이 두서없는 미로의 형태를 지닌 통로들로 표출되었다. 당시 나는 그 미로가 소굴의 압권이 될 것이라고 생각했는데, 지금 보니 너무도 조잡하고 소굴 전체와 어울리지도 않는, 취미로 만든 공작품 정도로밖에 여겨지지 않는다. 이론상으로야 취미로 만든 이 공작품도 값진 것이겠지만—당시 나는 보이지 않는 나의 적들에게 "여기가 내 집의 입구요"라고 놀려대며 그들이 입구라고 믿는 쪽의 미로에 모조리 갇혀 죽는 모습을 떠올리곤 했었다—실제로는 단 한 번의 진지한 공격, 목숨을 걸고 필사적으로 싸움에 임하는 단 하나의 적도 견뎌내지 못할 얄팍한 장난질에 지나지 않는다. 그러면 이 부분을 다시 지어야 할까? 나는 그 결정을 계속 뒤로 미루고 있고, 아마 그 부분은 앞으로도 지금 모습 그대로 남을 것이다. 개축공사를 하게 되면 엄청난 양의 일거리가 발생하기도 하겠지만, 그 일은 내가 생각해낼 수 있는 작업 중 가장 위험한 작업이기도 할 것이다. 당시 공사를 시작했을 때에는, 그곳에서도 비교적 조용하게 일을 진행할 수 있었다. 그러나 지금 그곳에서 작업을 한다면 이는 소굴 전체에 이목을 집중시키는 대담무쌍한 행위에 지나지 않을 것이다. 지금은 더이상 그렇게 할 수 없다. 그리고 그렇게 할 수 없다는 사실에 나는 거의 기쁨을 느끼기까지 한다. 생애 최초의 작품인 만큼 당연히 모종의 애착이 들기 때문이다. 그리고 만약 대규모의 공격을 받게 된다면 입구의 윤곽이 어떻든지 간에 어차피 그것이 나를 구할 수는 없지 않겠는가? 입구의 모양에 따라 적을 속이고, 적의 진로를 바꿔놓고, 공격자들을 괴롭힐 수도 있겠지만, 이런 것들은 미봉책일 뿐이다. 실로 대규모의 공격을 받게 되면 나는 즉시 소굴 안에 있는 모든 수단과 내 몸과 영혼의 모든 힘을 동원해서 맞서야 한다. 당연히 그래야 한다. 그러니 입구는 앞으로도 계속 그대로 놓아둘 것이다. 어차피 이 소굴이 지형상 어쩔 수 없는 약점들을 지니고 있는 만큼, 내 손으로 만든—비록 나중에 발견하기는 했지만 그 대신 그토록 정확하게 파악한—결함 하나쯤은 더해져도 상관없을 것이다. 이렇게 변명은 하지만, 그렇다고 내가 내 실수 때문에 이따금씩,

혹은 끊임없이 불안해하지도 않는다는 뜻은 아니다. 습관처럼 하는 산책을 할 때마다 나는 그 부분을 피하는데, 이는 무엇보다 그쪽을 쳐다보는 것이 편하지 않기 때문이고, 소굴이 지닌 결함을 자꾸만 눈으로 확인하기가 싫어서이다. 비록 결함이 이미 나의 의식 속에 너무나도 큰 자리를 차지하고 있기는 하지만. 그 실수는 입구 쪽에 파괴되지 않은 채 그대로 남아 있으라지. 나도 될 수 있는 한 그쪽을 쳐다보지 않고 살면 되니까. 그러나 나는 출구 쪽으로 가기만 해도, 나와 출구 사이에 아무리 여러 개의 통로와 광장이 가로막고 있어도, 뭔가 커다란 위험을 품고 있는 대기大氣 속으로 빠져든 듯한 느낌이 든다. 때로는 내 가죽이 얇아지는 듯한 느낌이 들기도 하고, 금세 가죽이 다 벗겨진 채로 살덩어리만 드러내고 서 있을 것 같은 느낌이 들기도 하고, 바로 그 순간 적들이 포효하는 소리로 내게 인사를 건넬 것 같은 느낌이 들기도 한다. 물론 이런 느낌들은 분명 출구 자체 때문에 생겨나는 것이고, 집의 보호기능이 중단될까봐 우려하는 데에서 생겨나는 것이기도 하지만, 무엇보다 나를 괴롭히는 것은 아무래도 그 입구 쪽의 구조다. 나는 때때로 입구 쪽을 개조하는 꿈을 꾼다. 구조를 완전히 바꾸어버리는 것이다. 잽싸게, 괴력을 발휘해서 단 하룻밤 만에, 누구의 눈에도 띄지 않고. 그런 다음 이제 누구도 들어올 수 없다고 믿는 것이다. 이런 꿈을 꿀 때면 나는 최고로 달콤한 잠을 이룬다. 그러다가 눈을 뜨면 그때까지도 기쁨과 해방의 눈물이 수염 위에서 반짝이고 있다.

그러나 밖으로 나가려면 어쩔 수 없이 그 미로가 주는 고통을 육체적으로 극복해야 한다. 내 손으로 지은 건물 내에서 잠깐 동안 길을 잃거나, 아직도 내 작품이 내게—나는 이미 오래 전에 확고한 판단을 내렸건만—자기 존재의 당위성을 증명해 보이려 할 때면 화가 나기도 하고 감동스럽기도 하다. 그러나 나는 그 미로만 지나고 나면 숲 바닥에 있는 다른 풀들과 함께 자란 이끼로 된 덮개 아래에 서 있게 되는데, 여기에서 시간이 좀 지체된다. 그만큼 오랫동안 내가 집 밖으로 나가지 않고 버틴다는 뜻이다. 이제 머리로 툭 한 번 쳐올리기만 하면 나는 곧장 낯선 곳에 서 있게 된다. 이 별것 아닌 동작을 나는 한참 동안이나 실행에 옮기지 못한다. 만약 다시 그 입구 쪽 미로를 극복해야 하지만 않는다면 나는 분명 오늘은 밖에 나가지 않기로 결심하고 걸음을 되돌릴 것이다. 왜 그렇게 하느냐고?

'네 집은 안전하니까, 닫힌 공간이니까. 너는 평화롭게, 따뜻하게, 잘 먹고 잘 살 수 있으니까, 네가 주인이니까, 꽤 많은 통로와 광장이 모두 너만의 것이니까, 그리고 이 모든 것들을 누군가에게 바치고 싶지는 않을 테니까. 물론 누군가에게 잠시 맡기고 싶을 수는 있겠지. 다시 되찾을 수 있다는 확신도 있겠지. 그런데 그런 위험한, 너무나도 위험하기 짝이 없는 게임을 해보고 싶으냐? 그 게임을 해야 할 타당한 이유라도 있느냐? 없을 것이다, 그런 것에 대해서는 어떤 타당한 이유도 있을 수 없다.'

그러나 결국 나는 조심스레, 누군가 밖에서 밟으면 밑으로 푹 꺼지게 만들어놓은 덮개를 열고 밖으로 나간 다음 다시 덮개를 조심스레 내려놓고, 뭔가를 훤히 드러내는 듯한 그 장소로부터 최대한 빠른 속도로 멀리멀리 달음질친다.

그렇다고 해서 내가 완전히 사방이 탁 트인 공간에 있는 것은 아니지만, 그래도 몸을 납작하게 하고 통로를 지나다니지 않고, 어느 정도 트인 숲 속을 달릴 수도 있으니 내 몸에 새로운 힘이 충전되는 것이 느껴지기는 한다. 소굴 안 어떤 공간도, 심지어 대광장조차도, 그리고 대광장보다 열 배는 더 넓은 공간이라 하더라도 내게 이런 힘을 주지는 못할 것이다. 먹는 것도 밖이 더 낫고, 사냥의 경우도, 사냥 자체가 더 힘들고 성공 확률도 더 낮지만 결과를 놓고 보면 바깥이 모든 면에서 우월하다. 나는 이 모든 것을 부인하지 않으며, 이런 사실을 인지하고 즐긴다. 그 정도가 얼마나 되느냐면, 적어도 다른 이들이 즐기는 만큼은 될 것이고, 아마 내 경우는 훨씬 더 강도가 높을 것이다. 왜냐하면 나는 떠돌이들처럼 경솔한 마음에서, 혹은 절망에 휩싸여 사냥을 하는 것이 아니라 목표물을 뚜렷하게 세워놓고 침착하게 사냥하기 때문이다. 그런데 나라고 해서 자유롭게 살도록 운명지어져 계속해서 그렇게 살 수밖에 없는 것은 아니다. 다만 나는, 내게 주어진 시간이 제한적이라는 사실, 여기서 내가 끝도 없이 사냥만 하고 있어야 하는 것은 아니라는 사실, 내가 원한다면, 그리고 이곳에서의 삶이 싫증날 때쯤이면 누군가가 나를 자기가 있는 곳으로 부를 것이고 내가 그 초대를 거절할 수 없을 것이라는 사실을 알고 있을 뿐이다. 그렇기 때문에 나는 이곳에서의 시간을 충분히 즐기고 걱정 없이 보낼 수 있다. 아니, 보낼 수도 있겠지만 나는 그렇게 할 수 없다고 말하는 편이 옳다. 소굴 때문에 할 일이 너무 많아서이다. 조금 전에는 출구에서 재빨리 멀어졌지만, 이내 나는 다시 출구 쪽으로 돌아간다. 그곳에서 나는 내가 숨을 만한 안전한 은신처를 찾고는 거기에 숨어서 내 집의 입구를―이번에는 바깥쪽에서―며칠 밤낮이고 감시한다. 아둔하다고 말할 수도 있겠지만, 이렇게 감시하는 일은 내게 이루 말할 수 없는 기쁨을 줄 뿐 아니라 나를 안심시켜주기도 한다. 그럴 때면 내가 내 집 앞이 아니라 자고 있는 나 자신의 앞에 서 있는 것 같은 기분이 든다. 나는 실제로 그렇게 깊은 잠을 자는 것과 동시에 나를 날카롭게 감시할 수도 있는 행운을 누릴 수 있기를 바랐다. 그렇게 되면 잠에 푹 빠져 어찌해보지도 못하는 상황에서만 밤의 유령들을 보는 것이 아니라, 현실 속에 완전히 깨어 있고 침착한 판단력을 지닌 상태에서도 그들을 볼 수 있는 능력을

324

어느 정도 지니게 되겠지? 그런 생각을 하자 이상하게도 내가 처한 상황이 지금까지 내가 늘 믿어왔고 다시 저 집 안으로 들어간다면 믿게 될 것과는 달리 그리 나쁘지는 않다는 생각이 들었다. 이런 면에서 볼 때, 다른 면에서 봐도 그러하겠지만 특히 이런 면에서 볼 때, 가끔씩은 반드시 이렇게 밖으로 나와서 지내야 할 것이다. 그렇다, 나는 내가 그토록 주의 깊게 외딴 곳에 뚝 떨어져 있는 입구를 골랐다는 것을 확인하고 안심할 수 있는 것이다. 사실 일주일 동안 관찰한 것을 모두 모아보면 그곳도 왕래가 꽤 빈번한 편이지만, 누군가가 살 수 있는 곳이라면 어디든 분명 그 정도는 될 것이고, 또 비교적 왕래가 잦은 곳에 자기를 내던져 놓는 편이 차라리 나을 수도 있다. 잦은 왕래 속에 묻혀버리는 편이 어쩌면 완벽하게 동떨어져 살다가 최초로, 그리고 서서히 자기를 찾아오는 최고의 침입자에게 무방비 상태로 노출되는 것보다 낫지 않겠는가. 이곳에는 수많은 적들이 있고 그보다 더 많은 공범들이 있다. 그러나 그들은 서로 싸우기도 하고, 그러면서 내 소굴 옆을 지나가기도 한다. 내가 밖에서 망을 보는 동안 나는 단 한 번도 누군가가 내 집 입구를 특별히 자세히 관찰하는 것을 본 적이 없다. 이는 나에게도 상대방에게도 다행스러운 일이다. 내 소굴에 대한 걱정만으로 가득 찬 나머지 어쩌면 무심결에 내가 그의 목덜미로 와락 달려들었을지도 모르기 때문이다. 물론 겁이 나서 가까이 가고 싶지 않은 종족들도 있었다. 나는 먼 곳에서 그들을 보면서 막연히 달아나야 한다는 생각이 들었다. 사실 나는 내 소굴을 대하는 그들의 태도에 대해 뭐라고 확실하게 말할 수 없다. 그러나 곧 내가 다시 돌아왔을 때 그곳에는 아무것도 보이지 않고 내 소굴의 입구에 별 문제가 없다면, 그것만으로도 안심하기에는 충분하다. 행복한 시간들도 있었다. "이제 이 세상에 내 적들은 없다" 또는 "내 적들이 마음의 평정을 되찾았다" 혹은 "소굴의 힘이 지금까지 나를 섬멸전으로부터 지켜주고 있다"라는 말이 내 입에서 나오던 시간들이었다. 어쩌면 소굴은 내가 지금까지 생각했던 것들이나 소굴 내부에서 상상한 것보다 훨씬 더 강하게 나를 보호해주고 있는지도 모르겠다. 이런 생각을 하다보면 어린아이처럼 다시는 소굴로 돌아가지 않겠다고, 대신 이 입구 근처에 정착해 입구를 관찰하면서 살아가겠다고, 입구에서 절대 눈을 떼지 않겠다고, 그러면서 만약 내가 소굴 안에 있었더라면 소굴이 나를 얼마나 완벽하게 지켜줄 수 있을지 상상하는 것에서 인생의 참된 행복을 찾아보겠다

고 억지를 부리고 싶은 마음까지 들었다. 그러나 이런 유치한 꿈은 금세 화들짝 놀라며 깨어나게 마련이다. 내가 지금 이곳에서 관찰하고 있는 저것은 대체 무슨 종류의 보안장치란 말인가? 소굴 안에 있을 때 어떤 위험이 내게 닥칠지를 이곳 밖에서 관찰한 것들을 근거로 알 수나 있을까? 만약 내가 소굴 내부에 있지 않다면 내 적들은 그 사실을 육감적으로 똑똑히 알 수 있을까? 분명 나의 동태에 대해 어느 정도 낌새는 채겠지만, 모든 상황을 완전히 파악하지는 못할 것이다. 그런데 보통은 적에 대해 완벽하게 낌새를 챌 수 있어야 위험한 상황도 연출되는 것 아닌가? 그러니 지금 내가 이곳에서 하고 있는 행위는 반쪽의, 혹은 10분의 1쪽의 위험예방 행위에 지나지 않는다. 이 행위는 단지 나를 진정시키기 위한 것이요, 그러기 위한 잘못된 노력으로 인해 위험한 상황을 만들어낼 뿐이다. 그렇다, 나의 생각과는 달리 나는 지금 내가 잠자는 모습을 관찰하고 있는 것이 아니다. 도리어 나는 자고 있고 그동안 나를 파괴하려는 자가 보초를 서고 있다고 하는 편이 더 옳을 것이다. 나를 파괴하려는 자는, 어쩌면 저렇게 무심하게 출구 옆을 어슬렁거리며 지나가는 이들 중 하나인지도 모르겠다. 나와 별반 다를 바 없이 그들 또한 내 소굴의 입구가 별 탈 없이 자기들의 공격을 기다리고 있다는 사실을 확인하려는 것뿐이다. 그들은 그것을 확인하고 나면 그냥 스쳐 지나간다. 왜냐하면 그들은 집주인이 안에 있지 않다는 것을 알고 있기 때문에, 혹은 집주인이 순진하게도 바로 옆 덤불 속에 숨어서 지켜보고 있다는 사실까지 알고 있기 때문에 그냥 스쳐 지나가는 것이다. 이제 나는 매복지점에서 벗어난다. 트인 공간에서의 삶이 지겨워졌다. 지금도 그렇고 앞으로도 그렇고 여기에서는 더이상 배울 것이 없다는 느낌이 든다. 이제 나는 이곳의 모든 것들과 작별하고 소굴로 내려가 다시는 이곳으로 돌아오지 않고 쓸데없는 관찰로 모든 흐름을 방해할 것이 아니라 그것들이 그대로 흘러가도록 내버려 두고 싶다. 그렇지만 이미 나는 출구 위쪽에서 무슨 일이 벌어지는지 그렇게 오랫동안 죄다 관찰했다. 그런 터라 내 등 뒤로, 그리고 다시 닫은 덮개 뒤에서 무슨 일이 벌어지는지도 모른 채, 이제 저곳으로 내려가면서 이목을 집중시킬 것을 생각하면 너무도 고통스럽다. 나는 우선 폭풍우가 내리치는 몇몇 밤 동안 내가 잡은 포획물들을 잽싸게 소굴 안으로 던져본다. 아무 문제도 일어나지 않는 듯하다. 그러나 정말 아무 문제도 일어나지 않는지는 내가 소굴로 들어가고 난 다음에야 알 수 있다. 그렇다, 그제야 알 수 있기는 하겠지만 실은 나는 알 수 없다. 혹은 내가 알게 된다 하더라도 때는 이미 늦을 것이다. 그래서 나는 결국 포기하고 들어가지 않는 편을 택한다.

　나는—물론 입구와 충분히 떨어진 곳에—수색용 구덩이를

하나 판다. 구덩이의 길이는 내 몸보다 길지 않다. 나는 그 구덩이도 이끼 천장으로 덮는다. 나는 구덩이 안으로 기어든 후 천장을 내린다. 그러고는 조심스럽게 기다리고, 하루 중 다양한 시간대를 선정한 다음 시간을 재어본다. 짧게, 혹은 길게. 그런 다음에는 이끼를 확 벗겨버리고 위로 올라온 다음 무슨 일이 일어나는지 관찰한다. 관찰의 결과가 좋은 경우도 있고 나쁜 경우도 있고, 매우 다양하다. 그러나 나는 거기에서 일반적인 법칙이라든가 절대로 실패하지 않고 소굴로 들어갈 수 있는 방법 따위는 찾지 못한다. 따라서 나는 아직도 소굴로 내려가지 않고 있으며, 머지않아 소굴로 들어갈 수밖에 없다는 사실에 절망한다. 아마 머지않아 먼 곳으로 가서 다시 예전의 그 절망적인 삶을 시작하겠다는 결심을 할지도 모른다. 예전의 그 삶에서는 안전이라고는 찾아볼 수 없었다. 그만그만한 위험들로 가득했고, 따라서 각각의 위험을 제대로 파악할 수도 없었다. 그 결과, 나는 안전한 내 소굴과 그 외의 장소에서의 삶을 비교하며 늘 두려움에 떨게 되었다. 그러니 그런 결심은 당연히 너무나도 멍청한 것이고, 의미 없는 자유를 누리며 너무 오래 살다보니 그런 결심을 하게 되었다는 결론에 도달한다. 아직까지 저 소굴은 나의 것이고, 나는 한 걸음만 떼고 나면 안전한 장소에 있게 될 것이다. 따라서 나는 온갖 회의를 떨쳐버리고 어느 벌건 대낮에 소굴 입구를 향해 잽싸게 달려가 문을 들어 올릴 셈이다. 그러나 나는 그렇게 하지 못한다. 나는 입구를 그냥 지나쳐 간다. 그러고는 나도 알지 못하는 죄를 저지른 나를 벌주기 위해 일부러 가시덤불에 몸을 던진다. 그렇지만 그 다음에는 그래도 내가 옳았다고 인정할 수밖에 없다. 내가 가진 가장 귀한 것인 내 소굴을 주변의 바닥과 나무와 공기에게 적어도 잠시 동안이라도 공개하지 않고는 그곳으로 들어갈 수 없다는 사실을 시인할 수밖에 없다. 그리고 그런 위험은 내가 억지로 짜낸 위험이 아니라 분명히 실재하는 위험이다. 내 뒤를 밟고 싶은 욕구를 품게 된 이가 반드시 나의 적이라는 법은 없다. 죄 없는 작은 생물 중 하나일 수도 있고 혐오스러운 작은 생물 중 하나일 수도 있다. 그 생물은 호기심에서 내 뒤를 쫓았겠지만, 어쨌든 자기도 모르는 사이에 내게 대항하는 세력의 안내자가 될 것이다. 물론 그런 생물이 아닐 수도 있고, 그런 생물일 수도 있다. 그런 생물이라 하더라도 그런 생물이 아닌 경우보다 낫다고는 할 수 없다. 어떤 면에서는 그런 생물이 아닌 것이 가장 안 좋은 경우일 수도 있다. 어쩌면 나의 적은 나와 비슷한 존재일 수도 있다. 소굴과 소굴의 가치에 대해 잘 알고 있고, 그저 나와 마찬가지로 숲 속에 거주하며, 평화를 사랑하지만 소굴을 짓는 노력은 하지 않고 그저 살 공간을 얻으려는 비양심적인 건달일 수도 있다. 그가 지금 온다면, 자신의 그 더러운 욕망으로 입구를 결국 찾아낸다면, 이

끼를 들어내기 시작한다면, 그리고 이끼를 들어내는 것에 성
공한다면, 내가 아니라 그가 비비적대며 소굴 안으로 들어간
다면, 그러고는 내게 자신의 뒷모습을 잠깐 동안 보여준 뒤 금
세 사라진다면, 이 모든 일들이 일어난다면 얼마나 좋을까. 그
러면 나는 모든 염려를 떨치고 그의 뒤를 질주하듯 쫓아가 그
를 덮치고, 물어뜯고, 살점을 뜯어내고, 온몸을 발기발기 찢고,
그의 피를 마시고, 그의 찌꺼기는 다른 포획물들 옆에 저장해
두고, 그리고 무엇보다—이것이 제일 중요한 일이다—내가 다
시 내 소굴 속에 들어가 있을 수 있겠지. 게다가 이번에는 심지
어 미로를 보며 감탄도 할 수 있으리라. 먼저 머리 위쪽의 이끼
천장을 당기고, 아마도 남은 내 생의 전부를 그곳에서 편안히
보내려 하겠지. 그러나 실제로 오는 이는 아무도 없고 나는 결
국 스스로 모든 것을 해결해야 하는 입장에서 벗어나지 못하
고 있다. 나는 굴복하기만 한다. 너무나도 겁에 찬 나머지, 나
는 그 일이 얼마나 힘든 일인지만 계속해서 떠올리고 있을 뿐
이다. 그러다가 나는 더이상 입구를 피하지 않겠노라고 단호
하게 결심한다. 입구 주변을 맴도는 짓이 내가 제일 즐겨하는
행위가 될 것이라 상상한다. 내가 오히려 적이 되어 침입할 적
당한 기회를 노리고 있는 것 같은 느낌마저 든다. 내가 믿을 수
있는 이가 하나만 있다면 얼마나 좋을까. 그렇다면 그를 지금
내가 매복하고 있는 지점에 세워놓고 나는 안심하고 소굴로

들어갈 수 있을 텐데. 나는 그를 믿고 사전에 그와 말을 맞춰놓겠지. 내가 내려가는 동안, 그리고 그 뒤에도 한동안 상황을 치밀하게 지켜보고 위험신호가 나타나면 이끼 덮개를 두드리라고, 그러나 위험신호가 없을 때에는 두드리지 말라고 미리 합의를 해두겠지. 그렇게만 할 수 있다면 내 머리 위는 완벽하게 정리되겠지. 그 위에는 아무것도 남아 있지 않겠지. 기껏 남아 있어봤자 내가 믿는 그 하나뿐이겠지. 그렇지만 그도 그 대가로 내게 뭔가를 요구하지는 않을까? 적어도 소굴을 한번 둘러보려고는 하겠지? 스스로 누군가를 소굴로 들인다는 상상만 해도 나는 극도의 수치심을 느낀다. 나는 내 소굴을 나를 위해 지은 것이지, 방문객을 위해 지은 것이 아니다. 나는 그를 소굴 안으로 들이지 않을 것 같다. 그 대가가 나로 하여금 소굴로 들어갈 수 있게 해주는 조건이라 하더라도 나는 그를 들이지 않을 것이다. 아니, 나는 그를 들여놓을 수가 없다. 왜냐하면 그에게 내 소굴을 보여주려면 그더러 혼자 내려가라고 하거나 둘이 같이 내려가야 할 텐데, 전자는 상상할 수도 없고 후자의 경우에는 그가 내 뒤를 감시해줄 수 없게 되지 않겠는가. 그리고 신뢰 문제는 어떻게 되겠는가? 그와 눈이 마주치는 상황에서도 내가 그를 직접 보지 않을 때만큼, 그와 나 사이에 이끼 덮개가 놓여 있을 때만큼 신뢰할 수 있을까? 보통 누군가를 지켜보거나 적어도 지켜볼 수 있는 상황일 때는 상대방을 신뢰하기가 비교적 더 쉽다. 심지어 멀찍이 떨어져 있는 이까지도 신뢰할 수 있을 것이다. 그러나 소굴 안에서, 즉 완전히 다른 세상으로부터 밖에 있는 누군가를 완전히 신뢰하는 것은 불가능할 듯하다. 그렇지만 사실 이런 의심들은 할 필요가 없다. 내가 소굴을 내려가는 동안이나 그 뒤에, 삶의 알 수 없는 수많은 우연들이 그로 하여금 자신의 의무를 이행할 수 없게 방해하는 장면을 떠올리는 것만으로도 이미 충분하다. 실제로 그를 방해하는 아주 사소한 걸림돌만 나타나더라도 문제가 내게 미칠 영향은 예측할 수 없을 만큼 엄청날 것이다. 그렇게 되어서는 안 된다. 모든 것을 종합해보면 내가 혼자고 믿을 수 있는 이가 없다는 사실은 불평할 일도 아니다. 혼자라고 해서 내가 손해 볼 것은 없다. 오히려 피해를 줄일 수 있을 것이다. 그러니 내가 믿을 수 있는 것은 나 자신과 내 소굴뿐이다. 이 점을 미리 생각했더라면, 그리고 지금 내가 우려하는 상황이 발생할 경우를 대비해 사전에 대책을 마련했더라면 좋았을 것이다. 소굴공사 초기에는 적어도 조금은 예방책을 마련할 수 있었을 것이다. 예를 들어 첫 번째 통로를 만들 때, 충분히 거리를 두고 입구를 두 개 설치했어야 했다. 그렇게 되면 피할 수 없는 상황들이 발생했을 때 첫 번째 입구로 들어가서 두 번째 입구까지 이어진 통로를 잽싸게 지났겠지. 그러고는 목적에 맞게 그곳에 설치해둔 이끼 덮개를 살짝 들어 올린 다음, 그곳에서 밤낮으로 사태를 지켜볼 수 있었겠지. 그것만 하더라도 굉장한 도움이 되었을 텐데. 물론 입구가 두 개면 위험도 두 배가 되겠지만 이 시점에서 그런 염려까지 할 필요는 없을 것이다. 특히, 감시를 목적으로 만들어질 한 개의 입구는 폭이 아주 좁아도 상관이 없으므로 그런 염려는 더더욱 필요치 않을 것이다. 이런 상상을 하다보니 나는 소굴의 구조와 관련된 문제에 완전히 빠져든다. 나는 다시금 완벽한 소굴을 떠올리기 시작한다. 그러자 조금은 안심이 된다. 나는 누구의 눈에도 띄지 않고 들락날락할 수 있는 구조들을 눈 감아 떠올려본다. 어떤 때에는 그 구조들이 분명하게 떠오르고, 어떤 때에는 그보다 조금 덜 분명하게 떠오른다.

이렇게 누워 생각을 해보니 내가 떠올린 구조들이 매우 훌륭하게 느껴진다. 하지만 단지 기술적인 면에서 높은 점수를 주는 것일 뿐, 실제로 그런 구조들이 내게 실질적인 도움을 주는 것은 아니다. 그렇지 않은가? 아무런 거리낌 없이 들락날락하는 일이 뭐가 그리 대수란 말인가? 누구의 눈에도 띄지 않고 들락날락하려는 것은 결국 정서불안이나 자신감 부족, 순수하지 못한 욕심, 부정적인 성격 등을 암시해줄 뿐이다. 그리고 그 부정적인 성격들은 마음을 활짝 열기만 하면 평화를 쏟아 부어줄 저기 저 소굴로 인해 더욱 부정적으로 변할 것이다. 어쨌든 나는 지금 소굴 바깥에서 다시 소굴 안으로 돌아갈 궁리를 하

고 있다. 필요한 구조로 미리 소굴을 설계
했더라면 돌아가는 일도 얼마나 편했
을까. 아니, 어쩌면 그런 구조들이 그
다지 필요하지 않을 수도 있다. 나는
지금 이토록 겁에 질린 채 오로지 소
굴을 되도록 안전하게 다시 기어 들어가
야 할 동굴쯤으로 여기고 있는데, 이는 소굴을 너무 폄하하는
생각이 아닐까? 물론 소굴이 안전한 동굴이기는 하다. 아니, 안
전한 동굴이라야만 한다. 나는 지금 내가 위험의 한가운데에
놓여 있다고 생각한다. 그런 만큼 당연히, 이를 악물고 최후의
힘까지 모두 발휘해서라도, 저 소굴이 내 목숨을 구원해주기
위해 존재하는 구멍일 뿐이며, 소굴은 이토록 명명백백한 자
신의 임무를 되도록 완벽하게 수행해낼 것이며, 그 외의 다른
모든 임무들은 소굴이 알아서 처리하도록 내버려 두겠다고 결
심하게 되는 것이다. 물론 소굴은 실제로도—실제로 비상사태
가 발생하면 누구나 상황을 잘 파악하지 못한다. 그리고 위험
이 발생하기 전이라 하더라도 상황을 파악할 수 있는 능력은
노력을 통해 습득해야 하는 것이다—상당한 안전을 제공하기
는 하지만 그것만으로는 절대 충분하지가 않다. 그런데 소굴
안에만 있으면 모든 근심이 사라질까? 안전 문제 외에도 다른,
보다 강력한, 다양한 종류의 근심들도 있지 않은가. 그 근심들

336

은 생각 밖으로 멀리 밀려나는 경우가 많지만, 그 근심들의 파괴효과 또한 아마 저 밖에서의 삶에서 비롯되는 근심들의 파괴효과와 동일할 것이다. 물론 내가 안전한 삶만을 위해 소굴을 팠다 하더라도 헛된 노력은 아니었을 것이다. 그러나 그 방대한 양의 작업과 내가 감지할 수 있고 내게 도움이 되기도 하는 실제적인 보호효과를 비교해보면, 소굴은 결국 내게 큰 도움이 되지 않았을 것이라는 결론에 도달한다. 고통이 따르더라도 이런 사실을 인정해야만 한다. 특히, 소굴의 시공자이자 소유자인 내 앞에서 저기 저곳의 입구가 닫히는 것, 그렇다, 오그라드는 것을 보면 인정할 수밖에 없다. 그러나 이미 말했듯이 소굴은 비단 내 목숨을 구할 구멍만은 아니다. 주변에 고깃덩어리들을 쌓아둔 채 소굴 안 대광장에 서 있다고 가정해보자. 얼굴은 그 광장에서 뻗어나가는 열 개의 통로 쪽을 향하고 있다. 통로들은 전체적인 구조에 따라 내리막길도 있고 오르막길도 있고, 직선형도 곡선형도 있고, 넓어지는 것도 좁아지는 것도 있다. 통로들은 모두 고요하고 텅 비어 있다. 통로들은 각자의 방식대로 내게 작은 광장들까지 가는 길을 열어주는데, 그 광장들 또한 고요하고 텅 비어 있다. 그럴 때면 나는 안전에 대해서는 거의 생각하지 않는다. 그럴 때면 나는 여기가 나의 성이라는 사실, 좀처럼 굳어지지 않는 흙을 내가 직접 긁고 물어뜯고 발로 밟고 다져서 만든, 나의 성이라는 사실, 어떤 식으로도 다른 이의 소유가 될 수 없는 나의 성이라는 사실, 그리고 무엇보다 적에게 치명적인 상처를 입더라도 내가—내 피도 이곳 나의 바닥에 스며들 뿐, 다른 어디로도 사라지지 않으므로—담담하게 그 상처를 받아들일 수 있을 만큼 철저하게 나의 성이라는 사실을 확실히 느끼기 때문에 안전 따위는 문제가 되지 않는다. 그리고 그것으로 내가 소굴에서 보내는 아름다운 시간들은 충분히 의미를 지닌다. 나는 반쯤은 평화롭게 잠들고 반쯤은 기쁜 마음으로 깬 채 통로들을 돌아다니며 시간을 보낸다. 통로들은 정확히 내게 맞게 만들어진 것들이다. 내가 느긋하게 몸을 쭉 뻗고, 아이처럼 뒹굴고, 꿈꾸듯이 누워 있고, 행복에 겨워하며 영면을 맞이할 수 있게 재단된 통로들이다. 또한 나는 작은 광장들에 대해서도 속속들이 알고 있다. 모두 똑같은 모습을 하고 있지만 그럼에도 불구하고 나는 두 눈을 감고 벽에서 느껴지는 진동만으로도 어느 게 어느 광장인지 구분할 수 있다. 작은 광장들은 그 어떤 둥지가 새를 보듬는 것보다 더 평화롭고 따스하게 나를 감싼다. 그리고 모든 것, 모든 것이 고요하다.

모든 것이 이러할진대 나는 왜 주저하고 있는가. 왜 나는 내 소굴을 영영 다시 못 보는 것보다 침입자를 더 두려워하고 있는가. 그러나 다행히도 내가 내 소굴을 영영 다시 못 보는 것은 불가능하다. 여러 가지 상상들을 하며 소굴이 내게 무엇인지를 깨달아보려고 노력할 필요도 전혀 없다. 나와 내 소굴은 하나다. 너무나도 두려운 나머지, 결국 내가 이곳에 정착하고 말 것이라며 걱정할 필요도 없고, 그 두려움을 극복하려고 애쓸 필요도 없고, 여러 가지 염려가 있지만 그래도 출구를 열어보려고 노력할 필요 또한 없다. 그저 손 놓고 기다리기만 해도 충분할 것이다. 왜냐하면 나와 내 소굴을 영원히 떼어놓을 그 무엇도 없고 결국 나는 분명 소굴 안으로 들어갈 것이니까. 그렇지만 그렇게 하기까지 시간이 얼마나 더 흘러야 할 것이며, 그때까지 이곳 위에서와 저곳 아래에서 얼마나 많은 일들이 일어날까? 그리고 그 시간을 단축하는 것과 필요한 행동을 즉각 취하는 것은 결국 내 손에 달려 있지 않은가.

이런 생각이 들자 나는 이내 다시 피로에 지쳐 더이상 생각조차 하지 못하게 된 상태로, 고개는 푹 숙이고 다리는 불안에 떨면서, 반쯤 잠든 채로, 걷는다기보다는 바닥을 더듬는다는 표현에 걸맞게, 입구 쪽으로 다가가 이끼를 천천히 들어 올리고 천천히 내려간다. 경황이 없어 입구의 덮개를 지나치게 오랫동안 열어두고 있다가 문득 내가 깜박 잊어버렸다는 사실을 깨닫고는 그것을 처리하기 위해 다시 위로 올라간다. 그런데 내가 대체 왜 다시 올라가야 하지? 이끼 덮개만 덮어버리면 될 것을. 그래서 결국 나는 다시 내려간 다음 이끼 덮개로 입구를 막는다. 이렇게 해야만, 이렇게 할 때에만 나는 내가 원하던 것을 할 수 있다. 즉, 이끼 아래쪽에, 밖에서 가져온 포획물들의 살점에서 배어난 체액과 피가 온 사방에 흥건한 그 지점에서, 포획물들 위에 누울 수도 있고 그토록 고대하던 잠자기를 시작할 수도 있는 것이다. 무엇도 나를 방해하지 않고 누구도 나를 따라오지 않는다. 이끼 위쪽은 적어도 지금까지는 조용한 듯하다. 그리고 조용하지 않다 하더라도 아마 더이상은 망을 볼 수 없을 듯하다. 이제 나는 장소를 바꾼 것이다. 위쪽 세계에서 나는 내 소굴로 왔고 그 효과가 즉각적으로 느껴진다. 이곳은 새로운 힘을 주는 새로운 세상이다. 밖에서는 나를 지치게 만들던 것들도 여기에서는 그렇지 않다. 나는 여행에서 돌아왔다. 갖은 고생을 했기에 의식을 잃을 정도로 피곤하다. 그렇지만 그리운 옛집을 다시 만났다는 사실, 이제부터 해야 할 작업들, 집 안의 모든 공간들을 어서 빨리 그저 다시 한 번 훑어보기라도 해야 할 것 같은 의무감, 그리고 무엇보다 서둘러 대광장에 가보고 싶은 욕구 등은 피로를 조급한 마음과 열성으로 바꾸어놓는다. 소굴에 발을 들여놓는 순간, 그동안 내가 길고도 깊은 잠을 잤던 것처럼 느껴진다. 이제 가장 먼저 해야 할 일은 매우 힘든 작업이자 나를 쉴 새 없이 바쁘게 만들 작업이다. 즉, 먼저 나는 좁고 벽이 약한, 미로 같은 통로들을 통해 포획물들을 날라야 한다. 나는 온 힘을 다해 앞으로 기어본다. 정말로 앞으로 나가기는 하지만 속도가 너무 느리다. 속력을 내기 위해 나는 고깃덩어리의 일부를 뚝 뗀 다음 그 덩어리를 넘어서, 그 덩어리를 통과해서 기어간다. 이제 내 앞쪽에는 고깃덩어리의 일부만 남아 있기에, 그것을 밀면서 앞으로 나아가기가 쉬워졌다. 그렇지만 이 좁은 통로들에는 고기들이 너무 꽉 들어차 있어서 나 외에는 아무도 없음에도 불구하고 통로를 지나가기가 쉽지 않다. 내 식량에 내가 질식해서 죽을 수도 있을 것 같다. 먹어치우고 마셔대는 것으로 질식사를 피해보기도 한다. 그러다가 결국 나는 양식 수송에 성공한다. 그리 오래 걸리지 않아 나는 수송작업을 끝낸다. 이제 미로는 극복되었다. 나는 안도의 한숨을 내쉬며 꽤 넓은 통로에서 전진을 멈춘다. 그러고는 이런 경우를 대비해 미리 만들어둔 좁은 연결통로로 포획물을 밀어넣는다. 급경사로 된 연결통로를 통해 포획물은 광장으로 운반된다. 이제 남은 일은 식은 죽 먹기다. 포획물들이 스스로 알아서 굴러가기 때문이다. 드디어 대광장까지 다 갔다! 드디어 나는 쉴 수 있게 되었다! 포획물들은 전부 원래 그대로의 상태다. 별다른 사고도 없었던 듯하다. 단박에 눈에 들어오는 몇몇 흠집들은 곧 복구할 수 있을 것이다. 그러기 위해 이제 긴 통로들을 기어가기만 하면 된다. 그것은 일도 아니다. 그것은 오래전에 내가 그랬거나 남들이 그렇게들 한다고 들었듯이—나는 아직 나이가 많은 것은 아니지만 예전을 회고해봐도 제대로 기억나지 않는 일들이 많다—친구들과 수

다를 떠는 정도의 일밖에 되지 않는다. 지금 나는 두 번째 통로를 통과하고 있는데, 일부러 천천히 통과하고 있다. 이미 대광장도 봤으니 내게는 시간이 무한정으로 많기 때문이다―원래 소굴 안에 있을 때에는 늘 시간이 무한정으로 많기는 하다― 또 내가 대광장에서 하는 모든 행동들은 훌륭하고 중대하고 내게 어느 정도의 충족감도 주기 때문이다. 나는 두 번째 통로를 기기 시작한 뒤, 중간쯤에서 멈추고는 세 번째 통로로 기어 갔다가 다시 광장으로 돌아온다. 그러면 결국 두 번째 통로를 처음부터 다시 기어가야 하는데, 그러면서 나는 기어 다니기 놀이를 한다. 기어야 할 길을 일부러 연장하면서 혼자 웃고 기뻐하기도 하고, 기어야 할 길이 너무 긴 것에 당황하기도 하지만 그 놀이를 그만두지는 않는다. 너희 때문에, 너희 통로들과 작은 광장들, 그리고 무엇보다 대광장 때문에 내가 온 것 아니더냐. 나는 내 목숨을 걱정하며 부들부들 떨었고, 그러면서 너희에게로 오기를 주저했었다. 그것은 멍청한 짓이었다. 그러나 그 다음부터는 내 목숨 따위는 전혀 신경 쓰지 않았다. 이제 위험 따위가 닥쳐온들 무슨 걱정이랴, 너희가 나와 함께 있는데. 너희는 내 것이요, 나는 너희 것이다. 이렇게 우리는 서로 연결되어 있는데 우리에게 무슨 일이 일어날 수 있겠느냐. 위에서 적들이 몰려올 테면 몰려오라지. 주둥이로 이끼를 꿰뚫을 테면 꿰뚫으라지.

텅 빈 소굴은 침묵으로 나를 환영해주고 내가 하는 말을 더 강하게 울려준다. 그런데 갑자기 나태해지고 싶은 마음이 나를 엄습한다. 이에 나는 내가 제일 좋아하는 공간에서 몸을 약간 둥글게 말아본다. 아직도 둘러보아야 할 곳이 많이 남아 있지만, 언제가 되든 결국 다 보게 되지 않겠는가. 그렇다고 내가 여기에서 잠이라도 자겠다는 것은 아니다. 다만 잠잘 때의 자세를 취하고 싶은 유혹을 못 이기는 것뿐이다. 지금도 예전처럼 이곳에서 그렇게 쉽게 잠자는 자세를 취할 수 있는지를 확인하려는 것뿐이다. 결과는 성공적이다. 그러나 나는 다시 벌떡 일어나는 것에는 성공하지 못하고, 그대로 깊은 잠에 빠져 버린다.

분명 아주 오랫동안 잠을 잔 것 같다. 잠의 끄트머리에서 희미하게 헤매다 결국 자연스럽게 깨어났기 때문이다. 그리고 아주 얕게 잠이 들었던 것 같다. 들릴락 말락 하는 바스락거리는 소리에 깼기 때문이다. 나는 그것이 무엇인지 금세 알아차린다. 내가 필요 이상으로 지나치게 관찰하고 필요 이상으로 지나치게 보호해주는 작은 생물들이 내가 없는 틈을 타 어딘가에 새로운 길을 뚫었는데, 그 길이 예전의 길과 만나면서 거기에 공기가 정체되고, 그 때문에 바스락대는 소리가 나는 것이다. 어찌나 부지런한 짐승들인지! 그리고 그들의 근면성 때문에 어찌나 귀찮은지! 우선 통로의 벽에서 나는 소리에 주의

343

344

345

깊게 귀 기울이며 수색용 구덩이들을 파가면서 그 귀찮은 소리가 나는 지점을 찾아내야 소리를 없앨 수 있을 것이다. 그리고 소굴의 전체 구조에 맞게 파기만 한다면 새로 판 구덩이는 새로운 환기구가 되어주기도 할 것이니, 그런 면에서 볼 때 내가 불평할 이유는 없다. 그러나 어찌 되었든 앞으로 나는 지금까지보다 더 작은 생물들에게 주의를 기울일 것이고, 한 마리도 남겨두지 않을 것이다.

그런 종류의 색출작업은 이미 이골이 날 정도로 많이 해봤기 때문에 오래 걸리지는 않을 것이다. 색출작업은 지금 바로 시작할 수도 있다. 다른 일들이 쌓여 있기는 하지만 이 일이 제일 시급하다. 내가 다니는 통로들은 조용해야 하기 때문이다. 그런데 이 소음은 비교적 방해가 되지 않는 소음이다. 이곳에 왔을 때, 처음에는 이 소리를 듣지도 못했다. 물론 소리야 나고 있었겠지만. 나는 집에 돌아왔다는 느낌을 완전히 회복하고 난 뒤에야 그 소리를 들을 수 있었다. 어떤 면에서 그 소리는 분명 집주인의 귀에만 들리는 소리일 것이다. 그리고 비슷한 여느 소리들과는 달리 그 소리는 꾸준히 나지도 않는다. 긴 간격을 두고 들려오는데, 분명 공기가 정체되기까지 어느 정도의 시간이 걸리기 때문일 것이다. 나는 작업에 착수한다. 그러나 나는 손을 봐야 할 지점을 찾지 못한다. 구덩이를 몇 개 파보기는 했지만 아무런 체계 없이 그저 운명에 맡기고 되는 대로 팠을 뿐이다. 물론 그런 식으로는 어떤 성과도 얻을 수 없다. 땅을 파는 수고와 다시 구덩이를 메우고 평평하게 하는 더 큰 수고는 결국 아무 소용도 없는 것이 되어버린다. 나는 소리의 진원지에 가까이 가지도 못하고 있다. 일정한 간격을 두고 계속해서, 조금 전과 같은 강도로 소리가 들려오고 있다. 어떤 때에는 바스락거리는 소리 같다가도 어떤 때에는 휘파람 소리 같이 들린다. 그렇다면 잠시 동안 그냥 소리가 나도록 내버려 두어도 좋을 것이다. 물론 매우 귀에 거슬리기는 하지만 내가 짐작하는 곳이 소리의 진원지가 아닌 것은 분명한 듯하니까. 즉, 그 소리가 더 커지지는 않을 것이라는 뜻이다. 오히려 정반대의 현상이 나타나지 않을까. 지금까지 내가 그렇게 오랫동안 기다리고만 있었던 적은 없었지만, 시간이 지남에 따라 그 작은 생물들이 계속해서 길을 뚫다보면 그 소리는 스스로 알아서 사라질 수도 있을 것 아닌가. 그리고 그렇지 않다 하더라도, 신경에 거슬리는 것의 자취를 체계적으로 뒤밟아 봤자 오래도록 아무 소득이 없는 반면, 가만히 있다가 우연히 그 자취를 발견하게 되는 경우도 많지 않은가. 나는 이런 생각들을 위안으로 삼고 차라리 계속해서 이리저리 통로를 돌아다니면서 작은 광장들이나 둘러볼 계획이었다. 그 광장들 중에 내가 미처 다시 한 번 훑어보지 못한 것들이 있을 수도 있고, 그 사이사이 대광장에서 놀 수도 있을 테니 그 편이 더 나을 법했다.

그러나 나는 그렇게 하지 못한다. 나는 계속해서 찾아야 한다. 나는 많은 시간, 더 나은 일들을 하며 보낼 수 있을 법한 그 많은 시간들을 그 작은 생물들 때문에 허비한다. 이런 경우 나는 대부분 기술적인 문제에 집착한다. 예를 들어, 소리를 듣고—내 귀는 아주 세밀한 소리까지도 구분하고 정확히 기억할 수 있다—그 소리가 나는 원인을 상상해본다. 그러고 나면 나는 그것이 사실과 일치하는지 확인하고 싶은 욕구를 참지 못한다. 정확한 원인을 찾아내지 못하는 한 당연히 나는 안심할 수 없을 것이다. 설령 그 소리가 단지 모래알 하나가 벽에서 떨어져 구르는 소리에 지나지 않는다 하더라도 말이다. 그리고 실제로 그 소리가 모래알이 구르는 소리라 하더라도 안전 면에서 그것은 매우 중대한 사안일 터이다. 그런데 중대한 사안이든 그렇지 않든 간에 나는 아무리 노력해도 아무것도 찾아내지 못한다. 아니, 너무 많은 것을 찾아내고 있다는 편이 더 옳겠다. 그런데 왜 하필이면 내가 제일 좋아하는 장소에서 이런 일이 일어나는 것일까. 이런 생각을 하면서 나는 그곳에서 꽤 멀리 떨어진 곳으로 간다. 다음 광장으로 이어진 길의 거의 중간쯤까지 간다. 나는 이 모두가 실은 장난에 지나지 않을 것이라 생각하고, 내가 제일 좋아하는 광장에서만 이런 귀찮은 소리가 나는 것이 아니라 다른 곳에서도 그 소리가 난다는 사실을 증명이라도 할 듯이 덤빈다. 그리고 미소를 지으면서 귀를

기울이기 시작한다. 그러나 금세 미소를 중단한다. 조금 전과
똑같은 바스락거리는 소리가 실제로 이곳에서도 나기 때문이
다. 나는 이런 소리 따위는 아무것도 아니라고 생각한다. 또 이
소리는 나 외에는 아무도 듣지 못할 것이라고 때때로 생각한
다. 그런데 훈련을 통해 예리하게 단련된 내 귀에 이제 점점 더
분명하게 소리가 들려온다. 그러나 자세히 비교해보니 실제로
는 어디에서 들리든 모두 똑같은 크기다. 그리고 벽에 귀를 바
싹 붙이지 않고 통로 중앙에서 듣는 이상 그 소리는 더 커지지
도 않는다. 애써 노력해야, 그러니까 고개를 기울이며 들어야
여기저기에서 겨우 희미한 소리가 들릴 뿐이다. 아니, 들린다
기보다는 들린다고 내가 짐작하는 것이다. 그런데 바로 이렇
게, 어느 장소에서든 소리가 똑같은 크기로 들려온다는 것이
무엇보다 마음에 걸린다. 내가 처음 짐작했던 것과 일치하지
않기 때문이다. 소리가 나는 이유가 내 짐작과 일치한다면 그
소리는 어떤 특정한 지점에서는 더 크게 들리다가 점점 작아
져야 할 것이고, 그렇다면 그 지점을 찾을 수도 있을 것이다.
그런데 내 생각이 틀렸다면, 그렇다면 이건 대체 무슨 소리일
까? 소리의 진원지가 두 군데일 가능성도 있다. 그런 가운데 내
가 지금까지 계속해서 두 진원지에서 멀리 떨어진 곳에서만
귀를 기울이고 있었던 것일 수도 있다. 그러다가 하나의 진원
지에 가까이 다가가니 소리가 조금 커지기는 했지만, 그만큼

다른 진원지에서 나는 소리가 줄어들기 때문에, 결과적으로 내 귀에 들리는 소리가 비슷해진 것일 수도 있다. 나는 이런 나의 새로운 추측이 맞아떨어진다고 생각하고는, 세심하게 귀를 기울였다. 그러고는 소리들 사이에서 미약하게나마 차이를 감지했다고, 그러니 결국 내 추측이 옳다고 믿었다. 어쨌든 나는 지금까지보다 작업 대상 지역을 훨씬 더 넓혀야 했다. 따라서 나는 통로를 따라 대광장까지 내려간 뒤, 그곳에서 다시 귀 기울이기 작업을 시작한다. 그런데 매우 기이하게도 여기서도 똑같은 소리가 들린다. 결국 어느 보잘것없는 짐승들이 내가 자리를 비운 틈을 비열하게 이용해 구덩이들을 팠고, 그로 인해 지금 이런 소리가 나는 것이다. 그렇지만 그 짐승들이 나를 귀찮게 하기 위해 일부러 구덩이들을 팠을 가능성은 거의 없다. 그들은 다만 자기들의 일을 했을 뿐일 것이다. 그 짐승들은 장애물이 놓여 있지 않은 이상은 이미 시작한 방향 그대로 계속 밀고 나갔을 것이다. 그 정도는 나도 다 알고 있다. 그럼에도 불구하고 나는 그 짐승들이 광장까지 진출한 까닭을 이해할 수 없고, 화가 나며, 색출작업을 하려면 없어서는 안 될 이성마저 흐려지는 것을 느낀다. 길을 뚫은 짐승들은 대광장이 꽤 깊은 곳에 놓여 있는 것을 두려워했을까, 아니면 광장이 꽤 넓고 그에 따라 기류의 진동이 심한 것을 두려워했을까, 아니면 그저 어떤 정보들을 통해서든 감각이 둔한 그 짐승들에게까지 광장의 존재가 전달되었기 때문에 그들이 길을 뚫은 것일까? 이유야 무엇이든 간에 나는 그 이유를 자세히 파악해볼 생각은 없다. 그보다는 지금까지 대광장의 벽까지 통로가 뚫리는 것을 보지 못했다는 사실에 더 주목한다. 강한 악취에 끌린 짐승들이 이곳으로 온 적은 많았고, 그래서 이곳은 내가 확실하게 사냥감을 찾을 수 있는 장소이기도 했다. 그렇지만 짐승들은 저 위쪽 통로들에 길을 뚫었고, 불안해하면서도 강한 유혹을 이기지 못하고 통로를 따라 아래로 기어왔다. 그런데 이제는 통로와 통로 사이에까지 새 길을 뚫은 것이다. 아직 내가 젊었을 때, 중요하다고 생각했던 그 계획들을 실행에 옮겼더라면 얼마나 좋았을까, 아니, 그 계획들을 실행에 옮길 힘이 내게 있었더라면 얼마나 좋았을까. 의지만큼은 넘쳤었건만. 당시 실천하고 싶던 계획들 중 하나는 주변을 둘러싼 흙벽과 대광장을 분리하는 것이었다. 즉, 대광장 벽의 두께를 내 키 정도만 되도록 남겨두고 나머지 부분을 깎아낸 다음, 벽 안에는 아주 얇은, 어쩔 수 없이 남겨두어야만 하는 얇은 골격만 남겨두고 광장을 둘러싼 둥그런 빈 공간을 하나 만드는 것이다. 나는—이 짐작이 틀리지는 않을 것이다—그 빈 공간이야말로 내가 구할 수 있는 한 최고로 아름다운 거처가 되어줄 것이라고 늘 상상해왔다. 이 둥그런 공간에 매달리고, 위로 올라가고, 아래로 미끄러지고, 엎어지고, 다시 땅바닥을 딛고 일어나는 장면들을 상상했다. 이 모든 놀이들을 대광장에 속하는 공간에서 하되, 실제로 대광장의 주된 공간 안에서는 하지 않는 것을 나는 꿈꿔왔다. 이 경우, 나는 광장을 피할 수 있고, 두 눈을 광장에서 떼고 잠시 쉴 수 있고, 광장을 보는 기쁨을 나중으로 미룰 수 있고, 그러면서도 광장을 떠나지 않아도 되고, 오히려 발톱 사이에 광장을 꽉 붙들 수 있고, 이는 광장에 보통의 여닫이 출입구가 달려 있을 때에는 불가능한 일이다, 그리고 무엇보다 그렇게 되면 광장을 감시할 수 있게 된다. 즉, 눈으로 광장을 감시하지는 못하지만, 대신 광장과 빈 공간 중 한 곳을 거처로 정해야 할 선택의 기로에서 평생 빈 공간에서만 살겠노라고 결정한다면, 영원히 그곳에서만 위아래로 떠돌며 대광장을 보호할 수 있게 된다는 보상이 주어지는 것이다. 그렇게 되면 벽 안에서 소리가 들려오는 일도, 뻔뻔스럽게 대광장까지 짐승들이 길을 뚫는 일도 없을 것이고, 그곳에는 평화가 보장되며 나는 대광장의 파수꾼이 될 수 있을 것이다. 또 애써 혐오감을 누르며 짐승들이 길을 뚫는 소리를 엿들어야 하는 일도 없을 것이다. 오히려 그 소리에 매료될 것이다. 지금은 그럴 수 없지만 그때가 되면 정적 속에 들려오는 바스락거리는 소리들을 황홀하게 즐기게 될 것이다.

그러나 지금 이런 행복한 일은 벌어지지 않고 있으며, 나는 작업에 착수해야 한다. 그 작업이 대광장과 직접적으로 관련된 일이라는 사실에 나는 감사해야 할 것이다. 대광장과 관련이 있다는 것은 내게 날개를 달아주는 격이 되기 때문이다. 물론 나는—늘 반복해서 확인하게 되는 사실이지만—처음에는 별일 아닌 것처럼 보이던 그 작업에 이제는 온 힘을 쏟아야 한다. 지금 나는 대광장의 벽들에서 흘러나오는 소리를 엿듣고 있다. 높은 곳이든 낮은 곳이든, 벽이든 바닥이든, 광장의 입구 쪽이든 안쪽이든, 모든 곳, 모든 곳에서 같은 소리가 들려온다. 간간이 들려오는 그 소리를 듣기 위해 이렇게 오랫동안 주의를 기울이는 일에는 너무나도 많은 시간과 큰 긴장감이 요구된다. 통로에서와는 달리 여기 대광장에서는 바닥에서 귀를 떼면 광장의 크기 때문에 아무것도 들리지 않는데, 이런 사실은 비록 자신을 기만하는 일이기는 하지만 위안이 될 수도 있다. 잠깐의 휴식과 자기성찰을 하겠다는 일념으로 나는 그러한 시도를 자주 해본다. 극도로 주의를 기울여 들어보지만 아무것도 들리지 않음을 확인하고 나는 기뻐한다. 그건 그렇고, 대체 무슨 일이 일어났던 것일까? 내 첫 번째 추측들은 이 질문에 대한 답변을 제시하는 데 실패했다. 그리고 지금 떠오르는 또 다른 설명들도 모두 다 틀렸다고 부인할 수밖에 없다. 지금 내가 듣는 이 소리가 작은 생물들이 지금 막 작업을 하고 있는 소리라고 생각해볼 수도 있겠지만, 이러한 짐작은 지금까지의 모든 경험들에 부합되지 않는 것이다. 지금까지도 늘 있어온

그 생물들이 내는 소리를 내가 한 번도 들어본 적이 없었다면, 지금 갑자기 그 소리가 들리기 시작할 리는 없지 않겠는가. 소굴 안에서 들려오는 귀찮은 소음들에 대한 짜증이 해가 바뀌면서 점점 늘었을 수도 있겠지만 그렇다고 청력이 날카로워졌을 리는 만무하다. 그러니까 결론적으로 나는 그 작은 생물들이 내는 소리를 지금까지 듣지 못한 것이다. 그렇지 않다면 내가 그 생물들을 여태껏 가만 놓아두었을 리가 있겠는가? 굶어 죽지 않기 위해서라도 나는 그 존재들의 뿌리를 뽑았을 것이다. 가만, 그런데 또 다른 생각도 하나 떠오른다. 아직 내가 모르는 어떤 짐승이 이 소리를 내고 있는 것은 아닐까 하는 생각이다. 그런 일도 가능할 것이다. 물론 내가 오랫동안, 그리고 주의 깊게 이곳 아래쪽의 생명들을 관찰해오고 있기는 하지만, 세상이란 얼마나 다양하며, 나쁜 일은 언제든지 일어날 수 있는 것 아니던가. 그런데 이것은 분명 단 한 마리의 짐승이 내는 소리는 아니다. 분명 그 짐승들은 갑자기 내 구역에 떼 지어 몰려들었을 것이다. 그리고 어쨌든 내 귀에 소리가 들리는 것으로 보아 이 한 무리의 짐승들은 앞서 말한 작은 생물들보다는 크지만 그 차이는 그리 크지 않을 터이다. 그들이 작업하는

355

소리가 사실 그다지 대단치는 않으니까. 다시 말해, 내가 모르는 어떤 짐승들이 떼 지어 돌아다니면서 이동하고 있고, 그 소리가 나를 귀찮게 하고 있기는 하지만, 그들은 곧 이동을 중단할 것이라는 말이다. 그러니 나는 사실 그냥 기다리기만 하면 될 것이다. 일부러 고생할 이유도 없을 것이다. 그런데 만일 그 소리가 내가 모르는 짐승들이 내는 소리라면, 왜 그 짐승들이 내 눈에는 띄지 않는 것일까? 지금까지 나는 그중 한 마리를 잡기 위해 수많은 구덩이를 팠지만 단 한 마리도 찾지 못했다. 그러자 문득 또 다른 생각 하나가 떠오른다. 실은 이 짐승들이 내가 알고 있는 짐승들보다 몸집은 훨씬 더 작으면서 소리만 클 것이라는 생각이다. 나는 파헤쳐 놓은 흙들을 검사해본다. 흙덩어리를 높이 던져서 아주 미세한 가루가 되어 아래로 떨어지는 것을 관찰한다. 그러나 소음의 원흉은 그 안에 들어 있지 않다. 이렇게 체계도 없이 작은 구덩이들만 파가지고는 아무것도 얻어낼 수 없다는 사실을 나는 서서히 깨닫기 시작한다. 그렇게 해봤자 소굴의 벽만 파헤쳐 놓을 뿐이고, 여기저기를 마구 긁어놓을 뿐이며, 그 구멍들을 다시 메울 틈조차 없게 될 뿐이다. 이미 곳곳에 쌓여 있는 흙더미가 통로와 내 시야를 가로막고 있다. 물론 그로 인해 크게 귀찮을 일은 없다. 이제 나는 여기저기를 돌아다니거나 둘러볼 수도 없고, 그저 쉴 수밖에 없다. 조사작업을 하다가도 한동안 어느 구멍 안에서 잠을 자는 일도 잦다. 거의 잠들 무렵에 긁어내려 하고 있던 위쪽 벽에 앞발을 파묻은 채로 잠이 드는 것이다. 이제 나는 방법을 바꾸어볼 셈이다. 소리가 나는 방향으로 제대로 된 커다란 구덩이를 파나갈 계획인데, 어떤 다른 이론들이 떠오른다 하더라도 소리의 실제 원인을 찾아내기 전에는 절대 작업을 중단하지 않을 것이다. 그런 다음에는, 내 능력으로 가능하다면, 그 소리를 없앨 것이다. 그러나 내 능력으로 불가능하다 하더라도 적어도 그 소리가 무엇인지 확실히 알게는 될 것이다. 이러한 확신은 나를 안심시키거나 절망시키겠지만, 어쨌든 둘 중 하나일 것 아닌가. 의심은 사라지고 내 추측은 사실로 확인될 것이다. 이런 결심을 하자 마음이 편안해진다. 그러면서 지금까지 내가 한 모든 행동들이 너무 섣부른 것들이 아니었나 하는 생각이 든다. 다시 집에 돌아와서 흥분이 가라앉지도 않은 채, 아직 위쪽 세상에서 하던 염려들을 다 떨쳐버리지도 못한 채, 아직 소굴이 주는 평화에 완전히 동화되지도 못한 채, 그렇게 오랫동안 소굴을 떠나 살아야 했던 탓에 극도로 예민해진 채, 어쩌다가 발생한 특이한 현상에 그만 정신을 완전히 잃어버렸던 것 같다. 그런데 그게 대체 어쨌단 말인가? 바스락 하는 소리가 긴 간격을 두고 간간이 들려올 뿐인데, 별것도 아닌 소리에 불과하지 않은가? 다만 내가 그 소리에 적응하지 못하는 것은 아닐까? 적응할 수 있으리라고 말하고 싶지는 않다. 그렇다, 그런 소리에 적응할 수는 없다. 하지만 뭔가 그 소리에 대한 대책을 임시로 실행에 옮기지는 않더라도 한동안 그 소리를 관찰할 수는 있다. 다시 말해 몇 시간에 한 번씩 귀를 기울이며 그 결과를 참을성 있게 기억해두는 것이다. 그렇다고 나처럼 귀를 벽에 붙이고 돌아다니면서 무슨 소리든 들리기만 하면 즉시 흙을 파헤쳐서는 안 된다. 그것도 뭔가를 찾기 위해서가 아닌 내면의 불안감 때문에 무작정 파헤쳐서는 더더욱 안 된다. 이제 나도 방식을 달리할 것이다. 그럴 수 있기를 바란다. 그러나 다시 그럴 수 있기를 바라는 것을 중단한다. 나 자신에 대해 화가 나지만 나는 눈을 감고 시인한다, 내 안의 불안감은 몇 시간 전이나 지금이나 똑같은 강도로 나를 떨게 만들고 있다는 것을. 이성을 되찾지 않으면 나는 소리가 들리는 곳이든 들리지 않는 곳이든 상관없이 아무 지점이나 선택해, 그곳에서 무미건조하고 신경질적으로 구덩이를 위한 구덩이를 파기 시작할 것이다. 그런 점에서 나는, 아무 의미 없이 구덩이를 파거나 단지 흙을 먹기 위해 구덩이를 파는 작은 생물들과 다를 바가 없어질 것이다. 새로 떠오른 그 이성적인 계획에 나는 혹하기도 하고 혹하지 않기도 한다. 그 계획 자체에 흠이 있는 것은 아니다. 적어도 나는 그 계획에서 어떠한 결함도 발견하지 못했다. 내가 보기에는 그 계획을 실행에 옮길 경우 목표에 도달할 수 있을 것 같기도 하다. 그럼에도 불구하고 나는 기본적으로 그 계획을 신뢰하지 못한다. 그 계획을 실행에 옮길 경우 어떤 끔찍한 일이 일어날지 염려조차 하지 않을 정도로 나는 그 계획을 믿지 못한다. 하다못해 단 한 개의 끔찍한 결과조차 떠올려보지 않는다. 그렇다, 마치 그 소리가 처음 들려온 순간부터 내가 그렇게 끊임없이 한 방향으로 구덩이를 팔 생각이었다는 느낌마저 든다. 그러나 그 계획에 대한 신뢰가 없었기에, 나는 지금까지 그 계획을 실행에 옮기지 않은 것이었다. 그러나 나는 어쨌든 그 구덩이를 팔 것이다. 달리 어떻게 해볼 도리도 없다. 그러나 지금 바로 시작하지는 않을 것이다. 당분간은 작업을 미룰 셈이다. 이성이 다시 원래의 명성을 되찾으려면 되찾으라지. 그래도 나는 황급히 작업에 착수하지는 않을 것이다. 어쨌든 그 작업에 착수하기 전에 먼저 여기저기 파헤쳐 놓은 것부터 복구할 것이다. 복구작업에는 많은 시간이 걸리겠지만 꼭 해야만 한다. 그리고 만약 새로 파는 구덩이가 정말로 목표지점까지 이어진다면 그 구덩이는 아마 긴 구덩이가 될 것이고, 그렇지 않다면 그 길이는 끝이 없게 될 것이다. 어쨌든 그 작업을 하다보면 오랫동안 소굴에서 멀리 떨어져 지내야 한다. 땅 위 세상에서 오랫동안 지내는 일만큼 끔찍하지는 않을 것이다. 언제든지 내가 마음만 먹으면 작업을 중단하고 집을 둘러보러 올 수 있으니까. 그리고 집으로 오지 않는다 하더라도 대광장의 공기가 내가 있는 쪽으로 불어와 작업 중인 내 몸을 감쌀 테니까. 하지만 그럼에도 불구하고 집을 떠나 불확실한 운명에 내 몸을 맡기는 것은 분명 특별한 일이다. 때문에 나는 먼저 모든 것을 잘 정리해놓은 다음 소굴에서 나가려 한다. 소굴의 평안을 위해 온갖 노력을 기울이는 내가 스스로 소굴을 뒤죽박죽으로 만들어놓았는데, 즉각 원상태로 되돌려놓지 않아서야 되겠는가. 따라서 나는 우선 흙을 부어서 구멍들을 메우기 시작한다. 내가 너무나도 잘 알고 있는 작업이요, 이미 수차례에 걸쳐 거의 무의식중인 상태에서도 해오던 작업이다. 나는 특히 마지막으로 땅을 밟고 표면을 다지는 작업을―이는 분명 자화자찬이 아니다. 있는 그대로의 진실이다―그 누구보다 잘 해낼 수 있다. 그렇지만 이번에는 그 작업이 조금 힘이 든다. 주의가 너무 산만해졌기 때문이다. 나는 자꾸만 일을 하다 말고 귀를 벽에 갖다 붙이고는 거기에 귀를 기울인다. 그러면서 겨우 들어 올린 흙이 다시 내리막길을 타고 주르륵 흘러가도 상관하지 않는다. 때문에 특히 더 세심한 주의가 요구되는 마무리 작업은 아예 제대로 해내지도 못한다. 그런 식으로 땜질을 했으니 벽에서 예전 같은 진동이 다시 발산되지 않는 것은 당연하다 치더라도 나는 흉측하게 불룩 솟은 곳이나 보기 싫게 갈라진 틈조차 그대로 놔둬버린다. 나는 그 모든 것이 임시 보수작업일 뿐이라 생각하며 나 자신을 타이른다. 다시 집으로 돌아오고 다시 평화가 자리 잡으면 나는 다시금 최종적인 보수작업을 진행할 것이고, 그러면 그 모두가 눈 깜짝할 사이에 다시 제자리를 찾을 것이다. 아니다, 모든 일을 눈 깜짝할 사이에 해치우는 것은 동화에서나 가능하고, 이러한 내 변명도 동화에 지나지 않는다. 지금 당장 제대로 작업을 해두는 편이 더 나을 것이다. 자꾸만 작업을 중단하고 통로를 기어다니며 소리가 들려오는 새로운 지점들을 찾아내는 일보다는 그 편이 훨씬 효과적일 것이다. 새로운 지점을 찾아내는 일이 힘든 것은 아니다. 아무 장소나 선택해 그곳에서 들려오는 소리에 귀만 기울이면 그곳이 소리의 새로운 진원지가 될 테니까. 그렇게 나는 계속 쓸모없는 발견들만 하고 있다. 때때로 소리가 그친 듯한 느낌이 들 때도 있다. 그만큼 오랫동안 소리가 들리지 않는 것이다. 또 어떤 때에는 바스락거리는 소리를 듣지 못하고 지나칠 때도 있다. 내 피가 귓속에서 너무 강하게 울리기 때문이다. 그러다가 이 두 가지가 한꺼번에 연달아 일어나면 나는 한참 동안을 바스락거리는 소리가 이제는 영원히 그쳤다고 믿는 것이다. 그러면 나는 더이상 소리에 귀 기울이지 않고 펄쩍 뛰어오른다. 삶 전체가 커다란 변혁을 겪는다. 마치 소굴을 고요하게 만들던 샘물이 다시 활짝 열린 듯한 느낌이 든다. 나는 이러한 내 짐작이 옳은지 즉시 조사해보지는 않는다. 그보다는 아무 걱정 없이 모든 것을 다 말해줄 수 있는 상대를 찾아 나선다. 따라서 나는 대광장으로 재빨리 달려간다. 그러고는 내 존재 전부가 새로운 삶을 살기 위해 새롭게 눈을 떴다는 사실을 상기하고, 오랫동안 아무것도 먹지 않았다는 사실도 떠올린다. 그러고는 흙더미에 반쯤 파묻힌 식량들을 허둥지둥 들어 올리고, 허겁지겁 삼키면서 맨 처음 그 어처구니없는 소리가 들려왔던 지점으로 향한다. 우선 슬쩍이라도, 음식을 먹으면서, 사실을 다시 한 번 그저 스치듯이 확인하려는 것이다. 귀를 기울인다. 얼핏 귀를 기울이기만 해도 나는 내가 크게 착각했었다는 사실을 깨닫는다. 저 멀리 그곳에서는 변함없이 바스락거리는 소리가 들려오고 있는 것이다. 그래서 나는 음식물을 뱉어버린다. 음식물을 발로 쿵쿵 짓찧어 땅에 파묻어 버리고 싶은 충동을 느낀다. 그러고는 다시 일을 하러 돌아가는데, 나는 무슨 일을 해야 하는지도 전혀 알지 못한다. 어딘가 손을 봐야 할 것처럼 보이는 곳으로 가겠지. 그런데 그런 곳이 어디 한두 군데던가. 나는 마치 감독관이라도 올 예정이어서 그자 앞에서 일을 하고 있는 것처럼, 연극이라도 해야 되는 것처럼 그저 기계적으로 일을 하기 시작한다. 그러나 그런 식으로 일을 시작한 지 얼마 지나지 않아 또다시 새로운 발견을 할 수도 있다. 예를 들어 소리가 더 커진 듯이 느껴지는 것이다. 물론 아주 많이 커진 것은 아니다. 내가 말하는 차이는 늘 미세한 차이들이다. 그러나 어쨌든 소리가 조금 커진 것은 분명하다. 내 귀로 똑똑히 구분할 수 있다. 그

리고 이렇게 소리가 커지는 것은 그 소리가 다가오기 때문이라 여겨진다. 소리가 다가온다는 느낌은 소리가 커진 것 같다는 느낌보다 훨씬 더 강하다. 그 소리가 뚜벅뚜벅 자신을 향해 다가오는 것이 보일 정도다. 나는 벽에서 한 걸음 뒤로 홱 물러난다. 무엇이 이런 사실을 깨닫게 만들었는지 모든 가능성을 파악해보려 애쓴다. 내 소굴이 처음부터 공격에 대비해서 만들어진 것이 아니라는 느낌도 든다. 물론 나는 방어용으로 소굴을 만들었다. 그러나 지금까지 살아오면서 경험했던 그 모든 것들은 온데간데없이 사라져버리고 다가오는 공격의 위험만 느껴지며, 이에 따라 소굴은 방어와는 거리가 멀게 느껴진다. 아니, 거리가 멀게 느껴지는 것은 아니다(어떻게 멀게 느껴질 수 있겠는가). 그러나 소굴 내부에 무엇보다 평화로운 삶을 위한 여러 가지 시설들을 만드는 일에 주력하다보니 방어는 아주 낮은 순위밖에 차지하지 못하고 있다. 나는 기본적인 계획은 바꾸지 않으면서도 많은 것들을 방어 목적에 맞게 설치했어야 했다. 그러나 무슨 까닭에선지 그렇게 하지 않았다. 지나간 수많은 해 동안 나는 운이 좋았고, 그 운은 나를 방심하게 만들었다. 물론 불안해하기는 했지만 운만 좋다면 그래봤자 결국 아무 대책도 마련하지 않게 된다.

지금부터 우선적으로 해야 할 일은 방어와 상상 가능한 방어

방법을 기준으로 소굴을 세심하게 둘러보고, 그와 관련된 건축계획을 수립하고 초심으로 돌아가 곧바로 작업에 착수하는 것이다. 그것이 바로 지금 해야 할 일이다. 그런데 별 뜻 없이 그저 언급만 하자면, 사실 이미 그 일을 하기에는 매우 늦은 감이 있다. 그러나 필요한 일은 그 일이지, 수색용으로 대규모 구덩이를 파는 일은 아니다. 그 큰 구덩이를 파봤자 나를 보호해주지는 못할 것이고, 공연히 위험 요인을 색출하는 데만 온 힘을 쏟아 부을 것 아닌가. 그러면서 멍청이처럼 이제 곧 위험이 다가올 것을 두려워하기나 하겠지. 이런 상상을 하니 갑자기 내가 왜 아까 그 계획을 세웠는지 이해할 수가 없다. 방금 전까지만 해도 이성적으로 보이던 그 계획에서 이성이라고는 조금도 찾아볼 수가 없다. 그래서 나는 작업도 중단하고 엿듣기도 중단한다. 이제부터는 계속해서 보다 더 강력한 종류의 발견은 하지 않겠다고 결심한다. 발견은 이미 할 만큼 했다. 나는 모든 것을 중단한다. 내 안에서 벌어지는 이 소모적인 충돌만 중단되어도 좋으련만⋯⋯. 나는 다시금 통로들을 통과해 멀리 떨어진 곳, 집으로 돌아온 다음에 아직 보지 못한 곳, 바닥을 파헤치는 내 발톱이 아직 전혀 닿지 않은 곳, 내가 집에 도착하자마자 다시 적막해지면서 내 위에 그 적막을 드리우던 곳을 향해 간다. 그렇다고 앞으로 나아가는 것에만 전적으로 집중하지는 않는다. 그저 조금 서둘러 앞으로 나아갈 뿐이며, 내가 무엇을 찾고 있는지도 모른다. 시간을 벌려는 것일 수도 있다. 정처 없이 헤매다 결국 나는 미로가 있는 곳까지 온다. 그러자 이끼 덮개에 귀를 기울이고 싶은 마음이 든다. 그렇게 멀리 떨어져 있는 것들, 지금 이 순간 그토록 멀리 떨어져 있는 것들에 나는 관심이 간다. 나는 몸을 위쪽으로 끌어올리고 귀를 기울인다. 깊은 정적만이 흐르고 있다. 이곳은 이토록 아름다운 곳이다. 저곳에 있는 그 누구도 내 소굴에는 관심을 갖지 않는다. 모두가 자기 할 일들을 하느라 바쁘다. 그들의 할 일이란 나와는 상관없는 것들이다. 이렇게 되려고 내가 얼마나 애를 썼던가. 이끼 덮개는 내 소굴 전체에서 몇 시간 동안 귀를 기울여도 아무 소리도 들리지 않는 유일한 장소일 것이다. 소굴 깊은 곳에 있을 때 생각과는 정반대의 상황이 발생한 것이다. 지금까지 위험의 근원지였던 곳이 이제는 평화의 근원지가 되었다. 대광장은 세상의 소음과 위험에 휩쓸려가 버렸다. 더 끔찍한 사실은, 사실 이곳도 평화롭지는 않다는 것이다. 이곳의 어느 것도 변하지 않았다. 고요하든 시끄럽든 간에 여전히 이끼 위로는 예전처럼 위험이 도사리고 있다. 그러나 나는 위험에 대해 무감각해졌다. 벽에서 나는 바스락거리는 소리에 완전히 정신이 팔려 있다보니 이렇게 된 것이다. 그런데 과연 내가 그 소리에 정신이 팔려 있는 것일까? 그 소리는 점점 더 커지며 점점 더 가까이 다가오고 있다. 그래도 나는 꿈틀꿈틀 미로를 통과해 이곳 이끼 아래쪽에 누워 있지 않은가? 바스락거리는 소리의 원흉에게 내 집을 내어준 것과 별반 다를 바도 없지 않은가? 그래도 나는 이곳 위쪽에서 조금 쉴 수 있는 것만으로 만족한다. 가만, 내가 방금 소리의 원흉이라고 했던가? 설마 소리가 나는 원인에 대해 내가 또 새로운 생각을 하고 있는 것일까? 그 소리는 작은 생물들이 파놓은 홈에서 나는 것이 아니었던가? 그것이 내 결론 아니었던가? 그 생각을 아직 버린 것은 아닐 텐데…… 만약 그 소리가 홈에서 직접 들려오지는 않는다 하더라도 간접적으로나마 홈과 연관이 있을 것이다. 만약 그 소리가 홈과 전혀 상관이 없다면 처음부터 아예 아무런 추측도 할 수 없는 것이고, 그저 그 원인을 찾아보거나 혹은 그 원인이 스스로 모습을 드러내기까지 기다리는 수밖에 없다. 그런데 소리의 원인을 맞춰보는 게임은 지금도 할 수 있다. 예를 들어 저 멀리 어딘가에서 물이 스며들었고 지금 내 귀에 휘파람 소리나 바스락거리는 소리로 들리는 것이 실은 졸졸졸 물이 새는 소리라고 추측해볼 수 있다. 그러나 내가 그런 쪽으로는 별로 겪어본 일이 없다는 점을 제외하고라도,—나는 제일 먼저 찾아낸 지하수를 즉시 다른 방향으로 돌려놓았는데 그 뒤로는 지하수가 이 모랫바닥으로 흘러들지 않았다—바스락거리는 소리와 졸졸졸 물 흐르는 소리를 혼동하기는 어렵지 않을까. 이렇게 여러 가지 우려들을 해봤자 휴식만 망쳐놓지 않을까.

망상은 끊이지 않겠지. 그래서 나는 바스락거리는 소리가 짐승에게서 나는 소리라고, 그것도 작은 짐승 여러 마리가 내는 소리가 아니라 커다란 짐승 한 마리가 내는 소리라고, 정말로 믿어버리기 시작한다. 이런 생각이 드는데 계속해서 자기를 부인해봤자 무슨 소용이 있겠는가. 내 짐작이 틀렸을 것이라 암시해주는 점들도 몇몇 있다. 이 소리가 어느 곳에서나 들리고 항상 크기가 일정하며, 밤낮으로 규칙적으로 들려온다는 사실이다. 그렇기 때문에 처음에는 작은 짐승 여러 마리라고 생각하기 쉬울 것이다. 그러나 그 짐작이 사실이라면 내가 구덩이를 파는 동안 그 짐승들을 발견했어야 하는데 나는 아무것도 보지 못했다. 따라서 그 정체는 큰 짐승 한 마리일 것이라고 짐작할 수밖에 없다. 그리고 그 소리는 큰 짐승 한 마리가 내는 것이라는 추측에 반하는 증거들도 결국은 그 짐승을 우리가 상상할 수 있는 선 이상으로 더 위험한 존재로 만들어주는 증거들일 뿐이다. 단지 이 때문에 나는 그것이 여러 마리 작은 짐승에게서 나는 소리라는 생각을 떨쳐왔다. 어쨌든 이제 나는 자기기만은 중단하겠다. 이미 오래전부터 나는 그 짐승이 아주 빠른 속도로 작업을 하고 있기 때문에 멀리 떨어진 곳에서도 그 소리가 들린다고 생각해왔다. 그 짐승은 어느 산책하는 이가 탁 트인 복도를 걸어가듯이 빠른 속도로 흙을 판다. 그 짐승이 이미 그 자리를 지나쳐 간 후에도 구덩이 주변의 흙은 계속해서 무너진다. 이러한 작업의 여파와 작업 자체의 소음은 멀리 떨어진 곳에서 합쳐진다. 그렇기 때문에 그 소리의 최후 한 자락만 듣는 나로서는 어디에서든 그 소리가 모두 일정하게 들린다고밖에 생각할 수 없는 것이다. 그 짐승이 나를 향해 다가오지 않는 것도 내게는 그 소리가 일정하게 들리도록 만드는 원인 중 하나다. 그렇기 때문에 소리가 달라지지 않는 것이다. 뭔가 나로서는 그 의도를 꿰뚫어볼 수 없는 그런 계획이 하나 있는 게 분명하다. 나는 단지 그 짐승이 내 주변을 맴돌고 있다고 짐작할 뿐이다. 그렇다고 그 짐승이 내 존재에 대해 알고 있다는 뜻은 아니다. 어쨌든 그 짐승은 내가 관찰하기 시작한 시점부터 이미 내 소굴을 몇 번이나 빙빙 돌았을 것이다. 그런데 그 소리가 바스락거리는 소리인지 휘파람 소리인지에 대해서는 생각해볼 여지가 매우 많다. 내가 내 방식대로 흙을 긁거나 파헤칠 때면 아주 다른 소리가 나지 않는가. 나는 바스락거리는 소리가 나는 이유에 대해서는 그 짐승이 주로 사용하는 연장이 발톱이 아니라고, 발톱은 단지 보조수단밖에 되지 않으며 주둥이나 큰 코가 그 짐승의 주된 연장일 것이라 추측할 수밖에 없다. 그리고 그 주둥이나 큰 코는 엄청난 괴력을 지녔을 뿐 아니라 분명 예리하기까지 할 것이다. 아마 그 짐승은 단 한 번 강하게 내리침으로써 그 큰 코를 흙 속에 박고 아주 많은 양의 흙 한 덩이를 뚝 떼어낼 것이다. 그리고 그러는 동안 나는 아무 소리도 듣지 못하는 것이다. 바로 그동안은 아무 소리도 들리지 않는 것이다. 그러다가 그 짐승은 다시 흙을 파기 위해 공기를 들이마실 것이다. 바로 이 공기를 들이마시는 동작으로 인해 흙을 뒤흔드는 소음이 발생하는데, 이러한 소음이 발생하는 것은 비단 그 짐승이 힘이 세기 때문만은 아니다. 그 짐승이 서두르기 때문이기도 하다. 그만큼 일에 열중하기 때문이기도 한 것이다. 그러면 내 귀에는 나지막하게 바스락거리는 소리가 들려온다. 그런데 어떻게 그 짐승이 그렇게 쉬지도 않고 작업을 할 수 있는지에 대해서 나로서는 아무런 설명도 할 수 없다. 잠깐씩 소리가 들리지 않는 동안 그 짐승이 아주 조금씩 쉬는 것일 수도 있다. 그러나 그 짐승이 완전히 아무것도 하지 않고 제대로 쉰 적은 한 번도 없는 듯하다. 밤이고 낮이고 그 짐승은 늘 일정한 힘과 원기를 지니고 땅을 판다. 어서 빨리 자신의 계획을 실행에 옮기려는 것이겠지. 그 짐승은 분명 그 계획을 실행에 옮기는 데 필요한 능력들을 모두 보유하고 있을 것이다. 그런데 나는 그런 적수를 만날 줄은 예상도 못하고 있었다. 게다가 그 짐승이 특이하다는 사실도 두렵지만, 그 외에도 뭔가 내가 늘 두려워하던 일이 지금 벌어지고 있다. 내가 늘 대비해왔어야 하는 일 말이다. 즉, 뭔가가 나를 향해 다가오고 있는 것이다! 도대체 어떻게 그토록 긴 시간 동안 모든 것이 고요하게 별 탈 없이 흘러갈 수 있었을까?

도대체 누가 적들로 하여금 기나긴 우회로를 택하고 내 소유지를 비켜 가게끔 만들었을까? 어떻게 나는 그토록 오랫동안 안전할 수 있었고, 지금은 왜 이렇게 두려움에 떨게 되었을까? 나는 왜 그토록 오랫동안 자질구레한 위험들에 대해서만 고민하고 또 고민하면서 이 위험에 대해서는 생각하지 못했을까? 내가 소굴의 소유자인 만큼 소굴을 향해 다가오는 모든 이들 위에 군림하기를 바랐던가? 이 위대하고도 예민한 작품의 소유자로서 나는 분명 모든 종류의 심각한 공격에 대해 무방비 상태일 것이다. 소굴을 소유하게 된 것에 대해 너무 기뻐한 나머지 나는 방심했고, 자극에 민감한 소굴이 나까지 예민하게 만들었으며, 소굴이 상처를 입으면 나도 상처를 입은 것처럼 아프다. 이 점도 미리 생각해뒀어야 했다. 나는 비단 내 몸 하나만을 지킬 계획만 짜왔을 뿐─그러나 그것도 아주 경솔하게 해왔으며, 결과는 아무것도 없었다─소굴의 안전에 대해서는 미처 생각하지 못했다. 이제 무엇보다 만일의 공격에 대비해 최대한 단시간 안에 땅을 흔들 수 있도록 만들어놓아야 한다. 그렇게 해서 소굴의 각 부분들을, 그것도 되도록 많은 부분들을 위험에 덜 노출된 부분들과 분리시켜야 한다. 그것도 무너져 쌓인 흙 너머에 진짜 소굴이 있다는 사실을 공격자가 상상도 못할 정도로 많은 흙을 효과적으로 무너뜨려야 한다. 그리고 또 한 가지 중요한 것이 있다. 흙을 뒤흔드는 목적에는 비단 소굴을 은폐하려는 것뿐만 아니라 공격자를 그 안에 매장시키려는 술수도 포함된다는 사실이다. 나는 아직까지 그런 종류의 작업은 비슷하게라도 해본 적이 없다. 전혀 없다. 그 방향으로는 아무런 시도도 해보지 않았다. 나는 어린아이처럼 경솔했던 것이다. 나는 청년시절을 아이들이나 하는 장난을 치며 허비해버렸다. 심지어 위험에 대해 생각할 때도 장난치듯 했고, 실질적인 위험에 대해서는 제대로 생각해보지도 않았다. 그렇게 많은 경고들이 주어졌음에도 불구하고.

지금처럼 뭔가가 다가오는 일은 일어나지 않았지만 소굴을 처음 만들 때에 이와 비슷한 일이 일어났었다. 그때는 공사 초기였다는 것이 지금과 달랐을 뿐……. 당시, 어린 수련생과 같았던 나는 그 일이 일어날 때까지도 첫 번째 통로를 만들고 있었다. 지금 미로의 형태를 띠고 있는 그곳은 겨우 대략적인 윤곽만 잡혀 있었고, 작은 광장 하나는 이미 흙을 파내어 만들어 놓은 상태였다. 그러나 그 광장은 크기 면에서나 벽 처리 면에서나 실패작이었다. 즉, 공사 초기에는 모든 것이 습작에 지나지 않았다. 그러니까 더이상 못 참겠다 싶으면 그리 안타까워하지 않고도 어느 순간 갑자기 공사를 중단해버려도 될 만한 정도였다. 그때 그 일이 일어났다. 한번은 작업을 멈추고—살아오면서 작업을 멈추고 쉴 때가 내 평생에는 너무 많았다—흙더미들 사이에 누워 있었는데 갑자기 멀리서 무슨 소리가

들려왔다. 당시 혈기 왕성했던 나는 그 소
리를 듣고 겁을 먹었다기보다는 호기심이
발동했다. 나는 작업을 멈추고 소리에 귀를
기울였다. 어쨌든 위쪽 편의 이끼 쪽으로
달려가 그곳에서 몸을 뻗고 귀를 틀어막
는 대신 주의 깊게 소리를 듣고 있었다.
적어도 귀는 기울이고 있었던 것이다. 나
는 그 소리가 내가 땅을 파는 소리와 비슷한
소리라는 것을 분명히 알 수 있었다. 내가
내는 소리보다는 조금 약했지만, 그것을
근거로 거리를 짐작하기는 어려웠다.
나는 호기심은 발동했지만 전체적으
로는 냉정과 침착을 유지했다. 어쩌면
내가 남의 구역을 침범한 것은 아닐까,
그 구역의 주인이 지금 내가 있는 방향
으로 소굴을 파며 다가오고 있는 것은
아닐까, 하고 의심도 해보았다. 그 짐작
이 맞아떨어졌더라면 정복욕이나 호전
성 따위를 전혀 모르던 나로서는 즉시 그
곳을 떠나 다른 곳에서 다시 소굴 파기에 착
수했을 것이다. 그러나 어리고 거처도 없던

나는 계속해서 냉정과 침착을 유지할 수 있었고, 그 후에도 크게 흥분할 만한 일은 일어나지 않았다. 다만 그것이 무슨 소리인지 추측하기가 쉽지 않았을 뿐이다. 지금 저편에서 땅을 파고 있는 자가 내 소리를 듣고 원래의 방향을 바꿔 정말로 나를 향해 다가오고 있는 것이라 하더라도, 어떻게 하다 그렇게 된 것인지 알 수 없었다. 내가 작업을 중단했던 것이 그자로 하여금 내가 소굴을 파고 있는 방향을 짐작하게 했을까? 아니면—이 짐작이 더 진실에 가까울 것이다—그저 자기가 그렇게 하고 싶었기 때문에 방향을 바꿨던 것일까? 어쩌면 내 생각이 완전히 틀렸고, 그가 방향을 전혀 바꾸지 않은 것일 수도 있었다. 그러나 소리는 한동안 계속해서 커졌고, 그래서 나는 그가 나를 향해 다가오는 것처럼 느꼈다. 어느 날 나와 마찬가지로 소굴을 파고 있던 다른 어떤 존재가 흙 속에서 갑자기 나타났다면 어린 나로서는 감당하기 어려웠을 것이다. 그러나 그런 일은 전혀 일어나지 않았고, 어느 순간부터는 소리가 다시 약해지기 시작했다. 상대방이 서서히 방향을 바꾸고 있는 듯, 소리는 점점 더 약해졌다. 그러다가 갑자기 소리가 뚝 끊어졌다. 상대방이 이제 완전히 다른 방향으로 땅을 파기로 결심하고 내게 완전히 등을 돌린 상태에서 먼 곳으로 나아가는 것 같았다. 아무 소리도 들리지 않았지만 나는 그러고도 오랫동안 상대방의 소리에 귀를 기울였다. 그런 다음 다시 작업을 시작했다. 이 경고만 하더라도 충분히 위험한 것이었는데 나는 곧 그 경고를 잊어버렸고, 내 공사계획도 그 경고로 인해 달라진 바가 거의 없었다.

당시와 지금 사이에는 내 청년기가 놓여 있다. 그런데 실은 그 사이에 아무것도 놓여 있지 않은 것은 아닐까? 나는 아직도 작업을 중단한 채 오랫동안 쉬고 있고, 벽에서 나는 소리에 귀 기울이고 있으며, 땅을 파고 있는 그 상대방은 다시금 계획을 수정하고 방향을 바꾼 것 아닐까? 그가 이제 여행에서 돌아온 것이 아닐까? 그는 자기를 맞이할 준비 기간을 내게 충분히 줬다고 생각하는 것이 아닐까? 그러나 내 쪽에서 보자면, 실은 부족한 점이 당시보다 오히려 지금이 더 많다. 소굴은 거기에 그대로, 무방비 상태로 있지 않은가. 이제 나는 더이상 어린 수련생이 아니다. 나이 든 토목감독이다. 지금 내게 남아 있는 힘으로는 중대한 결단을 내릴 수도 없다. 그만큼 내가 나이가 든 것이지만, 그럼에도 불구하고 나는 지금보다 더 늙기를 바란다. 내 몸 아래쪽에 있는 이 침상에서 이제 더이상 몸을 일으킬 수도 없을 정도로 늙기를 바란다. 그러나 생각은 그렇게 하지만 실제로는 내가 이 침상에 누워 있다는 사실을 견디지 못한다. 이곳에 있어봤자 휴식을 취하기는커녕 오히려 염려만 늘어난다고 생각하며 나는 몸을 일으켜 집으로 내려간다. 그런데 조금 전까지의 상황이 어땠더라? 바스락거리는 소리가 약해졌었냐? 아니다, 더 커졌었다. 나는 아무렇게나 열 군데를 골라 소리를 들어보고는 내가 착각하고 있는 것이 분명하다는 사실을 깨닫는다. 바스락거리는 소리는 일정한 크기를 계속 유지하고 있고, 달라진 것은 하나도 없다. 저 위쪽 세상에는 변화라는 것이 없고 모든 이들이 침착하게, 그리고 시간에 대해 달관한 채 살아간다. 그러나 여기에서는 매 순간순간이 귀가 번쩍 뜨이게 만드는 순간이다. 나는 다시금 긴 통로를 지나 대광장으로 돌아간다. 내 주변의 모든 것들이 술렁대는 듯하다, 나를 쳐다보는 것 같다, 그러더니 나를 방해하지 않기 위해 금세 시선을 다른 곳으로 돌리는 것 같다, 그러고는 다시 내 표정에서 뭔가 구원의 결단이라도 읽어내려는 듯 나를 뚫어져라 쳐다보는 것 같다. 나는 고개를 설레설레 흔든다. 그런 결단은 아직까지 하나도 내리지 못했다는 뜻이다. 대광장으로 가는 일도 그곳에 가서 어떤 계획이든 한 가지를 실행에 옮기려고 하는 것은 아니다. 이제 나는 수색용 구덩이를 파려고 했던 지점에 도달한다. 그 장소를 다시 한 번 점검해본다. 괜찮은 장소인 것 같다. 거기에다 구덩이를 파면 그 구덩이는—작업을 하는 내 두 어깨를 한결 가볍게 해주던—신선한 공기가 들어오는 통로들과 연결될 것이다. 아마 구덩이를 길게 팔 필요도 없을 것이다, 소리의 진원지까지 구덩이를 팔 필요도 없을 것이다, 환기통로에 귀를 기울이기만 해도 될 것이다. 그러나 어떤 생각도 나로

하여금 구덩이를 파기 시작하게 만들 만큼 강하지는 않다. 뭐라고? 구덩이가 나를 안심시킬 것이라고? 이미 나는 안심하고 싶다는 생각 따위는 버렸다. 대광장에 들어선 나는 껍질을 벗긴 먹음직한 붉은 살점 한 덩어리를 골라 흙더미 속으로 기어들어간다. 적어도 그곳은 고요하겠지, 아직 이곳에 고요라는 것이 존재하는지는 모르겠지만. 나는 고깃덩어리를 날름 핥고 조금 떼어 먹는다. 그러고는 먼 곳에서 자기 길을 묵묵히 가고 있는 그 짐승에 대한 생각과 내게 주어진 시간 동안 식사를 최대한 즐겨야겠다는 생각을 번갈아 가며 해본다. 후자는 분명 내가 실행에 옮길 수 있는 유일한 계획일 것이다. 나는 또 그 짐승의 생각을 알아맞혀 보려고도 한다. 그 짐승은 그저 여기저기를 돌아다니고 있는 것일까, 아니면 자기가 살 소굴을 파고 있는 것일까? 만일 떠돌고 있는 중이라면 나는 그 짐승과 어떤 합의를 할 수도 있을 것이다. 그 짐승이 정말로 내가 있는 곳까지 온다면 나는 그 짐승에게 내 식량의 일부를 떼어줄 것이고, 그러면 그 짐승은 계속해서 가던 길을 갈 것이다. 나는 이런 일은 일어나지 않을 것이라는 사실을 너무나도 분명히 알고 있고, 우리가 서로 만나는 순간, 아니, 우리가 서로 상대방이 가까이 있다는 것을 감지하는 순간, 우리는 즉시 앞뒤도 안 가리고, 누가 먼저고 누가 나중이랄 것도 없이, 둘 다 이미 배는 부르지만 또 다른 종류의 허기를 느끼며 서로를 향해 발톱과 이빨을 세우게 될 것이라는 사실도 분명히 알고 있다. 그렇지만 내 소굴, 내 흙더미 안에 있는 이상, 나는 무엇이든 꿈꿀 수 있다. 한번 생각해보라. 떠돌이 생활을 하다가도 자신의 거처와 관련된 문제가 발생한다면 누군들 여행계획이나 앞날에 대한 계획을 바꾸지 않겠는가? 당연히 그럴 것이다. 그렇지만 어쩌면 그 짐승이 지금 바로 자기가 살 곳을 만들고 있는 중일 수도 있다. 그렇다면 합의 같은 일은 꿈도 꾸지 못할 것이다. 혹 그 짐승이 자기 소굴 옆에 다른 소굴이 하나 더 있다 한들 전혀 개의치 않는 특이한 짐승이라 하더라도, 나는 내 소굴 옆에 다른 소굴의 존재를 견디지 못할 것이다. 다른 소굴들은 몰라도 소리가 들려오는 소굴만큼은 절대 견디지 못할 것이다. 그러나 어쨌든 이제는 그 짐승이 꽤나 멀어진 듯하다. 조금만 더 가면 아마 소리가 아예 들리지 않을 것이다. 그러고 나면 좋았던 옛 시절로 모두 되돌아갈 수도 있을 것이다. 그렇게 되면 지금의 이 경험은 끔찍하기는 하지만 그래도 여러모로 도움이 되는 교훈으로 남을 것이다. 그 경험으로 인해 나는 많은 부분들을 개선할 것이다. 원래 위험이 코앞까지 들이닥친 것이 아니고 나도 침착한 상태라면 나는 여러 가지 일들을 탁월하게 해낼 수 있다. 어쩌면 그 짐승에게는 선택의 여지가 너무나도 많이 주어졌고, 그 짐승은 결국 내 쪽을 선택하는 대신 반대편으로 그만큼 자신의 소굴을 확장해나갈 수도 있을 것이

다. 물론 그렇게 하라고 내가 그 짐승을 설득할 수는 없을 것이
다. 그 짐승이 스스로 그러는 편이 더 이성적이라고 생각하거
나, 그렇게 할 수밖에 없도록 내가 압력을 행사해야 할 것이다.
두 경우 모두, 그 짐승이 나의 존재에 대해 알고 있는지의 여
부, 혹은 이미 알고 있다면 어디까지 알고 있는지가 관건이 될
것이다. 여기에 대해 더 생각하면 할수록 그 짐승이 내 소리를
들었을 리가 없다는 느낌은 더욱 강해진다. 나로서는 이것도
상상하기 어렵지만, 어쩌면 그 짐승이 나에 관해 뭔가를 들은
적이 있을 수는 있겠지만 내가 내는 소리를 직접 들은 적은 분
명 없을 것이다. 적어도 내가 그 짐승에 대해 아무것도 모르고
지내던 순간까지, 그 짐승이 내가 내는 소리를 단 한 번이라도
들어봤을 리는 없다. 그때까지 나는 매우 조용히 지내왔기 때
문이다. 나와 내 소굴의 재회도 그 무엇보다 조용히 진행되었
다. 그러나 다음으로 내가 수색용 구덩이들을 팠으니, 그때라
면 그 짐승도 내 소리를 들을 수 있었을지 모른다. 비록 내가
구덩이를 팔 때에는 거의 소리가 안 나기는 하지만. 그러나 만
약 그 짐승이 내 소리를 들었다면 나도 뭔가 눈치를 챘어야만
한다. 그 짐승도 적어도 몇 번은 일을 중단하고 숨을 고르며 귀
를 기울이고 있었을 것 아닌가. 그러나 모든 것은 변함없이 그
대로다.

납골당지기

작은 집무실, 높은 창문, 그 앞에는 헐벗은 나무꼭대기. 국왕 (책상 앞, 의자에 등을 기대고 앉아 창밖을 보고 있다), 시종장(덥수룩한 흰색 수염, 젊은 사람처럼 몸에 착 달라붙는 재킷을 입고 중간 문 옆 벽에 기대 있다)

잠시 사이를 두고—

국왕 : (창쪽에서 등을 돌리며) 어떻게 하면 좋겠나?

시종장 : 폐하, 저는 그렇게 하시라고 권유할 수 없나이다.

국왕 : 어째서 그렇지?

시종장 : 지금으로서는 제가 우려하는 바를 정확히 표현드릴 수 없습니다. 지금 드리려는 이 말이 절대 전부는 아닙니다만, "죽은 자를 편히 쉬도록 하라"는 보편적, 박애주의적 격언이

하나 있습니다.

국왕 : 내 의도도 바로 그것일세.

시종장 : 그렇다면 제가 잘못 이해한 것 같습니다.

국왕 : 그런 것 같군.

잠시 사이를 두고—

국왕 : 내가 이 지시를 단박에 내리지 않고 사전에 자네에게 의견을 물어봤다는 이유 때문에 자네의 판단력이 흐려진 것 같군.

시종장 : 어쨌든 그렇게 알려주시니 저는 커다란 책임을 떠맡은 것 같고, 저로서는 그 책임감에 합당한 노력을 기울일 수밖에 없습니다.

국왕 : 책임에 관한 얘기는 꺼내지도 말게!

잠시 사이를 두고—

국왕 : 자, 다시 한 번 묻겠네. 지금까지는 프리드리히 공원의 납골당을 묘지기 하나가 지켰지. 그는 공원 입구의 작은 집에 기거하고 있어. 그런데 거기에 무슨 문제라도 있었나?

시종장 : 물론 아무 문제도 없었습니다. 납골당은 이미 사백 년도 더 된 것이고, 지금까지 늘 그런 방식으로 지켜왔으니까요.

국왕 : 그러니까 묘지기를 쓰지 않아도 무방하다는 말이군. 하지만 꼭 써야 한다고?

시종장 : 그 자리는 꼭 필요한 자리입니다.

국왕 : 흠, 꼭 필요한 자리라……. 이미 나는 이 성에서 오랫동안 살아왔네. 모든 것들을 세세히 알고 있지. 지금까지 외부인들이 맡아온 것들 말일세. 능력은 없으면서 자리는 보전하고 있는 이들이지. 그런데 말일세, 공원 지상에 경비를 한 명두는 것만으로는 부족해. 아래쪽의 납골당에도 보초를 하나세워야 해. 신명나는 직업은 아니겠지. 그러나 늘 그래왔듯 어떤 직책이든 기꺼이 맡겠다는 사람은 있게 마련이지. 분명 적임자가 있을 거야.

시종장 : 폐하의 지시라면 물론 뭐든 실행에 옮겨지겠지요. 꼭 필요한 지시가 아니라 하더라도 말입니다.

국왕 : (버럭 화를 내며) 그놈의 필요, 필요! 공원 정문의 경비는필요해서 두는 건가? 프리드리히 공원은 성에 딸린 정원의 일부일세. 공원 전체가 정원 안에 있지 않은가. 정원에만 하더라도 충분히 경비를 배치했어. 심지어는 병사들까지도 정원을지키고 있지 않은가. 자, 그런데 프리드리히 공원에는 왜 또 경비를 두는 건가? 그저 형식상 그렇게 하는 것 아닌가? 그 경비자리란 불쌍한 백발노인이 경비를 서다가 임종을 맞이할 침상에 지나지 않는 것 아닌가?

시종장 : 형식상 그렇게 하는 것이 맞습니다. 하지만 꼭 필요하기 때문에 경비를 두는 것이기도 하지요. 돌아가신 위대한

자들에 대한 경외심을 일으키기 위한 것입니다.

국왕 : 그렇다면 납골당만 지키는 자를 배치하는 것은 왜 안 된단 말인가?

시종장 : 제 생각에 납골당 경비는 도난 방지라는 부수적인 의미를 지닐 뿐입니다. 이미 속세를 떠난 비현실적인 것들을 현실에서 지키기 위한 직책이지요.

국왕 : 내 가족들에게 이 납골당은 속세와 저세상 간의 경계를 의미하네. 이 경계에 나는 보초를 세우고야 말겠어. 자네가 말한 그 도난 방지라는 부수적인 의미에 대해서는 경비에게 직접 물어보도록 하세. 내가 그를 이리로 불렀네. (종을 울린다)

하인이 들어온다.

국왕 : 납골당지기를 부르라!

하인이 납골당지기를 안으로 안내한다. 하인은 한쪽 팔로 납골당지기를 부축하고 있다. 그러지 않으면 쓰러지고 말 것이기 때문이다. 그는 붉은 색의 낡은, 몸에 비해 폭이 지나치게 큰 제복을 입고 있다. 은으로 된 단추는 번쩍번쩍하게 닦아놓았고, 가슴에는 각종 훈장을 달고 있다. 손에는 모자를 들고 있다. 국왕, 그리고 시종장과 눈길이 마주치자 납골당지기는 벌벌 떤다.

국왕 : 그를 침상으로 옮기라!

하인이 그를 눕히고 밖으로 나간다. 잠시 침묵이 흐른다. 납골당지기의 가쁜 숨소리만이 불규칙하게 들린다.

국왕 : (다시 안락의자에 앉아서) 내 말이 들리느냐?

납골당지기 : (대답하려고 애를 쓰지만 대답하지 못한다. 너무 지쳐 있다. 다시 몸을 눕힌다)

국왕 : 정신을 가다듬어보아라. 우리가 그때까지 기다려주마.

시종장 : (국왕을 향해 몸을 숙이고) 이 사내가 무엇을 알려줄 수 있겠습니까? 그리고 알려준다 한들 믿을 만한 정보나 중대한 정보일 리는 없습니다. 어서 이 사내를 침대로 데려가야 합니다.

납골당지기 : 침대로 갈 필요는 없습니다…… 아직 저는 정정해요…… 비교적 말입니다…… 아직 제 몫을 해낼 수 있습니다.

국왕 : 그래야지. 너는 이제 겨우 예순 살 아니더냐. 그런데 매우 힘이 없어 보이기는 하구나.

납골당지기 : 금세 다시 기운을 차릴 겁니다…… 금세 다시요.

국왕 : 너를 비난한 게 아니다. 단지 네 상태가 좋지 않다는 것이 안타까웠을 뿐이다. 불편한 점이 있으면 말해보아라.

납골당지기 : 힘든 일입니다…… 힘든 일이지요…… 그렇다고 불평하는 건

아닙니다…… 그렇지만 힘을 많이 앗아가는 일이기는 하지요…… 매일 밤 한바탕 씨름을 벌이니까요.

국왕 : 뭐라고 했느냐?

납골당지기 : 힘든 일이라고 했습니다.

국왕 : 그것 말고 다른 말도 하지 않았느냐?

납골당지기 : 씨름을 한다고 말했지요.

국왕 : 씨름? 씨름이라니 대체 무슨 씨름을 한다는 말이냐?

납골당지기 : 저세상으로 가신 선조들과 말입니다.

국왕 : 알아들을 수가 없구나. 괴로운 꿈을 꾸느냐?

납골당지기 : 꿈이 아닙니다…… 저는 밤에 절대 잠을 자지 않습니다.

국왕 : 그렇다면 그, 그 씨름에 대해 얘기해보아라.

납골당지기 : (아무 말도 하지 않는다)

국왕 : (시종장에게) 저자가 왜 아무 말도 하지 않느냐?

시종장 : (납골당지기를 향해 서둘러 다가간다) 이 사람은 지금 당장이라도 목숨이 끊어질 듯합니다.

국왕 : (탁자 옆에 서 있다)

납골당지기 : (시종장이 자기를 건드리자) 저리 가시오, 저리, 저리로 가란 말이오! (시종장의 손을 밀치다가 울먹이며 쓰러진다)

국왕 : 우리가 그를 괴롭히고 있군.

시종장 : 뭘 어떻게 괴롭힌다는 말씀이십니까?

국왕 : 나도 잘 모르겠네.

시종장 : 이곳 성까지 오게 된 것, 폐하 앞에 오게 된 것, 폐하의 존엄하신 모습을 보게 된 것, 그리고 이 심문까지 이 사내는 이 모든 일에 이성적으로 대처할 수 없었을 것입니다.

국왕 : (계속해서 납골당지기를 내려다보며) 그런 게 아닐세. (침상으로 다가가 납골당지기의 위쪽으로 몸을 숙이고는 그의 작은 두개골을 양손으로 감싸 쥔다) 울 필요가 없다. 왜 눈물을 흘리느냐? 우리는 네게 도움을 주려는 것이다. 그리고 나는 네가 맡은 일이 쉬운 일이라고 생각하지 않는다. 분명 내 집 안이 지금의 모습을 갖춘 데에는 네 공로가 컸을 것이다. 그러니 울지 말고 이야기해보아라.

납골당지기 : 그렇지만 저기 저분이 두려워서……. (겁에 질린 표정이 아니라 위협하는 표정으로 시종장을 쳐다본다)

국왕 : (시종장에게) 자네가 나가야 이야기를 시작할 것 같네.

시종장 : 이것 좀 보십시오, 폐하. 이자는 입에 거품을 물고 있습니다. 중환잡니다.

국왕 : (멍한 표정으로) 자네 말이 맞네만, 자리를 좀 피해주게. 오래 걸리진 않을 걸세.

시종장이 밖으로 나간다.

국왕 : (침상 모서리에 앉는다)

잠시 사이를 두고―

국왕 : 왜 그를 두려워하느냐.

납골당지기 : (눈에 띌 만치 정신이 되돌아온 상태로) 그를 두려워
한 것이 아닙니다. 하인 따위를 두려워할 리가 있겠습니까?

국왕 : 그는 하인이 아니다. 그는 백작이야. 자유의 몸이고
부유하기도 하지.

납골당지기 : 그래봤자 결국 하인 아닙니까, 폐하께서 군주
이시고요.

국왕 : 좋을 대로 생각하여라. 하지만 너는 두렵다고 말하지
않았더냐.

납골당지기 : 폐하께서만 아셔야 할 일들을 그자 앞에서 이
야기해야 했으니까요. 제가 이미 그 사람 앞에서 너무 많은 사
실을 이야기해버린 것은 아닙니까?

국왕 : 그는 이미 오래전부터 잘 알아왔네만, 자네는 오늘 처
음 보는 걸세.

납골당지기 : 본 것은 처음이지요. 하지만 오래전부터 폐하
께서는 제가 (검지를 치켜들고) 폐하의 궁 안에서 가장 중요한 일
을 수행하고 있다는 사실을 잘 알고 계십니다. 폐하께서 제게
직접 '불타는 붉은 메달'을 수여하시며 제 공로를 만천하에 알
려주지 않으셨습니까. 여기, 이것 보십시오! (상의에서 메달을 집
어 보인다)

국왕 : 아닐세, 그 메달은 궁에서 이십오 년 동안 일해온 사

람들에게 수여하는 메달이야. 자네한테 그 메달을 수여한 것은 내 조부였네. 하지만 나도 자네에게 메달을 수여할 셈이야.

납골당지기 : 그렇게 해주십시오. 폐하께서 원하시는 대로, 그리고 제 직책이 지니는 의미에 맞게 말입니다. 저는 삼십 년째 폐하의 납골당지기로 일해오고 있습니다.

국왕 : 내 납골당지기는 아니지, 나는 국왕이 된 지 채 일 년도 되지 않았어.

납골당지기 : (생각에 잠겨) 삼십 년입니다.

잠시 사이를 두고—

납골당지기 : (국왕의 말에 반쯤은 보조를 맞추며) 그곳에 있으면 며칠 밤이 몇 년같이 느껴진답니다.

국왕 : 네가 하고 있는 일에 대해서는 보고를 받은 적이 없도다. 그 일은 어떤 일이냐?

납골당지기 : 매일 밤 같은 일이지요. 매일 밤 목 동맥이 터지기 직전까지 가는 일이지요.

국왕 : 그럼 밤에만 일을 하는 거냐? 너 같은 늙은이를 밤에만 일하게 한단 말이냐?

납골당지기 : 바로 그렇습니다, 폐하. 원래는 주간에 일을 하는 것이었습니다. 할 일 없는 한가로운 직책이지요. 현관 앞에 앉아서 햇볕이나 쬐면서 입을 헤벌리고 있으면 됩니다. 어쩌다가 경비견이 앞발로 무릎에 기어올랐다가 다시 내려가는 때

도 있는데, 그게 변화라면 유일한 변화지요.

국왕 : 그렇군.

납골당지기 : (고개를 끄덕이며) 그런데 그게 야간업무로 바뀌어버렸습니다.

국왕 : 누가 그렇게 한 것이냐?

납골당지기 : 납골당에 계시는 신사분들이지요.

국왕 : 너는 그들을 알고 있느냐?

납골당지기 : 예.

국왕 : 그들이 너를 찾아오느냐?

납골당지기 : 그렇습니다.

국왕 : 지난밤에도 그랬느냐?

납골당지기 : 지난밤에도 그랬습니다.

국왕 : 어땠느냐?

납골당지기 : (몸을 똑바로 일으켜 앉는다) 여느 밤과 다를 바 없었습니다.

국왕 : (일어선다)

납골당지기 : 늘 똑같습니다. 자정까지는 고요합니다. 저는―용서해주십시오―침대에 누워 파이프 담배를 피웁니다. 제 옆의 침대에는 제 딸아이가 잠들어 있습니다. 자정이 되면 처음으로 창문 두드리는 소리가 들립니다. 저는 시계를 쳐다봅니다. 늘 같은 시간입니다. 그러고는 노크 소리가 두 번 더

들립니다. 그 소리가 탑에서 들려오는 종소리와 섞이는데, 종소리보다 작지는 않습니다. 그 소리는 인간의 손가락 관절에서 나는 노크 소리입니다. 그러나 저는 이미 그런 것들을 다 알고 있기 때문에 꼼짝도 하지 않습니다. 그러고 나면 밖에서 헛기침 소리가 들립니다. 그렇게 창문을 두드리는데도 제가 문을 열지 않으니 의아하기도 하겠지요. 놀랄 테면 놀라라지요! 어쨌든 아직도 이 늙은 납골당지기가 여기를 든든하게 지키고 있으니! (주먹을 내보인다)

국왕 : 지금 네가 나를 위협하는 것이냐?

납골당지기 : (처음에는 잘 이해하지 못하다가) 폐하가 아닙니다. 창문 밖의 그 사람을 위협하는 것이지요!

국왕 : 그게 누구냐?

납골당지기 : 그는 금방 모습을 드러냅니다. 단박에 창문과 덧문이 열립니다. 그 바로 직전에 저는 딸아이의 머리까지 이불을 뒤집어씌우지요. 폭풍이 밀어닥치며 순식간에 불을 꺼버립니다. 프리드리히 공작이에요! 머리와 수염이 덥수룩하게 자란 공작의 얼굴이 제 작은 창을 가득 채웁니다. 지난 수백 년 동안 얼마나 모습이 많이 달라졌는지……. 공작이 말을 하려고 입을 열면 이 사이가 얼얼하도록 바람을 세게 불어 수염을 휘날려놓지요.

국왕 : 잠깐, 프리드리히 공작이라 했느냐? 어느 프리드리히

를 말하는 것이냐?

납골당지기 : 프리드리히 공작이지요. 그 프리드리히 공작 말고 누가 있겠습니까?

국왕 : 자기가 프리드리히 공작이라 하더냐?

납골당지기 : (겁에 질려) 아닙니다, 그는 자기 이름을 말하지 않습니다.

국왕 : 그럼에도 불구하고 너는 안다는 말이구나. (잠깐 멈췄다가) 계속 이야기해보아라!

납골당지기 : 계속하라고요?

국왕 : 그렇다. 나와도 상관이 많은 이야기 같구나. 이곳에서 업무배분을 잘못하고 있다는 말이다. 지금까지 네 고생이 이만저만이 아니었겠구나.

납골당지기 : (무릎을 꿇으며) 제게서 일자리를 앗아가지 마시옵소서, 폐하. 저는 그렇게 오랫동안 폐하를 위해 일해왔습니다. 이제 죽는 것도 폐하를 위해 죽고 싶습니다! 저는 지금 무덤을 향해 가고 있습니다. 그 무덤 앞에 울타리를 치지 말아주십시오. 오늘처럼 이렇게 폐하를 알현하면, 이렇게 주인님 곁에서 잠시 휴식을 취하면, 앞으로 십 년은 더 일할 수 있는 힘이 생깁니다.

국왕 : (납골당지기를 다시 침상에 앉히며) 누구도 너를 그 자리에서 내치지 않을 것이다. 너처럼 경험이 많은 자를 내치고 내가

어찌 그곳을 꾸려나가겠느냐! 다만 나는 경비 한 명을 더 고용하려는 것뿐이다. 네가 수석 묘지기가 될 것이야.

납골당지기 : 저만으로는 충분치 않습니까? 제가 언제 단 한 명이라도 통과시킨 적이 있습니까?

국왕 : 공원 안으로 말이냐!

납골당지기 : 아닙니다, 공원 밖으로 말입니다. 누가 공원 안으로 들어오려 하겠습니까. 어쩌다가 창살 앞에 누가 서 있으면 저는 창밖으로 손을 내저으며 저리 가라는 신호를 보냅니다. 그러면 그는 금세 달아나 버리지요. 그렇지만 밖으로 나가는 문제는 다릅니다. 모두들 밖으로 나가려 하지요. 자정이 지나면 무덤 안의 모든 목소리들이 제 집 주변에 모입니다. 그러고는 서로 아귀다툼을 벌이느라 그 목소리들은, 그러니까 그 존재들 전부는 좁은 창문 틈을 통과해 제가 있는 곳까지 도달하지 못하는 것 같습니다. 그러다가 상황이 지독해지면 저는 침대 밑에 있던 손전등을 꺼내 높이 치켜듭니다. 그러면 그 이해할 수 없는 존재들은 웃고 탄식하며 뿔뿔이 흩어집니다. 그들이 공원 끝자락에 있는 마지막 덤불 속에서 웅성거리는 소리가 들리는가 싶더니 어느새 그들은 또다시 제 집 주변으로 몰려듭니다.

국왕 : 그들이 그렇게 몰려와서 네게 무슨 부탁 같은 것을 하느냐?

납골당지기 : 처음에는 명령을 하지요. 프리드리히 공작이 제일 선두에 서서 명령합니다. 산 사람들 중에 그들만큼 고지 식한 이들은 없을 것입니다. 삼십 년째 매일 밤, 프리드리히 공 작은 이번만큼은 제가 패배하기를 바라고 있지요.

국왕 : 삼십 년째 오고 있다면 그는 프리드리히 공작이 아닐 것이다. 그는 십오 년 전에 사망했어. 납골당에 그런 이름을 가 진 이는 그 사람 하나뿐이다.

납골당지기 : (자신의 말이 옳다고 강하게 확신하며) 그에 관해서 는 저는 잘 모릅니다, 폐하. 연구해본 적이 없습니다. 다만 저 는 그가 어떻게 말문을 여는지만 알 뿐이죠. 그는 창가에서 이 렇게 시작합니다. "이보게, 늙은이. 신사분들이 문을 두드리는 데 자네는 그 더러운 침상에 누워 있기만 하는군." 그들은 침 대를 극도로 싫어하지요. 이렇게 매일 밤 똑같은 대화가 오가 는 것입니다. 그는 밖에서, 저는 등을 문 쪽으로 향한 채 그와 마주 보고 서서 말하지요. "저는 낮에만 일합니다." 그러면 공 작은 몸을 돌려 공원 쪽을 향해 "이자는 낮에만 일을 한다네" 라고 외칩니다. 모여 있던 귀족들의 대부분은 그 말을 듣고 껄 껄거리고 웃습니다. 그리고 나면 공작은 다시 제게 "지금이 낮 이지 않은가"라고 말합니다. 그러면 저는 "잘못 아셨습니다"라 고 짧게 대답하지요. 공작은 "낮이든 밤이든 간에 문이나 좀 열게"라고 하고, 저는 "그것은 제 근무지침에 위배됩니다"라고

대답합니다. 그러고 나서 저는 파이프로 벽에 걸린 종이 한 장을 가리키지요. 공작은 "너는 우리의 경비가 아니더냐"라고 말하고, 저는 "나리들의 경비이긴 하지만 저를 고용하신 분은 통치자 국왕이시지요"라고 대답합니다. 공작은 "우리들의 경비라는 사실이 중요하지. 그러니 어서 열게, 지금 당장!"이라 말하고 저는 "안 됩니다"라고 말하고, 공작은 "어리석게 굴다간 일자리를 잃고 말 것이야. 레오 공작이 오늘 우릴 초대했단 말이다"라고 말합니다.

국왕 : (재빨리) 내가?

납골당지기 : 폐하께서요.

잠시 사이를 두고—

납골당지기 : 폐하의 존함을 들으면 저는 일단 기가 꺾입니다. 그래서 저는 조심하는 차원에서 문에 몸을 기댑니다. 문이 없다면 똑바로 서 있지 못할 것 같아서지요. 밖에서는 모두들 폐하의 존함을 외쳐댑니다. 저는 "초대장은 어디에 있습니까?"라고 힘없이 물어봅니다. 그러면 공작은 "이 침대귀신아, 너는 공작인 내 말을 의심하느냐?"라고 소리칩니다. 저는 "저는 그런 사항에 대해서는 들은 바가 없으니 문을 못 엽니다. 못 열어요, 못 열겠다고요"라고 말합니다. 공작은 밖에서 "저자가 문을 못 열겠다는군. 그러니 어쩌겠는가. 모두들, 그러니까 왕조 전체가 힘을 합쳐 문을 향해 나아가세. 우리가 직접 열어야겠

네"라고 외칩니다. 그러고는 순식간에 창문 앞이 텅 비어버립니다.

　　잠시 사이를 두고—

　　국왕 : 그게 전분가?

　　납골당지기 : 그럴 리가 있겠습니까? 이제야말로 본격적으로 제 일이 시작됩니다. 문을 박차고 나가 집 주변을 한 바퀴 둘러보다가 금세 공작과 충돌하고 나면 이내 싸움이 시작되지요. 공작은 그렇게 크고 저는 이렇게 작고, 공작은 그렇게 풍채가 좋고 저는 이렇게 왜소하기 짝이 없으니, 저는 공작의 양 발치

들하고만 싸운답니다. 때때로 공작이 저를 들어 올리면 위쪽에서 싸우기도 하지만요. 저희 주변을 둘러싼 공작 편 사람들은 모두 저를 놀립니다. 예를 들어 한 명은 뒤편에서 제 바지를 찢습니다. 그러면 제가 공작과 싸우는 동안, 다들 그 틈으로 삐져나온 제 셔츠의 밑단을 잡고 장난을 칩니다. 그런데 그들이 왜 웃는지 모르겠습니다. 지금까지 제가 늘 이겨왔는데도 말입니다.

국왕 : 하지만 어떻게 네가 늘 이길 수 있지? 무기라도 있는 게냐?

납골당지기 : 무기는 처음 몇 년 동안만 가지고 다녔습니다. 하지만 공작과 싸울 때 무기 따위가 무슨 도움이 되겠습니까? 괜히 짐만 될 뿐이지요. 저희는 맨주먹으로 싸웁니다. 아니, 사실 숨결의 강도強度로 싸운다고 해야겠지요. 그리고 저는 늘 폐하를 생각하며 싸웁니다.

잠시 사이를 두고—

납골당지기 : 저는 제가 질 수도 있다고 의심한 적이 한 번도 없습니다. 다만, 제가 공작의 손가락 사이로 빠져나가 버리면 공작이 자신이 싸우고 있다는 사실을 잊어버릴 것 같은데, 때때로 그것이 걱정될 따름입니다.

국왕 : 그러다가 언제쯤이면 네가 승리하느냐?

납골당지기 : 아침이 되면요. 그러면 공작은 저를 내동댕이

치고 저를 향해 침을 뱉는데, 그게 바로 패배를 인정한다는 고
백인 셈입니다. 저는 그러고도 한 시간을 더 그렇게 누워 있어
야 겨우 숨을 가라앉힐 수 있습니다.

　국왕 : (일어선다) 그런데 말이야, 자네는 그들이 원하는 게 대
체 무엇인지 알고 있는가?

　납골당지기 : 공원 밖으로 나가는 것이지요.

　국왕 : 왜 나가려는 것이지?

　납골당지기 : 그건 저도 모릅니다.

　국왕 : 물어보지 않았느냐?

　납골당지기 : 안 물어봤습니다.

　국왕 : 왜 물어보지 않았느냐?

　납골당지기 : 물어보기 뭣해서 그랬습니다. 하지만 폐하께서
원하신다면 오늘 물어보겠습니다.

　국왕 : (깜짝 놀라며 소리친다) 오늘?

　납골당지기 : (아무렇지도 않은 듯) 예, 오늘 말입니다.

　국왕 : 그런데 그들이 원하는 것이 무엇인지 짐작도 못 하겠
느냐?

　납골당지기 : (조금 생각해보다가) 모르겠습니다.

　잠시 사이를 두고—

　납골당지기 : 어쩌면 이것도 말씀드려야 할지 모르겠습니다.
때때로 이른 아침이면, 아직 제가 숨도 채 돌리지 못하고 누워

있고 눈을 뜨지도 못할 만큼 힘이 빠져 있는 동안, 뭔가 부드럽고 촉촉하며 솜털이 보송보송한 존재가 제게 옵니다. 지각생이라고나 할까요. 그 지각생은 백작의 영양令孃, 영애인 이자벨라입니다. 그녀는 제 몸 여기저기를 건드려봅니다. 수염도 잡아보고, 온몸으로 턱 아래의 목 주변을 스치며 지나가기도 하고, "다른 사람들은 안 되더라도 나는, 제발 나는, 밖으로 내보내줘"라고 말하기도 하지요. 그러나 저는 최대한 여러 번 고개를 가로젓습니다. "레오 국왕에게 가서 손을 내밀 수 있게 해줘." 저는 계속해서 고개를 젓습니다. 그래도 그녀는 "그래도 나만은, 제발 나만은"이라고 말하고는 사라집니다. 그러고 나면 제 딸아이가 이불을 가지고 나와서 제 몸을 둘둘 말고는 제가 혼자서 걸을 수 있을 때까지 곁에서 기다립니다. 보기 드물게 착한 아이입니다.

　국왕 : 이자벨라라…… 처음 듣는 이름이군.

　잠시 사이를 두고—

　국왕 : 내게 손을 내밀고 싶단 말이지……. (창가로 가서 밖을 내다본다)

　(중간 문으로 하인이 들어온다)

　하인 : 폐하, 왕비 마마께서 폐하를 뵙고자 청하십니다.

　국왕 : (멍하니 하인을 바라본다—그러다가 납골당지기를 향해) 내가 돌아올 때까지 기다리라. (왼쪽으로 사라진다)

그러자 중간 문으로 즉시 시종장이 들어오고 오른쪽 문으로는 수석 의전관이 들어온다. 젊은 사내인데 장교복을 입고 있다.

납골당지기 : (유령이라도 본 듯 침상 뒤로 몸을 구부린 채 허공에 대고 양손을 휘휘 젓는다)

수석 의전관 : 국왕은 나가셨습니까?

시종장 : 의전관님의 충고에 따라 왕비 마마께서 폐하를 뵙고자 청하셨지요.

수석 의전관 : 잘됐군요. (갑자기 몸을 돌리고 침상 뒤로 몸을 굽힌다) 그런데 이 불쌍한, 유령 같은 존재를 봤나. 자네는 결국 여기, 국왕의 성까지 감히 들어오고야 말았군. 누군가 자네를 힘껏 발로 차서 문밖으로 내쫓을 것이 두렵지 않은가?

납골당지기 : 저는, 저는······.

수석 의전관 : 입 다물게, 일단은 입을 다물게. 아무 말도 하지 말고 여기 이 구석에 그대로 있게! (시종장을 향해) 폐하의 기분상태가 어떤지 내게 알려줘서 고맙소.

시종장 : 제게 물어보시지 않았습니까?

수석 의전관 : 어쨌든. 그럼 이제 은밀한 이야기를 좀 나눠봅시다. 바로 그 일 말이오. 백작께서 반대파들과 위험한 일을 꾸미고 있다던데요.

시종장 : 지금 절 비난하시는 겁니까?

수석 의전관 : 우선은 우려를 표명하는 거지요.

시종장 : 그렇다면 답해드리지요. 저는 반대파들과 위험한 일 따위는 꾸미고 있지 않습니다. 누가 반대파인지도 모르는데 어떻게 그럴 수가 있겠습니까. 그런 흐름이 느껴지기는 하지만 그 흐름에 몸을 담그지는 않습니다. 저는 프리드리히 공작의 재위 시 지배적이던 '열린 정책'을 아직도 신봉하는 사람입니다. 당시 궁정 신하들에게 유일한 정책이란 바로 국왕을 섬기는 것이었지요. 프리드리히 공작은 독신이었기에 모시기가 더 쉬웠지만, 그렇지 않더라도 국왕을 모시는 일이 절대로 어려운 일은 아닐 것입니다.

수석 의전관 : 매우 이성적이시군요. 그런데 육감이라는 것이—아무리 잘 들어맞는다 하더라도—항상 올바른 길을 보여주지는 않습니다. 올바른 길을 제시해주는 것은 이성뿐이지요. 그런데 이성은 결정을 내려야 합니다. 만일 국왕께서 잘못된 길을 걷고 있다면 거기에서 내려오도록 부축해드리는 것이 국왕을 바로 섬기는 일입니다. 혹은—모든 충성심을 동원해—되돌아가도록 쫓아버리는 것이 국왕을 바로 모시는 일일까요? 의심의 여지도 없겠군요. 맞아요, 되돌아가도록 쫓아버리는 것이 올바르게 국왕을 섬기는 일이겠군요.

시종장 : 의전관께서는 왕비 마마와 함께 다른 왕궁에서 이리로 오셨습니다. 이제 겨우 반 년 동안 이곳에 계셔놓고 왕궁

의 복잡한 관계들을 선과 악이라는 단 두 가지 잣대로만 잘라서 정리하시려는 겁니까?

수석 의전관 : 눈을 깜박이다보면 복잡한 것만 보게 되지요. 그러나 두 눈을 활짝 열고 있는 사람이라면 처음 한 시간 동안만 관찰하든 백 년 후까지 관찰하든 영원불변하고 분명한 사실들을 봅니다. 안타깝게도 이곳에서 나타나는 분명한 사실들은 비극적인 사실들입니다. 그래서 저는 지금부터라도 이 슬픈 사실들에 대해 조금씩 올바른 결의가 내려지기를 바랄 뿐입니다.

시종장 : 의전관께서 모든 걸 준비하시고 저는 통지만 받는 그 결의가 올바른 결의인지 의심이 가는군요. 의전관께서는 이곳의 국왕과 왕궁, 나아가 이곳의 모든 것에 대해 잘못 알고 계시는 모양입니다.

수석 의전관 : 제가 바로 알고 있든 잘못 알고 있든, 어쨌든 지금의 상황은 견딜 수가 없습니다.

시종장 : 지금 상황을 견뎌낼 수 없을 수도 있겠지요. 그래도 그 상황은 이곳의 특성 때문에 나타나는 것이고 저희는 그 상황을 끝까지 견뎌낼 것입니다.

수석 의전관 : 그렇지만 왕비 마마께서는 못 견뎌 하십니다. 저도 못 견디겠고, 저희를 따르는 무리들도 못 견디겠다고 합니다.

시종장 : 대체 무엇이 그리 견디기가 힘듭니까?

수석 의전관 : 그 결의에 대해 특히 더 솔직하게 말씀드리지요. 국왕께서는 이중적인 모습을 지니고 계십니다. 그중 한 가지는 정사를 돌볼 때 백성들의 말에 줏대 없이 오락가락하고 자기 자신의 권리를 사용할 줄 모르는 모습입니다. 다른 한 가지는―인정하건대―매우 명확하게 자신의 권력기반을 다지고 있는 모습입니다. 그런데 국왕께서는 그 기반을 과거에서 찾으려 하여 점점 더 먼 과거로만 향해 가고 있습니다. 사태를 얼마나 잘못 이해하고 있는 겁니까! 그 오판 자체만 놓고 보더라도 미칠 파급이 크겠지만, 무엇이 잘못되었는지 자세히 들여다보면 오판 자체만 놓고 볼 때보다 훨씬 더 큰 결과를 불러올 수도 있지요. 이런 사실을 시종장께선 모르시겠단 말입니까?

시종장 : 상황 설명에 대해서는 동의합니다만, 의전관의 비판에 대해서는 동의할 수 없군요.

수석 의전관 : 제 비판에 대해서는 동의할 수 없다고요? 저는 오히려 시종장께 동의를 바라면서 실제로 제가 하는 생각보다 일부러 더 부드럽게 표현한 것입니다. 그렇다면 제 진의는 밝히지 않는 편이 낫겠군요. 시종장께 충격을 주지 않으려면 말입니다. 다만 이것만 말씀드리지요. 국왕께서는 사실 자신의 권력기반을 강화할 필요가 전혀 없습니다. 지금 국왕께서 지니고 계신 권력수단만 다 활용하더라도 신과 인간이 국왕께

요구하는 모든 막중한 책임들을 다 이행할 수 있다는 사실을 깨닫게 될 것입니다. 하지만 국왕께서는 균형 잡힌 삶은 마다하시고 폭군의 길을 걷고 계십니다.

시종장 : 하지만 얼마나 겸손한 분이십니까!

수석 의전관 : 한쪽 모습은 매우 겸손하지요. 있는 힘 모두를 나머지 한쪽 모습에 집중시켜야 하니까요. 그러니까 자신의 권력기반을 다지려는 그 모습에 말입니다. 바벨탑이라도 지을 만한 그런 기반을 다지려는 것이지요. 이는 분명 저지해야 할 일입니다. 국왕을 저지하는 것이야말로 자기 자신과 왕국, 왕비, 그리고 어쩌면 국왕까지도 염려하는 자들이 유일하게 추구해야 할 정책입니다.

시종장 : '어쩌면 국왕까지도'라고 말씀하시다니, 의전관께서는 정말 솔직하시군요. 사실대로 말씀드리자면 의전관의 그런 솔직함이야말로 저로 하여금 지금 예고된 결의를 보고 치를 떨 수밖에 없도록 만드는 것입니다. 그리고 국왕께서 자신의 방어력을 상실하게 된다 하더라도 그때까지 국왕께 충성을 다 바쳐야 한다는 의견에 대해서는 유감이라고밖에 말씀드릴 수 없군요. 최근 들어 이런 유감은 점점 더 강해지고 있습니다.

수석 의전관 : 이제 모든 것이 분명해졌군요. 시종장께서는 반대파들과 위험한 일을 꾸미고 있는 정도가 아니라 심지어 그들에게 손 하나까지 내밀어 주고 계시는군요. 손을 하나만

내밀어 주신다는 것, 그것은 나이 든 궁정관리에게는 인정해 줄 만한 일입니다. 하지만 이제 시종장님께 남은 유일한 희망은 시종장님도 저희의 위대하고도 모범적인 계획에 편입하는 것입니다.

시종장 : 할 수 있는 한 저는 최대한 거기에 저항할 것입니다.

수석 의전관 : 저도 그 말씀에 더이상 겁먹지 않습니다. (납골당지기를 가리키며) 그리고 너, 너는 그렇게 조용히 앉아 있었던 만큼 지금 우리가 나눈 대화를 다 이해했겠다?

시종장 : 저 납골당지기 말씀이십니까?

수석 의전관 : 그렇습니다. 납골당지기 말입니다. 외부에서 온 사람이라야 그를 제대로 알아볼 수 있는 듯하군요. 그렇지 않은가, 이 괴팍스런 노친네야? 시종장께서는 저 납골당지기가 저녁이면 숲 속을 날아다니는 것을 보신 적이 있습니까? 어떤 명사수도 그를 맞히지 못할 정도지요. 그러다가 낮이면 늘 한쪽 구석에 쭈그리고 앉아 있는답니다.

시종장 : 무슨 말씀이신지요.

납골당지기 : (거의 울 것처럼) 나리들께서는 제게 시비를 걸고 계시는군요. 왜 그러시는지 저는 알 수가 없습니다. 제발 저를 집으로 가게 해주십시오. 저는 악한 자가 아닙니다. 저는 납골당지기일 뿐입니다.

시종장 : 의전관께서는 저자를 믿지 못하시는군요.

수석 의전관 : 믿지 못한다고요? 아닙니다. 그러기조차 어려울 정도로 저자는 미천한 존재니까요. 하지만 저는 그래도 저자를 제 사람으로 만들 겁니다. 왜냐하면—변덕이든 미신이든 좋을 대로 부르십시오—저는 저자가 악의 도구일 뿐 아니라, 나아가 스스로 알아서 악을 위해 일하는 진정한 악의 일꾼이라고 생각하기 때문이지요.

시종장 : 저자는 삼십 년째 조용히 궁전에서 일해왔어요. 아마 지금껏 궁에는 단 한 번도 들어와 본 적이 없을 거요.

수석 의전관 : 어허, 그런 두더지들이야말로 모습을 드러내기 전에 미리 긴 땅굴을 파두는 법이지요. (갑자기 납골당지기 쪽을 향해 몸을 틀며) 먼저 이자를 끌어내라. (하인을 향해) 너는 이자를 프리드리히 공원으로 끌고 간 다음, 다른 명령이 떨어질 때까지 곁에서 지키면서 이자가 밖으로 나가지 못하게 감시하라.

납골당지기 : (크게 두려워하며) 하지만 폐하께서 저더러 기다리라 명하셨습니다.

수석 의전관 : 잘못된 명이었다. 썩 물러가라.

시종장 : 저자를 살살 다뤄야 합니다. 늙고 병든 데다가 무슨 이유에서인지 국왕께서 저자를 무척 아끼십니다.

납골당지기 : (몸을 깊이 숙여 시종장에게 절한다)

수석 의전관 : 그래요? (하인을 향해) 그를 조심스레 다루어라. 하지만 어쨌든 어서 이자를 데리고 나가라! 당장!

하인 : (납골당지기를 잡으려 한다)

시종장 : (그 사이에 끼어들며) 안 되오. 먼저 마차를 한 대 대기시켜야 합니다.

수석 의전관 : 이런 게 바로 궁의 공기라는 것이지. 옥수수에서 소금 맛만 따로 느낄 수는 없거든. 좋아, 마차를 한 대 대기시켜. 이 귀한 물건을 마차로 호송하는 거야. (시종장을 향해) 시종장의 태도를 보니 저는…….

납골당지기 : (문을 향해 걸어가다가 나지막이 비명을 지르며 쓰러진다)

수석 의전관 : (발을 쾅쾅 구르며) 저자를 그만 보는 것이 어찌 이리도 어려운가. 안 되면 할 수 없지, 저자를 메고서라도 나가. 네게 떨어진 명령이 무엇인지 제발 좀 제대로 알아들으란 말이다.

시종장 : 국왕께서 납시오!

하인 : (왼쪽 문을 연다)

수석 의전관 : 휴! (납골당지기에게 눈길을 던지며) 맞아, 유령은 우리가 마음대로 옮길 수 있는 존재가 아니지, 내가 왜 그 사실을 몰랐을까.

국왕 : (빠른 걸음으로 걸어온다. 그 뒤에는 어두운 피부색의 젊은 왕비가 이를 악문 채 문에 기대어 서 있다)

국왕 : 무슨 일이 일어난 거냐?

408

수석 의전관 : 납골당지기가 속이 좋지 않은 듯하여 밖으로 데리고 나가라고 명령하는 참이었습니다.

국왕 : 내게 먼저 알렸어야 했거늘. 의사는 불렀느냐?

시종장 : 제가 지금 부르겠습니다. (중간 문으로 서둘러 나갔다가 금방 되돌아온다)

국왕 : (납골당지기의 옆에 무릎을 꿇으면서) 이자를 위해 침대를 하나 마련하라! 들것도 가져오라! 의사는 오고 있는 중이냐? 무엇 하느라 아직도 오지 않는 것이냐. 맥박이 너무 약하구나. 심장박동도 느껴지지 않아. 이 앙상한 갈비뼈 좀 봐. 모두 너무 많이 사용하는 바람에 닳아서 이렇게 된 것이야. (갑자기 일어나서 주위를 둘러보며 물이 든 컵을 하나 가져온다. 곧 다시 무릎을 꿇고 납골당지기의 얼굴에 물을 축인다) 이제 호흡이 좀 나아졌어. 최악의 상황은 일어나지 않겠군. 탄탄한 혈통을 지녔으니 최악의 비참한 상황 속에서도 그는 굴하지 않을 것이야. 그런데 의사, 의사는 왜 안 오는 것이냐! (문 쪽을 바라보며 납골당지기의 손을 들고 그 손으로 자신의 볼을 쓰다듬는다)

왕비 : (시선을 창 쪽으로 돌린다. 하인이 들것을 가져오자 국왕은 납골당지기를 그 위에 올리는 것을 거든다)

국왕 : 살살 잡거라. 무슨 손들이 그렇게 거친 것이냐! 머리를 살짝 들거라. 들것을 가까이 가져와. 쿠션은 더 아래쪽으로 내려 등을 받치거라. 팔을 조심해, 팔을! 너희는 아주 형편없는 간

호사들이로구나. 너희 같은 것들은 단 한 번도 이 들것 위의 사내만큼 지쳐보지 못할 것이야. 자……, 이제 천천히, 아주 천천히 걸음을 옮겨라. 일정하게 걸어야 한다. 나는 뒤에서 너희를 따라가겠다. (문간에서 왕비를 향해) 이자가 바로 납골당지기요.

왕비 : (고개를 끄덕인다)

국왕 : 이런 모습으로가 아니라 다른 모습으로 당신에게 그를 보여주려고 했소. (한 걸음 더 옮긴 뒤) 같이 가지 않겠소?

왕비 : 전 너무 피곤해요.

국왕 : 의사와 얘기를 나눈 뒤, 즉시 다시 올라오겠소. 그리고 자네들은 보고할 것이 있다 했으니 내가 돌아올 때까지 기다리게나. (사라진다)

수석 의전관 : (왕비를 향해) 왕비 마마, 제 도움이 필요하신지요?

왕비 : 늘 지켜봐 주셔서 감사드려요. 오늘 주의를 기울인 게 아무 소용이 없었다고 해서 주의를 게을리하진 마세요. 모든 것을 빠짐없이 다 지켜봐 주세요. 의전관께서 저보다 훨씬 많은 것을 보실 수 있잖아요. 저는 늘 방 안에만 있으니. 하지만 전 알고 있어요. 점점 더 어두운 시기가 닥쳐올 거예요. 그리고 이번 가을은 그 어느 때보다 더 슬픈 가을이 될 거예요.

거대한 두더지

보통 크기의 두더지도 혐오하는 나 같은 사람들이 몇 년 전 어느 시골 마을 근처에 나타났던 그 거대한 두더지를 보았다면 아마 너무 징그러워서 숨이 넘어갔을지도 모른다. 이 마을은 그 사건으로 한동안 유명세를 치렀지만, 지금은 사람들의 기억에서 잊힌 지 오래고, 이로써 그 사건이 별것 아닌 소동에 지나지 않았음을 알려줄 뿐이다. 그 사건에 대해서는 조금도 밝혀진 바가 없으며, 거기에 별다른 노력도 기울이지 않았다. 무슨 이유에선지, 당연히 신경을 썼어야 할 사람들이 실제로는 훨씬 더 사소한 다른 일에 신경을 쓰면서 사건을 방치했고, 그 결과 사건은 정확한 조사조차 이루어지지 않은 채 잊히고 말았다. 마을이 기차도 다니지 않는 외진 곳이기는 하지만 그

것이 직무태만에 대한 변명이 될 수는 없다. 호기심에 찬 많은 사람들이 먼 곳에서, 심지어 외국에서까지 찾아왔는데 정작 호기심 이상의 뭔가를 보여주어야 할 사람들은 오지 않았다. 그렇다, 그나마 평범한 사람들, 일상에서는 좀처럼 한숨 돌릴 여유도 없는 그런 평범한 사람들이 자신들한테 득 될 일이 없음에도 불구하고 이 일에 발 벗고 나서지 않았더라면, 이 사건에 대한 소문은 이웃 마을 하나조차 넘어가지 못했을 것이다. 원래 소문이란 빨리 퍼져 나가는 법인데, 이 경우에는 그렇지 못했다. 직접 확인하지 않은 이상 소문을 들어보지도 못했을 것이다. 하지만 이 역시 그 일을 소홀히 한 것에 대한 변명이 될 수는 없었다. 오히려 소문이 퍼지지 않는 이유까지도 규명해야 옳았을 것이다. 하지만 그들은 그렇게 하지 않았고, 한 늙은 시골 교사에게 사건에 관한 보고서만 한 장 쓰도록 위임한 것이 다였다. 그는 교사로서는 훌륭했지만, 사건의 규명은 말할 것도 없고, 정확하고 쓸모 있는 보고서를 작성할 만한 소양과 능력조차 부족했다. 어쨌든 그가 쓴 소박한 글은 인쇄가 되었고, 당시 마을을 방문한 사람들에게 많이 팔렸으며, 어느 정도 인정도 받았다. 그러나 그는 다른 사람의 도움 없이 혼자서 애를 써봤자 결국 아무 소용 없다는 것을 잘 알고 있었다. 그런데도 그가 노력을 중단하지 않고, 소문이 원래 다 그렇듯 해가 거듭될수록 상황이 더 나빠졌음에도 불구하고 그 일을 자기

평생의 과업으로 삼았다는 것은 한편으로는 그 일이 가져올 수 있는 효과가 얼마나 큰지를 보여주고, 다른 한편으로는 그 늙고 별 영향력도 없는 교사가 얼마나 확고한 신념을 가지고 많은 노력을 기울였는지를 증명해준다. 하지만 몇 년 후, 사람들이 그 일을 거의 기억하지 못할 때 그가 추가로 발표한 짤막한 글을 보면 그가 권위 있는 사람들의 냉담한 태도 때문에 많이 힘들어했다는 사실을 알 수 있다. 그 글은 빼어난 글 솜씨를 자랑하는 것은 아니었지만 솔직함이 묻어 있어 믿을 만했다. 그 글에서 그는, 그러리라 생각지도 못했던 사람들이 그 일에 대해 너무나도 이해가 부족했음을 비판하고 있다. 그들의 태도에 대한 그의 생각을 잘 보여주는 문장이 하나 있다. 바로 "내가 아니라 그 사람들이 늙은 시골 교사처럼 말한다"는 문장이다. 특히 그는 이 문제로 직접 찾아가서 만난 한 학자의 말을 인용하고 있다. 그 학자의 이름을 언급하지는 않았지만, 여러 가지 부수적 정황들로 미루어볼 때 대략 누구였는지 짐작이 된다. 그 교사에게는 학자의 집 안에 발을 들이는 것조차 쉬운 일이 아니었다. 힘들게 안으로 들어갈 수 있었던 교사는 첫인사를 나눌 때부터 벌써 학자가 이 문제에 대해 극심한 편견에 사로잡혀 있다는 사실을 깨달았다. 교사가 손에 들고 있는 자신의 글에 대해 길게 설명하는 동안 학자가 얼마나 집중하지 않았는지는 그가 한 말에서 알 수 있다. 학자는 약간 생각하는 척을 하더니 이렇게 말했다.

"선생이 사는 곳은 흙이 유난히 검고 차져요. 그러다보니 두더지들에게도 영양분이 잘 공급되지요. 그래서 그렇게 비정상적으로 거대해진 거예요."

"말씀하시는 것만큼 그렇게 크지는 않았어요."

교사는 이렇게 말하고는 화가 난 마음에 좀 과장해서 벽에다 2미터가량을 재보였다.

"오, 그렇다면 정말 큰 게 맞는데요."

학자가 대답했다. 그는 이 모든 사실을 진지하게 여기지 않고 있는 게 분명했다. 이 대답을 듣고 교사는 집으로 돌아왔다. 그는 자신의 글에서, 눈 내리는 시골길 위에서 저녁 내내 자신을 기다린 아내와 여섯 아이들에게 자신의 희망이 완전히 물거품이 되어버렸다는 사실을 털어놓을 수밖에 없었다고 고백하고 있다.

나는 학자가 교사를 대했던 태도에 대해 읽을 때까지도 교사가 처음 쓴 보고서에 대해서는 전혀 모르고 있었다. 하지만 나는 당장 그 사건과 관련된 모든 자료들을 모으고 체계적으로 정리해보기로 결심했다. 그 학자에게 정면으로 대항할 수는 없지만 적어도 글이라도 써서 교사를 변호하고 싶었다. 아니 더 제대로 표현하자면, 그 교사 자체보다는 좋은 뜻을 지닌, 정직하지만 힘없는 한 사람을 변호하고 싶었다. 그러나 고백하건대, 나는 나중에 이 결심을 후회했다. 얼마 가지 않아, 그 결심을 실천하자면 기막히는 상황에 빠질 수밖에 없다는 것을 깨달았기 때문이다. 그 학자나 여론이 교사의 편으로 돌아서게 할 만큼 내 영향력이 대단하지도 않았고, 내가 염두에 둔 것은 거대한 두더지의 출현을 증명하고자 하는 교사의 주된 목적보다는 교사 스스로 당연한 사실로 여기고 누군가의 변호를 받아야 할 필요를 전혀 느끼지 못하는 그의 정직함을 변호하는 일이었는데, 교사도 그 사실을 깨닫게 되었다. 그래서 결국 교사와의 유대감을 형성하려던 나는 그에게 이해조차 받지 못했고 오히려 나를 도와줄 다른 사람이 필요한 지경이 되었는데, 그런 사람이 나타날 가능성은 거의 없었다. 또한 나의 결심에는 아주 큰 부담이 따랐다. 즉, 이미 설득력을 잃은 그 교사를 들먹여서는 그 누구도 설득시킬 수 없었던 것이다. 그의 보고서 내용은 나에게 혼란만 줄 것 같았다. 그래서 나는 독자적으로 작업을 끝내기 전에는 일부러 그것을 읽지 않았다. 그렇다, 나는 교사와 아예 연락조차 하지 않았다. 하지만 교사는 주변 사람들을 통해서 내가 하고 있는 조사작업에 대해 알게 되었다. 그러나 그는 내가 그의 편에 서서 작업하는 것인지, 아니면 그 반대인지는 알지 못했다. 그랬다, 후에 부인하기는 했지만 그는 아마 후자로 추측했던 것 같다. 왜냐하면 그가 여러 가지로 내 작업에 훼방을 놓았다는 증거가 있기 때문이다. 그에게는 그것이 어려운 일이 아니었다. 나는 어쩔 수 없이 그가 이미 했던 조사들을 다시 한 번 할 수밖에 없었고 그러다보니 그는 항상 나보다 선수를 쳤다. 그것은 내 방식이 틀렸다고 비난할 수 있는 유일하고 정당한 근거였다. 하지만 내가 내 추론들을 스스로 부인하고 신중함을 보이면서부터 그 근거도 상당히 완화되었다. 이 점만 제외하면 내 보고서는 교사의 영향을 전혀 받지 않았다. 어쩌면 내가 이 점에서 지나치게 완벽을 기했는지도 모르겠다. 그러니까 당시의 상황은, 지금까지 누구도 그 사건을 조사한 적이 없다고 내가 주장한다 하더라도, 또한 사건을 직접 경험한 사람들의 말을 들은 것도, 관련 정보들을 정리한 것도, 결론을 이끌어낸 것도 내가 처음이라고 하더라도 무방할 듯했다. 나중에 '아직 아무도 본 적이 없을 만큼 거대한 두더지'라는 장황한 제목을 단 교사의 보고서를 읽었을 때, 나는 우리 두 사람 모두 두더지의 존재에 대해 다루기는 했지만, 근본적인 문제들에서는 조금도 일치하지 않음을 알게 되었다. 사실 나는 그 많은 의견 차이에도 불구하고 어떻게든 교사와 친해질 것을 기대했지만, 세부적인 차이가 너무 심각해 기대했던 친근감은 싹트기 어려웠다. 교사 쪽에서는 거의 적대감까지 가지고 있었다. 그는 나를 대할 때 항상 겸손했지만, 그럴수록 그가 품고 있는 진짜 감정을 더욱 분명히 느낄 수 있었다. 그는 내가 이 문제에서 그에게 해만 끼칠 뿐이며, 그에게 도움이 되었다거나 도움이 될 수 있으리라는 내 믿음은 기껏해야 순진한 생각에 지나지 않고, 더 나아가 오만함이나 간계일 뿐이라고까지 생각했던 것이다. 지금까지 그의 의견에 반대되는 의견을 가진 사람들은 생각을 아예 드러내지 않거나 기껏해야 단둘이 있을 때 말하는 정도였다. 그런데 나는 모든 의견을 바로 글로 펴내야 한다는 말을 그 어떤 말보다 자주 했었다. 또 표면적으로라도 이 문제를 다룬 사람들은 반대의견을 표현하기 전에 최소한 교사의 의견, 그러니까 기준이 되는 의견을 들어보았을 텐데, 나는 계획 없이 수집해서 일부 잘못 이해한 정보를 바탕으로 결론을 끌어냈다는 것이다. 그래서 중심 사안에서 옳다고 하더라도, 일반 대중들은 물론이고 배운 사람들에게도 신빙성이 떨어진다는 인상을 줄 수밖에 없다는 것이었다. 그리고 이 문제에서 신빙성이 조금이라도 떨어진다는 사실은 최악의 상황이라는 것이었다.

돌려서 표현하기는 했어도 그는 비난을 퍼붓고 있었다. 그러나 그의 비난에 대처하는 것은 어렵지 않았다. 신빙성이 부족한 것으로 따지자면 그의 글이야말로 두말할 나위가 없었다. 하지만 그 외에 그가 의심하는 것들에 대해서는 반박하기가 쉽지 않았다. 따라서 나는 교사 앞에서 소극적일 수밖에 없었다. 그는, 거대한 두더지 이야기를 처음으로 세상에 알린 사람이라는 자신의 명예를 내가 앗아가려 한다고 생각했다. 하지

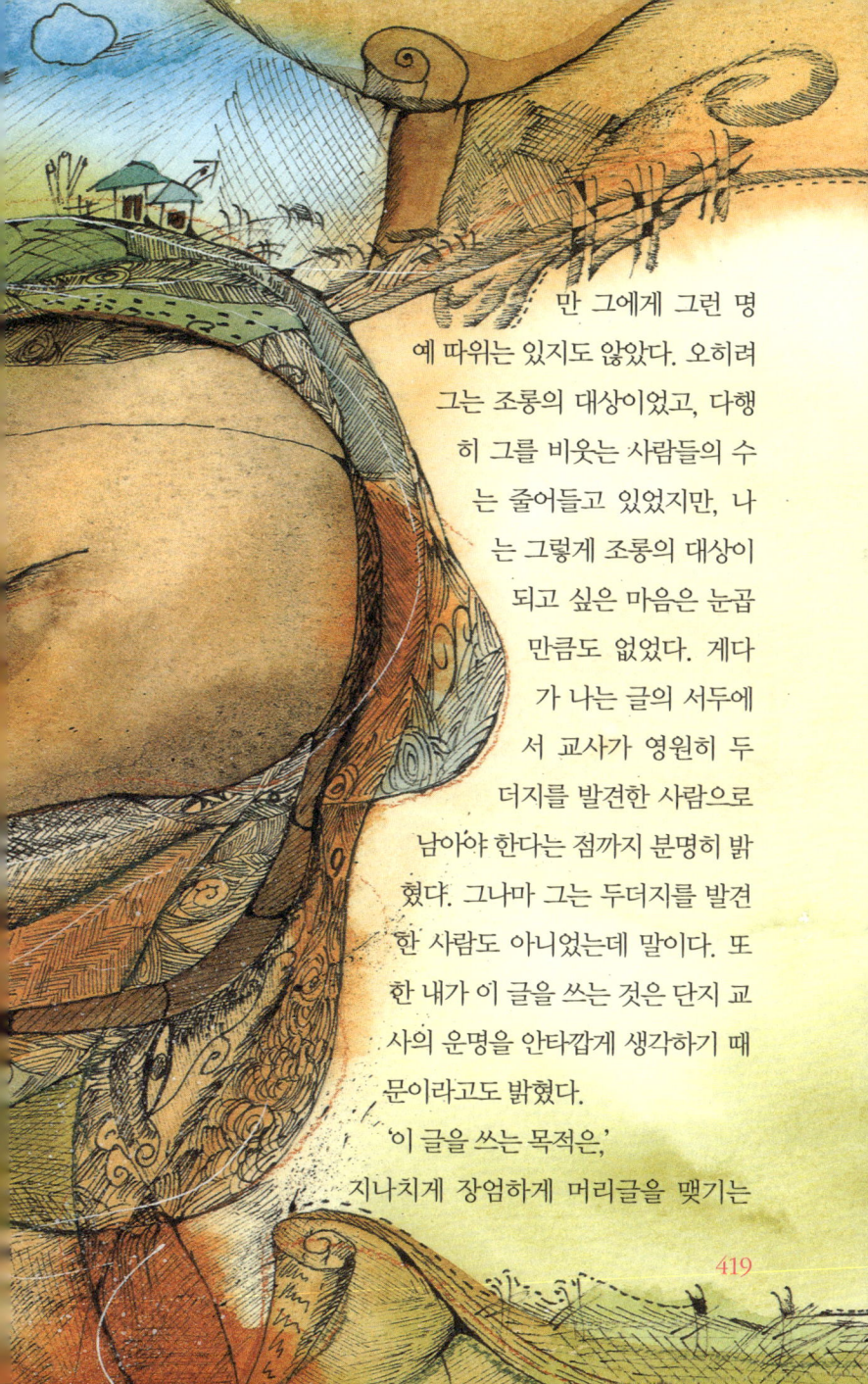

만 그에게 그런 명예 따위는 있지도 않았다. 오히려 그는 조롱의 대상이었고, 다행히 그를 비웃는 사람들의 수는 줄어들고 있었지만, 나는 그렇게 조롱의 대상이 되고 싶은 마음은 눈곱만큼도 없었다. 게다가 나는 글의 서두에서 교사가 영원히 두더지를 발견한 사람으로 남아야 한다는 점까지 분명히 밝혔다. 그나마 그는 두더지를 발견한 사람도 아니었는데 말이다. 또한 내가 이 글을 쓰는 것은 단지 교사의 운명을 안타깝게 생각하기 때문이라고도 밝혔다.

'이 글을 쓰는 목적은,'

지나치게 장엄하게 머리글을 맺기는

했지만, 당시 나의 감정이 그렇게 숙연했다.

'교사의 글이 그에 합당한 만큼 널리 알려지는 데 기여하기 위해서이다. 그렇게 되면 잠시, 그리고 표면적으로만 이 일에 관여한 나의 이름은 즉시 여기에서 삭제되어야 한다.'

나는 교사가 엄청난 비난을 퍼부을 것을 예견이라도 한 듯, 이 일에서 내가 차지하는 비중이 조금이라도 커지는 것을 심하게 견제했다. 그럼에도 불구하고 그는 이 점에서 나를 공격할 빌미를 찾아낸 것이다. 그의 말, 아니 그의 암시는 언뜻 당연해 보이기도 했고, 여러 번 느낀 사실이지만 그는 보고서에서보다 나와 대화할 때가 훨씬 더 예리했다. 그는 내 서문이 솔직하지 못하다고 했다. 그는 내가 정말 그의 글을 알리려는 의도밖에 없었다면, 왜 그와 그의 보고서 연구에만 몰두하지 않았는가, 왜 그 보고서의 우수성과 절대성을 선전하지 않았는가, 왜 그 발견이 지니는 의미를 부각시키고 그것을 이해시키는 데에만 신경 쓰지 않았는가, 왜 그의 글은 등한시한 채 발견 자체에만 열중했는가 등의 비난을 퍼부었다. 그런데 이미 발견한 게 아니었던가? 아직 더 발견할 것이 남아 있었던가? 내가 정말로 다시 한 번 발견해야 한다고 믿었다면, 왜 서문에서 그렇게 근엄하게 발견에 대해서는 관여하지 않겠다고 말했겠는가? 이 모든 것이 단순히 거짓된 겸손일 수도 있었겠지만, 교사의 입장에서는 무엇보다 화가 치미는 일이었다. 자기는 발견에 대해 한 번 연구하고 사건을 마무리 지은 반면, 나는 그 발견의 가치를 깎아내렸고, 단지 그 가치를 깎아내릴 목적만으로 발견에 관심을 가졌다는 것이었다. 또, 사건을 둘러싼 상황이 어느 정도 진정되고 있는 마당에 내가 다시 잡음을 일으켰고, 동시에 교사 자신의 상황을 그 어느 때보다 더 어렵게 만들었다고 했다. 자신의 정직함을 변호한다는 것이 스스로에게 무슨 의미가 있겠는가! 자기에게는 그 사건 자체만이 의미를 가지는데 나는 그 사실을 제대로 이해하지도 평가하지도 못했으며, 그 사실에 대한 감도 없었기 때문에 자기의 진의를 왜곡시켰다고 그는 비난했다. 그리고 그 사건이 내 이해력의 범위를 훨씬 뛰어넘는 것이라고도 했다. 그는 내 앞에 앉아서 쭈글쭈글한 늙은 얼굴로 조용히 나를 바라보고 있지만, 그의 생각은 결국 이런 것이었다. 하지만 그의 관심이 오직 사건 자체에만 있다는 말은 틀렸다. 그는 야욕도 상당했고, 돈도 벌고 싶어 했다. 그에게 딸린 식구 수를 볼 때 충분히 이해는 간다. 그러나 그러면서도 그는 어마어마한 거짓을 숨긴 채 자신이 아무런 사심도 없이 그 일에 몰두했던 것처럼 포장해도 무방하다고 여겼고, 반면 내 관심은 자기에 비하면 보잘것없다고 여겼다. 그가 나를 비난하는 것은 마치 자기가 두더지를 두 손으로 잡아봤다고 해서 손끝으로만 만져보려는 사람을 위선자라고 하는 짓과 같은 이치라며 나 자신을 위로도 해봤지만 그래도 속이 시원해지지는 않았다. 그의 행동은 욕심이라는 말로는, 적어도 욕심이라는 말 하나만으로는 설명할 수 없었으며, 그보다는 자기가 들인 엄청난 노력이 물거품이 되어버린 데서 오는 분노로 설명할 수 있는 것이었다. 하지만 그런 분노 역시 모든 것을 설명해줄 수는 없었다. 어쩌면 그 일에 대한 내 관심이 정말로 너무 부족했는지도 모른다. 교사는 모르는 사람들이 보이는 무관심에는 이미 어느 정도 익숙해져 있었다. 그런 무관심 때문에 전반적으로 힘들어하기는 했지만, 누가 무관심을 보일 때마다 괴로워한 것은 아니었다. 그런 와중에 드디어 그 사건을 각별히 생각하는 사람이 나타난 것이다. 하지만 그 사람 역시 사건을 이해하지 못하고 있었다. 내가 한때 그랬다는 것을 부인할 생각은 없다. 다만 나는 동물학자가 아니다. 내가 직접 그 두더지를 발견했더라면 아마 그 사건을 핵심까지 파고들었을 테지만, 나는 두더지를 발견한 사람이 아니었다. 그렇게 거대한 두더지가 나타난 것은 분명 기이한 현상이지만 그렇다고 거기에 대해 세간의 관심이 지속되기를 요구할 수는 없다. 특히 그런 두더지가 확실히 존재한다고 밝혀지지도 않았고, 사람들한테 두더지를 보여줄 수도 없는 상황에서는 더더욱 그러하다. 사실 내가 직접 두더지를 발견했다고 해도, 지금 교사를 위해서 선뜻 나선 경우처럼 이렇게 두더지 자체에 열정을 쏟아 붓지는 못했을 것이다.

교사와 나 사이의 이런 의견 충돌은 내 글이 성공을 거두었더라면 이내 해소되었을 것이다. 그런데 내 글은 그만 실패로 돌아갔다. 잘 쓴 글도 아니고, 설득력이 부족했는지도 모른다. 하지만 나는 장사꾼이다. 내가 속한 계층의 사람들은 그런 글을 쓸 만한 능력이 교사보다 많이 부족한지도 모르겠다. 비록 이 연구에 대해서만큼은 지식 면에서 교사보다 월등하기는 했지만. 그런데 실패의 원인은 어쩌면 또 다른 측면에 있었을 수도 있다. 글을 발표한 시기가 적절치 못했던 것도 같다. 발발 당시 널리 알려지지 못했던 두더지 사건이 그 후 사람들의 기억에서 완전히 사라진 것은 아니었기에 나는 새삼 주의를 환기시킬 수 있는 시점에 글을 발표했다. 그러나 다른 한편으로는 처음부터 얼마 되지 않던 관심이 완전히 없어질 정도로 충분한 시간이 지난 시점이었다. 내 글에 다소나마 관심을 가진 사람들은 몇 년 전에 이미 충분한 논의가 이루어졌는데 이제 와서 새삼 이 이상한 사건에 대해 헛수고를 할 필요가 있겠느냐고 말했고, 심지어 어떤 사람들은 내 글과 교사의 글을 혼동하기까지 했다. 어느 유력한 농업잡지에 다음과 같은 글이 실린 것이다. 다행히 맨 끝에 조그맣게 적혀 있었지만.

'거대한 두더지에 관한 글이 또 한 번 본지에 전달되었다. 몇 년 전에도 그 글을 읽고 한바탕 웃은 적이 있었다. 그 사이에 내용이 보태진 것도 아니었고 우리가 더 멍청해지지도 않았다. 웃어주는 것도 한 번이다. 이에 우리는 교원조합에 거대한 두더지를 쫓는 일 말고 시골 교사가 할 수 있는 더 의미 있는 일은 없는지 문의해보려 한다.'

어떻게 두 글을 혼동할 수 있단 말인가! 그들은 첫 번째 글도, 두 번째 글도 읽지 않은 것이다. 그들은 대충 골라낸, '거대한 두더지'와 '시골 교사'라는 빈약한 단어 두 개만으로도 충분히 공동의 관심사를 대변하는 사람으로 행세할 수 있었다. 거기에 대해서는 여러 가지 방법으로 대항할 수 있었겠지만, 교사와 서로 말이 잘 통하지 않는 바람에 그러고 싶은 마음이 싹 가셔버렸다. 차라리 나는 잡지 내용을 되도록 교사에게 숨기는 데에 더 신경을 썼다. 하지만 그는 이내 그것을 발견해버렸다. 나는 그 사실을 그가 보낸, 성탄절 축제일에 나를 찾아오겠다는 내용의 편지를 보고 알 수 있었다. 그는 거기에 이렇게 썼다.

'세상은 점점 험악해지고 있고, 사람들은 거기에 일조하고 있습니다.'

그가 하고 싶은 말인즉슨 내가 그 험악한 세상에 속하며, 내 안에 나쁜 근성이 있는 걸로 그치지 않고, 세상이 험악해져 가는 데 일조하고 있다는 것이었다. 다시 말해 내가 일반적인 나쁜 근성을 끌어내서, 그것이 승리하는 데 일조하고 있다는 말이었다. 나는 이미 마음의 결심을 한 터라 담담하게 그를 기다렸고, 그가 도착하는 광경을 내려다보았으며, 다른 때보다 퉁명하게 인사를 건넸고, 말없이 내 맞은편에 앉는 그의 모습을 바라볼 수 있었다. 그는 윗옷 가슴팍의 폭신한 주머니에서 조심스럽게 잡지를 꺼내 펴더니 내 앞으로 밀었다. 나는 조용히 그의 행동을 지켜보았다.

"알고 있습니다."

나는 이렇게 말하면서 잡지를 읽지 않고 다시 밀어 보냈다.

"아신다고요."

그는 한숨을 내쉬며 말했다. 교사들이 흔히 그러하듯 그에게도 남의 대답을 따라하는 습관이 있었다.

"물론 아무 대책 없이 당하고만 있지는 않을 겁니다."

그는 이렇게 말하면서 흥분하여 손가락으로 잡지를 톡톡 두드렸다. 그리고 마치 나와는 생각이 다르다는 듯 매섭게 내 쪽을 쳐다보았다. 분명 내가 무슨 말을 하고 싶어 하는지 예감하고 있었던 것이다. 보통 나는 그의 말보다 몸짓 따위에서 그가 내 의중을 제대로 간파했지만 거기에 굴하거나 자기 의사를 바꿀 생각이 없음을 눈치 챌 수 있었다. 당시 그와 이야기를 끝낸 직후 메모를 해두었기 때문에 나는 그에게 했던 말을 토씨하나 틀리지 않고 거의 그대로 다시 말할 수 있다.

"선생께서 원하는 대로 하시죠."

내가 말했다.

"오늘부터 우리 두 사람은 각자 제 갈 길을 가는 겁니다. 선생께서도 이 말이 갑작스럽거나, 이 말 때문에 심기가 불편해지시지는 않을 것 같군요. 이 잡지에 난 글 때문에 이런 결심을 한 건 아닙니다. 결심을 더 굳히는 계기가 되긴 했지만요. 처음에는 제가 나서서 선생께 도움을 드릴 수 있을 거라고 생각했어요. 하지만 이제는 모든 면에서 선생께 해만 끼친다는 걸 알고 결심을 하게 되었습니다. 어쩌다가 일이 이렇게 꼬였는지는 저도 잘 모르겠습니다. 성공이나 실패에는 항상 복합적인 원인이 따르지요. 저에게서만 잘못을 찾을 수는 없는 일입니다. 생각해보면 선생 역시 의도는 너무나 좋았지만 전체적으로 보면 결국 실패했습니다. 안타깝지만 저와의 관계로 인해 선생께서는 또 하나의 실패를 더하신 것 같군요. 결국 나 자신에게도 불리한 말인 만큼 진지하게 말씀 드리는 겁니다. 그리고 제가 지금 이 일에서 손을 떼는 것은 비겁한 행동도 배신도 아닙니다. 게다가 그러기 싫은데 억지로 손을 떼는 것도 아닙니다. 제가 선생의 인격을 얼마나 존중하는지는 제 글에도 드러나 있습니다. 선생께서는 어떤 점에서는 저에게 스승이 되어주었고, 심지어 그 두더지마저 사랑스러워 보였습니다. 그래도 저는 이 일에서 손을 떼겠습니다. 선생은 그 사건을 발견한 사람이고, 나는 그것을 조사하고 싶었지만, 선생이 명예를 얻는 데 늘 방해만 하는 꼴이 되어버렸고, 내 실패가 선생에게까지 영향을 주게 되었습니다. 적어도 선생은 이렇게 생각하실 테니 이 정도로 해두지요. 제가 할 수 있는 유일한 참회는 선생께 용서를 빌고, 원하신다면 이 자리에서 했던 고백을 잡지 같은 것을 통해서 다시 한 번 공개적으로 반복하는 겁니다."

당시에 나는 이렇게 말했으나 전적으로 솔직했다고는 할 수 없다. 하지만 개중에 솔직한 부분을 가려내는 것은 어려운 일이 아니었다. 내 말은 대충 짐작했던 그대로 그에게 효력을 발휘했다.

대부분 나이 든 사람들은 젊은 사람들을 대할 때 자신들의 본질을 어느 정도 감추고 속인다. 그리고 평소 젊은 사람들은 나이 든 사람들과 별문제 없이 살아간다. 좋은 관계를 유지하고 있다고 믿으면서 그들의 경험을 배우고 그들과의 평화가 유지되고 있다고 확신한다. 그런데 모든 것을 당연하게 여기면서 살다가 어느 순간 결정적인 일이 생겨 막상 지금까지 잘 유지해온 평온함이 힘을 발휘해야 할 때가 되면, 나이 든 사람들은 갑자기 딴사람처럼 자리에서 일어나 더 깊이 있고 더 강력한 의견을 제시하며 그때서야 자신들의 기를 펴고 새로운 선언을 하며 우리를 놀라게 한다. 그런데 우리가 놀라는 이유는 무엇보다 그들이 이제야 하는 말이 더욱 합당하고, 의미 있으며, 마치 자명함에도 급이 있는 듯 더욱 자명하기 때문이다.

게다가 그들이 이제야 하는 말은 사실 늘 해오던 말이었다. 그것이야말로 가장 기만적인 행태이다. 그러나 이 시골 교사가 나를 그다지 놀라게 하지 못한 것을 보면 내가 그를 꽤 깊이 연구하긴 했나보다.

그는 자신의 손을 내 손 위에 올려놓고 다정하게 쓰다듬으면서 말했다.

"젊은 양반, 어떻게 이 일에 손을 대겠다는 생각을 하게 된 거요? 나는 처음에 그 말을 듣자마자 아내와 그 일에 대해 이야기를 나누었소."

그는 테이블에서 뒤로 물러나 팔을 쭉 펴고, 마치 바닥에 서 있는 작달막한 아내와 대화를 나누기라도 하는 것처럼 바닥을 보면서 말했다.

"나는 아내에게 이렇게 말했지. 오랫동안 우리는 홀로 싸워왔소. 그런데 이제 도시에 사는 어떤 부자 양반이 우리를 도와줄 모양이오. 아무개라는 사람인데 도시에 사는 상인이라오. 기뻐할 일이오. 그렇지 않소? 도시의 상인이라면 무시할 수 없지. 가난한 농부가 우리를 믿어준다고 해봤자 아무 도움도 되지 않아. 농부들이 하는 일은 늘 별 볼일 없기 때문이지. 농부들이 우리 말이 옳다고 하나, 우리에게 침을 뱉으나 그게 그거요. 그리고 농부 하나가 아니라 만 명이 이 일에 끼어든다 하더라도 상황은 더 나빠지기만 할 거요. 하지만 도시에 사는 상인

이라면 이야기가 달라지지. 그런 사람
은 인맥이 있어서, 그냥 지나가며 한 말
도 많은 사람들에게 소문이 날 거요. 그
러면 다른 돈 많은 사람들이 그 일에
관심을 갖게 될 거고, 개중에는 '시
골 교사한테도 배울 게 있다'고 말하는 사람도
있을 거요. 다음 날이면 겉으로 봐서는 전혀 그러지 않을 것 같
은 사람들까지도 죄다 거기에 맞장구를 치고 있을 테고. 그러
면 우리 일에 필요한 돈줄도 생기겠지. 한 사람이 나서서 돈을
거두고 다른 사람들은 그에게 돈을 주고. 누군가가 교사를 시
골에서 모시고 와야 한다고 하면, 당장에 그 교사를 찾아갈 거
야. 교사의 겉모습 따위에는 신경 쓰지 않고 그를 에워싸겠지.
그러고는 딸린 처자식도 함께 데려가자고 하겠지. 당신도 도
시 사람들을 본 적 있소? 그들은 쉴 새 없이 종알대오. 여럿이
모였다 하면, 그 수다는 오른쪽에서 왼쪽으로 옮겨가고 왼쪽
에서 다시 오른쪽으로 돌아온 다음 위아래로 옮겨가지. 그들
은 그렇게 수다를 떨면서 우리를 마차에 태울 거요. 미처 사람
들에게 일일이 인사를 할 틈도 없지. 마부석에 앉은 남자가 안
경을 고쳐 쓰고 채찍을 흔들면 우리는 달리기 시작하는 거요.
모두들 손을 흔들며 마을 사람들에게 작별인사를 하겠지. 우
리가 도시 사람들 틈에 앉아 있는 게 아니라 아직 마을에 있는

것처럼 말이오. 성질 급한 도시인 몇몇은 마차를 몰고 우리 쪽으로 달려오기도 하겠지. 그러다가 우리가 가까이 가면 거기 모인 사람들은 우리를 보려고 자리에서 일어나 목을 밖으로 쑥 빼낸다오. 돈을 건 사람은 주위를 정돈시키고, 다들 조용히 하라고 주의를 준다오. 우리가 시내로 들어설 때에는 끝없는 마차 행렬이 이어지지. 이렇게 환영인사가 끝나는 줄 알겠지만, 이제야 식당에서 본격적인 행사가 시작돼. 도시에서는 누가 부르기만 하면 순식간에 사람들이 몰려들어. 한 사람에게 중요한 일은 곧 다른 사람에게도 중요한 일이 되지. 사람들은 서로의 숨결을 통해 남의 의견을 가져다가 제 것으로 만든다오. 모두가 마차를 탈 수 있는 건 아닐 테니 나머지는 식당 앞에서 기다리고 있겠지. 마차를 탈 수 있기는 하지만 일부러 타지 않는 이들도 있어. 그들 역시 기다리고 있겠지. 돈을 건 사람이 어떻게 이 모든 상황을 다 조절하는지 참으로 모를 일이오."

나는 담담하게 그의 말에 귀를 기울였다. 그랬다, 그의 말을 들을수록 나는 더욱 담담해졌다. 테이블 위에는 내 수중에 있던 보고서 사본들이 모조리 쌓여 있었다. 여기에 없는 것은 몇 부 되지 않았다. 얼마 전 서신을 보내 내가 발송했던 모든 사본들을 되돌려달라고 했고, 대부분 돌려받았기 때문이다. 많은 사람들이 아주 정중하게 그런 글을 받은 기억이 없거나 받았다면 아마 잃어버린 것 같다고 대답했다. 다른 무엇을 바라지도 않았으니 그건 괜찮았다. 다만 딱 한 사람이 내 보고서를 소장품으로 간직하고 싶다고 하면서, 내 서신을 참고해서 앞으로 20년 동안 내 보고서를 아무에게도 보여주지 않겠다고 다짐했다. 시골 교사는 이 편지를 아예 보지 못했다. 하지만 그의 말을 듣고 나니 한결 편한 마음으로 보여줄 수 있어서 다행스러웠다. 아니더라도 별 걱정 없이 그렇게 할 수 있었는데, 신중을 기하며 교사와 그의 글을 최대한 존중하여 편지를 작성하려고 애썼기 때문이었다. 내 편지의 핵심내용은 이랬다.

'제가 보고서를 돌려달라고 하는 것은 보고서에 제시한 의견이 달라졌거나 부분적으로 틀리거나 입증될 수 없다고 여겨서가 아닙니다. 제 부탁은 사적이지만 부득이한 이유가 있습니다. 이런 부탁을 드린다고 해서 그 사건에 대한 제 입장이 달라지는 것은 아닙니다. 이 점을 특히 유의해주시고, 괜찮으시다면 널리 알려주기를 부탁드립니다.'

나는 잠시 손으로 편지를 가리고 말했다.

"그렇게 되지 못해서 저를 탓하고 싶으세요? 왜 그러시려는 거죠? 헤어지는 마당에 서로 상처를 줄 필요는 없잖아요. 생각해보세요. 선생께서 발견은 하셨지만, 이 발견이 다른 모든 것을 능가할 만한 것은 아니었어요. 그래서 선생께서 당한 부당함 역시 다른 모든 부당함을 능가할 정도는 아닌 것입니다. 학문세계의 규칙을 잘 모르긴 하지만, 아무리 좋게 생각하더라도 선생이 순진한 부인에게 말한 것처럼 그런 환대를 받을 수 있었을 거라는 생각은 들지 않아요. 제가 만일 보고서의 효과를 조금이라도 기대한다면, 아마 이 정도일 것입니다. 그러니까 어느 교수가 우리 일에 관심을 갖게 되어서, 젊은 제자에게 그 사건을 조사해보라고 시킬지도 모릅니다. 그러면 이 학생은 선생께 가서 선생과 내가 한 조사를 나름대로 검토해볼 겁니다. 젊은 학생들은 의구심이 많다는 걸 염두에 두어야 합니다만, 어쨌든 만일 학생이 보기에 결과가 공표할 만한 가치가 있는 것 같으면 선생의 보고서를 학문적으로 뒷받침할 만한 글을 직접 작성해서 발표하겠죠. 이런 바람이 이뤄지더라도 여전히 갈 길은 멀어요. 이 기이한 사건을 변호해야 할 학생의 글이 일종의 우스갯소리가 되어버릴 수도 있거든요. 여기 농업잡지의 경우를 보면 알 수 있듯이 그런 일은 대수롭지 않게 일어나지요. 그리고 그런 면에서 학술잡지는 더 가차 없어요. 물론 교수들은 자신에 대해서는 물론, 학계 또는 후세에 대해서도 많은 책임을 지고 있는 만큼, 새로운 발견이 있다고 즉시 거기에 달려들 수 없다는 건 이해가 됩니다. 그런 면에서 보면 우리 같은 사람들이 오히려 유리하죠. 하지만 그 점은 일단 제쳐두고 이제 학생의 글이 관철되었다고 해봅시다. 그 다음에는 무슨 일이 일어날까요? 명예롭게도 선생의 이름이 여러 차례 언급될 수도 있고, 그 덕분에 선생의 지위도 올라갈지 모릅니다. 마을 사람들은 말하겠죠.

'우리 시골 선생님들은 혜안을 가지고 계세요.'

이쯤 되면 잡지사들도 머리와 양심이 있다면 선생께 공개적으로 용서를 구할 겁니다. 선생께서 연구비를 지원받을 수 있게 해줄 인정 많은 교수가 나타날 수도 있고, 사람들이 정말로 선생을 도시로 모시고 와서 문화센터 같은 곳에 일자리를 마련해주고, 선생이 연구를 계속할 수 있도록 시의 지원금을 받게끔 힘써줄 수도 있을 겁니다. 하지만 솔직히 말하자면 그렇게 해줄 수도 있다는 가능성뿐입니다. 사람들이 선생을 이곳으로 부르고 선생이 올 수도 있겠지만, 선생은 어디까지나 수많은 지원자들 중 한 사람일 뿐, 거창한 환대는 없을 겁니다. 선생과 대화를 나누며 선생의 노고를 인정하겠지만, 동시에 선생의 나이에 새로 연구를 시작하는 것은 그다지 전망이 없고, 무엇보다 선생의 발견이 계획된 것이라기보다 우연히 이뤄진 것이라고 여기면서 선생은 그 한 가지 연구에서 더 나아갈 마음이 없다고 생각할지도 모릅니다. 그런 이유로 선생을 그냥 마을에 남겨둘 수도 있습니다. 하지만 선생의 발견은 계속해서 연구될 수도 있어요. 한 번 인지하고 그대로 잊어버릴 만큼 사소한 발견은 아니니까요. 하지만 선생은 거기서 더이상 진전하지 못하고, 선생이 알아낸 것조차 제대로 이해 못 할

지도 몰라요. 모든 발견은 동시에 학문으로 연계됩니다. 그러면 더이상 발견이 아닌 셈이죠. 그러면서 발견은 하나의 전체를 이루며 꽃을 피웠다가 다시 사라집니다. 그렇게 되어도 여전히 발견을 인식할 수 있으려면 학문적 시각을 가져야만 합니다. 발견은, 지금까지 우리가 그 존재조차 몰랐던 주도적인 원칙들과 연계된 다음, 학술논쟁에서 낱낱이 파헤쳐집니다. 우리가 무슨 수로 그것을 이해할 수 있겠습니까? 학술논쟁을 주의 깊게 듣다보면 이런 식입니다. 예를 들어 내용이 발견에 관한 것이라고 생각하고 있었는데 알고 보니 다른 내용을 다루고 있고, 다음번에는 발견이 아닌 다른 내용을 다루고 있을 거라 생각했는데 막상 발견에 대해 논의하고 있는 식 말이죠.

무슨 말인지 아시겠어요? 선생은 그냥 시골에 남을 수도 있어요. 선생의 가족들은 경제적으로 형편이 좀 나아질지 모르지만, 선생은 자신의 발견을 빼앗기는 겁니다. 당당하게 대항할 수도 없지요. 발견은 도시에 가서야 진짜 가치를 인정받았으니까요. 물론 선생에 대해 전혀 배려를 안 하지는 않을 겁니다. 발견이 이뤄진 곳인 만큼 작은 박물관을 짓고, 그곳을 마을의 명소로 만들겠지요. 그리고 선생이 그 열쇠를 관리할 겁니다. 또 눈에 보이는 상징물도 있어야 하니까, 선생이 가슴에 달고 다닐 수 있게 작은 메달도 줄 겁니다. 연구소 사환이 달고 다니는 메달 같은 거요. 전부 가능한 일이에요. 선생이 바라는 게

435

이런 겁니까?"

교사는 조금도 주저하지 않고 대답했다.

"그럼 당신이 나를 위해 하려던 일이 그거였소?"

"어쩌면요, 사실 그때는 깊이 생각하지 않았기 때문에 지금 확실한 대답을 할 수가 없어요. 선생을 돕고 싶었지만, 실패로 돌아갔죠. 그것도 제가 겪은 실패 중 가장 큰 실패였어요. 그래서 이제 그 일에서 손을 떼고 제 힘이 닿는 한 원래대로 되돌려 놓으려는 겁니다."

나는 말했다.

"알겠소."

시골 교사는 이렇게 말하고 파이프를 꺼내고는 주머니 여기저기에 닥치는 대로 넣고 다니는 담뱃잎을 채워 넣기 시작했다.

"당신은 자진해서 청하지도 않은 선심을 베풀고, 이제는 자진해서 물러나는군. 대단하오."

"저는 고집불통은 아닙니다. 제 제안에 불만이라도 있으신지요?"

내가 말했다.

"아니오. 전혀 없소."

시골 교사가 말했다. 그의 파이프에서 벌써 연기가 올라왔다. 나는 담배 연기를 견딜 수 없어서 자리에서 일어나 방 안을

436

맴돌았다. 예전부터 그와 대화하면서 익숙해진 버릇인데, 그는 나와 있을 때 말이 별로 없는 편인데도 한번 오면 좀처럼 내 방에서 나가려고 하지 않았다. 이상하게 생각된 적이 한두 번이 아니었다.

'뭔가 나한테 바라는 게 있어.'

그때마다 나는 이렇게 생각했고 그에게 돈을 내밀었는데, 그는 어김없이 그 돈을 받았다. 하지만 돌아가는 것은 언제나 자기 마음이 내킬 때였다. 대개는 파이프 담배를 다 피우고 난 뒤였다. 의자를 책상 옆에 가지런하게 밀어 넣고, 의자 주변을 돌아 바닥에 있는 지팡이를 들고, 내 손을 세게 움켜잡은 뒤 방을 나섰다. 하지만 오늘은 그가 말없이 머물러 있는 것이 너무도 견디기 힘들었다. 내가 오늘 한 것처럼 누군가가 상대방에게 영영 작별을 고했을 때 상대방도 이에 완전히 동의한다면 정리할 일은 되도록 빨리 정리할 수 있을 것이고, 쓸데없이 묵묵히 앉아서 상대방의 마음을 무겁게 하는 일 따위는 벌어지지 않을 것이다. 그 작고 끈질긴 노인이 테이블 앞에 앉아 있는 모습을 뒤에서 보고 있자니 그를 방 밖으로 나가게 하는 일은 불가능한 것처럼 여겨졌다.

만리장성 축조에 관한 보고서

만리장성 공사는 북쪽 끄트머리에서 마무리되었다. 남동쪽과 남서쪽에서 시작된 공사가 그곳에서 만난 것이었다. 이러한 부분공사 방식은 그 안에서 다시 동쪽과 서쪽의 두 개의 대규모 작업 무리로 갈라져 진행되었다. 약 스무 명가량의 인부로 구성된 무리들이 한쪽에서 약 500미터 정도의 길이로 장벽을 쌓아 올리면, 그 옆의 무리가 그쪽을 향해 같은 길이의 장벽을 맞쌓아 올렸다. 그러나 두 개의 장벽이 합쳐지고 난 다음에는 그렇게 쌓아 올린 약 1,000미터가량의 장벽 바로 끝에서 다시 작업을 이어가는 것이 아니라, 완전히 다른 지역으로 일꾼들을 보내 장벽을 쌓게 했다. 이런 식으로 공사를 하다보니 당연히 커다란 빈틈들이 생겨났다. 이 빈틈들은 점차적으로 서서히 채워졌지만, 개중에는 심지어 장벽이 완공되었다고 발표되고 난 다음에야 채워진 것들도 있었다. 끝까지 메워지지 않고 빈 공간으로 남았던 곳도 있었다고 한다. 그러나 이는 만리장성의 축조를 둘러싸고 생겨난 수많은 전설들 중 하나에 지나지 않을 수도 있었고, 또 장벽의 총연장으로 미루어볼 때 적어도 개개인이 자신의 눈과 자신의 척도로 직접 장벽을 따라 걸으며 확인할 수는 없는 것이었다.

이쯤 되면 누구든 처음부터 장벽을 죽 연결해서 짓거나 적어도 두 개의 주요부분이라도 이어가며 건축을 했더라면 어떤 의미에서든 더 나았으리라고 생각할 것이다. 게다가, 잘 알려져 있듯, 이 장벽은 북방민족을 막기 위해 만든 것이었다. 그런데 빈틈없이 이어지지도 않은 장벽이 어떻게 방어기능을 수행할 수 있겠는가. 그렇다, 이런 식으로 지어진 장벽은 방어기능도 없을뿐더러, 장벽 자체가 끊임없는 위험에 노출되게 된다. 황량한 지역에 홀로 외로이 서 있는 장벽의 각 부분들은 언제든지 유목민들에 의해 파괴될 수 있다. 특히 장벽이 건축되는 것을 보고 위기의식을 느낀 유목민들은 메뚜기처럼 이루 말할 수 없이 빠른 속도로 주거지를 옮겨 다녔고, 그러면서 어쩌면 공사의 진척상황에 대해 공사를 하고 있던 우리 자신들보다 더 잘 파악하고 있었을지도 모르기 때문에 장벽이 파괴될 위험은 더더욱 컸다. 그럼에도 불구하고 진행된 것과 다른 방법으로는 달리 공사를 진행할 방도가 없었다. 그 까닭을 이해하기 위해서는 먼저 다음과 같은 것들을 생각해보아야 한다. 장벽은 수백 년 동안 방어를 목적으로 지어질 예정이었다. 따라서 매우 세심하게 지을 것, 유명한 시대와 유명한 민족들의 지혜가 담긴 건축방법을 모두 동원할 것, 인부들은 개인적인 책임감을 지니고 공사에 참여할 것 등이 어쩔 수 없이 작업의 전제조건이 되었다. 하찮은 노동에는 배운 것도 없이 그저 돈을 벌려고 자원하는 백성들을 남녀노소 할 것 없이 그대로 인부로 활용할 수 있었다. 그러나 네 명의 날품팔이들을 지휘하는 업무만 하더라도 건축분야의 교육을 받은 학식 있는 사람이 필요했다. 다시 말해, 자신들이 하고 있는 일에 대해 마음 깊숙이 공감할 수 있는 사람이 필요했던 것이다. 또 중대한 업무일수록 그 일을 맡을 사람이 갖춰야 할 자격요건도 많아졌다. 그런데 그런 일을 감당할 수 있는 사내들은 이 공사에 필요한 만큼은 아니었지만 그래도 꽤 많이 있었다.

게다가 경솔하게 장벽건축에 착수한 것도 아니었다. 공사가 시작되기 50년 전, 장벽이 둘러싸야 할 지역, 즉 중국 전역에서는 건축예술, 특히 장벽 미장술이 가장 중요한 학문으로 선포되었고, 다른 학문들 중에서는 그 장벽건축과 관련이 있는 것들만 학문으로 인정받았다. 어린 시절, 겨우 두 다리로 일어설 수 있을 때쯤, 선생님 집의 작은 정원에서 자갈로 장벽 비슷한 것을 쌓았던 일, 선생님이 윗옷을 추켜올리고 달려가서 우리가 쌓은 장벽들을 무너뜨려버리시던 일, 그러고는 우리가 지은 건물들이 허술하다고 호통을 치시던 일, 그 호통이 얼마나 무서웠던지 모두들 울음을 터뜨리며 부모님이 계시던 곳으로 뿔뿔이 흩어져 도망가던 일들이 아직까지도 생생하다. 이 일은 비록 사소한 일이기는 하지만 당시의 시대정신을 그대로 반영하는 것이었다.

내가 스무 살 때 최하급 학교의 최상급 시험을 치를 때쯤, 운 좋게도 장벽 건축이 시작되었다. 예전에는 자신들에게 허락된 한도 내에서는 최고의 교육을 받고도 그 지식을 활용할 방법이 없어서 위대한 건축계획을 머릿속에만 품은 채 할 일 없이 빈둥거리고 세월을 탕진해버리던 이들이 많았기에 나는 '운 좋게도'라는 말을 사용한 것이다. 그러나 결국 장벽공사에 토목감독으로 고용된 사람들은 아무리 직급이 낮다 하더라도 진정으로 그 업무를 맡을 자격이 있는 사람들이었다. 그들은 예전부터 건축에 대해 많이 생각해왔고 건축에 대해 생각하기를 중단하지 않는 미장이들로서, 첫 번째 돌덩이를 땅 밑에 파묻는 순간, 장벽건축에 대해 완전한 일체감을 얻은 이들이었다. 이러한 미장이들을 북돋우는 것으로는 철저하게 업무를 완수하려는 욕심 외에도 완성된 건축물의 모습을 보려는 조바심도 있었다. 그러나 날품팔이들에게는 이러한 조바심이 없다. 날품팔이들로 하여금 일을 하도록 북돋우는 것은 단지 일당뿐이며, 상급 감독과 나아가 중간급 감독들까지도 건축물이 다양한 모습으로 완성되어가는 과정을 보는 것만으로도 정신을 다잡고 일을 해나갈 수 있다. 그러나 겉으로 보기에도 사소한 과제를 맡았지만 그 업무를 맡기에는 너무나도 높은 정신수준을 지닌 하급직 사내들에 대해서는 다른 방법으로 배려해야만 했다. 예를 들어 그 사람들을 고향에서 수백 마일이나 떨어진 인적 없는 산지에서 몇 달 혹은 몇 년 동안 한 장 한 장 벽돌이나 쌓아 올리며 살도록 할 수는 없었다. 부지런히 일해봤자, 길다면 긴 사람의 한평생 동안 목표에 다다르지 못할 노동을 하는 것에서 오는 절망감에 그들은 좌절하게 될 것이었고, 또 무엇보다 그 일조차 해내지 못할 정도로 가치 없게 전락하고 말았을 것이다. 따라서 부분건축이라는 방식이 나온 것이었다. 500미터는 대충 5년 정도면 완성할 수 있었고, 보통은 그렇게 500미터를 짓고 나면 감독부터가 완전히 지쳐서 자신과 건축물, 그리고 세상에 대한 믿음을 잃어버리곤 했다. 그 때문에 1,000미터 길이로 장벽이 합쳐진 것을 축하하며 한껏 들뜬 마음이 가시기도 전에 일꾼들은 다시금 머나먼 곳으로 떠나 보내졌고, 그러면 그들은 목적지로 가는 동안 여기저기에 완성된 장벽의 일부분들이 우뚝 서 있는 것을 보았다. 또 고위 감독관들의 숙소를 지나칠 때면 경례를 하기도 했고, 깊은 산골에서 공

시장을 향해 새로이 몰려든 인부들의 환호성을 듣기도 했다. 장벽의 뼈대가 될 나무들을 벌목하는 모습을 보았고, 장벽 쌓을 벽돌을 얻기 위해 산의 바위를 쪼개는 것을 보았고, 성소에서는 신앙심 깊은 이들이 건축 완공을 기원하며 부르는 노랫소리를 듣기도 했다. 이 모든 것들이 그들의 조바심을 달래주었다. 또 얼마간 고향에서 조용한 생활을 하며 힘을 얻기도 했고, 모든 건축공들이 누리는 평판, 믿음과 겸허한 자세로 자신들의 이야기를 들어주는 사람들, 언젠가는 장벽이 건축될 것이라고 믿는 소박하고 말없는 백성들의 확신 등 이 모든 것들이 영혼의 줄을 팽팽하게 당겨주었다. 그러면 그들은 영원히 희망을 버리지 않는 아이들처럼 고향과 이별했고, 민족적 과업에 다시금 참여하고 싶다는 열망을 억누를 수가 없었다. 그들은 필요 이상으로 빨리 집을 나섰고, 마을 사람들의 절반이 꽤 먼 길을 그들과 함께 걸으며 배웅해주었다. 길목마다 인파가 모여 있었고, 삼각기와 휘장들이 나부끼고 있었다. 지금처럼 자신들의 나라가 넓고 풍요롭고 아름답고 사랑스럽게 보인 적이 없었다. 마주치는 모든 이들이 곧 자신의 형제였고, 자신들은 그 형제들을 위해 방어벽을 건축하러 가는 것이었다. 또 그 형제들은 자신들이 가진 모든 것과 자신들의 존재 전체를 걸고, 자신들을 위해 장벽을 건축하는 사람들에게 평생토록 감사했다. 단결! 단결! 가슴과 가슴을 맞대고 모두가 원무를 추었고, 피는 더이상 육신의 하잘것없는 순환계 안에 갇힌 것이 아니라, 끝없는 중국 평원을 달콤하게 흘러갔다가 다시 흘러오는 것이었다.

이 정도면 왜 부분건축 방식을 선택했는지 이해가 갈 것이다. 물론 다른 이유들도 있다. 그런데 내가 이 문제를 두고 이렇게 시간을 끄는 것은 특이한 일이 아니다. 그다지 본질적인 문제로 보이지는 않겠지만 실은 이 문제야말로 장벽건축에서 가장 핵심적인 문제이기 때문이다. 당시의 생각과 경험을 전달하고 이해하기 위해서는 이 문제를 아무리 깊이 연구해도 지나치지 않을 것이다.

우선, 당시 이뤄진 사업이 바벨탑 건축에도 크게 뒤처지지 않는 업적이었음을 분명히 해두어야 할 것이다. 다만, 신의 마음에 들고 안 들고의 문제에서, 적어도 인간적인 시각에서 볼 때, 이 업적은 바벨탑과는 완전히 정반대에 가까운 목적으로 지어진 것이다. 내가 이를 언급하는 것은, 건축이 시작될 때쯤 한 학자가 여기에 대해 매우 상세히 비교해둔 책 한 권을 기록했기 때문이다. 학자는 그 책에서, 바벨탑이 일반적으로 알려진 그 이유들 때문에 완성되지 못한 것이 아니었거나 적어도 그 이유들이 바벨탑이 완공되지 못한 가장 중요한 원인은 아니었다는 것을 증명하려 했다. 그의 증명은 보고서로만 구성된 것이 아니었다. 그는 직접 현지에 가서 조사도 했는데, 그 결과 바벨탑은 기초가 약해서 무너진 것이며 무너질 수밖에 없었던 점을 발견했다고 했다. 이 점에서 우리가 장벽을 건축한 시대는 그 옛날보다 월등했다. 교육을 받은 동시대인이라면 누구나가 전문적인 미장이였고, 건물의 기초 쌓기 문제에 대해서도 분명하게 알고 있었다. 그러나 그 학자가 주장하고 싶은 바는 그것이 아니었다. 그는, 거대한 장벽이 건축됨으로써 인류 역사상 최초로 바벨탑을 다시 한 번 쌓기 위한 든든한 기초가 마련될 것이라 주장했다. 그러니까 먼저 장벽을 건축하고 탑을 쌓는 것이다. 당시 모든 이들이 그 책을 읽었다. 그러나 고백하건대, 나는 오늘날까지도 그 학자가 탑이 건축되는 모습을 어떤 식으로 머릿속에 그리고 있었는지를 이해할 수 없다. 원의 형태도 아니고 부채꼴이나 반원 같은 모양을 하고 있는 장벽이 탑의 기초가 될 것이라고? 정신적인 관점에서 그렇게 될 수 있다는 말이었겠지. 그러나 그렇다면 그 학자는 왜 하필 구체적으로 실재하는, 수십만 명이 노력과 삶을 바친 그 장벽을 언급했던 것일까? 그리고 비록 안개에 싸인 것처럼 불분명한 도면이기는 하지만 왜 그 도면을 자신의 책에 그려 넣고, 그 강력한 새로운 작품을 통해 국민적 힘을 집결시킬 수 있을 구체적인 방안까지 제시했던 것일까?

당시 배운 사람들 사이에는 많은 혼란이 있었고, 이 책은 하나의 예에 불과하다. 아마도 그렇게 많은 사람들이 한 가지 목표에 최대한 집중하려 했기 때문에 혼란이 빈번했을 것이다. 근본적으로 경솔하며 날아다니는 먼지 같은 본성을 지닌 인간은 그 어떤 속박도 견뎌내지 못한다. 인간은 자신을 스스로 속박해놓고는 금세 미친 듯이 족쇄를 흔들기 시작하고, 장벽과 수갑과 자신을 온 사방에 갈기갈기 찢어놓을 존재다.

부분건축 방식으로 장벽을 축조할 것을 확정했을 때, 어쩌면 지도층들은 장벽건축에 배치되는 인간의 속성들에 대해서도 생각해보았을지 모른다. 우리는—나는 분명 여기에서 여러 명을 대변하고 있다—최고위 지도층들의 명령을 되뇔 때가 되어서야 비로소 우리 자신이 누구인지 알게 되었고, 지도층이 없다면 우리가 학교에서 배운 지식도, 인간적인 상식도, 위대한 전체 내에서 각자가 맡은 사소한 직책도 수행하기에 충분하지 못했으리라는 사실을 깨달았다. 지도층의 방—지도층이 머무르던 곳으로써, 그곳에 누가 앉아 있는지는 지금도 아무도 모르고 있고, 내가 물어본 사람들 중에도 아는 사람이 아무도 없었다—에서는 분명 모든 인간적인 생각과 소원이 맴돌았을 것이고, 모든 인간적인 목표와 성취가 그 반대방향으로 원을 그리며 맴돌았을 것이다. 그러나 창문을 통해 신들의 세상의 반사광도 도면을 그리는 지도층의 손 위로 떨어졌을 것이다.

따라서 돈으로 매수할 수 없는 중립적인 관찰자라면, 지도층이 진정으로 그럴 생각만 있었다면 장벽을 죽 연결시켜 건축하는 것과 대치되는 건축방식이 지닌 문제점들도 극복할 수 있었을 것이라는 점을 간파할 수 있다. 그러니 결국은 지도층이 일부러 부분건축 방식을 선택한 것이라고 볼 수밖에 없다. 그러나 부분건축은 미봉책일 뿐이었고, 게다가 건축 목적에도 부합되지 않았다. 따라서 결국은 지도층이 목적에 맞지 않는 건물을 지으려 했다고밖에 볼 수 없다.─기이한 추론이다!─그러나 분명 그랬을 것이다. 또 다른 측면에서도 그런 추론을 합리화시켜주는 근거를 찾아볼 수 있을 것이다. 오늘날에는 이에 대해서 말해도 아마 별다른 위험은 따르지 않을 것이다. 당시 많은 이들이, 심지어 최고층에 속하는 이들까지도 비밀스러운 원칙으로 여기던 것이 있었는데, 바로 '온 힘을 다해 지도층의 지시를 이해하려 노력하되, 어느 정도까지만 노력하라. 그리고 그러다가 생각하기를 멈추어라'는 원칙이었다. 매우 합리적인 원칙이었는데, 이에 대한 또 하나의 해석이 이후 반복적으로 자주 등장했었다. 즉, '네게 피해를 줄 수도 있으니 생각을 멈추라는 것이 아니다. 네게 피해를 줄 수 있는지 여부조차도 분명하지 않다. 즉, 피해를 줄 것이라고도 피해를 주지 않을 것이라고도 말할 수 없었다. 그 일은 봄철의 강물같이 네게 일어날 것이다. 강물은 불어나 점점 더 거세지며, 긴 강둑을 따라 펼쳐진 대지를 더욱 강하게 적시고, 더 나아가 자신을 바다에 내던지며 바다와 동등해지고 결국에는 더 많이 환영받을 것이다. 지도층의 지시에 대해서는 여기까지만 생각하라. 그 다음부터 강물은 넘치기 시작하고, 자신의 윤곽과 형상을 잃어버리며, 아래쪽으로 흐르던 속도가 점차 느려지고, 원래 자신이 흘러가야 할 방향을 거스르며, 내륙에 조그만 바다를 형성하려고 애쓰다가, 평야를 훼손하고, 자신의 너비를 오랫동안은 감당할 수 없기에 다시금 원래의 강둑 안으로 좁아지고, 심지어 그 뒤에 따르는 더운 계절에는 보잘것없이 바싹바싹 마른다. 이렇게 되기까지는 지도층의 지시에 대해 생각하지 말라'는 비유였다.

이러한 비유는 장벽을 건축하는 동안에 더없이 잘 들어맞는 것이었겠지만, 지금 나의 보고서에서는 잘해야 어느 정도까지만 들어맞을 뿐이다. 내 작업은 오래전의 역사를 조사하는 작업 중 하나일 뿐이다. 본디 한참 전에 지나가 버린 천둥구름에서는 더이상 번개가 나오지 않는 법 아닌가. 따라서 나는 부분 건축 방식에 대해 당시 사람들이 만족해하던 해명보다 훨씬 더 깊이 파고들어도 된다. 내 사고력이 지닌 한계는 너무나도 좁지만, 이와 관련해 두루 연구해보아야 할 영역은 끝 간데없이 무한하다.

장벽은 누구로부터 백성들을 보호해야 했을까? 바로 북방민족들로부터다. 나는 중국 남동부 출신이다. 어떤 북방민족도 그곳에 사는 우리를 위협할 수는 없다. 우리는 옛사람들의 책

448

에서나 북방민족들에 대한 글을 읽는다. 우리는 원두막에 평화롭게 앉아 북방민족이 그들의 천성에 따라 저지른 끔찍한 일들을 읽으며 한숨짓는다. 예술가들이 사실에 가깝게 그린 그림들에서는 지옥에서나 볼 수 있는 얼굴들, 좍 벌린 입, 날카로운 이빨들이 삐죽삐죽 솟아 있는 턱, 입으로 으스러뜨리고 갈기갈기 잡아 뜯게 될 노략질 대상을 곁눈질하고 있는 듯한 찡그린 두 눈을 볼 수 있다. 잘못한 아이들에게 이 그림들을 보여주면 아이들은 금세 울음을 터뜨리며 날아오르듯이 우리 목에 매달린다. 그러나 북방민족에 대해 우리가 알고 있는 바는 이것이 전부다. 북방민족을 본 적도 없고, 이 마을에서 계속 사는 한 그들이 야생마를 타고 지금 막 우리를 향해 거칠게 달려오고 있다 하더라도 우리는 절대로 그들을 못 볼 것이다. 그만큼 이 나라가 광활하기 때문에 북방민족들이 우리가 있는 곳까지 도달할 수 없는 것이다. 그들은 결국 허공으로만 달려갈 것이다.

상황이 이러함에도 불구하고 우리는 왜 우리의 고향, 강과 다리, 어머니와 아버지, 눈물짓는 아내, 자신들을 가르쳐줄 사람이 필요한 아이들을 버리고 먼 도시에 있는 학교로 향하는 것일까, 우리의 생각은 왜 또 그보다 더 북쪽에 있는 장벽에 가 있는 것일까? 왜? 지도층에게 물어보라. 그들은 우리를 잘 알고 있다. 엄청난 고민들을 이리 뒤집어보고 저리 뒤집어보는 그들은 우리를 잘 알고 있고, 우리들의 소소한 생업들에 대해서도 알고 있고, 낮은 곳에 있는 오두막에 우리가 함께 모여 앉아 있는 것도 보고, 가족들이 둥그렇게 모여 있는 가운데 가장이 하는 기도를 마음에 들어하기도 하고 마음에 들지 않아하기도 한다. 그런 지도층에 대해 감히 몇 가지 생각을 해도 좋다면 나는, 내 생각에는, 그러한 지도층이 예전부터 이미 존재해왔다고 말하고 싶다. 그러니까 이 지도층은 청조의 고관대작들처럼 어느 아름다운 아침, 길몽에 고무되어 황급히 회의를 소집하고 황급히 무언가를 결의하고—그 결의들은, 등화가 꺼지기 무섭게 새벽부터 어두운 구석에서 백성들을 매질하기보다 자기를 숭배하기 위한 등화 행사를 개최하는 편이 편리할 것이라고 알려준 어느 신의 가르침을 따르자는 결의일 수도 있었고 다른 어떤 것이 될 수도 있었다—바로 그날 저녁에 그 결의들을 실행에 옮기기 위해 북을 울려 백성들을 잠자리에서 일어나도록 만든 사람들은 아니라는 말이다. 다시 말해, 이 지도층은 아주 오래전부터 존재해왔고 장벽건축에 대한 결의도 그와 마찬가지로 오래전부터 존재해온 것이었다. 장벽을 건축하게끔 만들었다는 죄 없는 북방민족은 자신들이 장벽을 건축하게끔 만들었다고 믿었고, 존경해 마지않는 우리의 순진한 황제는 자신이 장벽건축을 지시했다고 생각했다. 우리는 장벽건축에 대해 이것과는 다르게 알고 있지만 침묵을 지킨다.

나는 이미 장벽이 건축될 당시부터, 그리고 그 후로부터 오늘날까지도 거의 전적으로 여러 민족의 역사연구에만 전념해오고 있다. 이렇게 해야만 핵심에 다가갈 수 있는 문제들이 몇 몇 있다. 그러는 동안 나는 중국의 몇몇 국민적, 국가적 기구들은 그 어디에서도 찾아볼 수 없을 만큼 유일무이하게 투명하고, 또 어떤 기구들은 그 어디에서도 찾아볼 수 없을 만큼 유일무이하게 불투명하다는 사실을 알게 되었다. 나는 그 이유를, 특히 후자의 현상들이 나타나는 근거를 찾아보는 것에 강한 관심을 지니고 있었고 그 강한 관심은 아직까지도 유지되고 있다. 장벽건축에 대한 문제도 결국 본질적으로는 이 문제와 관련되어 있다.

가장 불분명한 중국의 기구를 꼽으라면 황제정치 제도가 단연 으뜸이다. 베이징은 물론이고 모든 궁정 대신들 역시 황제정치 제도가 실제로 드러나는 것보다 얼마나 허황된 것인지를 어느 정도는 꿰뚫어보고 있다. 상급 학교에서 국법과 역사를 가르치는 선생들부터도 자신들이 이런 제도에 대해 정확히 알고 있다고 생각하고, 그 지식을 학생들에게 전달할 수 있다고 주장한다. 그런데 하급 학교로 내려갈수록 자신들이 알고 있는 바에 대한 의심은 점점 더 없어진다. 그리고 수백 년 전부터 사람들의 머리에 억지로 주입되어온, 비록 진리의 영원성을 잃어버리지는 않았지만 아지랑이와 안개에 싸여 영원히 알려지지 않은 채로 남아 있을 몇 안 되는 명제들 주변에서 반쪽짜리 교육이 판을 친다.

그러나 나는 적어도 황제정치 제도에 관해서는 백성들에게 물어보아야 한다고 생각한다. 백성들이야말로 황제정치 제도를 최후까지 지탱해줄 버팀목이기 때문이다. 이에 대해 나는 다시금 내 고향을 예로 들 수밖에 없다. 들판의 신들과 그 신들이 1년 사계절 내내 발휘하는 변화무쌍하고도 아름다운 솜씨를 향할 때를 제외하면, 우리의 생각은 전적으로 황제에게만 향하게 된다. 그렇다고 지금의 황제를 생각하는 것이 아니다. 아니, 그보다는 만약 우리가 지금의 황제에 대해서 잘 알고 있거나 그에 대해 몇몇 특정한 사실들을 알고 있기만 한다면 우리의 생각도 지금의 황제를 향할 것이라고 말하는 편이 옳겠다. 물론 우리는—이는 우리를 채우는 유일한 호기심이었다—황제에 대해 뭔가를 알고자 노력했다. 그러나 이상하게 들릴 수도 있겠지만 황제에 대해 뭔가를 알아내는 것은 거의 불가능했다. 전국을 방랑하는 순례자들에게서도, 가까이 있는 마을에서도, 멀리 떨어진 마을에서도, 우리 고향 주변의 작은 강들뿐 아니라 성스러운 대하大河를 운항하기도 했던 뱃사람들에게서도 황제에 관한 뭔가를 알아낼 수는 없었다. 이런저런 이야기들은 많이 들었지만 그 이야기들로부터 그 무엇도 끌어낼 수가 없었다.

그만큼 우리의 땅은 넓디넓은 것이다. 그 어떤 동화로도 이 나라의 광활함을 표현할 수 없고, 하늘도 이 나라를 겨우 덮을 뿐이다. 그리고 베이징은 하나의 점에 지나지 않고 황제의 궁은 그보다 더 작은 점에 지나지 않는다. 그러나 비록 그러한 작은 점에 지나지 않지만 황제 자신은 세계의 모든 층 위로 우뚝 솟아 있다. 우리와 똑같은 하나의 인간에 지나지 않는 살아 있는 황제는 우리와 비슷한 자세로 긴 침상에 누워 있다. 아마 황제의 침상은 조금 넉넉한 크기일지는 모르나, 결국은 좁고 짧은 침상에 지나지 않을 것이다. 가끔은 황제도 우리와 비슷한 자세로 사지를 쭉 뻗기도 할 것이고, 피곤에 지치면 연약한 모양의 입으로 하품도 할 것이다. 그렇지만─황제가 있는 곳으로부터 남쪽으로 수천 마일이나 떨어진 곳에 살고 있는─우리가 그러한 사실을 어떻게 알 수 있겠는가. 우리 마을의 경계는 티베트의 고원지대와 거의 붙어 있는데 그런 소식들이 우리들에게까지 전부 전달된다 하더라도 그 소식은 이미 오래된 이야기에 지나지 않을 것이다. 황제 주위에 광채를 발하기는 하지만, 그와 동시에 어두운 무리이기도 한 대신들이 둘러서 있다─그들은 신하와 친구라는 옷을 입은 악의 무리요, 적이다─. 황제정치 제도를 견제하는 평형추 역할을 하는 그들은 독을 묻힌 화살을 쏘아 저울판 위의 황제를 쓰러뜨리려는 사람들이다. 황제라는 직책은 불멸하지만, 황제 개개인은 몰락

하고 추락하기도 한다. 심지어는 왕조 전체가 침몰해 하나밖에 없는 숨구멍으로 겨우 생명을 이어가기도 한다. 그러나 백성들은 이러한 암투와 고난에 대해서 아무것도 알지 못한다. 백성들은 너무 늦게 도착한 사람이나 외지인들처럼 인파로 가득 찬 골목 끝에 서 있을 뿐이고, 그곳에서 멀리 떨어진 광장의 중심에서 자신들의 군주의 처형식이 진행되는 동안에도 가지고 온 음식물들을 묵묵히 소비하고 있을 따름이다.

이러한 상황을 잘 표현해주는 전설이 하나 있는데, 그 내용은 이러하다. 황제가 너라는 개인에게, 초라하기 짝이 없는 너라는 신하에게, 황제의 광영을 피해 머나먼 곳으로 도망간 보잘것없는 그늘과도 같은 너에게, 바로 너에게, 황제는 임종을 맞이하던 침상에서 전갈을 하나 보냈다. 황제는 전령사를 자신의 침상 옆에 무릎 꿇게 하고 나지막이 전갈을 속삭였다. 황제는 그 전갈을 매우 중요하다고 생각했기에 전령사로 하여금 황제의 귀에 대고 방금 들은 전갈을 다시 한 번 말해보라고 했다. 황제는 고개를 끄덕이며 전령사가 말한 내용이 옳다는 것을 확인해주었다. 그리고 자신의 임종을 지켜보기 위해 모인 모든 사람들 앞에서,—그 사이를 가로막고 있던 벽들은 무너져버렸고, 저 높은 곳까지 뻗어 있던 넓은 옥외 계단에는 제국의 위대한 자들이 원 모양으로 둘러서 있었다— 황제는 전령사에게 출발 명령을 내렸다. 전령사는 곧장 출발했다. 전령사는 강건하고 절대 지치지 않을 것처럼 생긴 이였다. 그는 한 번은 이쪽 팔, 그 다음은 다른 쪽 팔을 앞으로 뻗으면서 무리들 사이를 헤치고 나아갔다. 전령사는 자신을 가로막는 것이 나타나면 광영의 표시가 있던 가슴께를 내밀어 보였다. 실제로 그는 다른 어떤 이보다 더 쉽게 앞으로 나아갔다. 그러나 모여든 무리는 엄청났고, 그들이 서 있는 곳은 끝이 보이지 않았다. 그러다가 드넓은 들판이 나타나면 그는 아마 날듯이 달릴 것이고, 너는 얼마 지나지 않아 곧 그의 주먹이 너의 집 현관문을 성스럽게 두드리는 소리를 들을 것이다. 그러나 실제로는 전령사가 아무리 애를 써도 헛된 노력일 뿐이었다. 그는 지금도 깊디깊은 황궁의 내실들을 겨우 지나고 있을 뿐이다. 전령사는 결코 그 모든 내실들을 완전히 통과할 수 없다. 혹 황궁의 내실을 통과한다 하더라도 별 소용이 없을 것이다. 그 다음에는 또 힘겹게 계단을 내려가야 하는 일이 남아 있으니까. 만일 그 계단을 내려가는 데 성공한다 하더라도 별 소용 없을 것이다. 황궁의 뜰들을 다 지나가야 하니까. 그러고 나면 다시금 계단과 정원이 나타난다. 그리고 황궁의 건물 하나가 또다시 나타난다. 그런 식으로 수천 년을 달려갈 것이다. 전령사가 드디어 황국 제일 바깥쪽에 있는 문밖으로 뛰쳐나온다 하더라도—그런 일은 절대, 결단코 없을 것이다—그 다음에는 수도首都가, 세상의 중심이자 뒤흔들린 침전물이 가득 쌓여 있는 수도가 나타날 것이다. 어느 누구도 수도를 통과하지는 못한다. 죽은 자의 전갈을 전하는 사람이라면 더더욱 통과할 수 없을 것이다. 그런데도 너는 네 방 창가에 앉아 저녁이 되면 그 전갈이 네게 전달되는 꿈을 꾸고 있는 것이다.

그렇다. 우리 백성들은 이렇게 절망적이면서도 희망적으로 황제를 바라보고 있다. 백성들은 통치를 하고 있는 황제가 누구인지도 모르며, 왕조의 이름에 대해서도 확신을 갖지 못한다. 학교에서는 왕조의 이름들을 순서대로 가르치지만, 일반적으로 사람들이 이 점에 대해서 갖는 불안감은 너무나 커서, 일등을 하는 학생이라도 왕조의 이름에 대해서는 확신을 갖지 못한다. 이 나라 방방곡곡에서는 이미 오래전에 죽은 황제들을 왕좌에 앉혀 숭앙하고, 사제는 노래 속에서나 존재하는 황제가 조금 전에 선포했다는 선언문을 제단 앞에서 큰 소리로 낭독한다. 저 먼 옛날 역사 속의 전투들은 이제야 진정으로 치러지고, 이웃 사람은 그 소식을 가지고 이글이글 불타는 얼굴로 너의 집 안으로 들이닥친다. 황제의 여자들은 간신배들의 모략으로 고귀한 자가 지켜야 할 전통예절로부터 멀어지고, 권력욕으로 한껏 부풀어 올라 있으며, 욕심을 주체하지 못하고, 욕정에 빠져 비대한 몸집으로 비단 금침에 앉아 끊임없이 간악한 행동들을 꾸민다. 오래전 일일수록 그 색채는 더욱 끔찍한 빛을 발하고, 그러다가 어느 순간, 마을 사람들은 수천 년 전 황제의 부인 하나가 남편의 피를 몇 번에 나누어 서서히 마셨다는 소식을 들으며 탄식의 소리를 내뱉는다.

백성들은 이런 식으로 지나간 일들을 접한다. 그러나 지금의 권력자들은 죽은 자들과 현재의 일을 섞어버린다. 예를 들어 여러 마을들을 순찰하며 황제의 일을 수행하는 관리 하나가, 사람의 일평생 동안, 우연히 한 번쯤은 우리 마을에 들른다고 가정해보자. 그는 통치자들의 이름으로 명분 없는 세금을 청구하고, 조세목록을 검토하고, 학교수업을 참관하고, 사제에게 우리의 행동거지에 대해 질문을 한 다음, 가마에 오르기에 앞서 불러 모은 사람들 앞에서 일장연설을 늘어놓으며 자기가 들은 사실들을 정리할 것이고, 그러면 모여든 사람들의 얼굴에는 미소가 번질 것이다. 다른 이를 슬쩍슬쩍 엿보고 아이들을 향해 몸을 굽히면서 관리의 시선을 피하는 이도 있을 것이다. 관리가 죽은 자에 대해 이야기하든 산 자에 대해 이야기하든, 백성들은 그가 말하는 황제는 이미 오래전에 승하했고 그의 왕조도 이미 사라져버렸는데도 관리가 자신들을 놀리고 있다고 생각한다. 그러나 우리는 관리의 기분을 상하지 않게 하려고 아무것도 눈치 채지 못한 척한다. 어쨌든 우리는 지금의 황제만 진심으로 섬기면 되는 것이다. 다른 모든 행위는 죄를 짓는 것이기 때문이다. 급히 사라져버린 관리의 가마 뒤에서는 이미 땅에 떨어져 깨진 유골단지에서 억지로 끌어낸 지배자 하나가 위풍당당하게 마을의 통치자로 승격한다.

이 나라 백성들은 이런 식으로 국가적 혁명이나 동시대의 전쟁과는 별 상관없이 살아가고 있다. 이에 관해서는 청소년 시절에 겪은 한 일화가 기억난다. 한번은 인근 마을에서, 인근 마을이라 해도 아주 멀리 떨어진 곳이었지만, 어쨌든 가장 가까운 마을에서 폭동이 일어났다. 원인은 더이상 기억나지 않지만 어차피 중요한 것은 아니다. 어느 날 아침 갑자기 폭동이 일어날 수도 있는 마을이고, 마을 주민들도 다혈질이다. 그러던 어느 날, 이곳저곳을 떠돌던 거지가 폭도들의 전단지를 내 아버지의 집까지 가지고 왔다. 그날은 무슨 기념일이어서 우리집의 각 방은 손님들로 가득 차 있었고, 그 중간에는 사제가 앉아서 전단지를 유심히 들여다보고 있었다. 그러다가 갑자기 모두들 웃기 시작했다. 전단지는 이미 사람들이 밀고 밀치는 과정에서 찢어졌고, 벌써 동냥거리를 충분히 얻은 거지는 이리저리 떠밀리다 방 밖으로 쫓겨났으며, 모여 있던 사람들도 바깥의 화창한 날씨를 향해 뿔뿔이 흩어졌다. 왜 그랬을까? 이웃 마을의 사투리는 우리 마을의 사투리와 매우 다르고, 그러한 차이는 글로 된 문서에서도 특정한 형태들로 나타나는데, 우리들이 보기에 이 특정한 형태들이란 케케묵은 구시대적 특징에 지나지 않았던 것이다. 사제가 그 마을 사투리로 된 글을 두 장도 채 읽기 전에 사람들의 마음은 이미 정해져 있었다. 사람들은 그 이야기들이 예전부터 있어온 것들, 오래전부터 들어온 것들, 오래전에 포기해버린 것들이라고 생각했다. 그 거지를 보면서—그랬던 것으로 내 기억 속에는 남아 있다—인생은 끔찍한 것이라는 사실을 부정할 수 없었음에도 불구하고 사람들은 웃으면서 고개를 가로저었고 더이상 어떤 얘기도 듣고 싶어 하지 않았다. 현재를 지워버리려는 우리 마을 사람들의 태도가 그 정도나 되었던 것이다.

그러한 현상들로부터 우리에게는 근본적으로 황제라는 존재가 없다는 결론을 내린다 하더라도 그 결론은 진실과 그리 동떨어진 것은 아니다. 내가 늘 주장해오던 것이 있다. 남쪽에 있는 우리 마을 사람들만큼 황제에게 충성을 다하는 사람들도 없겠지만, 이 충성심이 황제에게는 아무런 도움이 되지 않는다는 사실이다. 동구 밖의 작은 기둥에는 신성한 용이 그려져 있는데, 그 용은 인간이 생각이라는 것을 하기 시작했을 때부터 정확히 베이징 방향을 향해 충성심 어린 불꽃을 뿜어내고 있기는 하다. 그러나 베이징이라는 도시 자체만 하더라도 우리 마을 사람들에게는 저세상의 삶보다 더 낯선 것이었다. 집들이 다닥다닥 붙어 있고, 들판으로 뒤덮여 있으며, 우리 마을의 언덕에서는 시야가 닿지 않는 아주 먼 곳에 떨어져 있고, 그집들 사이에는 밤낮으로 사람들이 머리를 맞대고 서 있는 그런 마을이 진정으로 존재할까? 그런 도시를 머릿속에 떠올리는 것보다는 차라리 베이징과 그곳의 황제가 하나의 구름 같은 존재라고, 태양 아래에 있으면서 시간이 지남에 따라 조용히 이동하는 구름 같은 존재라고 상상하는 것이 더 쉬웠다.

이런 생각들을 하다보면, 결국 우리가 어느 정도는 자유롭고 지배받지 않는 삶을 살고 있다는 결론에 도달한다. 그렇다고 예의범절도 모르고 산다는 뜻은 아니다. 여행을 하면서 내 고향만큼 미풍양속이 잘 보존되고 있는 곳은 본 적이 없다. 우리는 현재의 어떤 법에도 지배받지 않고, 다만 고대로부터 지금까지 우리에게 전해 내려온 지시나 경고에 순종하며 살고 있는 것이다.

나는 일반화의 오류를 범하지 않기 위해 조심하고 있다. 따라서 나는 우리 지방에 있는 수만 개의 마을들이, 심지어 중국 전체의 50만 개에 달하는 마을들이 우리 마을과 상황이 비슷하다고 주장하지는 않는다. 그렇지만 이 주제에 관해 내가 읽은 수많은 글들과 나 자신의 관찰들을 근거—특히 장벽이 축조될 즈음에는 인간이라는 자원에 대해 깊이 공감해보고 싶어하는 나 같은 사람들에게 거의 모든 마을의 영혼을 둘러볼 수 있는 기회가 주어졌다—로 어쩌면 이렇게 말해도 좋을 것이다. 황제에 대한 여러 마을의 견해들과 우리 마을의 견해 사이에는 어떤 특정한 기본적 특징들이 늘 반복해서 나타났다고. 그러나 그 견해가 미덕이라고 주장할 마음은 전혀 없다. 오히려 그와 정반대다. 이 지구상에 가장 오래된 제국에서 황제정치 제도가 제국의 최전방 경계지역까지 직접적으로, 그리고 부단하게 효력을 발휘할 수 있을 정도의 확고부동함을 오늘날까지도 창출하지 못하고 이 의무를 다른 이에게 떠넘겨버린 것은 분명 정부의 책임이다. 그러나 다른 한편으로는 백성들의 상상력과 신앙의 힘이 부족했기 때문이기도 하다. 즉, 백성들의 부족한 상상력과 믿음 때문에 황제라는 제도가 활기나 현재성을 띠지 못했고 침잠된 베이징의 분위기 속에 가라앉았으며, 단지 황제정치라는 제도와 한번 접촉해보고 황제의 존재를 느끼며 살아가기만을 바랐던 신하들의 가슴속까지 전달되지 못한 것이다.

그러니까 이 견해는 분명 미덕은 아닐 것이다. 그런데 바로 이러한 부족함이 우리 민족을 통합시켜주는 가장 중요한 수단인 것처럼 보인다는 점이 기이하다. 그렇다. 이 정도로 과장된 표현을 사용해도 좋다면, 약점으로 보일 수도 있겠지만 우리가 발 딛고 있는 이 광활한 영토야말로 우리를 단결시켜주는 힘인 것이다. 이 한 가지 사항에 대해 구체적으로 비난함으로써 우리의 양심이 흔들리는 것은 아니다. 그보다는, 어쩌면 더 참을 수 없는 것일 수도 있겠지만, 우리의 다리가 흔들리게 될 것이다. 그렇기 때문에 나는 당분간 이 문제에 대해 더이상 조사하지 않을 것이다.

『카프카 작품선』 번역에 관한 보고서

『카프카 작품선』은 여러 시도를 거친 끝에 결국 중간에서 마무리 작업이 끝났다. 맨 처음 번역을 시작할 때에는—일반적으로 다른 일들을 할 때와 마찬가지로—처음부터, 그러니까 1쪽부터 마지막 쪽까지 차례로 번역할 셈이었다. 그러나 깨알같이 빼곡히 들어서 있는 글씨들에 나는 다섯 쪽도 넘어가지 못한 채 이미 압도되고 말았다. 그리하여 제일 먼저 시도한 것이 확대복사라는 기발한 수법이었다. 깨알이 옥수수알 정도로 커지자 어느 정도 재도전할 용기가 생겼다. 하지만 그것도 오래가지는 않았다. 문제는 글자 크기가 아니었다. 글자 크기가 옥수수알이 아니라 강낭콩만 했다고 하더라도 내가 감당할 수 있는 일이 아닌 듯했다.

온 세상이 '어렵다'고 인정하는 작가의 작품을 감히 번역하겠다고 나선 것 자체가 지나치게 대담무쌍한 행동이 아니었을까? 아니면 내 이해력이 지나치게 처지는 것일까?

별의별 생각이 다 드는 가운데 나는 할 수 없이 다음 시도로 넘어갔다. 카프카를, 아니면 적어도 문학을 너무나도 사랑하는 사람이라면 원문이 아무리 어렵다한들 다음 문장에는 어떤 말, 어떤 표현이 올까 하는 기대와 조바심에서라도 꾸준히 번역을 해나갔겠지만, 나는 한 문장을 번역하면서도 다음에 나올 문장은 또 얼마나 어려울지, 그리고 무엇보다 얼마나 끝 간 데없이 길지에 대한 걱정부터 했다.

이런 나였던 만큼 뭔가 내 자신에게 성취감을 안겨줄 방법을 강구해야 했었는데, 그래서 내가 두 번째로 한 시도가 바로 부분번역 방식으로 작업을 하는 것이었다. 그때까지 나는 몇백 장에 이르는 원문을 한꺼번에 원고대 위에 얹어놓고 한 장씩 한 장씩 번역을 해나가고 있었다. 그러다가 이번에는 단편 한 개만 원고대 위에 얹어놓고 작업을 해보았다.

부분번역 방식은 처음에는 그럭저럭 잘 돌아갔다. 그러나 몇 개의 단편을 묶어놓은 『관찰』을 끝내고 나자 한순간 성취감이 느껴지는가 싶더니 이내 녹초가 되었고, 바로 이어서 작품을 번역할 용기는 다시금 자취를 감추어버렸다.

그리하여 나는 부분번역 방식의 제2단계에 돌입했다. 즉, 단편 하나를 끝내고 나면 바로 다음에 이어지는 단편을 번역하는 것이 아니라 그때그때 기분에 따라 책의 아무 장이나 펼친 다음, 그 페이지가 속해 있는 단편을 번역하는 방식이다. 그런데 이렇게 오락가락하다보니 당연히 틈이 생기게 마련이었다. 번역이 다 끝났다고 생각하고 한숨을 돌리는 순간, '아차, 하나를 빠뜨렸군' 하는 식이었다.

카프카의 작품은 끝까지 번역되지 않은 데다 누락된 페이지가 있다는 말도 돌고 있지만, 그것은 이렇게 작은 글자 크기로도 장장 460여 쪽에 이르는, 단편이 모여 웬만한 장편소설 하나를 능가해버린 『카프카 작품선』의 방대한 분량으로 미루어볼 때, 그 누구도 일일이 확인할 수 없는, 『카프카 작품선』을 둘러싼 여러 가지 말들 중 하나일 뿐이다.

모쪼록 독자들은 그런 낭설들에 유혹되지 말고 본 『카프카 작품선』을 통해 카프카에 대한 이해를 넓히게 되기를, 그리고 나처럼 카프카를 좋아하게 되기를 바랄 따름이다.